AIME-MOI, DÉTESTE-MOI

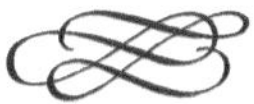

JENNIFER SUCEVIC

Aime-moi, déteste-moi

Copyright© 2018 par Jennifer Sucevic

Tous droits réservés. Aucune partie de cette publication ne peut être reproduite, distribuée ou transmise sous quelque forme ou par quelque moyen que ce soit, y compris la photocopie, l'enregistrement ou autres méthodes électroniques ou mécaniques, sans la permission écrite de l'éditeur, à l'exception de brèves citations dans le cadre de critiques littéraires et autres usages à but non commercial autorisés par la loi sur le droit d'auteur.

Ce livre est une œuvre de fiction. Tous les noms, les personnages, les lieux et les incidents décrits sont le produit de l'imagination de l'auteur. Toute ressemblance avec des personnes existantes ou ayant existé, des choses, des lieux ou des événements réels, serait purement fortuite.

Couverture par Mary Ruth Baloy de MR Creations

Traduit de l'anglais par Sophie Salaün et Valentin Translation

Inscrire à ma newsletter

CHAPITRE 1

BRODY

— Mec, je pensais que tu reviendrais plus tôt.

Cooper, l'un de mes colocataires, me sourit lorsque je franchis la porte d'entrée. Une fille à moitié nue est à califourchon sur ses genoux.

— On a dû commencer la fête sans toi, dit-il en haussant les épaules comme s'il venait de se sacrifier. Impossible de faire autrement.

Je grogne en parcourant du regard le salon de la maison que nous louons à quelques rues du campus. Même si nous ne sommes que quatre sur le bail, notre logement semble servir de point de chute à la moitié de l'équipe. À en juger par les bouteilles de bière qui jonchent le sol, cela fait un moment qu'ils sont à l'œuvre. Je pense sérieusement à faire payer un loyer à certains de ces abrutis.

Cependant, je suppose que si j'étais coincé dans un dortoir, je chercherais désespérément un moyen d'en sortir. J'ai joué en juniors à la sortie du lycée pendant deux ans avant d'arriver en première année à l'âge de vingt ans. Je n'ai pas vécu en résidence universitaire et j'ai directement loué un appartement à proximité. Il était hors de question que je me retrouve avec une bande de jeunes de dix-huit ans qui n'avaient jamais vécu loin de chez eux. Sans parler du fait d'avoir un responsable de dortoir pour me dire ce que je pouvais ou ne pouvais pas faire.

Cela me semble aussi amusant que d'arracher du ruban adhésif de mes parties.

Ce qui est, si je puis dire, tout le contraire d'un truc amusant. Le bizutage, ça craint. Et pour information, on n'arrache pas le ruban adhésif de ses parties, on le coupe soigneusement d'une main ferme tout en insultant toute l'équipe.

Mes deux autres colocataires, Luke Anderson et Sawyer Stevens, sont penchés au bord du canapé, s'affrontant dans une intense partie de NHL. Leurs pouces actionnent les manettes à la vitesse de l'éclair et leurs yeux sont rivés sur l'écran HD de soixante-dix pouces suspendu à l'autre bout de la pièce.

Je secoue la tête. Chaque fois qu'ils jouent, c'est comme si un championnat national était en jeu.

Je hausse un sourcil quand la fille sur les genoux de Cooper passe une main dans son dos pour dégrafer son soutien-gorge. Apparemment, elle se fiche d'avoir un public. Le sourire indolent de Cooper s'étire tandis que ses doigts se posent sur ses mamelons.

J'adorerais pouvoir affirmer que cette scène n'est pas typique d'un dimanche soir, mais ce serait mentir comme un arracheur de dents. En général, c'est bien pire.

Sawyer feinte Luke avec une impressionnante maîtrise du palet dans un jeu vidéo et me dit :

— Attrape une bière, Bro. Tu pourras remplacer Luke quand je l'aurai encore fait pleurer comme une gamine.

— Va te faire voir, grogne Luke.

Je jette un coup d'œil au score. Luke est en train de prendre une raclée, et il le sait.

— Bien sûr, répond Sawyer en souriant. Peut-être plus tard. Mais je dois te prévenir que tu n'es pas vraiment mon type. J'aime les mecs un peu plus charpentés que toi.

Mes lèvres tressaillent et je laisse tomber mon sac sur le sol.

— Hé, vous avez vu ce texto à la con de l'entraîneur ? demande Cooper, la tête logée entre les seins de la fille.

Je gémis, espérant ne pas avoir raté quelque chose d'important parce que je n'étais pas en ville pour le week-end. Je suis déjà sous contrat avec les Milwaukee Mavericks. Mon père et moi avons pris l'avion pour rencontrer l'équipe d'entraîneurs. J'ai également eu l'occasion de traîner avec quelques joueurs défensifs. La soirée de samedi était complètement dingue. La prochaine saison va être extraordinaire.

— Non, je ne l'ai pas vu, dis-je. Qu'est-ce qui se passe ?

— Les heures d'entraînement ont changé, poursuit Cooper, tout en jouant avec le corps de la fille. Maintenant, c'est à 6 heures du matin et 19 heures.

Merde ! Il démarre déjà les deux entraînements par jour ?

— Vous croyez qu'il se fout de nous ?

Cela ne m'étonnerait pas du coach Lang. Je pense qu'il n'a rien de mieux à faire que de rester éveillé la nuit, à rêver de nouvelles façons de nous torturer. Ce type est un vrai dur à cuire.

D'un autre côté, c'est pour ça que nous sommes là.

Mais 6 heures du matin… ça craint. Entre l'école et l'entraînement de hockey, j'ai déjà l'impression de ne pas dormir suffisamment. Et nous ne sommes qu'en septembre. Ce qui signifie qu'il va falloir que je me lève tôt et que je franchisse la porte à 5 heures du mat' pour avoir une chance d'aller à la patinoire, m'équiper et être sur la glace à six heures. À 23 heures, je vais m'effondrer dans mon lit.

Sawyer hausse les épaules, il n'a pas l'air particulièrement perturbé par le changement d'horaires.

Cooper laisse sortir le mamelon de sa bouche et me fixe de son regard vitreux.

— Tu ne peux pas demander à ton père de lui faire entendre raison ?

Luke marmonne :

— J'ai déjà du mal à arriver à l'heure à l'entraînement de 7 heures.

— Non, dis-je en secouant la tête.

Je pourrais faire à peu près n'importe quoi pour eux, sauf aller voir mon père pour tout ce qui concerne le hockey. L'entraîneur et lui se connaissent depuis longtemps. Ils ont tous les deux joué pour les Red

Wings de Détroit. J'ai connu cet homme toute ma vie. Il m'a aidé à lacer ma première paire de patins. On pourrait donc penser qu'il a une préférence pour moi. Ou peut-être qu'il irait mollo avec moi.

Oui… Aucune chance que ça se produise.

En fait, il me tombe dessus à bras raccourcis *à cause* de notre relation personnelle. Je pense que Lang ne veut pas qu'un des gars pense qu'il fait du favoritisme.

Mission accomplie, mec.

Personne ne pourra jamais l'accuser de ça.

— Alors, prépare-toi à te magner les fesses dès l'aube, mon pote.

Sur ces mots, Cooper reporte son attention ailleurs et s'attaque à la bouche de la fille.

Luke les regarde pendant un moment avant de crier :

— Hé, vous allez dégager dans la chambre, ou on va tous avoir droit à un spectacle gratuit ?

Cooper ne prend pas la peine de reprendre son souffle, et ignore la question.

Luke secoue la tête et se concentre pour essayer de remonter au score. Ou au moins, essayer de botter les fesses de l'avatar de Sawyer.

— Je suppose que cela signifie que nous devrions faire du pop-corn.

Je ramasse mon sac de sport et le hisse sur mon épaule, et décide de monter à l'étage pour un moment. J'adore traîner avec eux, mais je ne le sens pas à cet instant.

— Salut, Brody. J'espérais que tu te montrerais.

Une blonde plantureuse passe ses bras autour de moi, et plaque son ample décolleté contre ma poitrine.

Étant donné qu'il s'agit de ma maison, les chances que cela se produise étaient extrêmement élevées.

Je fixe ses grands yeux verts.

— Salut.

Elle me paraît familière. Je cherche rapidement un nom dans ma tête, sans succès.

Ce qui signifie sans doute que je n'ai pas couché avec elle récemment.

En matière de femmes, j'ai mis au point un algorithme que j'ai perfectionné au cours des trois dernières années. Il est simple, mais infaillible. Je ne me tape jamais la même fille plus de trois fois en six mois. Dans le cas contraire, on risque d'entrer dans le territoire obscur d'une quasi-relation ou de devenir *sex-friends*. À ce stade, je ne cherche pas à m'engager.

Même s'il s'agit d'une relation décontractée.

Je suis à Whitmore pour obtenir un diplôme et me préparer à jouer chez les pros. Je m'efforce de devenir plus grand, plus rapide et plus fort. La NHL n'est pas faite pour les faibles. Si on n'est pas à la hauteur, la Ligue nous mâche et nous régurgite en un clin d'œil. Je n'ai pas l'intention de laisser une telle chose se produire. J'ai travaillé trop dur pour m'effondrer à ce stade.

Ou me laisser distraire.

Dans un geste étonnamment audacieux, Blondie fait glisser sa main de mon torse à mon paquet et le serre fermement pour me faire comprendre qu'elle ne plaisante pas.

Je ne doute pas que si je lui demandais de se mettre à genoux et de me sucer devant tous ces gens, elle le ferait sans hésiter. À l'exception d'un string, la fille qui se frotte sur les genoux de Cooper est nue.

Lors de ma première année chez les juniors, lorsqu'une fille m'a proposé d'avoir des relations sexuelles sans attaches, j'ai bien cru avoir touché le jackpot. Moins de cinq minutes plus tard, j'avais déchargé et j'étais prêt pour le deuxième round. Cinq ans plus tard, je ne regarde même pas une fille qui est prête à baisser sa culotte quelques minutes après que j'ai franchi la porte. Cela se produit bien trop souvent pour que je puisse considérer ça comme une nouveauté.

Et c'est vraiment triste.

Quand j'étais au lycée, je sautais sur la moindre occasion de m'envoyer en l'air.

Aujourd'hui ?

Pas tellement.

C'est comme si on mangeait régulièrement du steak et du homard. Bien sûr, c'est délicieux les deux premiers jours. Peut-être même une semaine entière. On ne peut pas s'empêcher de dévorer chaque bouchée comme un glouton, et on se lèche les doigts ensuite. Mais, croyez-le ou non, même le steak et le homard deviennent banals.

La plupart des hommes, quel que soit leur âge, seraient prêts à donner leur testicule gauche pour être à ma place.

Pour pouvoir choisir n'importe quelle fille. Ou, la plupart du temps, n'importe *quelles filles.*

Et me voilà... le membre ramolli à la main.

Enfin... le membre ramolli dans *sa* main.

Le sexe est devenu une activité que je pratique pour me détendre lorsque je suis stressé. C'est ma version d'une technique de relaxation. Merde, j'ai vingt-trois ans ! Je suis dans la fleur de l'âge sur le plan sexuel. Je devrais être en extase qu'une fille veuille bien écarter les jambes pour moi. Je ne devrais pas être blasé. Et je ne devrais sûrement pas passer mentalement en revue les exercices que nous ferons lorsque je dirigerai l'entraînement de capitaine.

Je dégage ses doigts de mon sexe et secoue la tête.

— Désolé, j'ai des trucs à faire.

Et ces *trucs* concernent l'école. J'ai quarante pages de lecture à terminer pour demain matin.

Blondie fait la moue et bat de ses cils chargés de mascara.

— Peut-être plus tard ? roucoule-t-elle d'une voix de bébé.

Merde ! C'est un vrai tue-l'amour.

Pourquoi les filles font-elles ça ?

Non, sérieusement. C'est une vraie question. Pourquoi font-elles ça ? C'est comme des ongles sur un tableau noir. Je suis tenté de lui répondre d'une voix ridicule et zézayante.

Mais je m'abstiens. Je ne suis pas un tel enfoiré. En plus, ça pourrait lui plaire.

Et je serais foutu. Je nous imagine en train de roucouler l'un pour l'autre avec des voix de bébé pour le restant de la nuit et j'en ai presque des frissons.

— Peut-être, dis-je sans m'engager.

Pourtant, je ne vais pas mentir, cette voix de gamine m'a coupé toute envie de m'envoyer en l'air plus tard. Mais je suis assez intelligent pour ne pas le lui dire. Il y a de grandes chances qu'elle finisse par dégoter un autre joueur de hockey sur lequel s'accrocher, et qu'elle m'oublie. Parce que, soyons réalistes, c'est pour ça qu'elle est là.

Un petit coup rapide de la part d'un gars qui patine avec un bâton. Juste pour être sûr, je la scrute des pieds à la tête. En dehors de sa voix de gamine, elle a tout ce qu'il faut.

Et pourtant, ce corps superbe ne me fait rien.

Ce qui est gênant. J'ai presque envie de l'emmener à l'étage, juste pour me prouver que tout fonctionne correctement. Mais je ne le ferai pas.

Au moment où je pose le pied sur la première marche, Cooper s'écarte de sa copine.

— Qu'est-ce qui se passe, McKinnon ? Où tu vas ? demande-t-il avec un geste de la main autour de la pièce. Tu ne vois pas qu'on est en train de s'amuser ?

— Je vais te laisser t'occuper de nos invités, lui dis-je en gravissant l'escalier.

— Eh bien, si tu insistes ! bredouille-t-il d'un ton joyeux.

Ma chambre se trouve au bout du couloir, loin du bruit du rez-de-chaussée. En règle générale, personne n'est autorisé à se rendre à l'étage, à l'exception des gars qui y vivent. Je sors ma clé et déverrouille la porte avant d'entrer.

Je balance mon sac de sport dans un coin avant d'ouvrir mon livre de finance managériale. Je croyais que j'aurais la possibilité de me plonger dans quelques lectures au cours du week-end, mais mon père et moi étions en déplacement tout le temps. Nous avons rencontré des membres de l'organisation de Milwaukee, participé à une fête d'équipe et visité quelques appartements près du bord du lac. C'était juste histoire de tâter le terrain. Au cours du vol de retour, j'avais bien l'intention d'être productif, mais j'ai fini par sombrer dès que nous avons atteint l'altitude de croisière.

Trois heures plus tard, on frappe à la porte. En temps normal, une interruption m'énerverait, mais après avoir parcouru trente pages, ma vue s'est troublée et je lutte pour rester éveillé. Pour ne rien arranger, cette matière est d'un ennui mortel.

— C'est ouvert, dis-je, m'attendant à ce que Cooper essaie de me convaincre de redescendre.

Quand ce type est dans un état second, il veut que tout le monde soit aussi défoncé que lui. Je n'ai jamais vu personne descendre autant d'alcool que lui. C'est presque aussi impressionnant qu'effrayant. Et pourtant, il est capable de se réveiller à temps pour l'entraînement du matin, de bonne heure et de bonne humeur, comme s'il n'avait pas été totalement ivre six heures plus tôt. Il faudrait que quelqu'un du département de biologie fasse une étude de cas sur lui, parce que ce n'est pas normal.

Lorsque je m'imbibe d'alcool comme ça, le lendemain matin, je ressemble à un poulain nouveau-né sur la glace qui n'arrive pas à garder ses jambes sous son corps. Ce n'est pas beau à voir. Voilà pourquoi je ne le fais pas. J'ai déjà donné. C'est derrière moi.

La porte s'ouvre sur Blondie et sa voix de gamine. Elle n'est pas seule. Elle a amené une amie. Je lève les sourcils en signe d'intérêt lorsqu'elles entrent dans la pièce.

Depuis que je l'ai vue, il y a trois heures, Blondie a perdu la plupart de ses vêtements. La brune qui l'accompagne semble être dans la même situation. Elles se tiennent là, dans des soutiens-gorge en dentelle et des strings quasi inexistants, les mains entrelacées.

Je pose sur elles un regard appréciateur.

Comment pourrais-je faire autrement ?

Elles ont des ventres plats et toniques. Leurs hanches sont joliment galbées. Leurs seins se balancent de manière séduisante alors qu'elles s'approchent du lit sur lequel je suis vautré.

Je devrais avoir une érection d'enfer, je ne me suis pas envoyé en l'air depuis trois semaines, ce qui est presque du jamais-vu. Je n'ai pas passé autant de temps sans relation sexuelle depuis que j'ai commencé à en avoir.

Mais il n'y a rien.

Pas même un tressaillement.

Ce qui m'amène à me poser la question de ce qui ne va pas chez moi.

Ce doit être dû au stress de l'école et au régime alimentaire que j'ai adopté pour le patin à glace. Même si je suis déjà sous contrat avec Milwaukee et que je n'ai pas à me soucier de la sélection de la NHL plus tard dans l'année, je subis toujours beaucoup de pression pour être performant cette saison.

Les championnats nationaux ne se remportent pas d'un coup de baguette magique.

Je craindrais d'avoir de sérieux problèmes de dysfonctionnement érectile s'il n'y avait pas cette fille qui me fait durcir chaque fois que je pose les yeux sur elle. Ironiquement, elle ne veut rien avoir affaire avec moi. Je pense qu'elle m'arracherait les yeux si je posais un seul doigt sur elle.

En fait, il suffit que je regarde dans sa direction pour qu'elle me montre les dents.

Peut-être que ces filles sont exactement ce dont j'ai besoin pour soulager mon stress refoulé. Cela ne peut certainement pas faire de mal.

Ma décision prise, je referme mon livre de finance et le jette par terre où il atterrit avec un bruit sourd. Je croise les bras derrière la tête et souris aux filles en guise d'invitation silencieuse.

Et le reste, dirons-nous, appartient à l'histoire.

CHAPITRE 2

NATALIE

Exaspérée, je serre les dents sans rien dire.

Brody McKinnon et Kimmie Sanders recommencent.

J'ai passé les vingt-cinq dernières minutes à écouter Kimmie glousser en classe et Brody McKinnon chuchoter. À cause d'eux, il devient impossible de se concentrer sur les matières qui figureront très certainement à l'examen de la semaine prochaine.

Pour la centième fois, je me demande comment l'un d'entre eux peut réussir ce cours.

Je ricane presque à cette idée et secoue la tête. Je sais exactement comment Brody fait pour passer. Il est le capitaine de l'équipe de hockey Whitmore Wildcats. Sa présence en cours est purement symbolique. Je doute qu'il fasse le travail nécessaire.

Il fait plutôt office de… jolie décoration.

Une friandise devant laquelle les dames de Whitmore s'extasient.

Le cours de finance managériale a lieu tous les lundis, mercredis et vendredis à 10 heures du matin à Brighton Hall, le bâtiment professionnel du campus. Il me faut un moka au caramel extralarge pour suivre ce cours sans devenir dingue ni perdre mon sang-froid. Comme nous n'avons pas de places assignées, je choisis stratégiquement un pupitre différent à chaque cours dans l'espoir que Brody se mettra ailleurs. De préférence de l'autre côté de la salle, là où je ne serai pas distraite par le timbre profond de sa voix.

Il ne le fait jamais. D'une façon ou d'une autre, il finit toujours par se retrouver juste derrière moi. Je pourrais jurer qu'il le fait exprès. Si ce n'est pour me faire tourner en bourrique, je ne vois pas d'autre raison à ça.

Whitmore est une université privée où le hockey règne en maître. Même le football n'est pas de taille à rivaliser dans cette école. Chaque année, une poignée de joueurs finissent par être recrutés par la NHL, ce qui fait de Whitmore une école de premier plan pour les jeunes talents du hockey dans le pays et au Canada.

Je suis sûre que l'université tire des tonnes de revenus de la vente de billets et du merchandising. Il y a deux ans, ils ont construit une arena flambant neuve et ultramoderne sur le campus. Il va donc sans dire que les joueurs de hockey sont traités comme des rois ici.

C'est pénible, mais on s'y fait… au bout d'un moment.

Ou, comme moi, on l'ignore, tout simplement.

Personnellement, je ne comprends pas tout cet engouement. Ce n'est qu'un jeu. Bien sûr, le hockey est un sport de spectacle amusant. Il y a du rythme, de l'action, de l'adrénaline. Il est facile de se laisser emporter par la frénésie. Je reconnais que j'ai assisté à quantité de matches au cours des trois années où j'ai fréquenté Whitmore, mais cela ne signifie pas que je comprenne le culte du héros qui l'entoure. Je ne suis pas non plus de ces filles idiotes qui veulent coucher avec le plus grand nombre possible de gars de l'équipe.

Hmm… Non, merci. Je me réjouis de ne pas avoir de MST.

Au fond, ces types ne sont qu'une bande de sportifs un peu trop musclés qui sont passés maîtres dans l'art (*ricanement*) d'envoyer un disque de caoutchouc noir dans un filet et de se battre sur et en dehors de la glace à la moindre provocation.

Relativisons un peu. Ils ne sont pas non plus en train de guérir le cancer ou de résoudre le problème de la faim dans le monde. Et ne devraient donc pas être traités comme tels.

Une quarantaine de joueurs de hockey fréquentent Whitmore. Et Brody McKinnon est sûrement le joueur le plus talentueux de l'équipe, et celui qui fait le plus parler de lui. Dès le lycée, il était déjà dans le collimateur de la NHL. Il s'est fait un nom en jouant chez les juniors avant de nous honorer de sa précieuse présence. Même si cela me fait mal de l'admettre, il a explosé au niveau universitaire. Il se dit sur le campus qu'il est déjà sous contrat avec une équipe de la NHL.

Est-ce vrai ?

Qui sait ?

Mieux encore, qui ça intéresse ?

J'essaie de ne pas prêter attention aux ragots qui circulent constamment à son sujet, mais il est impossible de les ignorer. Être à Whitmore, c'est comme être prisonnier d'une bulle obsédée par le hockey. On est inondé d'informations, qu'on le veuille ou non.

Bien qu'il soit parfaitement évident qu'une conversation parasite se déroule derrière moi, le Dr Miller n'en tient pas compte et poursuit son exposé sur les techniques de budgétisation des investissements. Loin d'elle l'idée de réprimander l'un de nos athlètes vedettes. En temps normal, je me contenterais d'ignorer Brody et ses groupies, mais aujourd'hui, ça ne fonctionne pas.

Je me suis réveillée tard et je n'ai pas eu le temps de m'arrêter au Java House pour ma tasse de caféine grand format habituelle.

Je suis donc grincheuse et pas dans mon assiette.

Ce qui n'est jamais une bonne combinaison, surtout pour Brody.

Quand je ne supporte plus leurs bavardages incessants, je me retourne sur ma chaise et j'adresse à Brody un regard meurtrier parfaitement maîtrisé. Ce n'est pas difficile. Je n'arrive pas à le regarder sans que mon visage ne prenne cette expression. Ce type m'a déplu dès le premier jour. Et la situation n'a fait que se dégrader depuis.

Nos regards se croisent et les sourcils de Brody remontent à la racine de ses cheveux avant qu'un sourire entendu ne se dessine lentement sur son visage.

Il mime un mot.

Jalouse ?

Je ricane.

Comme si...

À mon avis, il a pris trop de coups à la tête. C'est triste, vraiment…

Ses yeux pétillent d'espièglerie tandis qu'il passe délibérément sa langue sur le bord de ses lèvres.

Dans tes rêves, mimé-je à mon tour, avant de me retourner vers l'avant de la salle. J'ai les dents tellement serrées qu'elles pourraient se casser à tout moment.

C'est exactement l'effet que me fait Brody McKinnon.

À. Chaque. Fois.

Le reste du cours s'éternise. Le sujet n'aide pas. Ce cours est une plaie. Je n'arrête pas de regarder l'horloge, impatiente de sortir de là. Ça craint. D'habitude, j'apprécie les cours du Dr Miller. La majorité des professeurs du département d'économie sont vieux et ennuyeux. Elle n'enseigne que depuis quelques années. Elle est comme une bouffée d'air frais. J'ai déjà fait le tour de tous les cours qu'elle propose.

Dès qu'elle termine son exposé et congédie la classe, je fais mon sac et me précipite vers la porte. Il faut que je mette le plus de distance possible entre moi et…

Je n'ai pas fait plus de cinq pas qu'un gros bras musclé passe en travers de mes épaules, stoppant ma progression.

Je grogne sous son poids.

Qu'est-ce que ce type mange au petit déjeuner ?

Du plomb ?

— Davies, pourquoi es-tu si en colère ce matin ?

Avant que je ne lui lance une réplique agacée, Brody poursuit.

— Attends, attends, ne me dis rien. Voyons si je peux deviner.

Il se tapote le menton d'un doigt comme pour réfléchir. C'est inté-ressant de le voir comme ça, ça n'arrive pas souvent.

Je suis sur le point de lui en faire la remarque lorsqu'il dit :

— Ton vibro préféré a rendu l'âme juste au moment où tu entamais la partie la plus perverse de ta séance intime en solo.

Un côté de ma bouche se relève en signe de dégoût, et je repousse le bras qui me retient à lui. Il ne bouge pas. Non pas que je m'y attendais.

— Tu as trouvé. Comment as-tu fait ?

Brody a cette rare capacité de me donner l'impression d'être un chien enragé au bout d'un collier étrangleur. Si je pouvais le déchiqueter avec mes dents nues, je le ferais sans hésiter. Je n'y réfléchirais même pas une seconde.

Je ne suis absolument pas quelqu'un de violent, mais Brody McKinnon fait ressortir ce qu'il y a de pire en moi.

Le rire qui s'échappe de ses lèvres est chaleureux et sensuel. Même si je lutte contre, il réussit à faire vibrer quelque chose au plus profond de moi.

— Eh bien, tu es encore plus énervée que d'habitude. Ce qui n'est pas peu dire.

Il me rapproche de lui, et je suis submergée par l'odeur de son parfum. Une odeur insupportable de soleil sur la plage envahit mes sens. Mais pourquoi faut-il qu'il sente aussi bon ? Pourquoi n'empeste-t-il pas ? Ce serait tellement plus facile à gérer !

Comment puis-je détester quelqu'un à ce point et pourtant avoir envie de le dévorer ? Ce n'est pas la première fois que je me pose cette question. Je ne peux qu'espérer que ce sera la dernière.

Sa voix descend jusqu'à vibrer quelque part entre le rauque et le suave.

— Je vais te dire, si tu as du temps à tuer, je vais remédier à cette situation pour toi, puis il fronce les sourcils et ronronne, je peux apaiser tes tensions, si je puis dire.

Même si je suis collée contre son corps dur et inflexible, il réussit à me jeter un coup d'œil. Qui me fait quasiment l'effet d'une caresse physique. En réaction, ma culotte est inondée de chaleur. Qu'il soit maudit pour m'avoir fait ressentir cela.

— Je parie que je pourrais te faire jouir en dix minutes, dit-il avant de plisser les yeux d'un air pensif. Probablement moins. Tu m'as l'air bien tendue, Davies. As-tu déjà connu un orgasme multiple ? Je pense que cela ferait des merveilles sur ton humeur.

Si un autre type du campus était assez bête pour me dire la même chose, je le frapperais sûrement. Même si c'est contraire au bon sens, je m'abstiens de lui répondre. Ce n'est pas la première fois que nous nous affrontons verbalement et ce ne sera pas la dernière. C'est malheureusement le genre de relation insensée que nous avons développée au fil des ans. Il adore me faire suer, et je fais de mon mieux pour faire comme s'il n'existait pas.

Ce qui n'est pas facile. Même si cela me tue de l'admettre, Brody McKinnon me fait beaucoup d'effet. Grand. Musclé. Athlétique. Des épaules larges. Une taille fine et effilée. De longs cheveux blond cendré striés d'or qui frôlent le col de son T-shirt. Des yeux couleur whisky qui sont toujours plissés parce qu'il est en train de rire, généralement à mes dépens. De satanées fossettes capables de transformer des femmes adultes en idiotes balbutiantes.

Cependant, je fais exception.

C'est comme si j'avais un super pouvoir en ce qui concerne Brody. Il est peut-être sexy... En fait, il n'y a pas de *peut-être*. Ce type est incroyablement séduisant. Les filles le suivent partout sur le campus, en bavant et en gloussant, tout en essayant d'attirer son attention.

Mais il ne m'affecte pas comme il le fait pour toutes les autres filles de cette école. Je suis immunisée contre ses charmes.

D'accord.

Pas *vraiment* immunisée.

Il faudrait que je sois morte pour ne pas ressentir *quelque chose* quand il est près de moi. Mais il est hors de question que je fasse quoi que ce soit sur la base de la chaleur indésirable qui s'est développée entre nous.

Merde ! Je ne suis pas masochiste.

La réputation de coureur de jupons de Brody l'a précédé avant même qu'il ne pose le pied sur le campus couvert de lierre de Whitmore. Des légions de femmes ont déjà poinçonné leur billet pour ce voyage. Si elles le voulaient, elles pourraient former leur propre groupe de soutien.

Je n'ai aucune envie de rejoindre ces rangs peu glorieux.

Si vous êtes assez idiote pour tomber sous son charme et dans son lit, vous méritez de subir les conséquences de votre stupidité. Ce qui implique sans doute de se faire dépister régulièrement pour diverses MST.

Il me suffit de me rappeler sa réputation pour étouffer la chaleur qui s'est réveillée au creux de mon ventre. D'accord, plus bas... *beaucoup plus bas.* Je lui adresse mon plus beau regard de poisson mort.

— Merci, mais je vais passer mon tour pour cette offre généreuse.

Il hausse les épaules comme s'il s'en fichait. Et c'est sans doute le cas. Il pourrait s'envoyer en l'air d'ici quelques minutes s'il le voulait, et il aurait nombre de volontaires pour ça.

— Comme tu veux, Davies. Tant pis pour toi. J'essaie juste d'aider une amie.

J'éclate de rire.

— Aaah ! C'est là que tu fais erreur, McKinnon, dis-je en secouant la tête, lui adressant une expression faussement compatissante. Nous ne sommes pas amis. Nous ne serons jamais amis. Il n'est donc pas surprenant que ton raisonnement ait été erroné dès le départ.

Il pose une main sur son cœur, et une expression blessée traverse son beau visage.

— Aïe. Ça fait mal.

— J'en doute.

Je soupire lorsque Brody ouvre la porte qui mène dehors, au soleil. Je ne sais pas combien de temps je pourrai encore supporter cette intimité. Je marmonne un remerciement tandis que le vent chaud frappe mes joues et que nous nous engageons dans les larges escaliers de pierre pour descendre. Les dernières lueurs de l'été s'accrochent encore. Bientôt, tous les arbres du campus changeront. L'automne sera dans l'air. Ce qui signifie une chose...

La saison de hockey.

Beurk.

Un groupe d'environ six ou sept filles au bas des marches attire mon attention. Dès que leurs regards avides se posent sur Brody, elles se mettent à le réclamer en masse. C'est comme si une star du rock venait de faire son arrivée parmi elles.

Je lève les yeux au ciel devant leur ridicule. Ne savent-elles pas que les femmes ont manifesté dans le monde entier pour réclamer l'égalité des sexes, et qu'elles sont là en train de courir après un beau mec ? Elles n'ont vraiment pas d'autres moyens plus productifs d'occuper leur temps ? Peut-être pourraient-elles se valoriser grâce à l'éducation qu'elles sont censées recevoir ?

Comme pour répondre à ma question silencieuse, quelques-unes poussent des cris et agitent les mains en l'air. Eh oui, c'est ce à quoi j'ai affaire.

Au lieu de me sentir irritée, je devrais les remercier parce qu'elles ont créé l'occasion parfaite pour que je m'échappe en toute hâte.

— Il semblerait que ton public d'adoratrices attende, commenté-je.

Je me glisse sous son bras et je descends les marches à toute allure. Plus la distance qui nous sépare sera grande, plus il me sera facile de respirer. Avec un peu de chance, je ne reverrai pas Brody avant lundi.

À 10 heures du matin, pour être exacte. Et pas plus tôt. Il me faudra au moins tout ce temps pour décompresser.

— Oh, Davies, allez. Ne t'enfuis pas.

Je sens l'humour dans sa voix alors qu'il s'adresse à mon dos pendant que je m'en vais.

— Je te promets qu'il y a assez de moi pour tout le monde.

Je n'ai pas besoin de me retourner pour sentir l'immense sourire qui se dessine sur ses lèvres. Je suis sûre que ses fossettes sont en vue. Sans m'arrêter, je lui fais un bras d'honneur.

Son rire me suit alors que je me glisse dans la foule.

CHAPITRE 3

NATALIE

— *H*é, ma belle, c'est quoi le mot du jour ? me demande Zara en souriant.

Avec un soupir, je dépose mon sac sur la banquette en face de ma colocataire et me glisse de l'autre côté du box avec mon plateau.

Zara ressemble à un lutin des bois. Elle mesure un peu plus d'un mètre cinquante-trois, elle est svelte et ses cheveux, couleur vison, sont courts, comme ceux d'un lutin. Peu de femmes peuvent se permettre ce look, mais Zara le maîtrise totalement. Elle peut donner l'impression d'être délicate et minuscule, mais elle saura vous botter les fesses si les circonstances l'exigent.

Cela m'est arrivé plus d'une fois. La sensation n'est jamais agréable.

Nous nous sommes rencontrées l'été précédant le CM1, lorsque sa famille a emménagé dans la rue voisine de la mienne. Avant la rentrée, nous nous entendions comme larrons en foire. J'ai de la chance d'avoir Zara dans ma vie. C'est une bonne amie qui m'a soutenue envers et contre tout. Lorsque le mariage de mes parents s'est effondré il y a neuf mois, c'est elle qui a ramassé les morceaux. Un mois plus tard, lorsque j'ai découvert que mon petit ami, Reed Collins, me trompait, elle a menacé de lui couper les parties. J'ai décliné l'offre, mais j'ai été sensible à la démarche. Toute amie disposée à faire cela est une amie à laquelle on s'accroche pour la vie.

Les garçons vont et viennent, les amies sont éternelles.

— Contrariant, soufflé-je.

En temps normal, j'arrive à faire abstraction de mes démêlés avec Brody. Mais là, j'ai encore le sang qui bout après notre échange.

— Le mot du jour est *contrariant*.

Elle rit et coupe un morceau de laitue et une tomate cerise avec sa fourchette.

— Oh, oh, devrais-je même prendre la peine de demander ?

— C'est sans doute mieux si tu t'en abstiens. En plus, je n'ai pas vraiment envie de passer du temps à parler de Brody.

Je prends une frite et la trempe dans le ketchup avant de la mettre dans ma bouche. Si j'ai un point faible, ce sont les frites. Le café arrive en deuxième position.

— Je fais de mon mieux pour oublier cet épisode désagréable.

Ce qui n'est pas facile. Brody perdure comme une odeur nauséabonde qui vous reste dans les narines.

Luke, le nouveau petit ami de Zara, glisse son grand corps à côté d'elle.

Il s'agit de leur première apparition publique. Du moins, devant moi. Je n'irai pas jusqu'à dire qu'ils me cachaient leur relation…

Très bien, je vais le dire. Ils m'ont caché leur relation.

Zara sait ce que je pense des joueurs de hockey de cette école. *Surtout* après la débâcle avec Reed. En fait, je croyais que nous étions sur la même longueur d'onde à ce sujet.

Apparemment, non… Parce que maintenant elle sort avec l'un d'entre eux.

Luke croise mon regard de l'autre côté de la table. Il me salue d'un geste du menton, comme si j'étais un de ses potes et que nous retrouver pour déjeuner était un événement normal et quotidien.

— Quoi de neuf, Natalie ?

Ah ! Comme si j'allais le laisser s'en tirer aussi facilement…

Je ne crois pas, non.

— Tu veux dire, à part le fait que ma meilleure amie sort en douce avec son nouveau petit ami dans mon dos ? demandé-je en battant des cils d'un air innocent. Pas grand-chose. Et toi, quoi de neuf ?

Zara étouffe un rire, et Luke me sourit tranquillement.

— Le fait que tu n'aies pas grimpé sur la table pour m'étrangler signifie-t-il que nous avons ton approbation ? me demande-t-il.

Fronçant les sourcils, je pointe une frite vers lui.

— Le jury n'a pas encore tranché sur ce point, mon pote.

Tout en buvant une gorgée de mon coca, je lui lance un regard soupçonneux. Quand j'ai terminé, je le menace :

— Sache que si tu déconnes avec elle, je te brise les deux rotules. Le hockey ne sera plus qu'un lointain mais tendre souvenir.

Du coin de l'œil, il jette un regard à Zara. Elle hausse les épaules comme pour dire *que peux-tu y faire ?*

— Considère-toi comme averti, ajouté-je d'un ton diabolique.

Il incline la tête en prenant son burger.

— Tu es une fille un peu effrayante, Davies.

— Bien, dis-je avec un hochement de tête approbateur. C'était exactement mon intention.

Même si je donne du fil à retordre à Luke, je l'aime bien. De tous les joueurs de hockey dont Zara aurait pu tomber amoureuse, c'est le plus gentil. Contrairement à la plupart de ses coéquipiers, il ne considère pas que coucher avec les filles du campus soit un sport de compétition.

Ceci étant dit, il a un défaut fatal qu'il est difficile d'ignorer.

Au moment où j'enfourne une autre frite, un corps dur me percute sur le côté. Je grogne lorsque la force de l'impact fait glisser mes fesses sur la banquette. Heureusement, je n'ai pas d'échardes.

— Fais-le glisser, Clyde, dit une voix grave.

Pendant un instant, je reste bouche bée, horrifiée.

Non. Non. Non. Ce n'est pas possible.

Il n'est pas censé s'asseoir à ma table pendant que j'essaie de profiter de mon déjeuner avec mon amie. Je ne suis pas censée le voir avant lundi prochain. À 10 heures. Et pas plus tôt. C'est un accord tacite entre nous. Comme un accord de paix. Et il n'en tient absolument pas compte.

— Mais qu'est-ce que tu fais ici ? m'exclamé-je.

Et avant qu'il ait le temps de répondre, je siffle :

— Est-ce que tu me *stalkes* ? C'est ça que tu fais ?

— Ça dépend, est-ce que tu veux que je te *stalke* ? répond-il, et un coin de sa bouche se relève en signe d'amusement. J'ai un peu de temps libre à tuer. Je pourrais sans doute te caser quelque part.

Mobilisant toute mon énergie, je lui jette un regard meurtrier, et j'attends qu'il prenne feu. Je suis déçue que cela n'arrive pas.

— Dois-je considérer que ton silence signifie que tu es d'accord avec ce plan ? demande-t-il, l'air parfaitement à l'aise.

Je fronce les sourcils, et mes épaules se tendent. *Vous voyez ?* Il n'est là que depuis trente secondes et je commence déjà à avoir l'écume à la bouche. Cette journée a commencé à capoter en classe de finance et va maintenant exploser au moment de l'impact.

— Pourquoi es-tu là ? répété-je.

Brody fait un geste du menton vers le seul autre gars de la table.

— Je suis venu traîner avec mon pote.

Mes yeux se tournent vers Luke et je lui lance un regard acerbe.

Finalement, je vais peut-être reconsidérer la possibilité de sauter de l'autre côté de la table pour l'étrangler.

Le sourire de Luke redouble d'intensité, comme s'il savait exactement ce qui me passe par la tête.

— Alors… c'est drôle, qu'on se retrouve tous ensemble.

— Bien sûr, aussi drôle que de m'arracher les cils un par un, marmonné-je.

Sans prendre la peine de demander la permission, Brody tend la main et prend quelques frites dans mon assiette.

— Euh, c'est mon déjeuner !

Il sourit et en prend une autre.

Je secoue la tête devant son audace et agite la main en direction de mon plateau.

— Je t'en prie, n'hésite pas à te servir.

— Merci, j'ai cru que tu ne me le proposerais jamais !

S'il y a une chose que j'ai apprise depuis trois ans que je côtoie Brody, c'est qu'il faut que je cesse de lui répondre, sinon les échanges se poursuivront indéfiniment. Il est comme un enfant qui a besoin d'attention. Celui qui se fiche de savoir s'il reçoit un encouragement positif ou négatif, il veut juste de l'attention.

Je grogne quand il me vole une autre frite. Ses fossettes apparaissent alors qu'il me lance un immense sourire. Sur n'importe quel autre homme, je trouve ça adorable. Mais pas sur lui. Quand il est question de Brody McKinnon, rien ne peut adoucir mes sentiments à son égard. Ils sont gravés dans la pierre pour l'éternité.

En plus, il s'éclate à m'énerver.

Quelle perversité !

— Dis-moi, comment tu fais pour manger cette merde et rester aussi mince ?

J'ai beau être assise à côté de lui, ses yeux parcourent mon corps des pieds à la tête. Son regard fait monter une vive chaleur jusqu'à mes joues.

— Tu dois avoir un sacré métabolisme, Davies.

— Mon métabolisme ne te regarde pas, répliqué-je. Je suis sûre que tu as des choses plus urgentes à réfléchir. Comme le nombre de fêtes auxquelles tu peux participer ce soir, calculé en fonction du nombre de filles que tu peux inciter à faire de toi une erreur d'ivrogne qu'elles regretteront le matin, lorsqu'elles se précipiteront à la pharmacie pour obtenir la pilule du lendemain.

Je le regarde en battant des cils.

— Tu sais… les choses primordiales.

Plutôt que de répondre à mes insultes, il les balaie d'un revers de main et les ignore. L'air sérieux, il pointe une frite dans ma direction.

— Tu dois traiter ton corps comme un temple. C'est le seul que tu as. Peut-être devrions-nous nous voir un jour pour parler de l'importance d'une bonne alimentation.

Je ricane.

— Bien sûr, McKinnon. Cela implique-t-il que je me pointe chez toi et qu'on joue à cache-cache-saucisse ?

Un immense sourire illumine son visage et ses épaules tremblent d'un rire à peine contenu.

— Cool ! On pourra jouer à ça pendant que je t'explique les

groupes alimentaires de base. J'apprécie toujours qu'on puisse faire d'une pierre deux coups.

— La seule chose que tu vas pouvoir faire…

— Très bien, vous deux, je n'en peux plus ! s'exclama Zara en nous regardant tous les deux. Si vous n'arrêtez pas de vous chamailler, je vous mets au coin, et vous allez le regretter tous les deux !

Je lance un regard maussade à mon amie, et pointe mon pouce vers Brody.

— C'est lui qui a commencé !

— Je me fiche de savoir qui a commencé, dit-elle. Mais c'est terminé ! Je me fais bien comprendre ?

— Oui, Maman, grommelé-je.

— Bien, fait-elle, agitant son doigt entre nous. Vous deux, vous devez apprendre à jouer gentiment l'un avec l'autre.

Brody lève les mains.

— Hé, j'essaie de jouer gentiment. J'aimerais jouer gentiment avec elle toute la journée.

Il me reluque, et je lui lance un autre regard noir.

Autant j'apprécie Luke, autant je me passerais bien de son fidèle acolyte. Lorsque Zara m'a avoué qu'elle avait une relation avec le joueur de hockey aux cheveux blonds, je n'ai jamais songé à la possibilité que Brody et moi soyons amenés à nous côtoyer de temps à autre.

Donc, à moins que je ne veuille arrêter de traîner avec Zara, je vais devoir trouver un moyen de faire avec lui.

Mon amie s'éclaircit la gorge.

— À propos de ce week-end…

Le changement de sujet me pousse à jeter un coup d'œil à Zara, et j'attends. Comme elle ne poursuit pas, mon regard se porte sur Luke, puis de nouveau sur mon amie. Pour une raison que j'ignore, les trois paires d'yeux sont maintenant braquées sur moi. Un malaise me saisit le ventre.

— Quoi ?

Je me crispe, et je croise leurs regards tour à tour, l'air renfrogné. Personne ne dit un mot. Silence total.

— Qu'est-ce qui se passe ce week-end ?

Pour l'instant, je prévois de porter un pantalon de yoga et un sweat-shirt confortable, de regarder Netflix en boucle et de commander une grande pizza avec supplément de fromage. Sinon, je n'ai pas de plans.

— Eh bien… commence Zara avant de s'interrompre et de jeter un regard à Luke.

— Crache le morceau, lui dis-je.

Il se trouve que mon pire cauchemar est assis à côté de moi. Alors, comment cela pourrait-il être pire ?

— Les gars organisent une grande fête à la maison samedi, et je veux que tu viennes avec moi.

— Noooooooooon, gémis-je en m'affaissant sur la banquette.

J'aurais dû me rendre compte que cette conversation finirait par arriver. J'avais entendu la rumeur selon laquelle il y aurait une énorme fête à la maison des hockeyeurs. C'était partout sur les réseaux sociaux.

— Siiiiiii, répond-elle.

— Allez, Zar ! gémis-je pathétiquement. S'il te plaît, ne m'oblige pas à y aller ! Tu sais à quel point je déteste ce genre de choses.

Je ne suis pas totalement rabat-joie. Au cours des trois dernières années, j'ai participé à un grand nombre de fêtes. Mais les fêtes de hockey, c'est une véritable folie. C'est le summum de la débauche et de la beuverie. C'est comme s'ils avaient arraché une page du manuel de Hugh Hefner. Il ne manquerait plus que quelqu'un se mette à porter une casquette de capitaine de yacht et un peignoir en velours bordeaux, et l'endroit ressemblerait au Manoir Playboy à son apogée.

La voix de Zara s'adoucit, comme si elle essayait de raisonner un enfant trop fatigué en pleine crise de colère.

— Je sais, ma chérie. Et je comprends tout à fait, vraiment. Mais…

— Alors, ne m'oblige pas à le faire, la coupé-je.

Elle n'a pas besoin de moi là-bas. Elle a Luke. Il restera à ses côtés.

— Mais j'ai besoin de toi, me dit-elle.

— *Besoin*, c'est vraiment un mot très fort.

— Tu es ma meilleure amie, et j'ai besoin de toi avec moi là-bas. Tu sais comment sont ces filles.

Elle n'a pas besoin de préciser de quelles filles elle parle. Les groupies du palet de cette école n'apprécient guère que d'autres femmes marchent sur leurs plates-bandes.

Zara me fait sa plus belle démonstration de lèvre tremblante et d'yeux humides. Sa technique est parfaitement rodée après d'innombrables années de manipulation. Mes épaules s'affaissent. Je suis à deux doigts de céder. Comment pourrais-je dire non à une telle tête ? Oh ! Comme je déteste quand elle sort le grand jeu !

— Ce n'est pas juste, lui dis-je.

Elle sourit et demande :

— Qui a dit que la vie était juste ?

— Maintenant tu parles comme ma mère.

— J'ai toujours pensé que Karen était une femme intelligente. Quoi qu'il en soit, j'ai besoin de ma bande avec moi quand je franchirai cette porte, ajoute-t-elle après avoir avalé une nouvelle bouchée de salade.

— Je suis presque sûre que les gens ne disent plus ça aujourd'hui. Je crois que le nouveau terme, c'est *team*.

— Très bien, approuve-t-elle sans rechigner. J'aurai besoin de ma *team* quand j'entrerai là-bas. Dis que tu viendras.

Elle presse ses paumes l'une contre l'autre comme pour prier.

— S'il te plaît ?

Je n'ai pas envie de céder.

Je n'en ai *vraiment pas* envie.

— D'accord, capitulé-je finalement. Mais ne me fais plus le coup de la lèvre qui tremble. Je ne peux pas résister.

— Tu as toujours eu un faible pour cette mimique.

J'arrache la frite des doigts de Brody et la lance sur mon amie.

— Tu es une sale gosse manipulatrice, et je te déteste.

Elle éclate de rire et repousse la frite.

— Oh, allez. Tu m'aimes.

Exact. Mais je ne vais pas le lui dire.

— Hé, se plaint Brody. J'étais en train de la manger !

Je ramasse une autre frite que je lui balance. Je suis tentée de jeter toute l'assiette.

CHAPITRE 4

BRODY

Je me lève pour que Natalie puisse se glisser hors du box. Luke et Zara échangent un peu de salive avant de se lever. Mes yeux se posent sur Natalie. Comme je sais que cela va l'énerver, je lui fais un sourire espiègle.

— Hé, merci d'avoir payé le déjeuner aujourd'hui, Davies. Je réglerai la note la prochaine fois.

Un grognement profond vibre dans sa gorge. C'est plutôt sexy.

— Si j'ai mon mot à dire, il n'y aura pas de prochaine fois.

Mon sourire s'intensifie. C'est bien trop facile de l'énerver. Je n'ai presque rien à faire pour qu'elle pète les plombs. J'ignore pourquoi sa réaction est si satisfaisante, mais elle l'est. Je ne vois pas d'autre fille que j'aime autant ennuyer qu'elle.

Luke et moi nous réinstallons dans le box. Ce faisant, je garde les yeux rivés sur les fesses rondes de Natalie. C'est une véritable œuvre d'art. Je pourrais regarder le derrière de cette fille se balancer toute la journée sans jamais me lasser.

Luke, qui a déjà fini son hamburger, prend une frite dans l'assiette inachevée de Natalie et la met dans sa bouche. Il tourne les yeux vers les filles et demande :

— Qu'est-ce que vous avez tous les deux ? Vous vous chamaillez comme un vieux couple marié.

Je hausse les épaules. Natalie Davies est sans doute la seule fille du campus qui ne me supporte pas. Je ne veux pas passer pour un abruti prétentieux, mais en général, je fais l'effet inverse aux femmes.

— Tu as couché avec elle ?

— Non.

Il plisse les yeux.

— Tu es sûr de ça ?

Je lève les mains.

— Je ne l'ai jamais touchée.

Croyez-moi, si j'avais couché avec Natalie, même en première année, je m'en souviendrais. Une telle chose serait gravée à jamais dans mon cerveau.

Il secoue la tête comme s'il ne comprenait pas non plus.

— En temps normal, les filles se mettent en quatre pour t'approcher. Celle-ci serait ravie de te déchiqueter avec ses dents.

Je détourne mon regard de son derrière alors qu'elle disparaît dans la foule. Même si je n'y crois pas une minute, je dis :

— Ne te laisse pas abuser par son extérieur grognon. Au fond, elle est amoureuse de moi. Elle a juste une drôle de façon de le montrer.

Il ricane.

— Ouais, non… Je ne crois pas, non. Je n'ai jamais vu quelqu'un te détester autant.

Il a sans doute raison. Cela fait trois ans que je connais Natalie, et son opinion sur moi n'a jamais changé. Nous avions un cours de commerce ensemble en première année et c'est là qu'elle a attiré mon attention.

C'est une belle fille aux cheveux longs et épais de la couleur du teck qui lui tombent jusqu'au milieu du dos. Je ne peux pas nier que j'ai été tentée de passer mes doigts dans ses mèches sombres et soyeuses quelques dizaines de fois. Peut-être plus. Est-ce que j'ai essayé de le faire ?

Merde, non !

J'aime avoir cinq doigts à chaque main. C'est plus facile de jouer au hockey comme ça.

Et puis, il y a ses grands yeux assortis à la couleur de ses cheveux. Même si elle est grande et mince, elle a une très belle paire de seins. Ils ont l'air de tenir parfaitement dans la main. Plus gros, ce serait trop pour sa fine silhouette.

Je le sais parce que j'ai passé pas mal de temps à la regarder du coin de l'œil chaque fois que nous avions cours ensemble. Ses seins rebondis me mettent l'eau à la bouche. Avoir une excellente vision périphérique n'est pas seulement utile pour jouer au hockey. C'est aussi un avantage pour reluquer les filles quand on ne veut pas être surpris en train de le faire. Alors que certaines filles aiment faire l'objet de regards appréciateurs, d'autres seraient capables de vous arracher les yeux pour cela.

Natalie appartient sans équivoque à la seconde catégorie. L'année dernière, je l'ai vue frapper un mec qui lui avait fait un bras d'honneur. Ça, c'est une fille qui sait balancer un coup de poing. Cela ne devrait pas être si excitant, mais ça l'est. La regarder agir m'a valu de sacrées érections.

Mais ce n'est pas une nouveauté quand je suis près d'elle. Chaque fois qu'elle est dans les parages, j'en ai une demi.

— Tu sais qu'elle était avec Reed Collins l'année dernière.

Je hausse les épaules, comme si je ne me tenais pas informé de tout ce qui la concerne.

— C'est pour ça que Zara et moi avons dû nous planquer pendant un moment, explique-t-il. Je suppose que Collins lui a laissé un sale goût dans la bouche.

Parce que nous sommes tous les deux des blaireaux immatures, nous ricanons.

— Je n'ai pas envie d'avoir cette image dans ma tête, dis-je.

Je ne veux pas imaginer ce type s'approcher de la bouche de Natalie. Et encore moins *ça*.

Luke sourit.

— Je n'ai pas pu résister.

Savais-je qu'elle était avec Collins l'année dernière ?

Bien sûr que oui ! Ça m'a rendu furieux de la voir avec ce crétin de joueur. Heureusement, ça n'a pas duré plus de deux mois, parce qu'il la trompait.

Ce qui m'a encore plus énervé.

J'aime bien titiller Natalie, mais je n'ai pas envie de voir quelqu'un d'autre s'en prendre à elle. Et Reed Collins s'est bien foutu d'elle. Voilà ce que j'en pense : si tu veux te taper toutes les filles que tu veux, ne te gêne pas, je t'en prie. Mais ne le fais pas si tu as une petite amie.

C'est assez simple, non ?

Reed avait un autre avis sur la question. Ce qui n'est pas une surprise. Ce type est une vraie ordure. Je l'ai toujours pensé. Nous sommes arrivés ensemble en première année et nous avons joué l'un contre l'autre à plusieurs reprises en juniors. Évidemment, il joue centre. C'est souvent le cas des types qui refusent de lâcher le palet, parce qu'ils sont en quête de gloire et veulent briller. Ce type n'a pas l'esprit d'équipe et cela me pose problème.

Mais ce n'est que mon avis.

Je suis plutôt facile à vivre et décontracté. Je m'entends bien avec tous mes coéquipiers. Il est l'exception. On se prend mutuellement à rebrousse-poil. Je n'aime pas ce type. Reed se croit meilleur joueur qu'il ne l'est. Je parie que cela le contrarie méchamment que j'aie été recruté par une équipe de la NHL dès ma sortie du lycée, alors que lui participera à la sélection dans le courant de l'année.

Finissant son verre, Luke me dit :

— Tu prends un étrange plaisir à énerver cette fille.

Je souris devant son évaluation de la situation, parce qu'elle est tout à fait exacte. Je n'arrête pas de me dire que je devrais laisser tomber parce que je ne suis pas du tout attaché à elle. Mais ensuite, elle franchit la porte et je ne peux pas résister à l'envie d'attirer son attention sur moi. C'est juste beaucoup trop facile. Chaque fois que j'ai l'occasion de la titiller, j'en profite. Et maintenant que Luke sort avec sa colocataire, je vais la voir beaucoup plus souvent, ce qui me convient parfaitement.

Je m'adosse à la banquette et je souris.

— La vie est courte, mec. Il faut prendre le plaisir là où il se trouve.

Luke secoue la tête, même si le sourire est toujours là.

— C'est trop tordu.

Je hausse les épaules.

Très certainement.

CHAPITRE 5

NATALIE

— Je n'arrive pas à croire que je t'ai laissée me convaincre, crié-je à Zara alors que Megan, une amie qui vit dans l'appartement voisin du nôtre, pousse la porte d'entrée de la maison du hockey. Il n'est que 22 heures, mais l'endroit est déjà bondé. La musique hurle sur les haut-parleurs, faisant vibrer les murs. C'est tellement fort et bruyant que j'ai du mal à m'entendre penser.

Le truc le plus positif que j'aie à dire, c'est qu'apparemment, tout le monde porte des vêtements. Je suis venue ici plusieurs fois, et il y avait des parties de *strip beer pong*. Mais, soyons honnêtes, la plupart de ces filles n'ont pas besoin d'une excuse pour se débarrasser de leurs vêtements.

Dès que je m'arrête, Zara passe son bras dans le mien. À mon avis, elle s'assure que je ne tente pas une évasion. Ce que, je ne vais pas mentir, j'envisageais. J'ai autant envie d'être ici que de me faire arracher une dent.

Si j'avais le choix, j'opterais pour l'arrachage. Ce serait une manière bien plus agréable de passer les prochaines heures.

— Tu es venue parce que tu es l'une de mes meilleures amies, et que tu es toujours là quand j'ai besoin de toi.

Je déteste quand elle la joue déloyale. Il y a très peu de choses que je ne ferais pas pour Zara, et elle le sait.

— Dans deux heures, je m'en vais, annoncé-je, la fixant du regard pour qu'elle sache que je ne plaisante pas. Compris ?

En souriant, elle m'embrasse sur la joue.

— Oui.

— Bien.

Je jette un coup d'œil autour de moi, observant le chaos qui s'installe.

Les joueurs de hockey de cette école semblent vivre selon une unique règle : être à fond sur la glace, et être encore plus à fond pour faire la fête. Il n'est pas rare que la police soit appelée lorsqu'ils font une énorme fête, même si les flics ne font rien d'autre que de leur taper sur les doigts. La ville entière leur baise les pieds. Si un ou plusieurs joueurs de hockey se faisaient arrêter, ils finiraient sur le banc de touche. Et qui sait comment cela affecterait l'équipe.

Sans les saisons gagnantes et les championnats nationaux, Whitmore ne serait pas le paradis du hockey recherché qu'il est aujourd'hui. Aucune personne saine d'esprit n'a envie de déconner avec ça. Ni le président de l'université ni la ville qui bénéficie de la présence de tous les fans de hockey qui débarquent et viennent dépenser leur argent ici.

— Hé, bébé.

Quelques minutes après notre arrivée, Luke entoure Zara de ses bras et l'étreint avant de s'attaquer à son visage pour une intense partie de hockey sur les amygdales.

Megan me regarde et je lève les yeux au ciel. Ces deux-là sont incorrigibles. Maintenant que leur relation est révélée au grand jour, ils ne cessent de se peloter devant tout le monde. Aucun sens de l'intimité.

Tentant de regarder ailleurs que vers eux, je laisse mes yeux errer jusqu'à ce qu'ils en croisent d'autres, de couleur ambre.

Fils de singe !

Je suis venue ici avec l'intention d'éviter deux types ce soir. Et je viens d'établir un contact visuel avec l'un d'entre eux. Où que j'aille ces derniers temps, je n'arrive pas à éviter Brody McKinnon. C'est comme si l'univers se foutait de moi. C'est la dernière personne que je veux voir et la première que je croise.

Je lui adresse mon fameux air renfrogné, et un immense sourire illumine son beau visage. Ses fossettes se creusent en même temps. Je ne serais pas surprise que ce soit calculé.

Il a une fille sous chacun de ses bras musclés et un gobelet rouge à la main. Il semble dans son élément, entouré de son public qui l'adore. Ce qui me convient parfaitement. J'espère qu'il restera de son côté de la pièce, à tenir sa cour. La dernière chose dont j'ai besoin, c'est de me lancer dans une nouvelle joute verbale avec lui.

D'un doigt, il me fait signe de venir.

Est-ce qu'il est sérieux ?

Fronçant les sourcils, je lui jette un regard incrédule. Puis je secoue la tête pour m'assurer qu'il a bien compris que je ne suis pas une groupie du patin en chaleur et à sa disposition. Il sourit à nouveau et s'écarte de ses admiratrices.

Je viens de franchir la porte et déjà cette soirée est en train de piquer du nez comme un avion abattu au-dessus d'un territoire ennemi et qui se trouve maintenant dans une spirale de la mort. Je ne sais pas comment je vais tenir une heure et cinquante minutes – je jette un coup d'œil à mon téléphone – en sachant que les dix premières minutes se sont déroulées comme ça.

Je regarde par-dessus mon épaule, espérant pouvoir m'éclipser avant qu'il ne s'approche. Sans surprise, Zara et Luke sont toujours unis par les lèvres. Pfff ! Est-ce qu'ils vont reprendre leur souffle à un moment ? Je cherche Megan, mais elle a été engloutie par la foule.

On dirait que je suis toute seule. Ce qui est précisément la raison pour laquelle je ne voulais pas venir ici au départ. Maudites soient Zara et sa lèvre tremblante. Elle a une sacrée dette envers moi. En quête d'options, je fais demi-tour. Mais c'est trop tard. Il est là, debout devant moi dans toute sa gloire. Mes yeux s'attardent sur ses biceps qui sont plutôt bien mis en valeur par le T-shirt graphique moulant qu'il porte. Je me déteste vraiment d'être capable d'apprécier quoi que ce soit chez cet homme.

— Davies ! s'exclame-t-il, comme s'il était ravi de me voir. Tu es venue !

— Oui, dis-je, espérant qu'un seul mot suffira à exprimer mon mécontentement.

Il jette un coup d'œil à Luke et Zara et secoue la tête.

— Ces deux-là sont comme des chats en chaleur. Il faudrait que quelqu'un les asperge avec un tuyau d'arrosage.

Je ris. Brody a raison. C'est exactement ça. Constatant que je viens de me ranger à son avis, ce qui doit être une première, je plaque une main sur ma bouche, essayant de contenir mon rire.

Ses yeux s'écarquillent de manière exagérée : il fait mine d'être choqué.

— Oh, bordel ! Est-ce que tu viens de montrer que tu étais d'accord avec moi ? Est-ce qu'il gèle officiellement en enfer ? Devrions-nous sortir les patins à glace ?

Je secoue la tête, essayant de revenir en arrière.

— Non. Ce n'est pas ce que je….

— Oh, si, c'est exactement ça ! m'interrompt-il d'un air suffisant.

Je lis la joie dans ses yeux.

Il aime tellement ça !

— Je l'ai entendu de mes propres oreilles.

Il croise les bras sur sa poitrine bien définie. Le coton s'étire tellement que je suis surprise qu'il ne se déchire pas directement sur son corps, comme Hulk. La plupart des filles présentes à cette fête se pâmeraient si cela arrivait.

D'accord, ça suffit. Il faut que je m'éloigne de lui. De toute évidence, je suis en train de perdre la tête, car je ne pense qu'aux muscles durs et tendus qu'il cache sous son T-shirt. Et à la sensation que donneraient ces épaisses plaques puissantes contre le bout de mes doigts.

Il fait chaud ici, non ?

Bon… J'ai besoin d'un verre.

En guise de plan de sortie, je fais un geste en direction de la cuisine où le fût doit être installé.

— Eh bien, j'ai été ravie de te voir, McKinnon, mais j'ai besoin d'un rafraîchissement. Je m'éloigne précipitamment pour fuir sa présence.

Je n'aime pas ce que Brody me fait ressentir. Il y a cette attirance indésirable qui se manifeste constamment entre nous. La moitié du temps, je ne sais pas trop quoi en penser. Mieux vaut l'éviter et espérer que ça passe. Pourtant, ça fait trois ans, et c'est toujours là, à bourdonner avec insistance sous la surface. Ça resurgit quand je m'y attends le moins, ou quand j'en ai le moins envie.

— Avec plaisir. Où sont mes bonnes manières ? Allons te chercher quelque chose à boire, propose-t-il en me tendant la main. Viens.

Je contemple sa large paume comme s'il s'agissait d'un serpent sifflant et je secoue la tête avec force.

— Non, c'est bon. Ta cour attend ton retour avec beaucoup d'impatience.

Je pointe du doigt la ribambelle de filles dont il s'est éloigné et qui le regardent ostensiblement avec des yeux impatients.

— Tu ne voudrais pas les décevoir, n'est-ce pas ?

— Davies, dit-il en riant. Tu es hilarante.

Il franchit d'un seul coup le peu de distance que j'ai réussi à mettre entre nous et saisit mes doigts avant que je ne puisse les retirer. Un frisson puissant se propage dans mon corps lorsque nous entrons en contact. Il me lance un regard perçant. Des questions planent dans ses yeux alors que nos regards se croisent. Comme je le fixe en silence, ses doigts se resserrent autour des miens de manière possessive.

Comme Moïse séparant la mer Rouge, un chemin se forme comme par magie devant lui.

Même si Brody n'était pas le joueur de hockey vedette de Whitmore destiné à devenir un grand joueur de la NHL, les gens s'empresseraient de s'écarter de son chemin. Il est grand. Il doit faire au moins un mètre quatre-vingt-dix et cent kilos. Son torse et ses épaules sont larges. Je ne peux qu'imaginer l'effet que cela doit faire sur la glace lorsqu'il abaisse son épaule et percute un attaquant qui se dirige vers son filet.

Il ne nous faut qu'une minute pour arriver dans la cuisine. Si je l'avais tenté seule, il m'aurait sans doute fallu trois fois plus de temps pour me frayer un chemin jusqu'ici. Je suis à deux doigts de lui dire *merci*, mais je me retiens à la dernière seconde.

Même si c'est la chose polie à faire, je ne peux pas m'y obliger.

Plutôt que de regarder Brody, je me concentre sur le bar qui a été installé à l'autre bout de la cuisine. Tous les alcools possibles et imaginables ont été disposés sur le comptoir. Il y a un éventail vertigineux d'options si vous voulez boire un verre. Si vous cherchez quelque chose de plus doux que des shots ou des cocktails, il y a un fût métallique près de l'évier.

— Choisis ton poison, Davies, dit-il en souriant, les yeux brillants. Et si on commençait par des shots sur le corps ? Je commence.

— Pas dans cette vie, rétorqué-je.

Des shots sur le corps… comme si. Il rit.

— Tu es une vraie rabat-joie ! Je pense que tu as besoin de te détendre.

— Je suis assez détendue, merci beaucoup, dis-je d'un ton guindé.

Ce n'est pas le moment de baisser la garde. Tout peut arriver, et je préfère avoir l'esprit alerte. Il me regarde avec intérêt.

— Pas de mon point de vue.

Je jette un coup d'œil dubitatif sur l'assortiment d'alcools. Je ne suis pas adepte des trucs forts. Ça agit trop vite, et ensuite je suis ivre. Je n'aime pas avoir l'impression de perdre le contrôle. Je n'aime pas non plus vénérer le dieu porcelaine le matin.

— Je vais juste prendre une bière.

— Et une bière !

Sans bouger, Brody lève une main en l'air, un doigt tendu. Le type qui s'occupe du fût lui adresse un rapide signe de tête en guise de réponse. Même s'il y a une tonne de personnes qui font la queue, il remplit un gobelet en plastique et le passe à Brody.

Quand il le récupère, il me le passe avec un geste théâtral.

— Votre boisson, milady.

Maintenant qu'il a joué le rôle d'hôte galant et qu'il m'a trouvé une boisson, j'espère que nous allons pouvoir nous séparer. Je veux dire, ce n'est pas comme si nous allions passer toute la soirée ensemble, n'est-ce pas ?

J'en frémis presque à l'idée.

— Merci.

Alors que je m'apprête à boire ma première gorgée, quelqu'un s'avance dans mon champ de vision. Avant que je puisse détourner les yeux, nos regards se croisent. Et au lieu de prendre une petite gorgée, je finis par descendre la moitié de mon verre. Il me faut tout le courage liquide que je pourrai rassembler pour faire face à cette situation.

Oubliant Brody qui est toujours à côté de moi, je gémis :

— Oh, génial.

— Davies ? me demande-t-il, me jetant un regard confus. Qu'est-ce qu'il se passe ?

— Rien.

Agitée, je me balance d'un pied sur l'autre, espérant trouver un endroit où me cacher. Mais il est trop tard pour ça. Reed m'a déjà vue. Si je tourne les talons et m'en vais, il prendra plaisir à me voir fuir et ça, il n'en est pas question. Je préfère de loin rester ici et endurer une conversation avec cet enfoiré plutôt que de le laisser croire qu'il exerce un quelconque pouvoir sur moi.

Brody fouille les environs du regard. Il ne lui faut qu'un instant pour que ses yeux se posent sur Reed.

— Enfoiré de Collins, marmonne-t-il sur le même ton que celui que je viens d'employer.

Cela suffit à faire apparaître un petit sourire de compassion sur mes lèvres.

Même si je regarde partout ailleurs que vers Reed, je sens ses yeux rivés sur moi tout le temps. Comme il bloque la sortie, il n'y a pas moyen d'éviter la confrontation. Je redresse mes épaules et me prépare à l'impact.

Serait-ce trop demander qu'il se contente de m'ignorer ? Apparemment, oui.

Avec un sourire en coin, Reed se dirige vers moi. Les gens se retournent lorsqu'il les heurte avec ses épaules. Certains semblent prêts à réagir jusqu'à ce qu'ils se rendent compte de qui il s'agit. Puis ils se mordent la langue et retournent à leurs conversations.

— Eh bien ! Regardez qui voilà ! Natalie Davies.

Son regard parcourt mon corps et s'attarde sans complexe sur ma poitrine. Je n'ai pas honte de mon corps ou de mes attributs, mais son examen ostensible est humiliant. Au lieu de m'agiter, je garde la tête haute. Il est hors de question que je le laisse gagner.

Lorsque son regard se porte à nouveau sur le mien, il dit :

— Je suis surpris de te voir ici. Je ne pensais pas que c'était ton truc.

J'enfonce mes ongles dans la paume de mes mains et hausse les épaules avec nonchalance.

— Je suppose que nous sommes deux.

Ignorant Brody, Reed s'approche.

— Je t'ai manqué, bébé ?

Il affiche un sourire, que j'ai une folle envie de lui arracher à coups de baffes. Ce serait tellement satisfaisant !

— À peu près autant que ça me manquerait d'avoir des morpions, dis-je d'un ton doucereux. Ou des poux.

Les commissures de ses lèvres se relèvent et une lueur méchante apparaît dans ses yeux.

Cela fait environ huit mois que je lui ai dit d'aller se faire voir et nous nous sommes à peine parlé depuis. Notre rupture ne s'est pas faite à l'amiable. Nous ne nous sommes pas simplement séparés, comme le font apparemment les gens mûrs et réfléchis qui restent ensuite les meilleurs amis du monde. Lorsque j'ai découvert qu'il fricotait dans mon dos, j'ai pété les plombs comme toute fille qui se respecte et je l'ai viré à coups de pied au derrière.

Brody passe un bras autour de mes épaules et m'attire contre lui. Le regard bleu de Reed se fait plus vif et passe de l'un à l'autre, comme s'il était surpris de le voir à côté de moi.

Reed et Brody entretiennent une sorte de rivalité puérile. Reed se plaignait constamment de Brody quand nous étions ensemble. À ce moment-là, nous étions tout à fait d'accord, car je n'aimais pas non plus Brody McKinnon.

En repensant à nos conversations, je me rends compte qu'il s'agit plutôt d'un problème de jalousie. Jusqu'à son arrivée à Whitmore, il avait toujours été le joueur de hockey le plus talentueux sur la glace. Brody l'a fait tomber de haut et Reed n'aime pas ça.

Avant que mon ex-petit ami ne puisse poser des questions, Brody intervient.

— Davies est ici avec moi.

Attendez... Quoi ?

Reed hausse les sourcils.

— Vraiment ?

Il a posé la question lentement, comme s'il avait du mal à y croire.

— Oui, c'est vrai, répond Brody en me regardant du coin de l'œil.

Je suis comme un cerf pris dans les phares.

— Hmm...

Je ne sais pas quoi dire. Mon cerveau s'est brutalement détraqué. Il en va de même pour ma bouche. Je reste immobile, bouche bée comme un poisson tout juste sorti de l'eau.

Reed pointe un doigt vers nous et l'agite.

— Vous êtes en train de me dire que vous êtes un couple ?

Je dois mettre fin à cette folie.

Malheureusement, Brody me devance.

— C'est ce que j'ai dit, non ?

Reed penche la tête et me lance un regard plein de pitié.

— Les choses ont dû vraiment changer, hein ? demande-t-il avant d'éclater de rire. Je ne t'aurais pas prise pour une groupie de hockeyeur, Natalie. Dommage, tu n'étais pas comme ça l'an dernier. On aurait pu éventuellement reprendre, dit-il en haussant les épaules. Mais comme tu étais vierge, je me suis dit que ça prendrait du temps et et des efforts pour avoir ce que je voulais.

Son commentaire immonde me coupe le souffle. La chaleur envahit mon visage.

Ce n'est qu'après avoir rompu avec Reed que j'ai réalisé à quel point c'était un abruti égocentrique. Pour être tout à fait honnête, je me doutais de quelque chose. Ma seule excuse, c'est qu'à l'époque, j'étais aveuglée par lui et que je ne voyais que ce que je voulais bien voir.

Mais là, c'est frapper en dessous de la ceinture. Même pour lui.

Brody serre les poings et avance d'un pas. Sortant de ma stupeur, je plaque ma main sur sa poitrine pour l'empêcher de s'en prendre à Reed. Mais je ne pourrai pas arrêter un type de sa taille s'il veut vraiment le frapper.

— Qu'est-ce que tu as dit, enfoiré ? grogne Brody.

Son ton intense me donne la chair de poule. J'ai rarement vu Brody perdre son sang-froid. En général, il est décontracté et facile à vivre, il plaisante constamment et me fait tourner en bourrique.

Ce type est un tout autre animal. Tous ses muscles sont tendus, comme s'il était en état d'alerte, n'attendant que le signal pour attaquer.

— Tu m'as entendu, dit Reed qui sourit en profitant de la réaction de Brody. Quoi ? Tu vas faire quoi, McKinnon ?

Je suis prise de nausée. La dernière chose que je souhaite, c'est qu'une bagarre éclate. Surtout pour moi. Brody et moi ne sommes pas ensemble. Il n'a pas besoin de me défendre ou de s'énerver. En entendant des voix s'élever, les personnes à proximité se retournent et les observent. Les gens aiment les bagarres lorsqu'ils sont ivres. Ils adorent les bagarres lorsqu'ils sont complètement sobres.

— Redis quelque chose de ce genre à propos de Natalie, et je t'enfonce mon pied si profond dans le derche que tu sentiras le goût du cuir pendant des semaines.

— Va te faire voir, ricane Reed. Tu te crois tellement fort juste parce que ton père a tiré quelques ficelles pour que tu sois là où tu es aujourd'hui. Tu n'es rien d'autre qu'une arnaque. Tu l'as toujours été.

Je m'attendais à ce que Brody soit déstabilisé, mais ce n'est pas le cas. Il parvient à se maîtriser. Alors même que ses lèvres se courbent en un sourire crispé, l'éclat des dents blanches fait froid dans le dos.

— Cause toujours, Collins, lui dit Brody en s'avançant vers lui pour grogner, Natalie est avec moi maintenant. Si tu t'amuses à dire des conneries sur elle, je trouverai à redire.

Reed donne une tape sur l'épaule de Brody et secoue la tête.

— Merde, mec, bonne chance avec ça. C'est un mauvais coup.

Puis il pose ses yeux brillants sur moi et hausse les épaules.

— Tu n'as pas su retenir mon intérêt, bébé. C'était sans attaches. Mais j'ai toujours été attiré par les jolis visages, dit-il avant de scruter mon corps des pieds à la tête, s'arrêtant sur mes seins. Parmi d'autres atouts.

CHAPITRE 6

NATALIE

Je cligne des yeux, et l'enfer se déchaîne lorsque Brody retire son bras et frappe mon ex-petit ami au visage. Indigné, Reed hurle et s'élance sur Brody. Je crie alors que les gens se précipitent pour mettre fin à la bagarre.

Il n'y a rien d'inhabituel à ce que des altercations éclatent lors d'une fête de hockey. Ces types semblent apprécier les bagarres. J'évite ces fêtes comme la peste, mais les conséquences font généralement le tour des réseaux sociaux le lendemain matin. Il y a toujours une tonne de photos et de vidéos. La seule différence, c'est que les gars de l'équipe ne se battent généralement pas entre eux.

Je crie plusieurs fois le nom de Brody pour attirer son attention, mais il se concentre pour parer les coups de Reed et lui en porter d'autres avant qu'on ne les sépare. Il faut deux types pour retenir Reed et autant pour bloquer Brody. Les deux se jettent des regards noirs, la respiration haletante. Reed saigne du nez, et on dirait bien que Brody aura un coquard demain matin.

Comment tout a-t-il pu s'écrouler en quelques secondes ?

Je savais que venir ici était une erreur. J'aurais dû écouter mon intuition et rester à la maison. Netflix et la pizza m'ont l'air si tentants à cet instant.

Brody se dégage des gars qui le retiennent.

Il jette un regard meurtrier à Reed et aboie :

— Si tu t'approches d'elle ou si je t'entends redire des conneries, c'est à moi que tu devras en répondre. Compris ?

Je reste sur place, incapable de croire ce que j'entends.

— Va te faire voir, McKinnon !

Reed se dégage à son tour de l'emprise des types qui le retenaient, et jette un regard sur la foule rassemblée jusqu'à ce que ses yeux tombent sur moi.

— Sache simplement qu'il est plus bête qu'un sac de briques. Il ne va pas tarder à t'ennuyer.

Même si j'y ai moi-même pensé une fois ou deux, voire plus, cela m'énerve d'entendre l'insulte sortir des lèvres de Reed. Je serre les poings et m'avance. Brody m'attrape par les épaules pour m'arrêter.

— Va au diable, Reed ! Tu n'es qu'un abruti.

Il sourit.

— Si tu t'améliores au lit, fais-moi signe. Je serai prêt à t'accorder une autre chance.

Brody s'élance, et Reed se fond dans la foule avant qu'il ne puisse remettre la main sur mon ex. Incapable de croire ce qui vient de se passer, je regarde Brody, totalement choquée.

La fête, qui battait son plein il y a encore quelques instants, est étrangement silencieuse. On n'entend que des chuchotements étouffés. Les gens se tiennent autour de nous et nous scrutent ouvertement. Avec stupeur, mon regard glisse sur la foule. J'ai les joues brûlantes, et je me sens totalement humiliée.

Tout le monde a entendu ce que Reed a dit.

Que j'étais vierge.

Que je suis nulle au lit.

Je n'ai qu'une envie : que le sol collant s'ouvre sous mes pieds et m'engloutisse entièrement. J'ai envie de fuir, mais je reste là, paralysée par tous ces regards braqués sur moi.

Brody m'attrape par la main et m'entraîne hors de la cuisine, puis nous traversons le salon. Je suis trop abasourdie par la situation pour me demander où il m'emmène. La foule s'écarte tandis que je lutte pour le suivre. Une autre vague de chuchotements suit dans notre sillage. Je regarde les fêtards qui restent bouche bée pendant que Brody m'entraîne vers l'escalier.

Mon cœur se serre.

C'est exactement le genre d'attention dont je ne veux pas. Lorsque les gens parleront demain matin de la bagarre qui a éclaté entre Brody et Reed, je ne veux pas que mon nom y soit associé. Mais, même moi, je sais que ce n'est pas réaliste.

Je vais me retrouver au cœur de cette histoire.

Une fois que nous avons atteint le palier de l'étage, il me conduit dans le couloir faiblement éclairé, alors que le bruit des réjouissances en bas s'estompe. Mon esprit s'emballe, j'essaie d'assimiler tout ce qui s'est passé en l'espace d'à peine dix minutes. À aucun moment il ne me vient à l'esprit d'essayer de me dégager de la poigne de Brody.

Il sort une clé, déverrouille la porte et l'ouvre d'un coup sec, m'entraînant à l'intérieur. Une fois dedans, il la referme en la claquant, et nous nous regardons. Le brouillard mental dans lequel je suis plongée ne semble pas vouloir se dissiper.

— Qu'est-ce qui vient de se passer ? chuchoté-je.

— Je viens de frapper Collins au visage, dit-il calmement. Je t'en prie.

Oh merde. C'est bien ce que je pensais.

— Pourquoi ?

Reprenant mes esprits, je retire mes doigts des siens. A-t-il la moindre idée de ce qu'il vient de faire ?

— Pourquoi tu as fait ça ?

Brody me regarde comme si j'étais folle. Et c'est peut-être le cas. Peut-être suis-je en train de faire une véritable dépression nerveuse. Le stress de l'école, de la remise des diplômes et du divorce de mes parents a fini par me rattraper. C'est officiel. J'ai perdu la boule.

— Il racontait de la merde sur toi, Davies, dit-il, l'air soucieux. Qu'est-ce que j'étais censé faire ? Rester là comme un abruti et le laisser dire ?

Il me jette un regard noir.

— Bien sûr que non !

Je pose les mains sur mes tempes. Je masse doucement les côtés de ma tête, comme si cela allait soulager le mal qui grandit à l'intérieur.

— Je ne sais pas. Mais tu n'as pas à lui mentir et lui dire que nous sortons ensemble !

Je glisse mes doigts dans mes cheveux et secoue la tête.

— Et puis, qu'est-ce que ça peut te faire ? lui demandé-je, la voix plus aiguë, limite hystérique.

Puis j'enchaîne.

— Tu dis tout le temps des conneries sur moi ! lui rappelé-je, au cas où il aurait oublié que nos échanges habituels sont constitués de piques que nous nous balançons mutuellement.

Il croise les bras sur sa large poitrine.

— C'est différent, s'emporte-t-il, l'air vexé. Jamais je ne dirais de telles conneries à ton propos, ou sur une autre fille.

Son air blessé me fait culpabiliser. Il a raison. On peut dire ce qu'on veut de Brody, mais je ne l'ai jamais entendu humilier quelqu'un. Il ne serait jamais aussi méchant.

Exaspérant ? C'est une certitude.

Enrageant ? C'est certain.

Mais il n'est pas vicieux. Il aime me titiller. Mais ce n'est rien de plus que cela.

Prise de remords pour m'être emportée, je murmure :

— Je suis désolée. Tu n'as rien de commun avec Reed.

Je m'éloigne de lui et me dirige vers la fenêtre qui donne sur la rue éclairée en contrebas. Des tonnes de gens se pressent sur la pelouse. Ils déambulent sur le trottoir sans se soucier de quoi que ce soit. Ils rient, ils boivent, ils se détendent un samedi soir.

Et je suis ici… J'ai l'impression que ma vie vient d'imploser.

— Je ne sais pas comment arranger ça, murmuré-je. Tout le monde a entendu les horribles choses que Reed a dites.

Rien que d'y penser, je grimace, gênée.

Je ne me rends pas compte que Brody est arrivé derrière moi jusqu'à ce que ses mains se posent sur mes épaules.

— Je suis désolé, Natalie. Reed n'est qu'un sale con. Il n'aurait pas dû te dire tout ça.

Le fait que Brody m'appelle par mon prénom ne fait que prouver à quel point la situation est devenue désastreuse. Il ne m'appelle jamais autrement que Davies. J'enfouis mon visage dans mes mains.

— Mais il l'a fait.

Comment vais-je me montrer sur le campus lundi matin ? On a beau être à l'université, ça ressemble plutôt à un lycée sous stéroïdes. Les gens aiment parler. Ce qui s'est passé ce soir constituera un potin juteux qui fera saliver pendant des jours, car non seulement Brody McKinnon est impliqué, mais Reed Collins l'est aussi.

— C'est ma dernière année et je vais devoir changer d'école.

— Écoute, je sais que ça te semble être vraiment dramatique pour l'instant, mais ce n'est pas le cas. Certainement pas assez pour que tu envisages de quitter Whitmore. Allez, Davies. Je ne t'ai jamais prise pour une *drama queen.*

Je halète et je me retourne ; je n'avais pas réalisé à quel point il est proche. Mes seins frôlent sa poitrine. Je suis soudain très consciente de ce point de contact. L'ignorant, je me concentre plutôt sur l'insulte.

— Une *drama queen* ! Je ne suis pas une *drama queen* ! m'exclamé-je en montrant la porte. Tu as entendu ce que Reed a dit. Lundi matin, tout le monde sur le campus saura que je suis nulle au lit.

— Tu ne m'as jamais semblé être une fille qui se souciait de ce que les autres pensaient d'elle.

Exact. Mais quand même…

— Je n'ai vraiment pas besoin que les gens parlent de ça, marmonné-je.

— Et si je commençais à faire courir le bruit que tu es la meilleure, la plus incroyable partenaire que j'aie jamais eue ? propose-t-il. Genre tu fais des choses dont je ne soupçonnais pas l'existence auparavant. Est-ce que cela t'aiderait ?

Je lui lance un regard exaspéré.

— Je n'ai pas non plus besoin du genre d'attention que cela susciterait.

Nous restons tous les deux silencieux avant qu'il ne demande :

— Et si je connaissais un moyen d'arranger les choses ?

— À moins que tu ne sois capable de voyager dans le temps,

j'ignore comment tu pourrais faire ça. À partir de maintenant, je vais être connue comme le mauvais coup qui est sorti avec Brody McKinnon pendant une minute torride.

— Mon plan est un peu moins compliqué que cela. Toi et moi, on fait semblant de sortir ensemble. On reste ensemble suffisamment longtemps pour que la situation s'apaise. Je suis sûr que cela ne prendra pas plus de quelques semaines.

Je fronce les sourcils en réfléchissant à ses paroles.

— Tu es sérieux ?

— Aussi sérieux qu'une crise cardiaque. Si nous sommes ensemble, personne ne t'embêtera, dit-il en souriant. Tu ne t'en rends peut-être pas compte, mais j'ai pas mal de poids sur ce campus.

Pour la première fois depuis que j'ai vu Reed en bas, ma poitrine se détend et je lève les yeux au ciel.

— Il n'y a que toi pour dire une chose pareille.

Il affiche un sourire coquin.

— Ah, la voilà, la Natalie Davies que je connais et que j'aime.

— Je t'en prie !

Qu'il aime… J'en ricane presque.

— Alors, qu'en dis-tu ?

— Que tu as perdu la tête, le raillé-je.

Brody rit, et ses yeux restent rivés sur les miens.

— Cela va sans dire.

Je crois que je ne l'ai jamais vu aussi sérieux. C'est effrayant. Un petit frisson d'appréhension me parcourt.

Mal à l'aise avec cette sensation, je détache mon regard du sien et marmonne :

— Je ne sais pas. J'ai l'impression que c'est ridicule de se donner tant de mal. Je déglutis en dépit de la boule qui grossit dans ma gorge.

— On ne s'apprécie même pas, ajouté-je, essayant de faire barrage pour détourner le train en marche qui fonce sur moi.

On se saute constamment à la gorge. Il me fait une remarque, je réplique au centuple. Il n'y a qu'à voir ce qui s'est passé au déjeuner aujourd'hui. La principale mission de Brody dans la vie semble être de m'exaspérer. Mais je dois rendre à César ce qui appartient à César : il est terriblement doué pour cela.

Et maintenant, il veut faire croire que nous nous aimons vraiment ? Pendant plusieurs semaines ? Je finirai par le tuer à mains nues dans moins de vingt-quatre heures.

Mes paroles semblent le déstabiliser. Son expression se trouble.

— Bien sûr que si, je t'aime bien, Davies. Je ne te taquinerais pas si ce n'était pas le cas.

Je secoue la tête devant une explication aussi ridicule.

— Es-tu sûr de ne pas être un gamin de primaire qui se fait passer pour un étudiant en dernière année d'université ?

Un côté de sa bouche se relève en un mini-sourire et une fossette me nargue. Mon cœur bat la chamade en réponse, et je détourne le regard, essayant de maîtriser mes émotions. Il est hors de question que j'envisage sérieusement cette idée. Ça sent le désastre à plein nez.

— Tu ne peux pas coucher avec quelqu'un d'autre pendant que nous sommes ensemble, dis-je, me demandant si c'est une raison suffisante pour rompre l'accord.

Brody n'est pas vraiment connu sur le campus pour sa vie de moine. Le hockey passe avant tout. Les filles suivent de près. Les études ne viennent qu'en troisième position.

— Je ne vais pas jouer deux fois le rôle de la stupide petite amie trompée, dis-je d'un ton mordant.

Et merde ! Ces mots sont-ils vraiment sortis de ma bouche ?

— Accordé. Je ne regarderai même pas une autre fille, promet-il.

— Ce n'est pas que l'aspect physique qui me préoccupe.

— Tu as ma parole que je ne toucherai pas une autre femme pendant toute la durée de notre couple. Tu peux me faire confiance, Davies.

Faire confiance à Brody McKinnon…

Ah !

Rien que l'idée me semble ridicule.

Réfléchissant aux options qui s'offrent à moi, j'aspire ma lèvre inférieure dans ma bouche et la mordille. Il y a deux possibilités. La première consiste à descendre et à faire comme si les trente dernières minutes n'avaient pas eu lieu.

Une bagarre ?

Quelle bagarre ?

J'ignore de quoi vous parlez.

Ensuite, je prie très fort pour que les gens qui ont assisté à la bagarre n'aient pas entendu Brody dire à Reed que nous sommes ensemble. Ou entendu Reed raconter que je suis un mauvais coup.

Mon cœur s'effondre.

L'autre choix, c'est de faire semblant de sortir avec Brody pendant quelques semaines. Peut-être un mois. Certainement pas plus. Il ne faudra pas longtemps pour que quelqu'un d'autre devienne la source de ragots de Whitmore. Il se pourrait que le week-end prochain, la vie de quelqu'un d'autre s'effondre et que nous puissions alors nous séparer tranquillement.

Serait-ce vraiment si grave ?

— Tu choisis quoi, Davies ? Tu es partante, ou non ?

— Je...

Cette décision n'est pas facile à prendre. Me lier à Brody de quelque manière que ce soit me semble dangereux. Mais quel autre choix ai-je ? Aucun.

Je redresse les épaules et je dis :

— J'en suis.

Un lent sourire se dessine sur son visage et fait ressortir ses deux fossettes. Malgré moi, mon cœur s'emballe.

Il place sa main en arc de cercle devant lui et fait semblant de regarder au loin.

— Tu imagines ? McKinnon et Davies, le nouveau couple fétiche de Whitmore, annonce-t-il en remuant les sourcils. Voilà qui risque d'être très intéressant.

— Oh, merde ! marmonné-je en enfouissant mon visage dans mes mains. Dans quoi me suis-je fourrée ?

Il ricane.

— Je plaisante. Tout ira bien.

— Rien n'ira plus jamais bien, gémis-je.

À ce stade, j'ai juste envie de rentrer chez moi, de me glisser sous mes couvertures et de faire comme si cette soirée n'avait jamais eu lieu. Si j'ai de la chance, lorsque je me réveillerai demain matin, tout cela n'aura été qu'un horrible cauchemar.

— Je pense que j'en ai eu assez pour une soirée. J'ai peut-être promis à Zara de rester quelques heures, mais il n'en est plus question maintenant. Je rentre.

Il acquiesce.

— D'accord. Suis-moi.

Avant que je puisse m'interroger sur ce qu'il a en tête, il m'attrape par la main et m'entraîne hors de la chambre, dans le couloir et vers les escaliers. Il s'arrête sur le palier, et place deux doigts entre ses lèvres. Son sifflement ressemble à un cri aigu. Je ne sais pas trop à quoi je m'attendais, peut-être à ce que nous nous faufilions jusqu'à la porte sans être remarqués, mais apparemment, ce n'est pas ce qui va arriver.

Si nous n'avions pas déjà retenu l'attention de tout le monde, maintenant, c'est chose faite.

La musique est brusquement interrompue et le silence s'installe. J'ai des crampes au ventre et je scrute la foule à contrecœur.

Je tente de dégager ma main, mais il m'agrippe fermement. Il lève l'autre main en l'air. D'autres personnes arrivent de la cuisine pour voir ce qui se passe.

— Hé ! s'écrie-t-il.

Brody me rapproche jusqu'à ce que je sois blottie contre lui et qu'il puisse passer son bras autour de mes épaules.

— Je veux juste que tout le monde sache que nous avons officialisé les choses. Davies et moi sommes ensemble !

Je grimace lorsqu'un rugissement retentit dans la foule. Brody sourit de plus belle. Pensais-je sérieusement que le fiasco avec Reed était la chose la plus embarrassante qui pouvait arriver ce soir ?

C'est encore pire.

Je vais étrangler Brody dès que nous serons seuls. Ce sera la relation la plus courte dont Whitmore ait jamais été témoin. Alors que je m'apprête à murmurer quelque chose de cinglant, il me replace dans ses bras, et ses lèvres s'écrasent sur les miennes.

Surprise, je halète, et sa langue se glisse dans ma bouche, se mêlant à la mienne.

C'est comme si j'étais entrée dans un univers parallèle. Si on m'avait dit hier que je serais la fausse petite amie de Brody McKinnon, j'aurais tellement ri qu'on m'aurait conseillé d'aller chercher une aide psychologique.

Immédiatement.

Et pourtant, je suis là. C'est exactement ce que je fais.

Il s'éloigne de quelques centimètres et murmure :

— Voilà qui va certainement constituer un avantage.

Ignorant comment réagir, je ne peux que le dévisager. Cette soirée s'avère étrangement similaire à cette vieille émission de télé en noir et blanc, *La Quatrième Dimension*. Comment est-ce arrivé ?

— Allez, Davies. Je te ramène à la maison, propose-t-il avec un sourire. On dirait que tu es sur le point de faire une attaque.

Il faut que je m'éloigne de tous ces gens, et que je réfléchisse à ce que je viens d'accepter. Ensuite, il faudra que je trouve un moyen de revenir en arrière. Parce que je ne vais pas pouvoir faire ça.

Même si tout le monde pense que je suis un mauvais coup, ce n'est peut-être pas ce qu'il y a de pire au monde.

CHAPITRE 7

NATALIE

*L*a porte de notre appartement s'ouvre et Zara entre en faisant la marche de la honte. Ses cheveux noirs sont ébouriffés. Ses vêtements, qui étaient impeccables hier soir, sont de travers. Son eye-liner est étalé sous ses yeux, ce qui lui donne une apparence de raton laveur, et ses lèvres sont gonflées.

Elle s'arrête dans son élan lorsqu'elle me découvre juchée sur le plan de travail de la cuisine, piochant dans un grand bol de *Lucky Charms*, et elle pointe un doigt dans ma direction.

— Toi, ma chère amie, tu as beaucoup d'explications à donner !

Jetant son sac à main sur la petite table, elle pose les mains sur les hanches et me fixe d'un regard interrogateur.

Je la dévisage et enfourne une autre cuillère.

Comme je ne dis rien, elle hausse les sourcils.

— Alors ?

— Alors, quoi ? lui demandé-je.

— Eh bien, quoi ? répète-t-elle.

Les mots jaillissent de sa bouche à un niveau de décibels qui pourrait faire aboyer les chiens dans un rayon d'un kilomètre.

— C'est tout ce que tu as à dire pour ta défense ?

— Hmm… fais-je, perplexe. À quel propos ?

— À propos de toi et Brody ! Voilà à propos de quoi ! s'exclame-t-elle en écartant les bras, puis elle me bombarde de questions. Oh, mon Dieu ! Vous êtes ensemble ? Vous sortez ensemble ? Quand est-ce que c'est arrivé ? Est-ce que j'ai dormi pendant vingt ans, ou un truc comme ça ? Parce qu'aux dernières nouvelles, tous les deux vous vous détestiez.

Elle s'interrompt, puis se corrige.

— Enfin, tu le détestais. J'ai toujours soupçonné qu'il avait un faible pour toi.

— Quoi ? fais-je, secouant la tête. Non. Tu avais raison, on ne peut pas se supporter.

L'air confus, Zara se masse les tempes avec ses doigts et fait quelques pas de plus vers moi.

— Je dois être encore ivre, parce que ça ne veut strictement rien dire.

— Brody et moi ne sortons pas ensemble, dis-je avec insistance.

Elle me lance un regard étrange. Un qui me dit qu'elle ne croit pas un mot de ce qui sort de ma bouche.

— Et pourtant, il a dit devant toute la fête hier soir que vous sortiez ensemble.

— Oh, ça ! dis-je avec un geste dédaigneux de la main. C'était une blague. Il était juste en train de faire l'imbécile.

Ma nouvelle tactique consiste à minimiser ce qui s'est passé hier soir. Si je n'y prête pas attention, personne d'autre ne le fera non plus, n'est-ce pas ? D'ici quelques jours, toute cette affaire se sera dissipée.

Il se pourrait même qu'elle soit déjà oubliée.

— Il faisait l'imbécile ?

Elle me regarde comme si j'avais perdu la tête. Et je dois bien admettre que c'est aussi l'impression que j'ai. Ma santé mentale ne tient qu'à un fil.

— Pourquoi ferait-il une chose pareille ?

Je soupire, puis me lance dans le récit de toute l'histoire sordide d'hier soir.

— Après que tu m'as abandonnée, et d'ailleurs, merci beaucoup pour ça... dis-je en lui lançant un regard acerbe.

Oh, je n'ai pas oublié son rôle dans cette débâcle. Cette fille est dans le pétrin avec moi.

— J'ai croisé Reed, et il a commencé à raconter des conneries. Brody était là, et lui a demandé d'arrêter.

Je ne vais pas répéter ce que Reed a dit. Je ne comprends toujours pas pourquoi il tenterait délibérément de me blesser et de me mettre dans l'embarras.

C'était un coup tordu de sa part.

J'ai envie de me botter les fesses pour avoir perdu autant de temps avec lui. Sans parler du fait que je lui ai donné ma virginité. J'avais attendu pour faire l'amour parce que je n'avais jamais trouvé la bonne personne et que je voulais que cela ait un sens. À l'époque, j'avais pensé que Reed était un bon gars. Au final, il était tout l'opposé.

— Je n'ai jamais aimé ce sale con, balance Zara. Mais ça n'explique toujours pas pourquoi Brody a dit à tout le monde que vous êtes ensemble.

Je hausse les épaules.

— Il a dit ça à Reed pour le faire taire. C'est tout. Brody et moi ne sommes pas un couple. Notre relation est exactement ce qu'elle a toujours été, c'est-à-dire inexistante. Je doute que quiconque ait prêté attention à ce qu'il a dit de toute façon. Tu sais comment c'est dans ces fêtes. Tout le monde était dans un état lamentable. La moitié d'entre eux ne se souvient sûrement pas avec qui ils ont couché la nuit dernière.

Je choisis délibérément d'oublier le silence de mort qui régnait dans la pièce lorsqu'il a crié l'annonce, ou les acclamations lorsqu'il m'a embrassée.

— En ce qui me concerne, ce n'est rien.

Elle hausse les sourcils et éclate de rire.

— Tu plaisantes, n'est-ce pas ?

J'enfourne une autre cuillerée de céréales dans ma bouche et la mâche plusieurs fois avant de l'avaler.

— Non. Pas même un tout petit peu.

Elle secoue la tête.

— Natalie, c'est partout ! Tout le monde à la fête ne parlait que de ça après votre départ. Ensemble, d'ailleurs.

Je me déplace sur le plan de travail, mal à l'aise.

— Je crois que tu exagères un peu.

Contrairement à ce qu'a affirmé Brody hier soir, je ne suis pas une *drama queen*. Ces trois dernières années, j'ai gardé la tête baissée et j'ai travaillé dur en classe. Je ne cherche pas à être populaire ou à me faire un nom.

— Personne ne sait qui je suis. Et en plus, ils s'en fichent.

Et ça me convient parfaitement.

Le ton de Zara s'adoucit.

— C'est partout sur Facebook.

Elle sort son téléphone de sa poche arrière, tapote l'écran plusieurs fois et me le met sous le nez. Je l'arrache de ses doigts et je regarde sa page Facebook. Je souffle brusquement en voyant une photo de Brody et moi en train de nous embrasser dans l'escalier.

Fils de singe !

Très bien.

Calmons-nous.

Une photo, ce n'est pas grand-chose. Je veux dire, j'ai déjà vu des photos de Brody en train d'embrasser d'autres filles. Des tonnes. Ça ne veut rien dire.

Alors que je parcours son fil d'actualité, mon cœur se serre. La majorité des *posts* sont des photos de moi et de Brody.

Il y en a une de nous sur le palier. Une autre où nous nous tenons la main pendant qu'il m'entraîne dans l'escalier. Et là, nous nous embrassons à nouveau. Oh, regardez… ! Il y a plein de photos de nous dans la cuisine, où Brody est en train de casser la figure à Reed.

Parfait.

Il y a une vidéo de la bagarre entre Brody et Reed pour tous ceux qui n'ont pas pu y assister en personne hier soir. Ma mâchoire se crispe quand je tombe sur un mème.

C'est bien pire que ce que je voulais bien croire.

Zara m'arrache le téléphone des doigts et tapote l'écran avant de me le redonner.

— Maintenant, regarde sur Instagram.

Je secoue la tête et repousse l'appareil. Non. Je ne veux rien voir de plus.

Depuis que j'ai ouvert les yeux ce matin, je me suis convaincue que ce qui s'était passé avec Brody n'était pas grand-chose. Que ce serait vite oublié. De toute évidence, ce n'est pas le cas. L'opération *Oublier tout ce qui s'est passé la nuit dernière* est une impasse. Je vais maintenant devoir trouver une autre façon de résoudre ce problème.

Zara me frotte le dos en faisant des cercles doux et réconfortants.

— Tu dois voir ce que les gens disent.

Je me ressaisis et je fixe à nouveau mes yeux sur l'écran.

C'est toujours la même chose.

Encore, et toujours. Qu'ai-je fait en acceptant cette folie ?

Je dis d'une voix faible :

— Je suis sûre que ça va se tasser.

Parce qu'au fond de moi, j'ai besoin de croire que c'est exactement ce qui va se passer.

Zara couine et se plaque une main sur la bouche. Je gémis. Est-ce que j'ai envie de savoir ? Non. Je ne crois pas.

Et pourtant, la question m'échappe :

— Quoi, maintenant ?

Ce qu'elle a trouvé ne peut pas être pire que tous les messages qui envahissent Facebook et Instagram.

— Eh bien, c'est officiel, Nat. Brody et toi avez une relation exclusive.

— De quoi est-ce que tu parles ? marmonné-je.

Elle tourne son téléphone et j'aperçois la page Facebook de Brody. Lorsque je tourne mon regard vers le sien, confuse, elle pousse un soupir exaspéré et pointe du doigt le coin inférieur de sa page.

— C'est officiel sur Facebook. Brody McKinnon est en couple avec Natalie Davies.

Oh, merde !

CHAPITRE 8

BRODY

lors que mes colocataires sont encore en train de cuver les festivités de la nuit dernière, je suis debout et dehors à 5 heures. Le soleil n'est pas encore levé lorsque je monte dans mon camion pour me rendre à la patinoire communautaire. Depuis que j'ai commencé à Whitmore en première année, mon père loue du temps de glace supplémentaire le dimanche matin pour que nous puissions faire des exercices et travailler notre condition physique. Vers 8 heures, nous nous rendons chez mon père et je me rends dans la salle de musculation qu'il a installée au sous-sol. Elle est équipée de tout le matériel nécessaire, y compris d'un sauna dans lequel je me détends pendant une vingtaine de minutes avant de prendre une douche.

Comme c'est le seul moment de la semaine où je peux passer pour une visite, la femme de mon père, Amber, prépare un énorme brunch pour nous trois. Lorsque je m'assieds à table avec eux, je suis physiquement épuisé, mais je me sens bien. Mes endorphines sont en pleine effervescence et je suis prêt à affronter la semaine. En général, nous évoquons les nouveaux éléments concernant la franchise de Milwaukee ou les contrats de *sponsoring* potentiels qui sont en cours de négociation. Vers midi, je retourne sur le campus et j'étudie pour le reste de la journée.

Vous connaissez ce vieux dicton qui dit qu'il n'y a pas de repos pour les braves ?

Il est tout à fait vrai.

Mon père, John McKinnon, a joué pour les Red Wings de Détroit pendant une dizaine d'années à l'époque. Après avoir pris sa retraite de la NHL, il a ouvert une société de management sportif pour représenter les athlètes professionnels. Il a commencé avec quelques joueurs de hockey et, depuis, il a élargi son champ d'action. Vingt-cinq agents travaillent pour lui à l'heure actuelle. Il représente des joueurs de la NHL, de la NBA, de la NFL et de la MLB. Mon objectif est de jouer chez les professionnels aussi longtemps que possible, puis de rejoindre mon père dans son entreprise. C'est la raison pour laquelle j'ai choisi d'étudier le commerce et la finance.

Comme mon père a été hockeyeur professionnel, il sait à quoi je serai confronté lorsque je passerai chez les pros l'année prochaine. Le niveau est totalement différent : le jeu est plus rapide, les compétences sont plus pointues, le niveau physique et la rigueur sont bien plus importants, et certains joueurs n'y arrivent pas. Vous n'êtes plus un gros poisson dans un petit étang. Tous les joueurs de la NHL sont les meilleurs des meilleurs. Voilà pourquoi il me fait travailler plus dur que n'importe quel autre entraîneur. Et j'apprécie. Je suis un meilleur joueur grâce à cela. Alors, même si je n'ai dormi que quelques heures la nuit dernière, vous ne m'entendrez pas râler et me plaindre d'avoir dû me lever à 5 heures pour venir ici.

Des œufs, du bacon, des pancakes, des saucisses, des pommes de terre rissolées et un saladier de fruits ont été préparés dans la véranda où nous nous asseyons tous les trois pour manger. Affamé par ma séance d'entraînement, j'attaque tout de suite, et remplis mon assiette.

Amber et mon père ont récemment fêté leur troisième anniversaire de mariage. Elle a quinze ans de moins que lui, et elle travaillait pour lui. Je n'ai jamais pris le temps de compter les mois, mais je soupçonne qu'ils se sont précipités vers l'autel parce qu'elle était enceinte de ma sœur Hailey, âgée de deux ans.

Le fait que mon père se soit remarié après tant d'années ne me dérange pas. Je ne ressentirais peut-être pas la même chose si j'habitais encore la maison, mais ce n'est pas le cas. De plus, Amber a toujours fait tout son possible pour que je me sente intégré. Et Hailey est une enfant plutôt cool. Elle est toujours souriante et heureuse de me voir lorsque je passe le dimanche matin.

— Qu'est-il arrivé à ton visage ? me demande Amber alors que je commence à manger.

Je hausse les épaules.

— J'ai pris un coup de coude dans l'œil en faisant l'imbécile avec Sawyer. Rien de bien méchant.

J'avais presque oublié le coquard que Reed m'avait infligé hier soir. J'aurais dû être plus rapide et le bloquer. Au moins, je l'ai fait saigner du nez et je lui ai collé un œil au beurre noir en échange.

De rien, pauvre con.

— Ça a l'air douloureux, dit-elle, fronçant les sourcils. Tu devrais peut-être mettre de la glace après le brunch. Il doit y avoir un sachet de petits pois dans le congélateur.

— Non, c'est bon. Mais merci, ajouté-je.

J'aime vraiment beaucoup Amber. En matière de belle-mère, mon père aurait pu faire bien pire. Le portable de ce dernier sonne, interrompant heureusement notre conversation. Ni Amber ni moi ne disons un mot pendant qu'il est au téléphone.

Une fois l'appel terminé, elle demande :

— Les cours se passent toujours bien ?

— Oui, plutôt pas mal.

Les cours ont débuté mi-août, il y a quelques semaines. L'entraînement pour la saison a déjà commencé, mais il deviendra plus rigoureux lorsque nous commencerons à jouer des matches, ce qui implique des déplacements. J'essaie de ne pas perdre le fil de mes cours, parce qu'une fois que la saison aura vraiment démarré, j'aurai beaucoup moins de temps libre.

Je ne vais pas mentir : concilier le hockey et l'école a toujours été un combat. Parfois, j'ai l'impression de n'avoir pas assez d'heures dans une journée pour tout faire. J'ai choisi de me spécialiser dans le commerce parce que je savais que cela me serait utile une fois que j'aurais fini de jouer au hockey. J'aurais pu choisir un diplôme à la con comme certains des autres membres de l'équipe, quelque chose de moins prenant, mais en quoi cela m'aiderait-il sur le long terme ?

— L'un de mes cours de finance est un peu difficile, mais je travaille dur, dis-je dès que j'ai avalé mes œufs.

Je ne sais pas ce qu'elle y ajoute, mais ils sont délicieux.

— Merci d'avoir préparé le brunch. Tout est délicieux.

— Il n'y a pas de quoi. J'aime quand on se retrouve comme ça, me dit-elle avec un léger sourire teinté de tristesse. Nous allons nous sentir seuls quand tu ne viendras plus nous voir le dimanche ou quand nous n'irons plus voir tes matches.

Elle jette un coup d'œil à mon père.

— Je ne sais pas ce qu'il va faire quand tu partiras pour Milwaukee.

— Je travaillerai davantage, répond-il avant d'enfourner un morceau de bacon dans sa bouche.

Cet homme travaille au minimum soixante-dix heures par semaine, et il est constamment dans l'avion pour rencontrer l'un ou l'autre de ses clients. Je ne vois pas comment il pourrait travailler plus qu'il ne le fait déjà, à moins qu'il ne commence à vivre au bureau.

Amber a travaillé pour mon père pendant environ cinq ans avant qu'ils ne se marient. Ce n'est pas comme si elle ne savait pas dans quoi elle s'engageait. En apparence, elle semble accepter que le travail passe avant tout le reste.

— Peut-être qu'on fera faire du patinage à Hailey.

Mon père hausse les épaules avant de revenir sur le sujet de l'école.

— J'ai parlé à ton conseiller.

— Le Dr Miller ?

Il acquiesce.

— Elle m'a dit que tu n'avais pas été très bon au dernier examen et que tu étais passé de B à C.

Il pose les yeux sur moi. Son regard est lourd de sens.

— La dernière chose dont nous avons besoin, c'est que tu te retrouves sur le banc de touche dès le début de la saison.

— Je sais.

En fait, je suis passé à C dans deux cours, mais s'il l'ignore, je ne vais pas lui en parler. Tout ce que je peux faire, c'est continuer à travailler comme un dingue dans ces matières, et espérer que ça paie. Lorsque j'ai des questions, je me présente aux heures de bureau. Ce n'est pas comme si je me tournais les pouces.

— Écoute, Brody, je sais que l'école a toujours été un défi pour toi. Il te reste un an, et ce sera fini. Tu as une longueur d'avance puisque les choses sont déjà en train de se mettre en place à Milwaukee. On envisage de conclure quelques contrats publicitaires. Une fois arrivés au mois de mai, tu pourras te consacrer à plein temps au hockey. Il faut juste que tu te donnes un peu plus de mal.

Me donner un peu plus de mal.

Je ne sais pas si c'est encore possible. Chaque moment de ma journée est consacré à l'école ou au hockey. Je ne comprends vraiment pas comment font certains des gars pour faire autant la fête.

Qui a le temps pour ça ?

Je sais que certains sur le campus pensent que je me contente de faire acte de présence à l'école en attendant de rejoindre la NHL, mais cela ne pourrait pas être plus éloigné de la vérité. Mon diplôme est important. Certes, j'aurais peut-être dû choisir quelque chose d'un peu moins rigoureux. Ce n'est pas comme si mon père n'allait pas m'embaucher par la suite sans avoir besoin de ce diplôme, mais quand même…

C'est ce que ma mère souhaitait et réaliser son souhait est le cadeau que je lui fais.

— Je travaille aussi dur que possible, dis-je.

— Tu ne peux pas te permettre de te retrouver sur le banc, répète-t-il.

Croit-il vraiment que je suis inconscient ? Bien sûr que je le sais ! L'idée même de rester sur le banc de touche ne serait-ce que quelques matches cette saison a de quoi me donner la nausée.

— John, dit doucement Amber en posant une main sur son avant-bras.

Non pas que mon père et moi soyons souvent en conflit, car ce n'est pas le cas, mais Amber n'aime pas les tensions ni qu'on hausse la voix. Elle fait partie de ces êtres humains zen. J'ignore si c'est la conséquence d'un abus de Xanax ou grâce au yoga, mais je lui tire mon chapeau pour avoir atteint la paix intérieure.

J'en voudrais bien un peu, merci.

Dès qu'elle sent que papa s'énerve, elle intervient immédiatement pour calmer le jeu. Parfois, j'ai l'impression que je devrais la prendre à part et lui dire qu'elle n'a pas à se mêler de tout cela. Je suis un grand garçon. Je peux gérer mon père. Je le fais depuis vingt-trois ans.

Au moment où il se tourne vers sa femme, Hailey pousse un grand cri à travers le babyphone posé sur le buffet.

Posant sa serviette de côté, Amber se lève.

— Je ferais mieux d'aller la voir. Elle n'a pas beaucoup dormi la nuit dernière, à cause d'une infection de l'oreille. Le médecin vient tout juste de faire une prescription, dit-elle, regardant mon père. Il va falloir que tu passes à la pharmacie après le brunch pour aller la récupérer.

Mon père acquiesce et lui fait signe d'y aller.

— Bien sûr. Bon. De toute façon, je dois aller quelques heures au bureau.

Une fois Amber hors de portée de voix, mon père marmonne.

— Elle en veut un autre.

Je fronce les sourcils, et lui demande :

— Un autre quoi ?

J'ignore de quoi il parle. Je suis juste ravi que nous ne parlions plus de mes notes.

Il me lance un regard exaspéré.

— Un autre bébé. Amber aimerait que nous ayons un autre bébé.

Son expression n'a pas de prix. Je ris et hausse les épaules.

— Qu'y a-t-il de mal à ça ? Hailey est une gamine adorable. Ce serait sans doute bon pour elle d'avoir un frère ou une sœur.

— Elle t'a toi, souligne-t-il, sans avoir l'air le moins du monde ébranlé.

— Ça ne compte pas vraiment. Je pense qu'Amber voudrait qu'Hailey ait un compagnon de jeu plus proche de son âge. Et je ne suis pas très présent.

J'adorerais leur rendre visite plus souvent, mais je n'ai absolument pas le temps. Dès que je franchis la porte, Hailey m'attrape par les doigts et m'entraîne dans sa salle de jeux. Je ne l'avouerais pas à grand monde, mais j'ai l'habitude de changer les couches de ses poupées, de leur donner le biberon et de les envelopper dans des couvertures.

— L'année prochaine, je ne serai plus là du tout. Elle a besoin d'un autre enfant avec qui jouer.

— Nous verrons bien, grogne-t-il, l'air peu ravi de cette perspective. J'ai beaucoup à faire avec la société de management. Nous envisageons de nous développer et d'ouvrir un bureau à New York dans les six prochains mois.

Il s'interrompt, puis se pince l'arête du nez et ajoute :

— J'ai 50 ans. Je ne suis pas certain de vouloir un autre bébé à ce stade de ma vie.

Je ne peux retenir le sourire qui étire mes lèvres.

— Que croyais-tu qu'il allait se passer quand tu as épousé une femme de quinze ans plus jeune que toi, et qui n'avait pas d'enfants ?

Pour moi, ça tombe sous le sens. Il boit une gorgée de son café.

— Depuis quand es-tu devenu si malin ? Je pense que tu devrais garder cette information sous le coude pour y penser plus tard.

Est-il fou ?

— Je n'envisage pas d'avoir des enfants dans les dix ans à venir.

— Bien. Que ça reste comme ça, me dit-il, avant de pointer sa fourchette vers mon visage. Alors, comment t'es-tu fait ce coquard ?

Je hausse les épaules et continue d'engloutir mon petit déjeuner.

— Je te l'ai dit. J'ai fait l'imbécile à la maison.

Il hausse un sourcil.

— Tu faisais l'imbécile, hein ?

Il s'adosse à sa chaise et me fixe pendant un long et pesant moment.

Je soutiens son regard sans rien dire. Je ne suis pas prêt à admettre ce qui s'est réellement passé. Je connais bien mon père, et il va en faire tout un plat.

— Depuis quand se battre à coups de poing avec l'un de ses coéquipiers lors d'une fête c'est *faire l'imbécile* ?

Je gémis.

— Ce n'est rien.

Il inspire brusquement et relâche lentement l'air, comme s'il essayait de se calmer.

— En fait, c'est le cas. Et ce que tu me dis me prouve que tu ne te rends pas compte de la gravité de la situation. Tu veux vraiment que les gars de Milwaukee se mettent en tête que tu n'as pas l'esprit d'équipe ? Ou que tu es un fauteur de troubles ? Un électron libre ? Ou pire encore, que tu n'es pas capable de t'entendre avec tes coéquipiers ?

Sa réaction me paraît un peu exagérée, mais je suis assez malin pour garder cette opinion pour moi. Voilà exactement pourquoi je ne lui ai pas dit la vérité.

Frustré, il lève les mains en l'air.

— C'est une chose de se battre avec des joueurs de l'équipe adverse sur la glace dans le feu de l'action et c'en est une autre de se battre avec l'un des siens. Au cas où tu ne l'aurais pas déjà deviné, la deuxième option est inacceptable, assène-t-il.

Il se penche en avant et joint ses doigts sur la table.

— Tu crois vraiment que les annonceurs potentiels te considère-ront comme un bon candidat s'ils voient une vidéo de toi en train de mettre une raclée à quelqu'un ? Est-ce l'image qu'une entreprise veut donner de sa marque ?

D'accord… il n'a peut-être pas tort. Ce n'est pas comme si j'avais réfléchi à des futurs contrats de pub quand Reed l'a ouverte. La seule chose que je voulais, c'était le faire taire.

Et c'est exactement ce que j'ai fait.

Est-ce que je le regrette ? Pas le moins du monde.

Mais je ne l'avouerai pas à mon père. Cela ne fera que le pousser à bout.

— Je suis désolé.

Je passe une main dans mes cheveux encore humides et je dis avec la bonne dose de contrition :

— Cela ne se reproduira plus.

Les excuses peuvent atténuer sa colère, mais il a toujours l'air exaspéré.

— Nous en avons parlé, Brody. Tu dois te tenir à carreau. Ça veut dire, pas de bagarres. Pas de consommation excessive d'alcool. Pas de mères célibataires qui sortent du bois pour obtenir une pension. Rien qui puisse ternir ton image. À mon époque, il n'y avait pas toutes ces conneries de réseaux sociaux. Les gens ne faisaient pas de photos ou de vidéos chaque fois que tu sortais de chez toi. C'était beaucoup plus facile de garder les conneries sous silence.

Mon père secoue la tête. Il a dû réparer plus d'un cauchemar de relations publiques pour un client à cause de mauvaises décisions et des réseaux sociaux.

— Aujourd'hui, dès que tu lèves le petit doigt, ça devient viral. Quand tu es un athlète professionnel, les gens peuvent t'accuser de presque n'importe quoi, même s'il n'y a pas la moindre once de vérité, et ruiner ta carrière. Je l'ai vu faire. Tu dois être prudent.

Cette fois, lorsque je marmonne mes excuses, je les pense vraiment. Parfois, j'oublie que mon père a mes intérêts à cœur. Il est de mon côté, et il essaie de m'orienter dans la bonne direction.

— Tu as raison. Je suis désolé.

Hier soir, ça a dérapé. J'ai laissé mes émotions prendre le dessus. En temps normal, je suis plus prudent à ce sujet.

— Tu es trop proche d'avoir tout ce que tu as toujours voulu pour tout gâcher maintenant. Tu dois garder à l'esprit que ton comportement a des conséquences. Tu n'es plus un enfant. Alors, n'agis pas comme tel.

— C'était une erreur de jugement momentanée, ajouté-je pour faire bonne mesure.

Je voudrais apaiser les choses avant de retourner sur le campus. On dirait que je vais m'inspirer d'Amber pour gérer mon père. Il y a peut-être vraiment truc avec ces conneries zen après tout.

— Erreur de jugement momentanée, mon œil. Qui est la fille qui a provoqué le grabuge ?

Eh merde.

J'aurais dû savoir que rien de tout cela ne lui échapperait. Il s'est toujours montré vigilant en ce qui concerne ma carrière. Et la plupart du temps, j'apprécie. Sans cet homme, je ne serais pas là où j'en suis aujourd'hui, avec un contrat signé et des accords publicitaires en cours. Mais parfois, il peut se montrer un peu excessif et autoritaire. J'aimerais qu'il me laisse respirer un peu et qu'il me laisse me débrouiller seul. Il l'a dit lui-même, je ne suis plus un enfant. Alors, qu'il me laisser gérer mes affaires comme un adulte, comme la plupart des jeunes de 23 ans.

Comme je ne dis rien, il hausse un sourcil et sort son téléphone. Il tapote l'écran plusieurs fois, plisse les yeux, et dit :

— Je suppose que cette Natalie Davies est la raison pour laquelle une bagarre a éclaté entre toi et l'un de tes coéquipiers ?

J'expire.

— Oui.

Il fronce les sourcils et jette le téléphone sur la table.

— Pourquoi te battre avec un autre joueur pour une chaudasse de l'université ? Je suis passé sur le campus. J'ai vu les filles à tes matches. Il y en a plus qu'il n'en faut. Ça ne sert à rien de vous battre pour la même fille.

Je lui jette un regard noir, agacé par la tournure de la conversation.

— Natalie n'est pas une chaudasse.

Le simple fait d'utiliser ce terme me laisse un mauvais goût dans la bouche.

Il me montre son téléphone où Facebook est affiché.

— Si je ne te l'ai pas dit mille fois, alors je ne te l'ai jamais dit : s'impliquer est une erreur. La dernière chose dont tu as besoin, c'est de te déconcentrer. Tout ce pour quoi tu as travaillé est enfin à portée de main. Ne fous pas tout en l'air maintenant. Pas pour quelque chose comme ça.

Je me passe à nouveau la main dans les cheveux, agité.

— Ce n'est pas comme ça, d'accord ? Tu fais toute une histoire pour rien.

Je savais qu'il en ferait des tonnes.

— Vraiment ? demande-t-il, haussant un sourcil. Alors, entre toi et Reed, tout va bien ?

Entre Reed Collins et moi, ça n'a jamais marché. Et je ne vois pas comment cela pourrait changer à ce stade.

— Non, répliqué-je.

Il secoue la tête, et je vois la déception dans son regard.

— Je t'ai toujours dit de sortir et de t'amuser. De t'envoyer en l'air autant que tu veux.

Je lève les yeux au ciel et grommelle :

— Enfin, Papa ! Je n'ai vraiment pas envie d'avoir cette conversation avec toi pendant le brunch du dimanche.

J'ai l'impression d'être à deux doigts de régurgiter tout ce que je viens d'avaler.

— Quoi ? demande-t-il en souriant. Tu crois que je n'ai pas fait la même chose quand j'avais ton âge ? Je me tapais toutes les filles qui voulaient bien me laisser faire.

Il pose sur moi un regard complice.

— Toi et moi, nous ne sommes pas si différents. Si tu travailles dur sur la glace, tu as le droit de te défouler un peu et de jouer tout aussi dur en dehors, affirme-t-il avant de redevenir sérieux et de pointer un doigt sur moi. Mais il faut la jouer fine. Ce qui signifie que tu ne dois pas t'engager sérieusement avec une fille à ce stade.

Même si je n'ai avalé que la moitié des œufs et des pancakes, je repousse mon assiette. Comme je garde le silence, il poursuit.

— Mets un terme à ce qui se passe avec cette fille avant que ça ne devienne incontrôlable. Tu n'as pas besoin de cette distraction, surtout maintenant. Tu as déjà assez à faire avec les cours et le hockey, dit-il avant d'agiter la main. Tu veux t'envoyer en l'air ? Ne te gêne pas. Personne ne t'en empêche. Mais ça s'arrête là. Il y aura bien d'autres filles quand tu seras professionnel.

Je me frotte le front. Je voudrais que cette conversation se termine.

— Natalie est une amie. C'est tout. Tu n'as pas de quoi t'inquiéter, d'accord ? Détends-toi.

Et, par pitié, arrête de parler de s'envoyer en l'air !

Avant que je parte pour les juniors, mon père m'a fait asseoir et nous avons eu une discussion très similaire sur le fait de ne pas s'impliquer dans des relations et la nécessité de rester concentré sur le hockey et mes rêves de NHL.

Y a-t-il eu des filles que j'aurais aimé mieux connaître ?

Oui. Quelques-unes.

Mais je n'ai pas insisté. J'ai fait exactement ce qu'il voulait et j'ai tenu les femmes à distance. Je ne peux pas dire qu'il n'avait pas raison. Je vois comment sont la plupart de ces filles. Elles veulent une part de vous à cause de qui vous êtes et ce que vous allez devenir. Je n'ai pas besoin de cela.

— Veille à ce que ça reste ainsi, me dit mon père d'un ton sévère.

Les pieds de ma chaise raclent le carrelage lorsque je m'écarte de la table.

— Bon, c'était bien sympa, mais je dois retourner sur le campus pour étudier.

— Bien, répond-il.

Et alors que je m'éloigne, il ajoute :

— Et règle les choses avec ton co-capitaine. Tu n'as pas besoin d'amener de l'animosité sur la glace avec toi. Pas quand ta saison est sur le point de débuter.

J'agite une main par-dessus mon épaule tout en me dirigeant vers la porte d'entrée.

Oui, mais non. Ça n'arrivera pas.

En ce qui me concerne, Reed peut aller se faire voir.

CHAPITRE 9

NATALIE

— J'ai besoin d'un café, gémis-je, les yeux embrumés, alors que Zara et moi traversons le campus. S'il te plaît, dis-moi qu'on a le temps de s'arrêter.

Je n'ai pas bien dormi la nuit dernière. Je ne pensais qu'à cette situation ridicule dans laquelle je me trouve embarquée avec Brody. C'est effrayant de voir à quelle vitesse toute cette histoire a pris de l'ampleur. Il est clair qu'il faut faire quelque chose avant que ça n'empire.

Zara jette un coup d'œil à son téléphone.

— Du moment qu'il n'y a pas une énorme file d'attente, ça devrait aller.

Nous nous arrêtons au Java House, un café situé au milieu du campus. J'ouvre la porte et j'entre, et je ne suis pas surprise de constater que la file est plus longue qu'à l'accoutumée. À mon avis, tout le monde a encore la gueule de bois suite au week-end, et a besoin d'une petite dose supplémentaire de caféine pour démarrer son lundi matin.

Je n'ai peut-être pas la gueule de bois, mais je ressens la même douleur.

Quelques clients jettent un coup d'œil vers nous, et certains y regardent à deux fois, alors qu'une vague de murmures se répand dans la foule. Mal à l'aise face à une telle attention, je m'arrête sur le seuil, et Zara me rentre dans le dos.

— Qu'est-ce qu'il se passe, Nat ? grogne-t-elle, irritée.

— Désolée.

Ignorant les regards et les voix étouffées, j'entre dans la boutique et me place dans la file d'attente. Je fais un décompte rapide. J'ai l'impression qu'il y a sept personnes avant nous.

— Je ne sais pas si nous avons assez de temps pour ça, murmure Zara en jetant un nouveau coup d'œil à son téléphone. C'est presque l'heure, et je ne peux pas me permettre d'être en retard.

Je me mets à sautiller sur la pointe des pieds ; je meurs d'envie d'un moka au caramel. Je ne suis pas certaine de pouvoir passer la prochaine heure sans aide.

Il me faut du courage sous forme de caféine pour gérer Brody et cette situation qui échappe à tout contrôle.

Ne voulant pas prêter attention à tous ces regards qui se tournent vers nous, je garde les yeux rivés devant moi. Je m'étais dit que ce qu'il s'était passé avec Brody serait vite oublié. Dans le grand ordre du monde, entre les guerres, la politique, la faim dans le monde et les maladies, ce n'est pas grand-chose. Pourtant, la rumeur selon laquelle lui et moi sommes désormais le couple fétiche de Whitmore s'est répandue comme une traînée de poudre sur les réseaux sociaux en moins de quarante-huit heures.

Zara se penche près de mon oreille.

— C'est mon imagination, ou est-ce que tous ces gens te regardent ?

Ce n'est pas son imagination. Je peux littéralement sentir leurs yeux sur moi. Pour quelqu'un qui aime son anonymat, c'est une sensation étrange.

— C'est ton imagination.

— Je ne crois pas, réplique-t-elle, perplexe. Comment se fait-il que tu ne t'en rendes pas compte ? Même moi, ça me met mal à l'aise.

— Personne ne fait attention à nous, répété-je. C'est un lundi matin normal. Il n'y a rien qui sorte de l'ordinaire.

C'est comme si je lisais un scénario dont je ne veux pas m'écarter.

Elle ricane.

— Oh, ma chérie, tu espères que si tu le répètes assez souvent, ce sera vrai ?

— C'est le plan, j'admets. Et, jusqu'à présent, ça fonctionne.

Pas vraiment. J'ai remarqué que les gens me dévisageaient dès que j'ai mis les pieds sur le campus il y a dix minutes. Quelques-uns m'ont même saluée et dit *bonjour* comme si nous nous connaissions. La première fois que ça s'est produit, je me suis retournée et j'ai regardé derrière moi, me disant que ça s'adressait à quelqu'un d'autre. Mais il n'y avait personne.

Flippant.

— Voilà qui devrait être intéressant, murmure Zara.

Nous sommes encore au nombre de quatre lorsqu'une *barista* crie :

— Moka caramel extralarge avec un supplément de chantilly pour Natalie.

Fronçant les sourcils, je jette un regard en coin à mon amie. Puis je parcours la petite boutique du regard en attendant que quelqu'un portant le même nom que moi prenne la boisson que j'avais l'intention de commander. Trente secondes s'écoulent et le gobelet reste sur le comptoir sans être réclamé.

Me regardant droit dans les yeux, la *barista* répète la commande plus lentement.

Zara me donne un coup de coude dans le bras.

— Ok, ça va te paraître bizarre, mais je crois qu'elle te parle.

Ce n'est pas possible. Je n'ai pas encore atteint le comptoir.

— Ça ne peut pas être le mien.

— Je sais, mais...

— Natalie ? répète la fille, captant mon regard surpris. Tu t'appelles Natalie, c'est ça ?

Je hoche la tête en guise de réponse.

Encore une fois, elle parle lentement.

— Tu sors avec Brody McKinnon ?

Oh, pour l'amour du ciel !

Sérieusement ?

— Hmm…

Comment suis-je censée répondre à cette question ? Je ne sors absolument pas avec Brody. Toute cette histoire de faux couple est un énorme méli-mélo. Il faut corriger cette situation au plus vite.

— Oui, c'est elle.

Zara m'attrape par la main et m'entraîne de force vers l'avant de la file d'attente. D'autres personnes se tournent pour nous regarder.

La *barista* nous regarde avec un sourire rayonnant, et me tend le café d'un geste théâtral.

— C'est ce que tu commandes habituellement, n'est-ce pas ?

— Hmm…

Je suis confuse. Que se passe-t-il ici ?

— Oui, répond Zara devant mon silence. C'est bien ça. Extragrand, avec de la crème. Comme elle l'aime.

— C'est bien ce que je pensais. Tu es une habituée, dit-elle avant de se pencher vers moi en murmurant. Je te le préparerai chaque jour à dix heures moins le quart.

Comme je continue de poser sur elle un regard stupéfait, Zara me balance un coup de coude dans les côtes et murmure en souriant :

— Dis merci.

— Merci, marmonné-je comme une idiote.

— Je t'en prie. Dis à McKinnon que nous l'adorons ici au Java House. À sa manière de dire *adorons*, on entend plutôt *aaaaaaadoooooorons*.

— On le fera, pas de problème. Votre soutien est apprécié, dit Zara avant de lever le poing en l'air. Allez les Wildcats !

Puis elle se penche par-dessus le comptoir, et demande à la *barista* :

— Dis… y aurait-il une chance que je puisse avoir un *frap* sans crème ?

— Bien sûr, j'arrive tout de suite !

Un sourire ravi sur le visage, Zara se retourne vers moi. Je suis sûre que mon expression dit *c'était quoi ce bordel*. Je secoue frénétiquement la tête.

— C'est vraiment génial ! murmure-t-elle.

Retrouvant ma voix, je marmonne :

— C'est bizarre ! Je n'aime pas ça. Pas du tout.

Moins de deux minutes plus tard, la *barista* est de retour.

— Et voilà ! Un frappuccino sans crème.

Décontenancée par cet échange bizarre, je fouille dans ma poche pour y trouver de l'argent et j'en sors quelques billets pliés.

— Combien est-ce qu'on te doit ?

Elle s'éloigne du comptoir, lève les mains, et secoue la tête.

— Ne t'inquiète pas. C'est pour la maison.

— Quoi ? Non ! m'exclamé-je en regardant Zara, la suppliant en silence de me soutenir sur ce point. On ne peut pas accepter ces boissons sans les payer.

— Tu plaisantes ? Bien sûr qu'on peut ! m'interrompt mon amie.

Lorsqu'elle me donne un coup de coude pour la troisième fois, je lui lance un regard noir. Elle affiche un sourire permanent qui lui donne l'air légèrement dingue. D'accord, plus que légèrement.

— Tu remercies encore la gentille fille et nous allons en classe avant d'être en retard.

Je n'ai pas le temps d'argumenter, car Zara m'éloigne du comptoir. Avant d'aller trop loin, je mets les billets froissés dans le pot à pourboires. Je ne *peux pas* ne pas payer ces gens. Ce serait mal. Et je me sens déjà assez mal à l'aise d'être passée devant les clients qui faisaient déjà la queue.

Je sors de la boutique en trébuchant et je m'arrête.

— Merde, c'était quoi, ça ?

Zara sourit et avale une gorgée de sa boisson. Elle ferme les yeux et pousse un soupir exagéré.

— Ça, mon amour, c'est l'un des nombreux avantages de sortir avec Brody McKinnon. Et tu sais quoi ? J'adore. Oserais-je dire que le café a un goût un peu meilleur grâce à cela ? demande-t-elle avant de pousser un petit cri. D'accord, j'ose. C'est *tellement* meilleur.

Elle pose sur moi un regard pétillant.

— Je t'avais dit que ce n'était pas près de s'arrêter.

Je déteste l'admettre, mais Zara a peut-être raison. Ce qui signifie que je dois parler à Brody immédiatement. Il faut mettre un terme à cette comédie avant qu'elle ne devienne encore plus incontrôlable.

CHAPITRE 10

NATALIE

J'arrive au cours du Dr Miller avec quelques minutes d'avance. Sur le chemin, j'ai été assaillie par d'autres personnes qui m'appelaient par mon nom et me faisaient signe de la main. Au bout d'un moment, j'ai simplement fait un signe moi aussi. Quelques-uns se sont même arrêtés pour me dire à quel point ils aimaient mon petit ami.

Mon petit ami...

Qu'est-ce que je suis censée répondre à cela ?

Hmm, merci ?

Cet épisode a bouleversé toute ma matinée. J'attends avec impatience que Brody fasse sa grande entrée. Je suis en train de défouler ma nervosité sur mon ongle de pouce rongé jusqu'à la pulpe quand Kimmie Sanders arrive.

J'y regarde à deux fois.

Enfin… je crois que c'est Kimmie.

Même s'il s'agit d'un cours à 10 heures du matin et que la plupart d'entre nous ont l'air de sortir du lit et d'avoir traversé le campus en sprintant comme des dératés, habituellement Kimmie débarque dans la salle avec un maquillage complet et des cheveux parfaitement coiffés. Elle a une préférence pour les hauts bien trop décolletés et les jupes bien trop courtes.

Ce n'est pas le cas ce matin.

Je ne peux m'empêcher de la fixer. Je ne crois pas qu'elle porte la moindre trace de maquillage, et elle a remonté ses cheveux en un chignon désordonné. Elle porte un legging et un sweat large. Elle n'a même pas un crop-top.

Est-ce que c'est... une tache sur sa poitrine ?

Cela fait trois ans que je connais Kimmie, et jamais je ne l'ai vue habillée ainsi.

Comme elle est étudiante en finance comme moi, je finis généralement par avoir au moins un cours avec elle par semestre. Ceci dit, nous sommes plus des connaissances que des amies. Elle ne pense qu'aux Delta Zetas, et les sororités ne m'intéressent pas. Toutefois, cette dérogation à la norme me préoccupe.

Lorsqu'elle se laisse tomber au pupitre derrière moi, je me tourne sur mon siège.

— Kimmie ? Tu vas bien ?

Elle est peut-être souffrante. Mais je ne vois pas très bien pourquoi elle prendrait la peine de se montrer si c'était le cas. Tout ce qu'elle fait, c'est jacasser avec Brody pendant les cours. Les études n'ont jamais été sa priorité.

Dès que ses yeux bleus layette se posent sur moi, tout son corps se ramollit, et ses yeux écarquillés se remplissent de larmes.

Merde.

J'ignore ce qu'elle a, mais c'est bien pire que ce que je soupçonnais au départ.

— Qu'est-ce qui ne va pas ? lui demandé-je gentiment.

Je suis toujours prête à aider une sœur. *Girl power* et tout ça, n'est-ce pas ?

— Tu as l'air contrariée.

Elle cligne des yeux. Son visage, normalement joli, adopte une expression pincée lorsqu'elle me jette un regard noir.

— Qu'est-ce qui ne va pas ? répète-t-elle, et sa voix grimpe dans les aigus à chaque syllabe.

Quelques étudiants pivotent sur leurs chaises pour voir ce qui se passe.

— Comment peux-tu me demander une chose pareille ?

— Quoi ?

Je me raidis, confuse. Apparemment, j'aurais dû me taire.

J'ai compris.

La journée d'aujourd'hui a été suffisamment bizarre pour ne pas ajouter la crise de Kimmie Sanders à la liste. Mais il est trop tard pour faire marche arrière. Je vois dans ses yeux la tempête qui se prépare. D'un instant à l'autre, elle va me tomber dessus.

Moi, une spectatrice innocente, une connaissance inquiète.

Kimmie se penche vers moi. Elle a serré les poings sur son pupitre. Si elle se met à monter dessus, je me tire !

— Tu es vraiment incroyable, Natalie ! s'exclame-t-elle, la voix tremblante d'émotion.

J'écarquille les yeux, et, choquée, je porte une main à ma poitrine.

— Moi ? Qu'est-ce que j'ai fait ?

Je crois que cette fille a perdu la tête. Elle a peut-être inhalé trop de laque pour cheveux. Je ne suis pas psychologue, mais ce n'est pas un comportement normal. Pas même pour Kimmie Sanders.

Elle plisse les yeux. Si ses yeux avaient balancé des rayons laser, je ne serais plus qu'un tas de cendres.

— Je vais te dire ce que tu as fait ! Tu m'as volé l'homme que j'aime juste sous mon nez !

Elle gémit la dernière partie, et je grimace quand d'autres étudiants se retournent sur leurs sièges, tordant le cou pour observer le spectacle qu'elle est en train de donner.

— Comment as-tu pu ?

La mâchoire m'en tombe devant cette accusation.

J'ai volé l'homme qu'elle aime ? De quoi parle-t-elle ?

Avant que je parvienne à saisir ses mots et même à tenter de faire le tri dans ce bazar, elle continue.

— Je croyais que nous étions amies ! En tout cas, plus maintenant ! Les amies ne volent pas les hommes des autres.

Oh, mon Dieu ! Elle délire totalement. C'est la seule explication rationnelle à son comportement dérangé. J'ai entendu parler de jeunes adultes qui font des dépressions nerveuses à l'université. Je n'en avais jamais été témoin. Pauvre Kimmie. J'espère qu'elle trouvera l'aide dont elle a besoin pour aller mieux.

— Kimmie, dis-je avec précaution. Nous n'avons jamais été amies.

Pourquoi pense-t-elle cela ? Je n'ai pas souvenir d'une seule fois où elle a fait mine de me connaître en dehors des cours.

Elle croise les bras sur sa poitrine généreuse.

— En tout cas, nous ne le sommes plus !

J'ai peur de ce qu'elle fera si je tente de la raisonner. Cela pourrait aggraver la situation. Et je n'ai pas besoin de cela. Pas en plus de tout ce qui s'est passé ce matin. Je devrais peut-être me contenter de jouer le jeu.

— Qui ai-je volé exactement ?

Deux grosses larmes à l'aspect cristallin coulent sur ses joues pâles.

— Tu sais exactement qui tu as volé, petite garce perfide !

D'autres personnes sont entrées dans la pièce et regardent le show qu'elle est en train de faire. J'ai juste envie de me fondre dans le sol. Est-il trop tard pour changer de cours ce semestre ? Je suis sûr que le Dr Miller serait sensible à ma situation.

Je poursuis à voix basse.

— Je ne sais vraiment pas. Pourquoi ne pas me le dire ?

— Brody ! gémit-elle. C'est l'amour de ma vie.

Fils de singe !

J'aurais dû savoir.

Le Dr Miller entre dans la salle et consulte quelques documents à son pupitre. D'autres personnes remplissent les sièges jusqu'à ce que tous les bureaux qui m'entourent soient occupés.

Voyant que le cours est sur le point de commencer, je dis :

— Écoute, Kimmie, il y a eu un malentendu. Est-ce qu'on peut en discuter après le cours ? lui demandé-je, jetant un coup d'œil autour de moi à la mer de regards curieux. Seule ?

L'espoir renaît dans ses yeux bleu clair chargés de larmes et sa lèvre inférieure tremble pathétiquement.

— Une erreur ?

— Oui, dis-je, soulagée de voir sa colère se dissiper comme par magie. Une énorme erreur. Je t'expliquerai tout après le cours, d'accord ? Tu n'as pas à t'inquiéter au sujet de Brody, crois-moi.

Elle sourit et hoche la tête.

— Oui.

Je me tourne vers l'avant de la salle et me frotte les tempes, exaspérée. Une migraine se prépare derrière mes yeux. Il n'est que 10 heures du matin et j'ai déjà envie d'enrouler mes mains autour du cou de Brody et de l'étrangler.

Merde. Tout est de sa faute. S'il avait fermé sa grande bouche samedi soir, rien de tout cela ne serait arrivé. Brody entre dans la salle alors que le Dr Miller se lance dans un cours sur les entreprises à but non lucratif. Il s'arrête, son regard balayant le petit amphithéâtre. Je m'affaisse sur mon siège : je sais qu'il me cherche. J'ai besoin de temps pour me calmer avant de lui parler. Je tourne les yeux vers lui, espérant qu'il a trouvé un endroit où s'asseoir. Ce n'est pas le cas. Dès l'instant où nos regards se croisent, il s'avance vers moi. Malheureusement pour lui, tous les sièges sont occupés.

Mais ce n'est apparemment pas cela qui va l'arrêter. Je fronce les sourcils tandis qu'il se glisse dans la rangée où je suis assise.

Que compte-t-il faire ? S'asseoir sur mes genoux ?

Lorsqu'il arrive au bureau occupé à côté du mien, il ne dit pas un mot. Il se contente de hausser un sourcil. Le type pâlit et ramasse précipitamment son ordinateur et son sac à dos avant de détaler.

Pour la énième fois ce matin, ma mâchoire se décroche. L'air détendu, Brody se glisse derrière le pupitre à côté de moi. Une fois qu'il a sorti son ordinateur, ses yeux se posent sur les miens et un côté de sa bouche se retrousse.

— Salut, bébé, me dit-il. Merci de m'avoir gardé une place.

Je fais la seule chose que je peux faire.

Je grogne de frustration.

CHAPITRE 11

BRODY

Toutes les deux ou trois minutes, je jette un regard à Natalie du coin de l'œil. Je pourrais presque voir la fumée s'échapper de ses oreilles. Je devine qu'elle est sur le point d'éclater. Je ne sais pas exactement ce qu'il se passe, mais j'ai le sentiment que je le découvrirai bientôt.

Ce que je dirais de Natalie, c'est qu'elle ne me laisse jamais en suspens quant à ses véritables sentiments. En particulier quand ils sont liés à moi. Et je trouve ça rafraîchissant. J'ai côtoyé suffisamment de femmes pour savoir qu'elles ne vous disent pas toujours ce qu'il se passe réellement dans leur tête. Ce qui peut s'avérer délicat. Je préfère de loin côtoyer quelqu'un qui s'exprime ouvertement, en bien ou en mal.

— Très bien, tout le monde, je vous vois mercredi, nous annonce le Dr Miller. N'oubliez pas que le devoir de la page deux cent quarante est à rendre pour demain minuit. Si vous avez des questions sur le matériel, vous pouvez toujours m'envoyer un email ou un texto. En revanche, je ne suis pas sur Snapchat.

Quelques rires éclatent tandis que les gens rangent leurs affaires et se dispersent comme des rats fuyant un navire en train de couler.

J'essaie de trouver la meilleure façon d'aborder Natalie quand le Dr Miller dit :

— Monsieur McKinnon, puis-je avoir quelques instants de votre temps ?

— Bien sûr, dis-je au professeur, puis je jette un coup d'œil à Natalie. Tu m'attends ?

Elle hoche la tête. Son visage semble avoir été gravé dans la pierre. Cela, ajouté au fait qu'elle n'a pas prononcé un seul mot pendant les cinquante minutes qu'a duré le cours, me préoccupe.

— Je ne serai pas long, ajouté-je.

De manière générale, les filles ne m'ont jamais rendu nerveux. C'était peut-être le cas lorsque j'avais quinze ans, mais certainement pas depuis. Il y a toujours eu trop de choses qui sollicitaient mon attention pour que je m'attache à quelqu'un en particulier. Je n'ai jamais eu non plus à faire des efforts pour attirer l'attention d'une femme.

Natalie est l'exception.

Si je ne lui parle pas, c'est comme si je n'étais pas là. C'est pourquoi, je suppose, je me mets à agir comme un garçon de CM2 qui a son premier coup de foudre et la titille sans pitié. Ce que je lui ai dit l'autre jour est vrai. Je ne la taquinerais pas si je ne l'appréciais pas.

Il est peut-être temps de revoir ma tactique.

Rassemblant ses affaires, Natalie quitte l'amphithéâtre sans un regard en arrière. Je suppose que rien n'a changé à cet égard.

Mon sac à dos sur l'épaule, je me dirige vers l'avant de la salle. Le Dr Miller est mon conseiller depuis que j'ai mis les pieds sur le campus. Elle a un comportement décontracté et les élèves l'adorent.

— Quoi de neuf, docteur M ?

Elle me sourit.

— Bonjour, Brody. Je voulais prendre de tes nouvelles et voir comment ça se passe.

Ses lunettes descendent sur son nez et elle remue quelques papiers sur le pupitre.

— Tout va bien.

Est-ce que ça pourrait être mieux ? Mais carrément ! Mais ce n'est pas le sujet.

Ses yeux verts croisent les miens tandis qu'elle ramène une mèche de cheveux blonds derrière son oreille.

— Ton père t'a-t-il dit que nous avions parlé la semaine dernière ?

— Oui.

Oh, que oui !

Elle hoche la tête, l'air soulagée.

— Bien. Je ne veux pas que tu aies l'impression que j'agis dans ton dos lorsque je discute de tes notes avec ton père.

Je hausse les épaules et je dis la vérité.

— Il s'implique énormément depuis que je suis ici. Pourquoi cela changerait-il maintenant ?

Elle me sourit, amusée.

— C'est bien vrai. Et même si je comprends sa logique, je voulais m'assurer que tu es au courant de ce qui a été dit.

— J'apprécie.

Mon père intimide la plupart des gens. Curieusement, le Dr Miller ne semble pas s'en émouvoir.

— J'ai regardé de plus près ton test de la semaine dernière pour voir quel genre d'erreurs tu faisais et j'ai remarqué que tu avais du mal avec certains concepts-clés. Je pense que c'est parce qu'ils sont plus abstraits. Tu te débrouilles bien avec les idées plus concrètes. Tu as eu soixante-quinze pour cent à ton dernier test, dit-elle d'un ton plus doux. Les sujets traités vont être de plus en plus difficiles. Tu te situes à un niveau moyen de C. Je crains que tes résultats aux examens n'en pâtissent. Tu n'as pas beaucoup de marge de manœuvre.

Elle fait une pause et fouille mon regard, pour se faire comprendre. Les deux dernières semaines de cours ont été plus problématiques. Je suis à jour de toutes les lectures et de tous les devoirs, mais il m'arrive de ne pas assimiler les concepts aussi rapidement qu'il le faudrait. Je ne suis pas encore dépassé, mais si la difficulté de ce cours continue de s'accroître à ce rythme, cela risque d'être le cas.

— Nous sommes tous deux conscients des critères que Whitmore a fixés pour ses étudiants sportifs. Si une de tes matières tombe en dessous de C, tu seras obligé de rester sur le banc de touche jusqu'à ce que tu remontes à un niveau supérieur ou égal à C.

— Cela n'arrivera pas, dis-je rapidement, surtout parce que je ne peux pas imaginer cette possibilité. C'est ma dernière année à Whitmore. Ma dernière saison avec eux. Il est primordial que nous ramenions un championnat national à la maison. Je suis également capitaine de l'équipe. Ce serait une énorme honte de rester sur la touche pendant un certain temps. Mon cœur se serre à cette idée.

Le Dr Miller me serre l'épaule un instant.

— Je sais que tu travailles dur, Brody. Je ne peux pas en dire autant de tous les étudiants sportifs de Whitmore. Toi et moi, nous nous rencontrons autant que possible, mais je crois qu'il est peut-être temps de prendre un tuteur. J'ai pris la liberté de vérifier auprès de tes autres professeurs. Tu es aussi limite dans ton cours de statistiques. Je crois qu'à ce stade, ce serait une mesure préventive à prendre. Ouvrant une chemise en papier, elle retire la feuille du haut de sa pile de documents et la glisse dans ma main.

— Voici quelques noms de tuteurs avec lesquels je pense que tu travaillerais bien. Tu vas devoir envoyer un mail à chacun d'entre eux pour vérifier leurs disponibilités et voir si ça correspond avec ton emploi du temps.

Une boule d'angoisse me prend aux tripes tandis que je fixe le papier que je tiens dans la main.

— Ce sont des étudiants tuteurs ?

— Des étudiants diplômés, oui. Je pense qu'il te serait bénéfique de travailler avec quelqu'un deux fois par semaine. Toi et moi continuerons à nous rencontrer pendant les heures de bureau, bien sûr, mais je pense que ça t'aiderait.

Je ne suis pas opposé à l'idée de travailler avec un tuteur, mais je sais que les gens aiment faire des ragots par ici. La plupart du temps, je ne peux rien y faire, mais j'ai toujours essayé de cacher mes difficultés scolaires.

Jusqu'à présent, j'ai fait de mon mieux pour tenir le coup, mais ces cours de niveau supérieur me tuent. Si je n'avais pas promis à ma mère de finir l'université avant d'entrer en NHL, je serais allé directement à Milwaukee après les juniors. Mais c'est ma dernière année. Je suis maintenant dans la dernière ligne droite. Je dois juste travailler un peu plus dur et j'aurai mon diplôme lorsque je patinerai sur la glace avec les Mavericks.

Le Dr Miller a raison. J'ai besoin d'aide. Me faire mettre sur la touche n'est pas une option. Une idée germe dans ma tête. Je glisse la liste des tuteurs dans la poche de mon pantalon, en espérant ne pas avoir à les contacter.

— Merci, docteur M. Je vais m'en occuper.

— Il n'y a pas de honte à demander de l'aide, Brody, me rappelle-t-elle. Beaucoup d'étudiants le font.

Je hoche la tête. Cela n'a rien à voir avec le fait que je sois gêné de demander de l'aide. Il s'agit plutôt pour moi de contrôler qui est au courant de mes problèmes.

Le Dr Miller semble satisfaite de ma réponse.

— J'ai l'intention de prendre contact avec tes autres professeurs toutes les semaines. Ensuite, lorsque nous nous réunirons le mercredi, nous pourrons examiner tes relevés de notes. Nous allons surmonter cela ensemble, d'accord, Brody ?

À ces mots, je me détends. Le Dr Miller continuera à travailler avec moi et si je parviens à convaincre Natalie, je serai prêt. Seulement, j'ignore comment la convaincre. La plupart du temps, cette fille supporte à peine d'être dans la même pièce que moi.

Je dis au revoir au Dr Miller et traverse le couloir en trottinant, poussant les portes principales pour quitter le bâtiment. J'espère que Natalie n'a pas pris la fuite. Je ne lui en voudrais pas. Il me faut un instant pour ne plus être ébloui par la lumière du soleil. Il y a une tonne d'étudiants qui se baladent en discutant de tout et de rien.

Quelque chose se calme instantanément en moi lorsque mon regard se pose sur Natalie. Comme toute mon attention est concentrée sur la brune aux longues jambes, il me faut un moment pour réaliser qu'elle n'est pas seule.

Elle est avec Kimmie. Eh bien…

Ce n'est pas du tout ce dont j'ai besoin en ce moment.

D'autant plus que Kimmie agite frénétiquement les bras. J'ai beau être à une bonne dizaine de mètres d'elles, j'entends sa voix qui monte en volume. Elle semble dangereusement proche de se jeter sur Natalie. Je me précipite dans les escaliers. Chaque grande enjambée me rapproche d'elles. Une petite foule de badauds s'est rassemblée autour des filles.

Dès que je les rejoins, je glisse un bras autour de Natalie et je la serre contre moi. Les yeux de Kimmie s'écarquillent, et un éclair de douleur les traverse. Je ne suis pas sûr de savoir quel est son problème. Il n'y a rien entre nous. Nous sommes amis. C'est tout.

Nous n'avons même jamais couché ensemble. Je ne dis pas qu'elle ne m'a jamais dragué, je dis juste que cela n'est jamais arrivé entre nous.

Il suffit d'une seule interaction avec elle pour comprendre qu'elle est le genre de fille qui peut vous *stalker*. Tous les signes sont là, clignotant comme les lumières du strip de Las Vegas. Je me tiens à l'écart des femmes qui vous disent qu'elles sont d'accord pour avoir une relation de quelques heures, mais qui finissent par vous envoyer des SMS virulents pendant des mois et par vous dénigrer auprès de toutes les personnes avec lesquelles elles entrent en contact.

Contrairement à ce que l'on pourrait croire, je ne suis pas un gros con. Je suis toujours franc quant à mes intentions. Si quelqu'un n'est pas d'accord avec ce que je propose, aucun souci. Il y en a beaucoup d'autres qui sont prêtes à accepter une relation sans attaches.

Essayant de me montrer désinvolte, je dis :

— Salut Kimmie. Quoi de neuf ?

Je gémis intérieurement en voyant ses yeux se remplir de larmes. Je déteste quand les filles pleurent. Comme n'importe quel homme, je me sens impuissant.

Et, le plus souvent, responsable en fin de compte.

— Alors, c'est vrai ? murmure-t-elle. Vous sortez ensemble, tous les deux ?

Natalie ouvre la bouche et je lui coupe rapidement la parole, car j'ai l'impression qu'elle est sur le point de nous balancer. Et je ne le veux pas. Je ne suis pas surpris que Natalie ait des doutes sur la nature de notre relation.

Je comprends. Je m'y attendais même.

Mais voilà… elle est dans mon collimateur depuis trois ans. Maintenant que je l'ai mise dans cette position, la dernière chose que je veux, c'est la laisser me glisser entre les doigts.

De plus, j'ai besoin d'un tuteur, et elle remplirait parfaitement ce rôle.

Je dois juste la convaincre qu'elle a besoin de moi autant que j'ai besoin d'elle.

Cela ne devrait pas être si difficile, n'est-ce pas ?

Je suis beau mec. J'ai une personnalité plutôt sympa. La plupart des filles s'arracheraient le bras pour sortir avec moi. Ou même pour faire semblant de sortir avec moi. Cela dit, Natalie n'est pas la plupart des filles. C'est la seule qui s'arracherait sans doute le bras pour s'éloigner de moi.

Allez comprendre.

Mais commençons par le commencement. Il faut que je mette le holà au scandale que Kimmie s'acharne à provoquer.

— Oui. Davies et moi sommes ensemble, c'est bien ça.

Lorsque Natalie tente à nouveau de m'interrompre, je la serre contre moi et dépose un baiser rapide sur ses lèvres. Une fois qu'elle a été réduite au silence, je recule, car cela ne m'étonnerait guère qu'elle tente de me mordre. Elle me jette un regard noir.

— Nous avons finalement décidé d'officialiser notre relation. N'est-ce pas, bébé ?

Il s'agit plutôt d'une question rhétorique. Je n'attends pas de réponse. En fait, je préférerais ne pas en avoir. Il faut juste que Natalie reste là à mijoter tranquillement pendant que je me débarrasse de Kimmie.

— Mais… mais… bafouille cette dernière, comme si elle ne savait pas quoi dire, ce qui est une première. Tu ne l'apprécies même pas ?

Natalie hausse les sourcils et une expression arrogante apparaît sur son visage.

Je secoue la tête.

— Non. Ça n'a jamais été comme ça.

Kimmie coince sa lèvre inférieure entre ses dents, tandis que son regard confus passe d'un côté à l'autre. Ses yeux se sont à nouveau remplis de larmes non versées.

— Je croyais que toi et moi… dit-elle avant que sa voix se brise. Je pensais que nous avions quelque chose de spécial.

Pourquoi croit-elle une chose pareille ?

Bien sûr, je la vois dans les soirées. Mais nous ne parlons que pendant les cours. Cette fille passe son temps à me jacasser dans les oreilles, ce qui m'empêche de me concentrer. J'ai essayé de changer de place, mais elle me suit comme un chiot perdu.

Je jette un coup d'œil à la foule grandissante.

Est-ce que ces gens n'ont pas un endroit où aller ?

Je ne veux surtout pas mettre Kimmie dans l'embarras. Tout ce qui se passe ici se répandra sur le campus en un clin d'œil.

— Je suis désolé, Kimmie, dis-je doucement. Je n'avais pas réalisé que tu ressentais ça.

— Je ne comprends pas… Jamais je n'ai entendu dire que tu sortais avec une fille avant, dit-elle en tournant les yeux vers Natalie. Qu'est-ce qui la rend si spéciale ?

Le corps de Natalie se tend, mais elle ne dit pas un mot. Je crois qu'elle attend de voir comment je vais me sortir de ce mauvais pas.

Je hausse les épaules et garde Natalie fermement ancrée à mes côtés, au cas où elle aurait des idées.

— Elle est intelligente et belle. Sans parler de sa personnalité pétillante. Pourquoi ne voudrais-je pas mieux la connaître ? J'ai des vues sur Davies depuis la première année. Et maintenant qu'elle a accepté de me donner une chance, je la saisis.

Kimmie fronce les sourcils.

— Vraiment ?

Son ton choqué m'agace. C'est comme si je venais de lui dire que j'aimais manger mes propres excréments.

— Oui, vraiment. J'aime beaucoup Natalie. C'est une fille cool.

— Hmm.

Mon explication semble la laisser perplexe. Il est temps de

conclure. Il n'y a rien de plus à dire. De nouveau, le regard de Kimmie oscille entre Natalie et moi. Je sens qu'elle veut continuer à se disputer. Comme si elle allait me dissuader d'aimer cette fille. Cela n'arrivera pas. Après quelques moments de malaise, les épaules de Kimmie s'affaissent.

— D'accord. Je suppose qu'on se verra plus tard, Brody.

— Oui.

Je suis soulagé d'avoir réussi à désamorcer cette bombe sans nous réduire tous les trois à néant. Avec un dernier regard plein d'émotion dans ma direction, Kimmie s'éloigne à grands pas. Comprenant qu'il n'y aura pas de crêpage de chignon, la foule se disperse, nous laissant seuls, Natalie et moi.

— Tu peux me lâcher maintenant, grogne-t-elle.

Je ris.

— Peut-être que je ne veux pas te laisser partir.

Je me rends compte qu'il y a plus qu'un brin de vérité dans cette phrase. J'aime la sentir serrée contre moi. Elle y trouve parfaitement sa place. Même si je doute sincèrement qu'elle pense la même chose.

Elle ponctue mes pensées d'un coup de poing dans le ventre. Je grogne et relâche ma prise.

— Tu es une fille violente, Davies.

Je déteste l'admettre, mais c'est une qualité que je trouve très séduisante. *Elle* est terriblement séduisante. Je me demande s'il y a quelque chose qu'elle pourrait faire pour me rebuter.

L'air soulagé, Natalie se dégage de mon étreinte.

— Tu n'imagines pas à quel point je peux être violente, McKinnon. Mais j'ai la nette impression que tu le découvriras bien assez tôt.

Je souris et je me frotte le ventre.

— Tu vois ? Cela ne fait que deux jours et tu me connais déjà si bien. Voilà pourquoi c'est un mariage parfait.

Elle aspire une bouffée d'air et la relâche lentement.

— Bien. À ce sujet. J'espérais que nous pourrions parler de toute cette… situation.

— Bien sûr.

Quel que soit le sujet dont elle veut discuter, ce ne sera pas bon. Je le vois à la rigidité de ses lèvres.

— Tu veux prendre un café au Java House ? lui demandé-je.

Ses yeux s'écarquillent et elle secoue la tête.

— Absolument pas !

Je lui jette un regard interrogateur, mais elle garde le silence.

— Très bien, où veux-tu aller ? J'ai quelques heures entre deux cours. Tu veux venir chez moi ?

Cette suggestion me vaut un regard noir.

— Ce n'est pas ce que je voulais dire, lui dis-je en riant.

Puis, incapable de m'en empêcher, je la taquine.

— Même si je ne suis pas opposé à l'idée si tu es intéressée.

— Nous n'allons pas chez toi, dit-elle d'un ton ferme.

— Très bien. Dis-moi où tu veux aller.

Elle me prend la main et m'entraîne.

— En dehors du campus. Il faut que je sorte d'ici. Maintenant. Avant que d'autres bizarreries ne se produisent.

Je ne sais absolument pas ce que cela signifie.

— D'accord. J'ai mon camion. Pourquoi on n'irait pas à Maples on Main ? Nous pourrions déjeuner tôt.

Les gens nous regardent pendant que nous marchons. Je suis habitué à toute cette attention, mais j'ai l'impression que Natalie n'est pas à l'aise avec ça.

— Bien.

Vingt minutes plus tard, nous nous glissons dans un box l'un en face de l'autre. Bev, l'une des serveuses qui s'occupent habituellement de moi, s'arrête à notre table avec des menus et deux verres d'eau.

— Hé, chéri, dit-elle en souriant. Je t'apporte comme d'habitude ?

Natalie me regarde en fronçant les sourcils. Ici, c'est mon deuxième chez-moi. J'adresse un clin d'œil à Bev.

— Ils prennent bien soin de moi ici.

Bev s'esclaffe. C'est une femme qui ressemble à ma grand-mère et que j'ai appris à connaître au fil des ans.

— C'est vrai. Lui et quelques membres de l'équipe s'arrêtent après l'entraînement. Je n'ai jamais vu un groupe aussi affamé.

— C'est parce que tu as le meilleur pain de viande de la ville.

— Lou en refait chaque jour en pensant à toi.

Je lui tends le menu.

— Je n'avais pas prévu le pain de viande pour le déjeuner, mais tu m'as convaincu.

Un rire franc s'échappe de ses lèvres.

— C'est parti, me dit-elle, avant de se tourner vers Natalie. Et toi, ma chérie ? Qu'est-ce que tu prendras ?

Natalie jette un coup d'œil au menu et dit :

— Juste une assiette de frites, s'il vous plaît.

— Ça ira vite, dit-elle en notant nos commandes sur un petit bloc de papier, avant de caler son crayon derrière son oreille. Ça devrait être prêt dans dix minutes.

— On peut avoir deux Coca, s'il te plaît ? lui demandé-je, puis je regarde Natalie. À moins que tu veuilles du light ?

— Non, répond-elle en secouant la tête. Le vrai de vrai, ça me va.

Voilà une fille comme je les aime.

— J'arrive tout de suite, nous dit Bev en s'éloignant.

Alors que je m'adosse à ma banquette, mon regard est attiré par Natalie. Mais ce n'est pas nouveau. Ça fait des années que je ressens cette attirance. Maintenant que nous sommes seuls, je ne sais pas trop quoi dire ni comment entamer cette conversation. D'une manière ou d'une autre, il faut que je la convainque que cette fausse relation constitue un arrangement bénéfique pour nous deux. Bien entendu, je sais exactement ce que cela me rapporte. Ce que je dois découvrir, c'est ce que moi j'apporte à la table.

— Je veux m'excuser pour ce qui s'est passé avec Kimmie. Je n'imaginais pas qu'elle puisse dérailler comme ça.

Même si, au fond de moi, je m'en doutais.

— C'est bon, dit Natalie, puis elle secoue la tête et se corrige. C'est bizarre, mais ça va.

Ses yeux parcourent le restaurant à moitié vide avant de se poser à nouveau sur les miens.

— Écoute, Brody... commence-t-elle.

— Oh, oh… Je sais que c'est sérieux quand tu m'appelles par mon prénom.

Elle sourit légèrement. Mes yeux se posent brièvement sur ses lèvres alors que le souvenir de la sensation de sa bouche sur la mienne surgit dans ma tête. L'envie de l'embrasser à nouveau m'envahit.

Je ne pense pas que cela se produira de sitôt. Si Natalie a son mot à dire, cela n'arrivera plus jamais.

— J'apprécie ce que tu as fait pour moi samedi soir avec Reed, recommence-t-elle. Je le pense vraiment. Tu n'avais pas besoin de t'impliquer.

Elle pose le regard sur la peau meurtrie autour de mon œil.

— Mais je ne crois pas qu'il soit nécessaire que nous fassions semblant d'être ensemble. Honnêtement, je crois que cela ne fera qu'attiser les tensions. Tous les ragots qui circulent finiront par passer, me dit-elle en haussant les épaules. Tu sais comment c'est, ici.

Bien sûr que je sais. Mais quand même…

Je ne suis pas prêt à en finir. Absolument pas.

Pour gagner du temps, je porte mon verre à mes lèvres et j'avale une grande gorgée d'eau. Mes yeux restent rivés sur les siens. Natalie croise et décroise ses doigts comme si elle était nerveuse. Ce qui est étrange. Elle n'est pas du genre à avoir la bougeotte. Du moins, pas en ma présence. Posant mon verre, je me penche en avant, les coudes posés sur la table en formica.

— Je crois que nous devrions continuer pendant quelques semaines, dis-je.

D'un air inflexible, elle secoue la tête.

— Pourquoi s'embêter à faire ça ?

— Parce que c'est avantageux pour nous deux.

Elle hausse un sourcil.

— Comment ça ? Je t'ai déjà dit que je me moquais que les gens parlent.

— Eh bien, dis-je en tâchant de trouver à la volée des raisons pour lesquelles il serait dans son intérêt de sortir avec moi.

J'aurais vraiment dû y réfléchir davantage, mais je ne m'attendais pas à ce qu'elle essaie de me larguer si rapidement. Avec le recul, j'aurais dû.

— Tout d'abord, improvisé-je, tout le monde sur le campus pense déjà que nous sortons ensemble.

— Ça finira par passer, répète-t-elle. Il le faut.

Je lève un sourcil dubitatif.

— Vraiment ? demandé-je, et avant qu'elle ne réponde, je poursuis. Parce que je ne suis pas vraiment connu pour entretenir des relations. Et, tu l'as peut-être remarqué, mais tout le monde ne parle que de ça depuis que je l'ai annoncé samedi soir.

Son expression s'assombrit.

— Oui, j'en suis consciente, et c'est une partie du problème. Rien qu'en traversant le campus, j'ai été assaillie par des gens qui voulaient me parler ou m'offrir du café.

Je hausse un sourcil.

— Et c'est un problème pour toi ? Parce que ce ne serait certainement pas le cas pour la plupart des filles.

Elle hausse les épaules.

— Je n'aime pas toute cette attention. C'est bizarre. Des gens qui ne me connaissent même pas s'arrêtent et me parlent ou me font signe.

Je m'adosse à mon siège et je ris.

— Bienvenue dans mon monde, bébé. Prends une chaise et reste un peu.

— Oui... Le problème, c'est que je n'ai jamais demandé à être entraînée dans ton monde.

— Tu te rends compte que si nous nous séparons maintenant, soit deux jours plus tard, tu feras encore plus l'objet de ragots qu'avant.

Puis, comme je sens que je suis en train de la perdre, je lui dis :

— Si on ajoute ce que Reed a dit à la fête...

Je laisse ma phrase en suspens, la laissant en tirer ses propres conclusions.

Je ne suis peut-être qu'un con pour avoir abordé ce sujet sensible, mais impossible de faire autrement. Les temps désespérés appellent des mesures désespérées.

Elle baisse les yeux vers la table. Eh merde... Quel enfoiré je fais !

Même si elle ne veut pas l'admettre, quelque part, elle se rend compte de la vérité de mes paroles.

— La seule raison pour laquelle les gens ne parlent pas de ça en ce moment, c'est parce que nous sommes ensemble, lui dis-je en montrant mon œil noirci. Personne ne dira de mal de toi tant que nous serons en couple. Si nous nous séparons, la chasse sera ouverte. On ne parlera plus que de toi.

La couleur qui illuminait ses joues s'évanouit. C'est peut-être difficile à accepter, mais Natalie doit entendre raison. Bien sûr, pour le moment, les gens se concentrent sur notre situation amoureuse. Pour un type qui n'a jamais été attaché avant, il s'agit d'une nouvelle fracassante. Si on arrête les choses maintenant, avant qu'elles n'aient eu le temps de se réchauffer, on aura droit à une tonne de spéculations sur les raisons de cette décision. Et les paroles de Reed vont remonter à la surface.

— Hé, dis-je prudemment. On n'est pas obligé d'en faire tout un plat. On fait quelques apparitions publiques. On traîne un peu ensemble.

Une idée me vient, et elle ne me réjouit pas.

— Est-ce qu'il y a quelqu'un d'autre dans le tableau ? Est-ce que c'est ça, le problème ?

Ne nous voilons pas la face, Natalie est une fille sexy. Piquante, certes, mais extrêmement sexy. Il faudrait être aveugle et idiot pour ne pas vouloir d'elle. Mon pouls s'emballe en attendant sa réponse. Pour une raison que j'ignore, je n'ai jamais envisagé la possibilité qu'il y ait un autre gars. J'aurais peut-être dû le faire.

Après ce qui me paraît une éternité, elle secoue la tête.

— Non. J'ai bien trop de choses à faire avec l'école pour me préoccuper d'une relation.

Elle tripote l'emballage de sa paille. Et fronce les sourcils.

— Pourquoi fais-tu ça ?

Comme je garde le silence, elle lève le nez et plonge son regard dans le mien. Sa voix est empreinte de méfiance.

— Qu'est-ce que tu y gagnes, McKinnon ?

Je hausse les épaules, essayant de minimiser les choses.

— Ça me peine que tu penses que j'attends quelque chose en retour. J'essaie juste de protéger une amie.

Elle plisse les yeux et incline la tête.

— À quel moment avons-nous été amis ?

Je ris.

— Allez, Davies. Nous sommes amis. Depuis des années.

Son regard est sceptique.

— D'accord, d'accord, il y a quelque chose que tu pourrais faire, avoué-je enfin. J'aurais besoin de ton expertise pour notre cours de finance.

Elle fronce les sourcils. Comme si je l'avais prise de court.

— Tu veux mon aide ?

— Oui.

— Tu parles de tutorat ? précise-t-elle, comme si j'étais en train de suggérer quelque chose de bien plus sulfureux.

Mes muscles se tendent. Je n'ai pas l'habitude de parler de mes notes. Les paroles de Reed résonnent de manière indésirable dans ma tête. *Il est plus bête qu'un sac de briques. Il ne va pas tarder à t'ennuyer.* Ce n'est rien que je n'aie pas déjà entendu, mais quand même… ça touche une corde sensible. Ça craint que les gens pensent que je suis bête parce que j'ai du mal. Cela me demande un certain effort pour relâcher la tension qui circule dans mes épaules, afin de pouvoir les hausser avec désinvolture.

— Oui, quelque chose comme ça. En ce moment, j'ai C de moyenne. Si je tombe en dessous, je me retrouve sur le banc de touche, et je ne peux pas me le permettre. Surtout cette saison. J'essaie simplement d'être proactif.

Elle m'observe en silence.

— Laisse-moi reformuler. Nous ferons semblant de sortir ensemble pour que les gens ne parlent pas de moi. En échange, tu aimerais avoir de l'aide pour un cours.

— Deux cours, dis-je à contrecœur.

Je poursuis, parce que je ne veux pas qu'elle pense que je suis un imbécile.

— Dans les trois autres, je me débrouille. J'ai des B solides. Ils ne m'inquiètent pas.

Sa manière de me dévisager me donne l'impression d'être mis à nu. Comme si elle voyait davantage que ce que je veux lui montrer. Plus que je ne le voudrais. Je remue sur mon siège, essayant de ne pas remuer sous le poids de son regard.

— Pourquoi tu ne prends pas rendez-vous au centre de tutorat du campus ?

Je détourne le regard.

— Je préférerais éviter. Tu sais comment sont les gens ici. Je n'ai pas besoin de ces complications.

— Tu pourrais engager un prof particulier, suggère-t-elle, essayant apparemment de se soustraire à notre accord.

— C'est ce que je fais, dis-je avec un sourire. Et tu seras payée avec ma personnalité de gagnant. Tu ne te sens pas chanceuse ?

Elle boit une gorgée d'eau et réfléchit à ma proposition.

— Je ne sais pas…

— Il y a quelque chose d'autre que je peux ajouter pour améliorer l'affaire, dis-je avant de changer d'avis.

Elle plisse les yeux. Je crois que je n'ai jamais vu une femme me regarder avec autant de méfiance et de dérision. J'ai l'habitude de l'adoration et du désir.

— J'ai presque peur de demander, murmure-t-elle.

Je m'éclaircis la gorge, sachant que je marche déjà sur des œufs. Il suffirait de pas grand-chose pour la repousser, et alors je serais foutu. Et je n'en ai aucune envie.

— Écoute-moi, d'accord ?

Je suis pris d'un frisson lorsque ses yeux méfiants s'arrêtent sur les miens.

CHAPITRE 12

BRODY

— Ton inexpérience… Je peux t'aider avec ça.

Natalie se redresse brusquement sur son siège. Elle ouvre la bouche, et j'ai l'impression qu'elle est sur le point de m'envoyer balader quand Bev dépose nos assiettes devant nous.

— Attention, c'est chaud.

Comme si elle sentait la tension, son regard oscille prudemment entre nous.

Je lui adresse un sourire nerveux, en priant pour que Natalie ne sorte pas de ses gonds. J'aime cet endroit. Je détesterais devoir l'éviter à l'avenir. Je ne quitte pas des yeux la fille assise en face de moi.

— Merci. Tout a l'air parfait.

— Pas de problème, ma chérie. Je peux vous apporter autre chose ?

Natalie ne dit pas un mot.

— Non, tout va bien. Merci.

Je veux juste qu'elle s'éloigne avant que Natalie n'explose.

Une fois Bev hors de portée de voix, elle se penche par-dessus son assiette de frites et grogne :

— Je ne discuterai pas de mon manque d'expérience sexuelle avec toi !

— Hé ! dis-je, levant les deux mains en signe de reddition. Calme-toi. Je n'essaie pas de te mettre mal à l'aise. Tout ce que je dis, c'est que je peux t'aider.

J'essaie de la jouer cool. Comme si je m'en fichais. Mais ne vous méprenez pas. Je m'en soucie. Plus que je ne veux l'admettre.

— Si ça t'intéresse.

Que Nathalie n'ait pas beaucoup de connaissances en matière de sexualité ne devrait pas m'exciter, mais c'est le cas. J'ai appris très tôt à me tenir à l'écart des filles qui manquaient d'expérience. Ce sont elles qui assimilent le sexe à une relation, et qui sont par conséquent en manque d'affection et collantes.

Natalie fronce les sourcils de manière presque comique.

— M'aider comment ? demande-t-elle d'un ton sceptique.

J'ai soudain l'envie de tendre la main de l'autre côté de la table pour lisser son front plissé, mais je m'abstiens. Elle risque de m'arracher les doigts.

— Eh bien…, dis-je en remuant sur mon siège.

Ici, faire preuve de tact d'une importance capitale. Cette discussion est comme un champ de mines. Je pourrais être réduit en miettes au moment où je m'y attends le moins.

— Je pourrais… disons… évaluer la situation, et te donner quelques conseils utiles.

Si elle écarquille davantage les yeux, ils vont lui tomber directement de la tête.

— Es-tu en train de suggérer ce que je crois que tu suggères ?

Je hausse un sourcil.

— Si tu crois que je suggère que nous rendions cette relation physique, alors oui. C'est précisément ce que je suggère.

Elle ne bouge pas d'un poil. Et continue à me regarder comme si j'étais dingue.

— Je t'ai dit que cet arrangement pourrait être bénéfique pour nous deux. J'ai les compétences dont tu as besoin, et tu as les connaissances que je recherche. Corrige-moi si je me trompe, mais ça ressemble beaucoup à une relation symbiotique à mes yeux.

Je tapote mon doigt sur le côté de ma tête.

Merci beaucoup, cours de biologie de première année. C'est sans doute l'unique chose dont je me souvienne.

— Oh, mon Dieu ! Tu ne plaisantes pas, marmonne-t-elle. Je croyais que tu voulais juste faire le con. Parce qu'honnêtement, qui dit ce genre de chose ?

Elle secoue la tête et enfourne une frite. Puis elle marmonne :

— Mais non. Tu es vraiment sérieux.

— Une fois que tu auras pris le temps d'y réfléchir, tu comprendras l'intérêt de ce que je propose. Manifestement, tu as quelques complexes en matière de sexe…

Elle serre les bords de la table si fort avec ses doigts que ses jointures blanchissent.

— Je n'ai pas de complexes.

— Tu es sûre de ça, Davies ? Parce que ta réaction à ma proposition suggère le contraire.

M'efforçant de rester désinvolte, je coupe à la fourchette un énorme morceau de pain de viande et l'enfourne en la regardant.

Elle baisse les yeux sur son assiette et répète avec moins de force :

— Je n'ai pas de complexes. Il n'y a absolument aucun complexe à signaler.

Je sens qu'il y a autre chose. Comme elle ne dit rien de plus, je lui demande :

— Mais ?

Ses cheveux glissent en avant comme un rideau alors qu'elle baisse le menton vers sa poitrine. Enfin, elle lève le nez et me fusille du regard.

— Je ne suis pas prude et je n'ai pas non plus retrouvé ma virginité. Seulement, je n'ai pas beaucoup d'expérience. J'ai eu des rendez-vous, mais la plupart du temps, j'étais trop occupée par l'école pour m'intéresser aux garçons. Et je ne suis pas une groupie du palet.

Une expression de colère traverse son visage et elle s'emporte :

— C'est ce que tu voulais entendre ?

— Bien sûr que non.

Peut-être. Je me laisse le temps d'intégrer son explication, puis je prends de la purée et lève la cuillère à ma bouche.

Une fois que j'ai avalé, je lui dis :

— Encore une fois, je n'essaie pas de te mettre mal à l'aise.

— Tu en es bien sûr ? demande-t-elle.

Au lieu de soutenir mon regard, elle se concentre sur une frite qu'elle promène dans la flaque de ketchup qui se trouve dans son assiette.

— Parce que j'ai la nette impression que tu aimes ça.

Elle a tort. Je n'ai jamais voulu qu'elle se sente comme une merde.

— Il n'y a aucune honte à ne pas avoir d'expérience.

— Je n'ai pas honte, rétorque-t-elle. Je pourrais m'envoyer en l'air tous les week-ends si je le voulais. C'est à moi qu'appartient le choix. Et je choisis de ne rien faire.

— Normal. Tout ce que je dis, c'est que je peux contribuer à remédier à la situation. Manifestement, ce qu'a dit Reed t'a contrariée.

Elle hausse les épaules et prend une autre frite.

— Ça m'a blessée, parce que je n'aurais jamais pensé qu'il me jetterait ça à la figure devant tant de gens.

Le dégoût me brûle les tripes.

— Reed n'est qu'un pauvre con, dis-je, et c'est un euphémisme. Ce type a un gros problème pour la garder dans son pantalon.

Les gens pensent que je suis un incorrigible coureur de jupons, mais Reed Collins est dix fois pire. Ce type est dans une sorte de quête pour se taper autant de filles qu'il peut. Lorsque j'ai appris qu'il sortait avec Natalie l'année dernière, j'ai pensé qu'il en avait peut-être assez, qu'il était prêt à se poser et à avoir une relation sérieuse avec quelqu'un, mais je me trompais.

— Oui, répond-elle sèchement, je sais. C'était une partie du problème.

— Exact, dis-je, puis, redevenant sérieux, je me penche vers elle. Réfléchis simplement à ce que je te dis, d'accord ? Tu n'es pas obligée de me donner une réponse tout de suite.

Elle secoue la tête.

— Je ne peux pas coucher avec toi, Brody. Ce serait… bizarre.

Bizarre n'est pas le premier mot qui me vient à l'esprit quand je pense à faire l'amour avec Natalie.

Torride. Sexy. Incroyable.

Ce ne sont que quelques qualificatifs que j'ai en tête.

— Pourquoi serait-ce bizarre ?

— Parce que...

Natalie enfourne une autre frite, et je soupçonne qu'elle l'a fait pour se donner le temps de trouver une réponse à ma question.

Mes yeux se posent sur ses lèvres. Ils forment un arc de Cupidon parfait. Je suis pris d'une envie de réduire la distance entre nous et de coller ma bouche à la sienne. Je pense à ces lèvres depuis samedi soir. Leur douceur inattendue m'a surpris. Comme nous étions devant une foule de gens, je n'ai pas pu les explorer comme je l'aurais voulu. Je me demande si j'aurai une autre occasion un jour.

Avoir une érection alors que je suis assis en face de Natalie n'est pas prévu au programme pour l'instant, alors je ramène mon regard vers le sien.

— Parce que ? l'incité-je.

Je n'arrive pas à croire à quel point je suis excité rien qu'en la regardant manger une frite. C'est l'effet que me fait cette fille. Je ne peux pas l'expliquer, parce que je ne comprends pas. Je n'avais jamais ressenti ce genre d'attirance auparavant. Depuis trois ans que je la connais, ce sentiment n'a fait que se renforcer.

L'air mal à l'aise, elle se déplace sur la banquette.

— Je sais que cela va paraître désuet, mais je n'ai jamais eu de relations sexuelles dénuées de sens auparavant. Chaque fois que j'ai couché avec un type, nous étions engagés dans une relation.

— C'est notre cas, lui rappelé-je. Tu peux demander à n'importe qui, tout le monde te dira que nous sortons ensemble.

En réponse, elle me jette une frite. Je souris, soulagé que l'ambiance se soit détendue.

— Nous ne sortons pas vraiment ensemble, Brody, souffle-t-elle. Je ne sais pas ce qu'il y a entre nous.

Un silence tranquille s'installe avant qu'elle ne s'éclaircisse la gorge et ne pose ses yeux sur les miens.

— Juste par curiosité, avec combien de filles as-tu couché ?

— Tu veux vraiment le savoir ?

— Tu en sais beaucoup sur ma vie sexuelle. Ça me paraît équitable que tu partages quelques détails avec moi, dit-elle alors qu'une lueur s'allume dans ses yeux sombres. C'est quoi, le problème, tu ne sais pas ?

Je fais un calcul mental approximatif. J'ai commencé à avoir des relations sexuelles à l'âge de seize ans. Cela fait sept ans. Ce qui signifie que...

Très bien, elle m'a eu. Je n'en ai pas la moindre idée. Ce n'est pas comme si j'avais tenu le compte sur mon téléphone. Est-ce qu'il existe une application pour ça ? Je vais devoir vérifier auprès de Cooper. S'il y a quelqu'un qui peut le savoir, c'est bien lui.

— Je ne suis pas sûr, esquivé-je, retournant la question contre elle. Avec combien de mecs as-tu couché ?

— Trois, répond-elle en haussant les sourcils. Maintenant, à toi. Tu peux me donner un chiffre approximatif s'il le faut.

Eh bien, merde... Mon nombre est bien plus élevé que ça. Même en mettant son chiffre au carré, et qu'on mette le résultat au carré... Ce serait encore loin du compte.

— Je ne sais pas, dis-je avant d'aspirer une grande bouffée d'air. Peut-être une centaine, à peu près.

Il n'y a aucun doute à ce sujet... C'est clairement *à peu près*. Tout ce que je peux dire, c'est que les juniors ont été une période dingue.

— Tu as couché avec une centaine de femmes, murmure-t-elle en me jetant un regard abasourdi. Tu es sérieux ?

L'incrédulité de sa voix me fait tressaillir.

— Baisse d'un ton.

Je me tords le cou pour voir si quelqu'un regarde. Heureusement, personne ne nous prête la moindre attention.

— Ce n'est qu'une estimation. Tu m'as dit de te donner un nombre approximatif.

— C'est donc probablement plus que cela, souligne-t-elle.

Très probablement.

— Je ne m'attendais pas à ce que ce soit autant, me dit-elle, haussant un sourcil. T'es un vrai débauché, hein ?

Je pointe ma fourchette dans sa direction.

— Es-tu en train de me stigmatiser pour ma vie sexuelle, Davies ? C'est ce qui se passe ici ?

— Peut-être, confirme-t-elle en riant, secouant la tête. Comment peut-on coucher avec autant de personnes et ne pas savoir ? Ou ne pas s'en soucier ?

Je hausse les épaules.

— Tu sais que les gens font l'amour parce que ça fait du bien, n'est-ce pas ? Pas nécessairement parce qu'ils sont engagés dans une relation ?

— Bien sûr que je le sais.

Elle remue sur son siège, comme si le concept la mettait mal à l'aise.

Je me penche, réduisant la distance entre nous.

— Tu sais, le sexe est un excellent moyen d'évacuer le stress. Tu devrais peut-être essayer un jour.

Ses joues rougissent.

— Je fais d'autres choses pour soulager mon stress.

Elle est adorable.

— Par exemple ? demandé-je, parce que je ne veux pas laisser tomber le sujet si facilement.

— Exercice physique.

Je souris.

— Si on s'y prend bien le sexe peut être un excellent exercice physique.

Elle me lance une autre frite, et je ricane.

— Je n'ai plus envie de parler de sexe.

— Si tu insistes.

— J'insiste, soupire-t-elle. J'insiste totalement.

Au lieu de parler, nous nous concentrons sur notre repas. Il ne me faut que cinq minutes pour finir le pain de viande et les pommes de terre. Lou l'a vraiment réussi aujourd'hui.

— As-tu déjà trompé une petite amie ? me demande Natalie.

La question semble sortie de nulle part, mais je l'accepte.

— Non.

Elle a l'air à la fois surprise et légèrement impressionnée. Je ne peux pas dire que je lui ai déjà vu cette expression auparavant.

— Combien de petites amies as-tu eues ?

— Y compris toi ? lui demandé-je.

Elle lève les yeux au ciel.

— Bien sûr, pourquoi pas.

— Une.

Elle cligne des yeux et baisse le menton avant de demander :

— Tu n'as jamais eu de petite amie ?

— Je n'en ai jamais voulu. J'ai toujours été trop occupée pour m'engager. Après le lycée, j'ai joué en juniors pendant deux ans. On voyageait beaucoup. Je n'avais pas de temps pour les relations, dis-je en haussant un sourcil. Et c'est pareil à Whitmore. Je me suis concentré sur la NHL. La dernière chose dont j'ai besoin, c'est d'être distrait.

Je lui répète les paroles de mon père, ça ne m'échappe pas.

— Oui, j'imagine que c'est logique, dit-elle d'une voix pensive.

Au bout de quelques instants, je me tortille sous l'intensité de son regard. Sa façon de me clouer sur place est presque physique. Personne n'a jamais pris le temps de me regarder vraiment. Ils ne voient pas plus loin que les prouesses au hockey et le joli emballage. Et jusqu'à présent, cela me convenait. Pour la première fois, je ne peux m'empêcher de me demander ce que Natalie voit quand elle me regarde.

Rompant le silence pesant, je répète :

— Je pense que cette relation peut être mutuellement bénéfique pour nous deux. Réfléchis-y.

Je suis totalement choqué lorsqu'elle me répond :

— D'accord.

Je ne m'attendais pas à une capitulation aussi facile. Pour être honnête, je ne m'attendais pas du tout à ce qu'elle capitule. Je n'aurais pas été surpris qu'elle me jette son verre à la figure.

— D'accord, tu vas le faire ?

Ses épaules s'affaissent et elle dit à contrecœur :

— Oui, je suppose.

C'était l'issue que j'espérais, mais je n'aurais pas cru qu'elle se concrétiserait. Dire que je suis soulagé est un euphémisme. J'ai envie de lever le poing en l'air, mais je me retiens. Difficilement.

L'air très sérieux, elle me dit :

— Ne me fais pas regretter ça, McKinnon.

Je souris et m'adosse à mon siège.

— Tu crois que je te ferais une chose pareille ?

— Sans hésiter.

Je ris.

— Je vais être le meilleur faux petit ami dont tu puisses rêver. Attends de voir.

Natalie gémit et pose son front sur la table.

— Tu te rends compte que cette situation est vouée au désastre, n'est-ce pas ?

— Aie un peu de foi, Davies. Ça va être épique.

Je lui fais un clin d'œil et je ris lorsqu'elle gémit à nouveau.

CHAPITRE 13

NATALIE

— Hé, Natalie, attends !

Reconnaissant la voix, je gémis et j'accélère le pas, me hâtant sur le chemin. Avec un peu de chance, je vais le semer dans la foule des étudiants qui se déplacent comme du bétail sur le campus. Reed Collins est la dernière personne à qui je souhaite parler. Après la nuit de samedi à dimanche et la violence dont il a fait preuve à mon égard, je ne sais pas comment il peut avoir l'audace de m'aborder.

Mais il le fait. Quel imbécile.

Même s'il serait tentant de classer Brody et Reed dans la même catégorie des joueurs de hockey coureurs de jupons, ils n'ont rien en commun. Jusqu'à présent, je ne m'en étais pas rendu compte. Certes, ce sont tous les deux des joueurs, cela va sans dire, mais il y a chez Reed un égocentrisme que je n'ai remarqué que lorsqu'il était trop tard. Il se fiche éperdument des sentiments des autres, seuls les siens l'intéressent. Et il se moque également des gens qu'il blesse dans la quête de son propre plaisir.

Je n'ai pas l'impression que Brody soit comme ça. Mais j'essaie encore de le cerner. Jusqu'à ce que ce soit le cas, je reste sur mes gardes, et j'agirai avec prudence.

Me rattrapant, Reed ralentit le pas et m'adresse un sourire plein de charme et d'esbroufe. Celui-là même qui faisait battre mon cœur et naître un sourire rêveur sur mes lèvres.

Aujourd'hui, il me donne envie de le frapper à la gorge.

— Je suis content qu'on se soit croisés, me dit-il, calant son pas sur le mien. J'espérais qu'on pourrait parler.

— Non, je suis un peu pressée, là.

Même si j'avais tout le temps du monde, je n'en gaspillerais pas une seule minute pour lui. Espérant qu'il ait compris le message, je lui jette un regard en coin, et j'accélère le pas.

— Peut-être une autre fois ?

Ou jamais. Jamais, c'est tout aussi bien. En fait, c'est préférable.

— Où vas-tu ?

— Brighton Hall.

Je garde les yeux rivés droit devant moi. Le simple fait de le regarder me fait bouillir le sang.

— Quelle coïncidence ! Je vais aussi dans cette direction.

— Génial, marmonné-je.

Sans autre préambule, ce que j'apprécie, il va droit au but.

— Alors, qu'est-ce qui se passe entre toi et McKinnon ? Vous êtes vraiment ensemble ?

Je reste bouche bée, et m'arrête net. Ce type est incroyable !

— Sérieusement ? Tu me colles la honte devant une tonne de gens samedi soir, et au lieu de t'excuser comme un être humain normal, tu veux savoir si je sors avec Brody ?

Il cligne des yeux, confus, et me regarde, l'air de dire *c'est quoi le problème ?*

— Oui, c'est ce que j'ai demandé.

J'éclate de rire. Pourquoi ? Je n'en ai aucune idée. Il est impossible de comprendre comment fonctionne le cerveau de ce type. Je ne vais même pas essayer. Et le fait que j'aie perdu quatre mois de ma vie avec ce con me fait encore plus rire.

Les traits du beau gosse qu'est Reed sont marqués par une pointe d'agacement alors que je m'esclaffe. Décidant de l'ignorer, je m'éloigne.

— Hé, s'exclame-t-il.

Il m'attrape par le bras et m'entraîne sur l'herbe pour que nous ne soyons plus dans le flot des étudiants.

— Je n'ai pas fini de te parler.

Mon rire meurt rapidement, et je me renfrogne.

— Tu veux parier ?

J'essaie de dégager mon bras.

Lorsque ses doigts se resserrent autour de moi, je grogne :

— Lâche-moi, Reed. Toi et moi n'avons plus rien à nous dire.

La politesse n'est plus de mise.

— Je veux savoir ce qui se passe entre vous deux.

— Pardon ?

Mais pour qui il se prend, ce type ? Il atteint des degrés d'*enfoiritude* absolument ahurissants.

— Pourquoi tu t'encanailles avec McKinnon ? demande-t-il sèchement, les yeux plissés. Si tu le fais pour m'emmerder, ça ne marchera pas.

Je recule comme si je venais d'être giflée.

— Tu es complètement dingue d'imaginer que tu as la moindre influence sur les décisions que je prends. Il y a longtemps que tu as cessé d'être un élément à prendre en considération.

— Bien sûr, répond-il en levant les yeux au ciel. Arrête tes conneries, Natalie. Je sais que tu es toujours énervée que je t'aie larguée.

Je hoquète et réplique :

— Si tu te souviens bien, c'est moi qui t'ai jeté. Pas l'inverse.

Il sourit, et j'ai envie de lui arracher ce sourire à coup de baffes.

— Seulement parce que tu as découvert que je me payais du bon temps à côté. Allez, admets-le… le courant passait bien entre nous. Tu aurais dû te détendre et passer outre.

Je serre les poings et j'essaie de me calmer pour ne pas exploser. Mais cela semble impossible.

— Es-tu en train de me suggérer que j'aurais dû fermer les yeux pendant que tu t'envoyais en l'air à tout va ?

Il tend son autre main et passe le dos de sa main contre ma joue.

Je lui jette un regard meurtrier et l'écarte d'un revers.

— Ça n'a jamais rien signifié. Tu es la fille que j'aimais avoir à mes côtés. Je voyais un avenir pour nous, dit-il en haussant les épaules. À l'époque, je n'étais pas prêt à me caser.

Ce qui est effrayant, c'est que je pense qu'il est sérieux. Il voulait avoir le beurre et l'argent du beurre.

Ou peut-être devrais-je dire qu'il voulait se taper la crémière avec.

— Alors, j'étais censée rester là comme une idiote pendant que tu t'envoyais toutes les groupies du palet que tu voulais ?

Un sourire arrogant ourle ses lèvres.

— Est-ce vraiment si important ? Ce n'est pas comme si le sexe t'intéressait.

Je blêmis et m'étouffe.

— Pardon ?

— J'ai une grosse libido, affirme-t-il avec un haussement d'épaules. Ce n'était pas ton cas. En plus, je ne savais pas ce que tu faisais. Tu aurais peut-être dû regarder du porno pour te donner des idées. Si tu avais essayé de pimenter les choses, je ne me serais pas autant ennuyé.

Je reste bouche bée devant tant de méchancetés qui se déversent de sa bouche.

— Tu sais quoi ?

Je tire à nouveau mon bras, et cette fois, il me libère. S'il ne l'avait pas fait, je lui aurais balancé un coup de poing dans l'aine. Violent. Il est hors de question que je le laisse me brutaliser.

— Je n'arrive pas à croire que je t'ai laissé me prendre ma virginité ! sifflé-je en m'avançant vers lui.

J'ai toujours les poings serrés, et mes ongles s'enfoncent dans ma chair.

— Et je n'arrive pas à croire que tu essaies de rejeter la faute sur moi, parce que tu n'étais pas capable de la garder dans ton pantalon. Tu es vraiment un sale type, tu t'en rends compte ?

Il lève les mains, paumes en avant.

— Écoute, on s'écarte du sujet, là.

— On s'écarte du sujet ? m'écrié-je. Tu te moques de moi ?

J'ai haussé le ton, mais ça ne semble pas le déranger le moins du monde.

— Oui. Ce que j'essaie de dire, c'est que si tu es si désespérée de me voir revenir, je suis tout à fait disposé à te donner une autre chance. Tu n'as pas besoin de t'abaisser à sortir avec McKinnon pour attirer mon attention.

Je ne peux que secouer la tête.

— Tu délires complètement.

Il ne prend pas mes commentaires au sérieux, et s'esclaffe.

— Est-ce que je délire ou est-ce que j'ai raison de penser que tu essaies de me rendre jaloux ?

— Tu délires. Et j'espère sincèrement que tu obtiendras l'aide dont tu as désespérément besoin.

— Pour quelle autre raison tu serais avec McKinnon, hein ? Tu ne pouvais pas supporter ce type quand on était ensemble.

— Ma relation avec Brody ne te regarde pas.

— Écoute, bébé, on sait tous les deux que c'est moi que tu veux.

— *Tu* es la dernière personne que je veux.

— Si tu le dis, répond-il, s'avançant vers la foule sur le chemin. Quand tu seras prête à arrêter de jouer, envoie-moi un message.

— Je serais toi, je n'attendrais pas ! lui crié-je.

Il me fait un petit clin d'œil et disparaît dans la foule.

CHAPITRE 14

NATALIE

Deux semaines avant Noël l'année dernière, mon père avait lâché la bombe en annonçant qu'il quittait ma mère. Après vingt et quelques années de mariage, il s'en allait. Je me souviens encore d'être rentrée de l'université et d'avoir trouvé ma mère assise dans le salon, l'air choquée. C'est elle qui m'avait dit que mon père était à l'étage en train de faire ses valises.

Il était tombé amoureux d'une autre femme. La vie, avait-il dit en guise d'explication, était trop courte pour ne pas être heureux et s'il ne saisissait pas cette occasion pendant qu'il en avait encore la possibilité, il le regretterait pour le restant de ses jours.

Quand ma mère avait évoqué la possibilité de suivre une thérapie de couple, il lui avait répondu qu'il avait déjà pris sa décision et que cela ne l'intéressait pas de tenter de résoudre les problèmes. Il voulait juste être libre de vivre sa vie.

Je ne sais pas s'il s'est rendu compte que lorsqu'il s'est éloigné de ma mère, c'est comme s'il s'éloignait de moi aussi. J'avais beau avoir vingt et un ans, leur séparation m'a fait un mal de chien.

Au cours des neuf derniers mois, j'ai évité tout contact avec mon père. J'étais tellement en colère qu'il ait fait exploser notre monde. Et aujourd'hui, je ne suis pas moins en colère, mais j'ai décidé qu'il était peut-être temps pour nous de nous asseoir et discuter. Je ne sais pas si nous pourrons résoudre quoi que ce soit aujourd'hui, mais je dois essayer.

Comme je suis la première à arriver au restaurant où nous avons choisi de nous retrouver, l'hôtesse m'accompagne à une table. C'est la première fois que j'accepte de le rencontrer, alors on aurait pu penser qu'il serait à l'heure. Il ne l'est pas. J'ai comme l'impression qu'on part du mauvais pied.

Après son départ, ma mère avait été dans tous ses états. Mère au foyer pendant vingt ans, il fallait tout à coup qu'elle réintègre le marché du travail et qu'elle trouve un moyen de subvenir à ses besoins. Il lui a fallu des mois pour se ressaisir, mais elle y est parvenue. Je rentrais à la maison tous les week-ends pour qu'elle ne soit pas seule dans la maison. Une amie à elle, propriétaire d'une agence immobilière, l'a convaincue de suivre une formation pour obtenir sa licence. Une fois qu'elle s'est immergée dans le cours et qu'elle a participé à quelques visites libres, elle a réalisé à quel point elle aimait vendre des biens immobiliers. Cette expérience a été très bénéfique pour son estime de soi.

Je bois une gorgée d'eau et je jette un coup d'œil à mon téléphone, agacée que mon père ne soit toujours pas là. Dix minutes de retard et ce n'est pas fini. S'il voulait vraiment se poser pour régler les choses, il ferait un effort pour être à l'heure. J'ai trop de choses à faire pour attendre qu'il se montre.

Je lui donne cinq minutes. S'il n'est toujours pas là, je m'en vais.

Au moment où je commence à rassembler mon sac à main et mon téléphone, je vois papa entrer dans le restaurant. Il parcourt la salle du regard, et je lève la main pour lui faire un signe peu enthousiaste. Même s'il s'agit de mon père et que nous étions proches avant qu'il parte, je suis quand même nerveuse. Il sourit et se dirige vers moi.

— Bonjour, ma chérie, dit-il. Désolé d'être en retard, je me suis retrouvé coincé dans les embouteillages.

Je me lève et il me prend dans ses bras. Je ne peux m'empêcher de remarquer qu'il porte une eau de toilette différente de celle d'avant. Lorsque nous nous séparons, mes yeux glissent sur lui.

Il porte… un jean. Non seulement ajusté, mais aussi délavé.

Je ne me souviens pas de la dernière fois où j'ai vu mon père en jean. En semaine, il porte toujours un costume ou un chino, et le week-end, un pantalon de survêtement et un T-shirt. Alors qu'il retire son blouson de cuir, un autre vêtement que je ne reconnais pas, je remarque qu'il porte une chemise à motifs dont les manches sont retroussées.

C'est comme si j'étais assise avec un inconnu. Il ne ressemble pas à l'homme dont je me souviens.

Comme je ne sais pas quoi dire, je lance :

— Tu as l'air différent.

Au lieu de s'offusquer, il sourit.

— Nouvelle coupe de cheveux.

Maintenant qu'il en a parlé… Ses cheveux sont coupés bien plus court sur les côtés et sont hérissés sur le devant avec du gel.

Je fais un signe vers lui, dans sa globalité.

— Ton apparence est différente.

J'essaie de ne pas prendre un ton accusateur, mais c'est difficile. Mon père a passé vingt ans à s'habiller de la même façon et maintenant on dirait un vieux qui fait comme s'il était plus jeune qu'il ne l'est.

Je n'ose imaginer qui a eu l'idée de la coupe de cheveux et des vêtements.

Il hausse les épaules comme si ce n'était pas grand-chose.

— Il était temps de rafraîchir ma garde-robe. Exit le passé, place à la nouveauté.

Une douleur me traverse.

Est-ce que je fais partie de ce passé dont il fallait se débarrasser ? Qu'il s'en rende compte ou non, c'est l'effet que ça me fait.

— Tu as l'air en forme, Papa, dis-je parce que je n'ai pas l'impression de pouvoir partager mes vrais sentiments avec lui.

On a l'impression qu'il essaie trop fort d'être ce qu'il n'est pas.

— Merci, répond-il d'un air penaud. Je n'ai pas porté de jean depuis l'université. Il m'a fallu un peu de temps pour m'y habituer.

— Alors pourquoi tu en portes ?

Il hausse les épaules et prend le menu que l'hôtesse a laissé sur la table à notre intention.

— J'essaie simplement quelque chose de nouveau. J'essaie de sortir de ma zone de confort.

J'acquiesce, mais ne dis rien de plus.

Il me demande comment se passe l'école et quels sont mes projets après l'université. Il me parle de son nouvel appartement, me dit qu'il aimerait que je passe le voir un jour. Je laisse échapper quelques sons au bon moment, mais sans m'engager. Voir son appartement rendrait le divorce plus réel, et je ne suis pas sûre d'être prête pour cela.

Lorsque la serveuse s'arrête pour prendre notre commande, il semble que nous ayons fait le tour des amabilités superficielles. Le silence s'installe.

Mon père s'éclaircit la gorge.

— Je suis heureux que tu aies accepté de me rencontrer. Ça fait un moment que je voulais te voir pour discuter, me dit-il

Je sens un soupçon de reproche dans son regard.

— Nous n'aurions pas dû rester aussi longtemps sans communiquer, insiste-t-il, et comme je ne réponds pas, il poursuit. Je sais que le divorce n'a pas été facile pour toi, et j'en suis désolé. Je n'ai jamais eu l'intention de te faire du mal.

J'ai envie de rire. Ou de pleurer. J'ai l'impression que mon cœur bat comme un tatouage douloureux sur ma cage thoracique. Est-il vraiment assez naïf pour croire que son départ ne m'affecterait pas ? Que j'allais être indifférente à la séparation de mes parents juste parce que j'ai vingt et un ans et que je n'habite plus chez eux ? Honnêtement, ça ne fait pas la moindre différence. La séparation des parents, quel que soit l'âge, ça craint. Le monde entier s'en trouve bouleversé.

— Nous nous sommes éloignés l'un de l'autre au cours des neuf derniers mois, et je veux y remédier. Ce qui s'est passé entre ta mère et moi n'a rien à voir avec toi, affirme-t-il, sondant mon regard. Nous t'aimons tous les deux plus que tout.

— Je sais, Papa.

Il tend la main par-dessus la table et serre mes doigts.

— Je ne veux pas te perdre, Nat. Quel que soit ton âge, tu seras toujours ma petite fille.

Ces mots sont comme un baume nécessaire à mon âme.

Je me lèche les lèvres, sans trop savoir si je dois poser la question qui me trotte dans la tête.

— Maintenant que vous avez eu du temps chacun de votre côté, crois-tu qu'il y a une chance que toi et maman puissiez arranger les choses ?

La tristesse envahit son expression.

— Je ne crois pas, dit-il avant de secouer la tête et soupirer. Je suis désolé. Je sais que ce n'est pas la réponse que tu voulais entendre.

Les larmes me montent aux yeux. Je ne m'étais pas rendu compte que j'avais gardé l'espoir qu'ils trouveraient un moyen de se retrouver. On entend souvent des histoires de ce genre. Parfois, les gens ont simplement besoin d'un peu d'espace pour régler les choses dans leurs têtes, puis ils reviennent et leur couple s'en trouve renforcé.

— Je sais que ça donne l'impression que ce divorce est sorti de nulle part, mais ce n'est pas le cas. Pas vraiment. Cela faisait des années que ta mère et moi n'étions pas heureux. Il m'a fallu beaucoup de temps pour comprendre que je ne voulais pas continuer à vivre ainsi. Nous ne faisions que continuer, jour après jour, explique-t-il avec un haussement d'épaules. Avec toi à l'université, j'avais l'impression que ma décision de partir aurait moins d'impact. Parce qu'il n'y aurait pas de problèmes de garde à gérer.

— Mon âge n'avait aucune importance, lui dis-je calmement. Ton départ m'a fait mal.

Je lis sa douleur sur son visage. Sa voix devient profonde et rauque.

— Je ne t'ai jamais quittée, Nat. Jamais.

— C'est ce que j'ai ressenti.

Il détourne le regard.

— Je suis désolé. Je savais que ma décision t'affecterait, mais j'espérais que tu serais assez âgée pour comprendre ma position.

J'en ai le souffle coupé.

— Je pense qu'il me faudra du temps pour m'habituer à tous les changements. C'est beaucoup à gérer.

— Je peux comprendre. Je ne veux pas te bousculer, mais je ne veux pas non plus être exclu de ta vie. Est-ce qu'on pourrait se promettre qu'à partir de maintenant, nous nous parlerons au moins régulièrement ? Si quelque chose te met en colère, dis-le-moi.

Je souris, et j'acquiesce.

— Je peux faire ça.

— Bien.

L'atmosphère a été suffisamment lourde pour une seule soirée. Il y a eu assez de lourdeur pour une soirée. J'ai besoin de temps pour digérer tout ce dont nous avons discuté.

De temps en temps, il reçoit un message, et son téléphone bippe. Il y jette un coup d'œil et tape une réponse rapide.

— Désolé, dit-il après le troisième.

— C'est bon.

Je suppose que c'est pour le travail, et je n'y pense pas trop. Une fois nos assiettes débarrassées, il me demande si je veux un dessert.

Sans blague. Évidemment que oui. Je n'ai pas changé à ce point en neuf mois.

— Tu m'as déjà vu refuser un dessert ?

— Non. Jamais, ricane-t-il. Question idiote, n'est-ce pas ? Le dessert a toujours été ton plat préféré.

C'est tout à fait vrai.

Lorsque le dessert arrive, un gâteau au chocolat coulant pour moi et une tarte aux pommes pour lui, c'est comme si c'était le bon vieux temps. Je peux *presque* faire comme si rien n'avait changé. Comme si notre famille était toujours intacte.

Je suis peut-être arrivée ici en redoutant cette rencontre, mais je suis heureuse que nous l'ayons faite. Je regrette d'avoir été aussi têtue et de ne pas avoir accepté de le rencontrer il y a plusieurs mois pour échanger sur nos sentiments. Non seulement j'ai pleuré le fait que ma famille ne soit plus unie, mais j'ai aussi pleuré la perte de mon père. Quand il a franchi la porte, tout a changé entre nous.

Mais peut-être que maintenant, en avançant, les choses peuvent être différentes. Meilleures. Nous pouvons passer plus de temps ensemble. L'année prochaine, qui sait où je vivrai et à quelle fréquence nous pourrons nous voir. Il est important que je remette notre relation sur les rails maintenant, pendant que je peux encore la réparer.

Je suis toujours fâchée et blessée. Je n'ai pas complètement laissé tomber ma colère. Mais je ne peux rien faire contre la fin du mariage de mes parents. Je les aime tous les deux. Et cela ne changera jamais, quoi qu'il arrive.

C'est peut-être à ça que je dois me raccrocher pour le moment.

Papa prend un gros morceau de tarte aux pommes et en mange une bouchée.

Une fois qu'il a terminé, il dit :

— Cela signifie beaucoup pour moi que nous allions de l'avant, Nat.

— J'en suis heureuse aussi.

J'ai réussi à dévorer la moitié du gâteau coulant, qui est riche, détrempé et tout à fait délicieux. Après avoir pris sa respiration, il triture sa tarte au lieu de s'y attaquer. Tout de suite, mes antennes se dressent. Je sais qu'il a autre chose à dire.

Avant qu'il ait le temps de parler, je l'interromps.

— Je suis désolée de t'avoir rejeté. Je n'aurais pas dû faire ça, lui dis-je avec un haussement d'épaules. J'étais tellement en colère après toi pour être parti comme tu l'as fait. Pour ne pas avoir essayé d'arranger les choses.

— Je sais, admet-il d'une voix douce. Et je comprends. La séparation a été difficile pour nous tous, mais surtout pour toi.

J'acquiesce et je respire profondément. Nous avons parlé de beaucoup de choses au cours du dîner. Mais nous n'avons pas tout abordé. Nous n'avons pas parlé d'*elle*. Aussi difficile qu'il soit d'y penser, c'est un sujet qui doit être discuté si l'on veut vraiment faire avancer notre relation.

— Papa, je...

Et au même moment, il dit :

— Nat, il y a quelqu'un que je veux te présenter.

Je fronce les sourcils lorsqu'une femme se matérialise à côté de notre table.

— Hein ?

— Voici Bridgette.

Mon père se lève de sa chaise, et passe un bras autour de sa taille. Elle appuie son corps contre le sien.

Décontenancée par cette interruption, mon regard oscille entre mon père, qui a l'air de transpirer à grosses gouttes, et la femme aux formes arrondies qui se trouve à ses côtés.

— Bonjour, Natalie. C'est merveilleux de te rencontrer enfin.

Sa voix est grave et riche. Sulfureuse. Je cligne des yeux, confuse.

— Bonjour. Qui est cette femme ? Pourquoi est-elle à notre table ?

Elle adresse un sourire rayonnant à mon père, qui se penche et l'embrasse sur les lèvres.

Attendez... quoi ?

Lorsqu'ils se décollent, elle s'installe sur la chaise située entre nous.

— Chérie, dit mon père d'un ton nerveux. J'espère que ça ne te dérange pas que Bridgette soit passée pour te rencontrer.

Je ne... Oh.

Ohhhhh.

Le gâteau au chocolat que je viens de manger semble vouloir se révolter et faire une nouvelle apparition. Je fais de mon mieux pour refouler la nausée qui monte.

C'est donc elle la garce briseuse de ménage. J'aurais dû le savoir. C'est une minette. Je plisse les yeux. Elle ne doit pas avoir plus de vingt-huit ou vingt-neuf ans, et mon père a...

Presque cinquante ans. Elle est plus proche de mon âge que du sien. Elle pourrait être sa fille. *Beurk !* Je suis totalement dégoûtée.

Inconsciente des pensées qui se bousculent dans mon cerveau, Bridgette me fait un grand sourire. Je la déteste immédiatement. Toute la colère que j'ai ressentie au cours des neuf derniers mois resurgit. La voir, c'est comme agiter un drapeau rouge devant un taureau.

— Je suis ravie que ton père et toi ayez pu vous retrouver et arranger les choses.

Elle se penche vers moi et j'ai à moitié peur qu'elle me prenne la main.

— Tu lui as tellement manqué ! Il ne cesse de parler de toi.

Réalisant que je suis en train de serrer ma fourchette à mort, je la repose avec précaution sur mon assiette et inspire profondément, espérant que cela me calmera. Ce n'est pas le cas.

— Bridgette, c'est ça ?

Et oui, je sais parfaitement que c'est son nom. Il est malheureusement gravé dans mon cerveau pour l'éternité.

Le bonheur sur son visage s'estompe. Elle hoche la tête, et son sourire vacille.

Je me tourne vers elle, et je dis :

— J'ai accepté de rencontrer mon père et de parler avec lui. Je n'ai aucune envie de discuter avec la femme qui a détruit le mariage de mes parents.

Ses yeux s'écarquillent, puis elle se tourne vers mon père, comme si elle n'était pas sûre de ce qu'elle devait faire ou dire. Ce qui est hilarant. *Enfin, ma fille... Que croyais-tu qu'il allait se passer ? Que tu allais entrer ici et que nous nous donnerions la main tous les trois en chantant Kumbaya ?*

Il faudra me passer sur le corps.

— Natalie ! s'exclame sèchement mon père.

Je lui adresse un regard noir et je fais un geste du pouce en direction de Bridgette, qui se tortille silencieusement sur sa chaise.

— Pourquoi est-elle ici ?

Mon père semble déconcerté par la question. Il vacille avant de reprendre pied.

— Je me suis dit que c'était important que tu rencontres Bridgette, dit-il avant de marquer une pause, et j'attends qu'il balance la suite. Nous allons nous marier.

Et voilà. J'en reste bouche bée.

— Tu plaisantes ? S'il te plaît, dis-moi que tu plaisantes. Tu ne peux pas l'épouser !

Je secoue la tête, essayant d'intégrer ses paroles, et ce qu'elles signifient.

— Oh, mon Dieu ! Mais quel âge a-t-elle ?

Le visage de Bridgette vire au rouge écarlate. Elle a l'air de vouloir s'enfoncer dans son fauteuil. Tant mieux. J'espère qu'elle se sent humiliée. Elle le mérite, cette petite garce briseuse de ménage.

Mon père se redresse sur sa chaise, son visage devient sévère. Il avait l'habitude d'afficher cette expression lorsque j'étais enfant que j'avais fait quelque chose de mal. Ironie du sort, c'est maintenant lui qui fait quelque chose de mal et qui me fait cette tête.

Je ne crois pas, mon pote.

— Son âge n'a pas d'importance, dit-il calmement. Ce qui compte, c'est ce que nous ressentons l'un pour l'autre.

— Tu n'es pas sérieux, dis-je avant de me tourner vers l'intruse, plissant les yeux. Est-ce que tu as trente ans, au moins ?

Ses joues rosissent encore plus jusqu'à ce qu'elle semble à deux doigts de s'enflammer. Je m'en réjouirais si c'était le cas.

— Natalie, je suis consterné par ton comportement. Je pense que tu dois des excuses à Bridgette. Nous n'aurions peut-être pas dû t'imposer cela, mais je voulais que tout soit clair pour que nous puissions aller de l'avant.

Pour la première fois depuis que la fiancée de mon père s'est assise à table avec nous, la douleur me submerge comme un torrent. J'ai les yeux qui piquent, et je cligne furieusement, parce que je ne veux pas que mes larmes coulent. Il est hors de question que je laisse l'un d'eux voir à quel point je suis bouleversée.

Bridgette s'éclaircit la gorge.

— J'aurai vingt-huit ans le mois prochain. Je sais que la différence d'âge est un peu choquante, mais je veux que tu saches que j'aime ton père, me dit-elle, jetant un coup d'œil à ses mains, qu'elle tord sur ses genoux. Nous nous rendons mutuellement heureux et nous voulons être ensemble.

Ses yeux se posent à nouveau sur les miens.

— Je suis désolée que cela te blesse.

À deux doigts de perdre mon sang-froid, je bondis de ma chaise.

— Je suis désolée, je ne peux pas faire ça maintenant, dis-je précipitamment.

Mon père et sa fiancée se lèvent.

— Natalie, s'il te plaît… Asseyons-nous et discutons-en comme des adultes rationnels, implore mon père.

Mes mains tremblent lorsque je récupère mon téléphone sur la table, et mon sac à main sur le dossier de la chaise. Je secoue la tête.

— Non, je ne peux pas. Je dois y aller.

Sans prendre la peine de dire au revoir, je me précipite vers la sortie. Mon père n'essaie pas de m'en empêcher, ce qui est un soulagement. Il faut que je sorte de là. Que je m'éloigne d'eux deux.

Je n'arrive pas à respirer.

Après avoir franchi les portes dans l'air chaud du soir, mes pieds s'immobilisent et j'aspire une grande bouffée d'air. Puis je ferme les yeux et j'essaie de me calmer.

Mon immeuble se trouve à presque deux kilomètres du restaurant. Zara m'a déposée en début de soirée. Si je l'appelais, elle serait là en un clin d'œil. Et ne poserait aucune question. Après ma mère, Zara est la seule autre personne au monde sur laquelle je peux compter. Mais je ne veux pas faire ça. Je crois que la marche me fera du bien. Cela me donnera le temps de faire le vide dans ma tête et d'assimiler ce qui vient juste de se passer.

— Davies ?

Je cligne des yeux et me concentre sur le gars qui est sorti de nulle part.

Confuse, je lui demande :

— Qu'est-ce que tu fais là ?

CHAPITRE 15

BRODY

Je fais un geste du pouce en direction de quelques membres de l'équipe qui se trouvent derrière moi.

— On est sur le point d'aller dîner.

Mes yeux la parcourent avec plus d'attention. Même si je ne connais pas très bien Natalie, je vois que quelque chose la tracasse. Elle n'a pas l'air d'être dans son assiette. Et elle est pâle.

— Est-ce que tu vas bien ?

Sans répondre, elle se mord la lèvre et ses yeux se tournent vers le restaurant.

— Natalie ? répété-je avec un peu plus de force.

Ce n'est pas la Natalie Davies que je connais depuis la première année. Cette fille est une vraie battante, et à l'occasion, une vraie casse-pieds. La femme silencieuse qui se trouve devant moi n'est plus que l'ombre d'elle-même. Elle ne parle toujours pas quand deux types passent devant nous pour entrer. Il n'est pas question que je la laisse seule comme ça.

Me décidant en une fraction de seconde, je dis aux gars :

— Hé, je vais raccompagner Natalie chez elle. Allez dîner sans moi.

Bien entendu, quelques-uns de ces crétins qui forment le groupe de mes amis ne peuvent pas se contenter de dire *d'accord, on se retrouve à la maison.* Il faut absolument qu'ils fassent une ou deux allusions au fait que je me sois fait mettre le grappin dessus.

Je lève les yeux au ciel.

Sérieusement. Cela fait moins d'une semaine.

Les ignorant, je dis :

— Viens, puis je lui fais un signe de tête en direction du parking. Mon camion est garé là-bas. Je te ramène à ton appartement.

L'air de reprendre un peu de poil de la bête, elle me fait signe de m'en aller.

— Va dîner avec tes amis. Je peux marcher, ce n'est pas si loin. Ça va aller.

Le soleil commence à peine à descendre sous l'horizon. Certes, il faudra attendre un peu avant qu'il fasse nuit, mais qu'importe. Je refuse quand même de la laisser rentrer à la maison à pied. C'est peut-être une chose qu'elle ignore à propos de moi, mais je sais très bien jouer au gentleman.

— J'en suis sûr. Mais, de toute évidence, quelque chose ne va pas, et j'aimerais savoir ce que c'est, lui dis-je.

Avant qu'elle se mette en tête que cela servirait à quelque chose de se disputer avec moi, j'ajoute :

— *Non* n'est pas une réponse acceptable. On pourrait rester ici toute la nuit et en discuter, ma chérie. C'est à toi de voir.

Elle aspire une grande bouffée d'air et la relâche lentement.

— Tu ne crois pas que tu vas un peu trop loin avec cette histoire de faux petit ami ?

Je ris, parce qu'on dirait bien qu'elle est sur le point de céder. Ce qui, honnêtement, n'est pas du tout le genre de Natalie. Ma copine ici présente adore se chamailler avec moi. Cela me conforte dans l'idée que ce qui la préoccupe est grave.

— C'est un bon entraînement pour la réalité, non ?

Je lui adresse un clin d'œil et la tension qui irradie d'elle en vagues épaisses et lourdes se dissipe.

Nous marchons du même pas vers le camion. J'ouvre la portière côté passager et fais un grand geste du bras.

— Votre char vous attend, madame.

Elle ricane et se glisse à l'intérieur sans un mot. Je referme la portière et fais le tour jusqu'au côté conducteur.

— Depuis quand les chars coûtent-ils plus de quarante-mille dollars ? demande-t-elle alors que je tourne la clé et démarre le moteur.

Je hausse les épaules.

— Je ne sais pas. L'inflation ?

Les bords de ses lèvres se relèvent et elle se cale sur le cuir en poussant un profond soupir, comme si elle était épuisée. Lorsque nous sommes tous les deux attachés, je sors le camion du parking.

Comme elle reste silencieuse, à regarder fixement par la vitre, je lui demande :

— Vas-tu me dire ce qui s'est passé, ou est-ce qu'on joue au jeu des vingt questions ?

Comme elle ne répond pas immédiatement, j'ajoute :

— Sache qu'il me faut généralement dix questions pour deviner correctement.

Natalie tourne la tête vers moi. Elle semble un peu incertaine, et extrêmement fatiguée.

— Tu veux vraiment savoir ?

Il y a de l'électricité dans l'air alors que nos regards se croisent. J'abandonne mon ton taquin.

— Je ne te poserais pas la question si ce n'était pas le cas.

Elle détourne son regard du mien et fixe ses yeux droit devant elle.

— Mes parents se sont séparés il y a neuf mois. J'ai retrouvé mon père au restaurant pour la première fois depuis qu'il est parti.

— Je suis désolé de l'apprendre, dis-je, comprenant mieux qu'elle ait l'air contrariée. Ça ne s'est pas passé comme tu le pensais ?

Entendre ça me fait réaliser à quel point je connais mal Natalie sur le plan personnel. Et je me rends également compte à quel point j'ai envie de creuser sous la surface et d'apprendre à mieux la connaître.

Elle semble triste à présent.

— Pas du tout.

— Que s'est-il passé ?

J'ignore si elle veut en parler. Je sais juste que je veux qu'elle se sente mieux.

Natalie rit doucement, mais c'est un son brut et empli de douleur. Cela me fait mal pour elle.

— Elle s'est pointée au milieu du dessert.

Je fronce les sourcils, confus. J'ai l'impression d'avoir manqué quelque chose dans la conversation.

— Qui ?

— Sa petite amie, dit-elle d'un ton acerbe. En fait, j'ai été informée au cours du dessert que l'heureux couple est maintenant fiancé. Ce qui est intéressant, car le divorce n'a pas encore été prononcé.

Je laisse échapper un long sifflement.

— Merde, Davies. Ça craint.

— Oui, effectivement, dit-elle, avant de poursuivre, l'air déconfite. On s'est envoyé quelques textos depuis qu'il est parti, mais j'étais tellement en colère à propos de tout ! C'était la première fois que j'acceptais de m'asseoir et de parler du divorce avec lui. J'espérais que nous pourrions aller de l'avant.

Je ne dis pas un mot. Je laisse simplement Natalie parler.

— On dîne, et tout redevient normal, raconte-t-elle en me jetant un regard. C'était sympa. Et il me tend une embuscade. Soudain, la voilà qui se tient debout à la table et me sourit comme une espèce de folle.

Je grimace devant le tableau qu'elle brosse.

— Qu'est-ce que tu as fait ?

Ses yeux s'arrêtent sur les miens et elle murmure :

— J'ai pété les plombs.

— Genre, tu as sauté de l'autre côté de la table, et tu l'as plaquée au sol ?

Elle sourit légèrement.

— Non. Mais j'aurais aimé le faire.

Je hoche la tête.

— Oui, j'imagine bien la scène. Le chaos éclate et le personnel de salle doit t'arracher à elle.

— Oh, allez ! dit-elle en riant, me tapant le bras. Tu me vois sérieusement faire ça ?

— Bien sûr que oui ! dis-je.

Je la regarde à nouveau alors que nous poursuivons notre route vers son appartement.

— N'oublie pas que je t'ai vue draguer Nick Jacobs l'année dernière à une soirée.

Elle se couvre le visage avec ses mains.

— Oh, mon Dieu, j'avais oublié ça !

— J'y pense chaque fois que je te vois, lui avoué-je.

Je me retiens d'ajouter à quel point c'est excitant de voir une fille qui sait prendre les choses en main quand il le faut.

— Alors, si tu ne l'as pas plaquée au sol, qu'as-tu fait ?

Elle expire et secoue la tête.

— Je ne me souviens même pas. Honnêtement, tout est flou. Je crois qu'il est possible que je l'aie traitée de briseuse de ménage. Ou quelque chose comme ça, en tout cas.

— Oh, merde !

— Oui… soupire-t-elle. Mon père n'était pas très content.

— Le contraire aurait été étonnant.

— Ai-je mentionné que Bridgette, *et oui, c'est son nom*, n'a que vingt-sept ans ?

Cherchant à la réconforter, je tends ma main libre et la pose sur la sienne avant de serrer doucement ses doigts. Je ne sais pas trop quoi faire d'autre. Ses yeux se posent sur les miens, comme si elle était surprise par le geste. Comme elle ne retire pas sa main, j'ai l'impression qu'on fait des progrès.

— Je suis désolé, Davies. C'est vraiment une situation merdique.

— Oui, c'est vrai, répond-elle avant de garder le silence un moment. Ces neuf derniers mois ont été difficiles. Même si j'ai été en colère contre lui, ça m'a manqué de l'avoir près de moi… si ça a un sens.

Je comprends.

— C'est ton père. Bien sûr que ça a un sens.

— Je crois que j'espérais que nous pourrions, dit-elle en haussant les épaules, je ne sais pas… revenir à ce que nous étions avant qu'il parte.

— Tu peux toujours le faire, dis-je doucement.

Son expression se durcit et son corps se crispe. D'un air résolu, elle secoue la tête.

— Non, je ne peux pas. Je suis plus énervée maintenant qu'avant, tu le crois ? Me retrouver face à cette femme, savoir que c'est elle qui a brisé leur mariage… Honnêtement, j'ignore à quoi il pensait lorsqu'il l'a invitée à se joindre à nous.

— Je ne sais pas, Davies. Peut-être qu'il voulait juste que ça aille mieux entre vous, suggéré-je.

Je m'accroche à ce que je peux.

— Eh bien, ça n'arrivera pas dans cette vie. Il a fait son choix… dit-elle, et la voix de Natalie se brise. Et ce n'était pas moi.

Je lui serre les doigts, regrettant de ne pas pouvoir faire plus.

— Peut-être qu'il faut juste que tu laisses faire le temps.

Sans rien dire, elle regarde par la vitre. Au moment où nous arrivons dans le parking de son immeuble, je me rends compte que je ne veux pas la laisser partir.

Impulsivement, je demande :

— Tu veux aller quelque part ?

Son expression devient immédiatement méfiante.

Un rire m'échappe.

— Je ne vais pas te ramener chez moi, d'accord ? Pfff !

Elle se mord la lèvre, comme si elle essayait de se retenir de sourire.

— Qu'est-ce que tu as en tête ?

— Tu verras, affirmé-je.

Considérant à quel point elle est bouleversée, un semblant de sourire ressemble à une petite victoire.

— Va chercher une veste, et allons-y.

Elle fronce les sourcils, et je vois les questions défiler dans ses yeux.

Avant qu'elle ne puisse en poser une, je dis :

— C'est une surprise, Davies. Prends une veste, et tu découvriras vite ce que c'est.

De manière tout à fait inattendue, elle fait exactement ce que je lui dis. Il faut croire qu'il y a une première fois pour tout. Bien sûr, je suis assez malin pour ne *pas* le faire remarquer à Natalie.

Quinze minutes plus tard, nous nous garons sur le parking de la patinoire municipale. C'est ici que j'ai commencé à jouer chez les *Mini-Mites* à l'âge de quatre ans. J'espère que cela lui fera oublier ce qui la tracasse, ne serait-ce que pour un temps.

— Tu m'as amenée à la patinoire ?

Elle me lance un regard sceptique alors que nous sortons du camion.

— Oui.

Confuse, elle demande :

— Alors… qu'est-ce qu'on va faire ici ?

J'attrape ses doigts et la tire en avant quand elle s'arrête et fixe l'immense bâtiment blanc.

— Nous allons faire un truc qu'on appelle le patin. Tu en as peut-être déjà entendu parler ?

— Tu es hilarant.

— J'essaie, dis-je, sans préciser que c'est surtout en sa présence. On va attacher des lames à tes pieds, et je t'emmène sur la glace.

Je lève un sourcil en signe de défi.

— Tu sais patiner, Davies ?

— J'ai pris quelques cours, dit-elle avant de faire une pause.

— Alors, tout ira bien. C'est comme faire du vélo.

— Non, je crois que c'est un peu plus difficile que ça. Il me semble me souvenir que je suis souvent tombée sur les fesses.

Nos mains jointes, je lui fais franchir les portes automatiques et pénétrer dans l'arena. Nous nous dirigeons vers le comptoir de location et prenons deux paires de patins. Ensuite, nous nous installons sur un banc au bord de la patinoire pour les enfiler. Une fois que nous sommes tous les deux équipés, je me lève et lui tends la main pour qu'elle la prenne. Il y a quelque chose d'étrangement naturel dans le fait d'avoir sa petite main dans la mienne.

Ça me plaît. Et je l'aime bien.

L'arena comporte trois patinoires. L'une d'elles est ouverte à tous pendant les deux prochaines heures. La porte métallique menant à la glace est ouverte. Je sors le premier et me tourne vers Natalie.

— Tu es prête ?

Elle aspire une bouffée d'air froid et acquiesce. Cette fois, c'est elle qui me tend la main. Je la stabilise pendant qu'elle trouve ses repères sur la plaque glissante. Un sourire s'épanouit sur son visage quand elle ne tombe pas immédiatement. Ses yeux cherchent les miens.

— Tu vois ? C'est simple comme bonjour, dis-je.

— Nous verrons bien.

Pour le premier tour, nous y allons doucement. Deux enfants qui ne doivent pas avoir plus de huit ans nous dépassent à toute allure. Natalie est raide, son corps est trop droit. Chaque fois qu'elle penche trop dans une direction ou qu'elle enfonce la dent dans la glace, elle écarte les bras pour tenter de retrouver l'équilibre. La deuxième fois, elle se détend et nous prenons de la vitesse. Elle trouve son rythme, alternant poussées et glissements. Quand nous entamons notre troisième tour, nous avançons à un bon rythme. Les gamins de huit ans nous dépassent encore, mais ce n'est rien. Natalie n'est plus si tendue et maladroite. Ses joues sont rosies par le froid et un grand sourire illumine son visage.

Dès le premier jour, je l'ai trouvée belle. Quand elle sourit comme ça, elle est absolument magnifique.

Et savoir que c'est grâce à moi rend tout cela encore meilleur.

CHAPITRE 16

BRODY

Je porte une bière à mes lèvres et balaie la salle du regard à la recherche de Natalie, mais je ne la vois nulle part dans la foule dense. Avant de la déposer à son appartement l'autre soir, je l'ai convaincue de me rejoindre à la fête des Kappa. Je me suis dit que ce serait un bon endroit pour commencer à sortir ensemble en public.

Nous nous sommes beaucoup amusés à la patinoire. En tout cas, moi, je me suis beaucoup amusé. Et à en croire l'immense sourire placardé en permanence sur le visage de Natalie, c'est aussi son cas. J'étais simplement heureux de lui faire oublier ce qu'il s'était passé avec son père.

Est-ce que j'espère que quelque chose a changé entre nous ? Bien sûr que oui ! Nous avons discuté en patinant sans qu'elle m'arrache la tête. Et, vous savez quoi ? J'aime bien Natalie. J'aime être avec elle. J'aime son sens de l'humour. Cela me rend encore plus impatient de la revoir. Ce qui est une première pour moi. Au lieu de lutter contre ce sentiment, je sors mon portable et envoie un message.

Où es-tu ?

Je fixe le téléphone dans ma paume, essayant de la pousser à répondre. Cinq minutes plus tard, mon travail acharné porte ses fruits.

Pas là.

Même si elle ne me voit pas faire, je lève les yeux au ciel. Pourquoi faut-il qu'elle fasse la maligne ? Et, question plus importante encore : pourquoi est-ce que je trouve ce trait de caractère si séduisant ?

Oui, je vois ça. Quand arrives-tu ? Ma fausse petite amie me manque. J'ai du mal à repousser les filles...

**lève les yeux au ciel* Ça a l'air horrible pour toi.*

Ça l'est.

Je n'étais pas d'humeur à sortir ce soir.

Davies...

McKinnon...

Très bien. Cela ne me mène nulle part, alors je sors le grand jeu. Non pas que j'en aie vraiment envie, mais peu importe.

Tu as dix minutes pour ramener ton derrière ici ou je viens te chercher.

C'est ça, bon courage.

Je suis tout à fait sérieux, Davies.

Pas de réponse...

— Brody ! crie une voix aiguë, interrompant mes échanges avec Natalie. Tu m'as *teeeeellement* manqué !

Une fille aux cheveux de jais, aux lèvres maquillées de rouge et aux ongles assortis, me dévisage en passant ses mains sur mon torse. Elle a de longs cheveux raides qui lui tombent dans le dos et un corps svelte qu'elle met en valeur avec un T-shirt moulant décolleté, et un jean skinny encore plus moulant.

— Je ne t'ai pas vu depuis si longtemps !

Elle me semble familière, mais son nom m'échappe. Je ne pense qu'à une seule fille ce soir, et ce n'est pas celle-là.

— Hé, comment ça va ?

— Cassandra, dit-elle alors que je ne prononce pas son prénom.

Je hoche la tête.

— C'est ça. Cassandra. Ouais.

Lorsqu'elle essaie de se blottir contre moi, j'écarte gentiment mais fermement ses mains. Peu importe ce que cette fille recherche, elle ne l'obtiendra pas de moi.

Incrédule, elle hausse les sourcils.

— Alors, les rumeurs sont vraies ? Tu as une petite amie ?

— Oui. Totalement vraies. Je suis pris, ajouté-je, au cas où elle n'aurait pas saisi.

Elle fait la moue.

— C'est dommage.

Ses doigts se portent sur l'encolure arrondie de son T-shirt et longent tranquillement le bord, qui épouse la peau crémeuse de sa poitrine.

Je hausse un sourcil.

Un stratagème tellement évident. Je t'ai captée. Tu essaies de me faire reluquer tes seins en attirant mon regard vers eux... Ça n'arrivera pas aujourd'hui.

Ses lèvres se courbent en un sourire narquois.

— Je ne dirai rien si tu ne dis rien, murmure-t-elle d'une voix rauque.

Je secoue la tête.

— Désolé, si je voulais m'amuser avec d'autres filles, je n'aurais pas de relation, dis-je avec un regard pénétrant. Je suis sûr que tu peux comprendre ça.

Elle soupire.

— Natalie a de la chance.

Je lui fais un petit clin d'œil.

— N'oublie pas de le lui dire la prochaine fois que tu la verras.

— Je le ferai.

Je ris à l'idée de voir Natalie sortir de ses gonds si les gens commencent à lui dire à quel point elle a de la chance de sortir avec moi.

Alors que j'essaie de trouver une solution de repli, j'aperçois Luke qui passe la porte d'entrée. Zara et lui ne se quittent pas ces derniers temps, alors j'espère que Natalie est avec eux.

— Si tu veux bien m'excuser, je dois parler à quelqu'un.

— D'accord, dit-elle à regret. Au revoir, Brody.

Je lui fais un signe de la main et je m'en vais. Je n'ai pas besoin de me frayer un chemin jusqu'à eux. La foule s'écarte sur mon passage. Une fois que j'ai rejoint Luke et Zara, je suis déçu de voir que Natalie n'est pas avec eux.

Que cette fille m'exaspère !

— Où est ta coloc ? demandé-je à Zara.

— Eh bien, bonjour à toi aussi, Brody, dit-elle en guise de salut. C'est toujours un plaisir de te voir.

Je lève un sourcil et attends impatiemment une réponse.

— Je croyais que Davies serait avec toi.

Zara secoue la tête tandis que Luke glisse un bras autour d'elle et l'attire contre lui.

— Elle avait besoin d'un peu de temps pour elle.

Qu'est-ce que ça veut dire ?

— Alors, elle est chez vous ?

Parce que, dans ce cas, c'est exactement là où je vais me rendre. Je n'ai pas fait de menace en l'air. Je vais aller chercher cette fille, même si c'est la dernière chose que je fais.

— Non, dit-elle, puis elle se mord la lèvre et regarde Luke. Je crois qu'elle veut juste se détendre toute seule. La semaine a été plutôt merdique pour elle.

Zara me donne des réponses évasives, et je n'aime pas ça du tout. Je veux savoir où se trouve Natalie.

— Si elle n'est ni ici ni à votre appartement, alors où est-elle ?

Zara n'aime pas mon ton, et elle plisse les yeux. Elle a beau être minuscule et avoir l'air d'une lutine, c'est une dure à cuire. Il n'est pas difficile de comprendre pourquoi Natalie et elle sont de si bonnes amies. Elles sont toutes les deux du genre, *on ne fait pas de prisonniers.*

— Pourquoi veux-tu le savoir ?

Je hausse les épaules, essayant de contenir mon impatience.

— Nous avions des plans. Elle est censée être ici.

Comme elle ne répond pas, je jette un coup d'œil à Luke en quête de soutien.

Il sourit à sa petite amie.

— Allez, bébé, dis-lui où elle est. Sinon, il va te harceler toute la nuit. C'est ça que tu veux ?

Zara soupire. Son agacement se lit dans chaque trait de son visage.

— Je l'ai déposée chez sa mère il y a quelques heures, d'accord ? me dit-elle, levant les yeux au ciel. Elle y reste pour le week-end.

Quelque chose se détend instantanément en moi à cette information.

— Merci.

Je me dirige vers la porte.

— Tu ne vas pas aller là-bas, n'est-ce pas, Brody ? m'appelle-t-elle.

Je me retourne et lui adresse un sourire.

— Bien sûr que si.

CHAPITRE 17

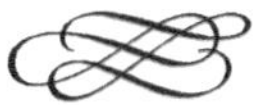

NATALIE

C'est officiellement la semaine de l'enfer.

Le coup d'envoi a été donné par Reed et ses commentaires minables. Les choses ont empiré lorsque Brody a annoncé au monde entier que nous étions désormais ensemble, ce qui a entraîné un comportement assez étrange de la part des autres étudiants du campus. Non pas que je n'aie pas apprécié mon moka au caramel gratuit, mais c'est vraiment bizarre. J'ai évité le Java House jeudi et vendredi, et à la place, j'ai apporté un thermos de café pourri de chez moi. Qui n'a absolument pas comblé mon besoin habituel de caféine matinale. Il était tellement atroce que j'ai eu du mal à l'avaler.

À la fin de la semaine, j'ai commencé à porter une casquette bas sur mes yeux pour être moins reconnaissable. C'est ridicule, non ? Je ne devrais pas avoir à vivre ainsi. Je ne suis ni célèbre ni digne d'intérêt. Ces gens n'en ont rien à faire de moi. Tout ce qui les intéresse, c'est avec qui je sors. Enfin, soyons réalistes… avec qui je fais semblant de sortir. Je *fais semblant* de sortir avec Brody McKinnon.

Et puis il y a la situation avec mon père…

Et sa fiancée de vingt-sept ans.

Beurk.

Vendredi après-midi, j'ai atteint ma limite. Même si j'étais censée retrouver Brody à une soirée Kappa en dehors du campus pour que nous puissions jouer les couples heureux, je ne me crois pas capable de plaquer un faux sourire de plus sur mon visage. Mon quota pour la semaine est atteint.

J'en ai terminé. Ras-le-bol.

Est-ce horrible de ma part d'avoir espéré que Brody soit pris d'assaut par son public d'admiratrices, et qu'il m'oublie ? Ça ne s'est pas produit. Au lieu de cela, il m'a envoyé un message, exigeant que je me pointe là-bas, faute de quoi il viendrait me chercher.

Je ris.

Bonne chance, mon pote. Il peut parcourir le campus autant qu'il veut. Il ne me trouvera pas.

Zara m'a déposée en début d'après-midi chez ma mère, qui se trouve à une quarantaine de minutes de l'école, dans une ville voisine. Dès que j'ai poussé la porte d'entrée, j'ai su que j'avais pris la bonne décision en rentrant chez moi pour le week-end. J'ai besoin d'un peu de temps pour me détendre et me ressaisir.

Comme il s'agissait d'une visite impromptue, ma mère n'a pas pu être là à mon arrivée. Elle est rentrée il y a environ quarante-cinq minutes, après avoir fait visiter une maison. J'ai proposé de préparer le dîner, mais elle a insisté pour s'arrêter au magasin en rentrant du travail, afin d'acheter les ingrédients nécessaires à la préparation d'un bœuf Stroganoff, mon plat préféré.

C'est le plat réconfortant par excellence, et c'est exactement ce qu'il me faut dans un moment comme celui-ci.

Maintenant qu'elle est à la maison et qu'elle prépare le dîner, nous avons migré dans la cuisine. Je m'assieds sur l'îlot et la regarde découper un morceau de bœuf en fines lamelles avant de les enfariner et de les faire frire dans de l'ail et du beurre. L'arôme est étourdissant. Oh, comme la cuisine de ma mère me manque quand je suis à l'école !

Elle me surprend à la regarder et me sourit tout en continuant à préparer le dîner.

— C'est une surprise tellement inattendue ! Je suis heureuse que tu aies décidé de rentrer à la maison. Ça fait quelques semaines que je ne t'ai pas vue.

Même si Whitmore n'est pas très loin, je suis occupée à l'école, et ma mère est occupée à construire sa carrière. Nous ne nous voyons pas aussi souvent que nous le voudrions. Voilà pourquoi nous apprécions toutes les deux cette occasion de passer du temps ensemble.

J'acquiesce, car je ressens la même chose. C'est bon d'être ici.

— J'avais besoin d'une pause loin du campus.

Elle retourne la viande dans la poêle et demande :

— Tout va bien ?

Je hausse les épaules.

— Ça va.

Elle fronce les sourcils.

— Est-ce qu'il y a quelque chose dont tu voudrais parler ?

Il est hors de question que je partage tout ce *drama* avec elle.

Ce serait tellement gênant !

Tu te souviens de mon ex-petit ami, Reed ? Eh bien, il a décidé de balancer en plein milieu d'une soirée que j'étais un mauvais coup.

Connaissant ma mère, elle foncerait sans doute jusqu'à Whitmore en voiture pour aller lui tordre le cou. Elle a tendance à se comporter comme une maman ourse lorsqu'elle a l'impression que quelqu'un m'attaque. En plus, elle n'a jamais été très fan de lui dès le départ. J'ai mis cela sur le compte du divorce, qui était tout récent à l'époque, mais elle avait vu juste. Son instinct était plus aiguisé que le mien. L'idée qu'elle affronte Reed me fait presque sourire.

— Non. Je voulais juste passer un peu de temps avec ma mère.

— Oh ! Comme c'est gentil ! Tu sais à quel point j'aime t'avoir ici.

Parfois, je me sens coupable de vivre sur le campus alors que ma mère est ici toute seule. Je lui ai proposé de rester à la maison et de prendre les transports en commun pour aller en cours, mais elle est restée ferme sur sa décision : je devais vivre ma propre vie et ne pas m'inquiéter pour elle.

Mais je m'inquiète toujours. Je déteste l'idée qu'elle rentre dans une maison vide à la fin d'une longue journée.

C'est le bon moment pour changer de sujet.

— Comment ça se passe, au boulot ?

Elle transfère la moitié de la viande dans une assiette pour faire frire le reste.

— Cela se passe très bien. Il y a un couple qui est prêt à faire une offre pour sa première maison demain, alors c'est excitant. Je dois les retrouver à la propriété à 10 heures pour qu'ils puissent y jeter un dernier coup d'œil, puis nous rédigerons l'offre, dit-elle en me jetant un coup d'œil. Peut-être qu'après cela, nous pourrions sortir déjeuner ?

J'acquiesce et je bois une gorgée d'eau.

— Oui. On dirait qu'on a un plan !

Elle sourit.

— Super.

Alors que ma mère et moi poursuivons notre conversation, toute la tension qui m'habitait s'évacue de mon corps. Je n'ai plus l'impression d'avoir les épaules qui remontent jusqu'aux oreilles. Cela me permet de réaliser à quel point j'ai intériorisé mon stress.

J'ignore si je pourrai supporter une autre semaine où j'aurai l'impression de vivre sous un microscope. Combien de temps dois-je attendre avant de pouvoir m'extirper de cette relation ? Une semaine ? Deux ? Plus ?

Oh, mon Dieu… !

Cela semble atroce.

— Tu es sûre qu'il ne se passe rien ? Parce que j'ai l'impression qu'il y a quelque chose que tu ne me dis pas, me dit-elle, agitant ses pinces de cuisine dans ma direction. Ton front est tout plissé.

Cela me demande un certain effort pour adoucir mes traits.

Je ne devrais pas être surprise qu'elle sache percevoir mon humeur. Elle a toujours eu une sorte de radar parental étrange par rapport à moi. C'était très frustrant lorsque j'étais adolescente et que j'essayais de lui cacher des choses.

Ce qui, croyez-moi, n'arrivait pas souvent.

Aussi tentée que je sois de me confier, je ne peux pas lui faire part des derniers événements survenus dans ma vie.

— Non. Tout va bien.

Les mains sur les hanches, elle me fixe jusqu'à ce que je me tortille sur mon tabouret.

— Natalie Marie, je sais quand quelque chose te tracasse. Rends-nous service à toutes les deux et crache le morceau.

Dans ce genre de situation, le détournement peut être votre ami.

— Pourquoi crois-tu qu'il se passe quelque chose ?

Elle penche la tête et me scrute un instant.

— Parce que je te connais, et que je le vois sur ton visage. Tu avais l'air stressée. Et tu es plus calme que d'habitude, plus renfermée. Tu sais que je déteste quand tu me caches des choses, dit-elle en me jetant un regard. Cela m'inquiète plus que ça ne devrait. Que dirais-tu de mettre fin à mes souffrances et de me dire ce qui se passe ?

Maintenant que le Stroganoff mijote sur la cuisinière, elle s'assied à côté de moi. Et me scrute avec encore plus d'intensité. Elle n'aura pas besoin d'insister beaucoup pour me faire craquer.

Comme je ne réponds pas, elle demande :

— Cela a-t-il un rapport avec le dîner que tu as eu avec ton père il y a quelques jours ?

Je n'ai pas envie de discuter de cette situation avec elle. Ma mère est encore fragile. En moins d'un an, son monde a été entièrement bouleversé. Lui parler des fiançailles de papa ne fera que la blesser, et je n'en ai pas envie.

Je concentre mon attention sur un tourbillon de couleurs dans le granit beige et marmonne :

— Non, le dîner était sympa.

— Vraiment ?

Je hausse les épaules et reste vague.

— Oui.

Elle soupire.

— Natalie, tu peux me dire la vérité.

Je tourne les yeux vers elle et elle arque un sourcil. Elle est scep-tique : non seulement ça s'entend, mais ça se lit sur son visage. Comme si elle ne croyait pas un seul mot qui sort de ma bouche. Et je déteste ça. Étant fille unique, ma mère et moi avons toujours été proches.

— Oui.

D'une voix presque tendre, elle dit :

— Ton père m'a appelée hier et m'a parlé de ses fiançailles.

J'écarquille les yeux.

— Vraiment ?

Je suis tellement choquée par cette information que j'ai l'impression que je vais tomber de mon tabouret. Je ne savais pas qu'ils étaient encore en contact.

Elle hoche la tête.

— Il m'a dit que tu étais très contrariée. Que tu as quitté le restaurant.

J'en ai le souffle coupé.

— Vous n'êtes même pas encore divorcés et il demande déjà à quelqu'un d'autre de l'épouser ? m'exclamé-je, car le simple fait d'y penser me met hors de moi. Qui fait ça ?

Elle tend la main pour me frotter le bras.

— Les documents ont été déposés, Natalie. Ça va arriver, et il faut que tu fasses la paix avec ça.

Cette conversation me fait mal au cœur. Ce qui me paraît étrange aussi, c'est que je sois plus bouleversée par leur divorce que ne le sont mes parents. J'avais peur que ma mère soit dévastée en apprenant les fiançailles. Je la regarde de plus près. Elle n'a pas l'air contrariée.

— Je ne m'attendais pas à ce qu'il passe à autre chose aussi rapidement, dis-je avec une moue dégoûtée. Et avec *elle*, en plus.

— Je sais. Et je comprends que tu sois toujours blessée et en colère. Mais c'est ce que veut ton père.

Elle relâche ma main et joint les siennes sur ses genoux avant de se redresser.

— Je ne veux pas être avec un homme qui n'a pas envie d'être marié avec moi.

— Maman…

— Je vais bien, dit-elle rapidement. Vraiment. J'ai trouvé une carrière qui me plaît et je prends mieux soin de moi. Cela fait longtemps que je ne l'ai pas fait. Et, dit-elle avant de marquer une pause, j'ai recommencé à sortir.

Je cligne des yeux, choquée par son annonce.

— Tu as des rencards ?

Je ne m'attendais pas du tout à ça. Bien sûr, je veux qu'elle soit heureuse. Je ne veux pas qu'elle reste seule à la maison le vendredi soir, à noyer son chagrin dans une bouteille de pinot gris. À un moment ou un autre, je m'attendais à ce qu'elle se remette en selle.

Mais pas encore.

Elle hoche la tête. Un sourire se dessine sur ses lèvres.

— En fait, j'avais prévu de sortir ce soir.

— Tu as annulé ton rencard ? Pourquoi ?

— Je préfère passer du temps avec toi. Je me disais qu'on pourrait louer un film, et peut-être faire une petite soirée spa, propose-t-elle avant d'agiter les sourcils. J'ai un nouveau masque au charbon de bois que je veux essayer. On peut se faire des manucures et des pédicures. Toutes ces choses qu'on avait l'habitude de faire.

— Ça m'a l'air super, Maman.

Je me mordille la lèvre inférieure, culpabilisant d'entraver sa vie sociale naissante. Lorsque j'ai décidé de rentrer, il ne m'est jamais venu à l'esprit qu'elle pouvait avoir des projets. Je passe une main sur mon visage. Je ne suis pas prête pour ça. Mon père est fiancé, et ma mère a un rencard.

— Je ne veux pas que tu annules ton rendez-vous pour moi. On peut toujours regarder un film et faire une soirée spa demain.

— Ça ne me dérange pas, me dit-elle, avant d'ajouter, plus sérieuse, tu passes en premier. Toujours.

Je lui fais un demi-sourire. Elle n'a pas besoin de me le dire.

— Je sais. Mais n'annule pas pour autant ton rencard. Je suis assez fatiguée, et j'avais l'intention de me coucher tôt.

L'incertitude se lit sur son visage.

— Tu es sûre ?

— Affirmatif, dis-je en lui serrant les doigts, scrutant son visage. Tu sembles beaucoup plus zen. J'avais peur de te parler de papa et de Bridgette. Je craignais que ça te fasse péter les plombs.

Comme ç'a été le cas pour moi.

Son expression devient pensive.

— Je ne t'en ai pas encore parlé, mais je travaille avec un thérapeute depuis environ un mois, et ça m'a beaucoup aidée à voir les choses avec plus de clarté. Notre mariage ne s'est pas effondré du jour au lendemain. Il s'érodait lentement depuis des années et j'ai choisi de ne pas le réparer.

Elle me regarde dans les yeux et ajoute :

— C'est peut-être lui qui est parti, mais je ne suis plus sûre de lui en vouloir. Je pense qu'il nous a fait une faveur à tous les deux.

Son aveu me prend complètement au dépourvu. J'ai toujours reproché à mon père d'être parti. Pas une seule fois je n'ai pensé qu'elle pouvait être à l'origine de la séparation. Il est tombé amoureux d'une autre et nous a quittés. Je suis contente pour elle et heureuse qu'elle passe à autre chose, mais je n'en suis pas encore là.

Et j'ignore quand ce sera le cas.

— J'ai également commencé à pratiquer le yoga et la méditation.

Comme je me contente de la fixer, elle esquisse un sourire. J'ai du mal à l'imaginer en train de méditer. Ou faire la position du chien tête en bas.

— En fait, il y a un cours à 7 heures demain matin, annonce-t-elle avec un sourire encore plus grand. Tu peux te joindre à moi ?

— Ça m'a l'air intéressant, mais je vais passer mon tour sur ce coup-là. J'ai l'intention de dormir jusqu'à au moins 10 heures.

Elle hausse les épaules.

— Peut-être une autre fois.

— Sans aucun doute.

J'évite le yoga comme la peste. J'aime les exercices cardiodynamiques comme le kickboxing et la Zumba. L'idée de m'asseoir tranquillement et de prendre des poses ne m'attire pas. Mais, pour ma mère, j'essaierai.

— Tu sais, je n'aurais jamais cru que le yoga et quelque chose d'aussi simple que la méditation pouvaient aider autant, mais c'est le cas. Je me sens tellement mieux lorsque j'ai terminé ! Plus centrée. Comme si je laissais tomber toute la colère et la tristesse qui me pesaient et que je me concentrais sur l'avenir et tous les aspects positifs de ma vie.

Je cligne des yeux. Cette femme commence sérieusement à me faire peur.

— On dirait une hippy.

Au lieu de se vexer, elle éclate de rire.

— Je commence à penser que les hippies ont peut-être raison. Cette expérience m'a appris qu'il ne faut pas s'accrocher à la colère. Sinon, elle te dévore toute crue.

Ma mère me surprend avec sa vision des choses, et je ne sais pas trop quoi en penser. Mes deux parents sont en train de devenir des personnes que je ne reconnais plus.

— Je sais que tu es en colère contre ton père, mais il t'aime. Même si beaucoup de choses ont changé dans nos vies, celle-ci ne changera jamais. Ne t'accroche pas au passé, Natalie. Il n'en ressort jamais rien de bon.

Je jette à nouveau un coup d'œil sur le motif tourbillonnant du plan de travail en granit et je soupire.

— Je ne sais pas, Maman, dis-je.

Lorsqu'elle ouvre la bouche pour argumenter, je lui coupe la parole.

— Je vais y réfléchir.

Enfin, peut-être.

— Bien. Je déteste te voir si perturbée, me dit-elle en scrutant mon regard. Tu es sûre que tu ne veux pas que je change mes plans ? Cela ne me dérange pas. Je suis tout à fait partante pour une soirée entre filles.

— Non, dis-je, secouant la tête. Ça ira. Peut-être qu'un peu de temps seule pour réfléchir à tout cela me fera du bien.

— Ça ne peut certainement pas faire de mal.

Trente minutes plus tard, nous avons fini de dîner, et nous sommes en train de ranger la cuisine quand on sonne à la porte.

— Est-ce que tu peux aller répondre pendant que je charge le lave-vaisselle ? me propose ma mère.

En chaussettes, je vais jusqu'à l'entrée et j'ouvre la porte.

Mes yeux s'écarquillent devant ce qui m'attend sur le perron.

— Qu'est-ce que tu fais ici ?

CHAPITRE 18

BRODY

Sa réaction me fait sourire. Ce que, j'en suis sûr, elle n'apprécie pas. Je mentirais si je ne reconnaissais pas que c'est précisément la réaction à laquelle je m'attendais. Même si, compte tenu des moments que nous avons passés ensemble l'autre soir, j'aurais espéré un accueil plus chaleureux.

Apparemment, ce ne sera pas le cas. On dirait que je suis de retour à la case départ avec cette fille.

J'écarte les bras.

— Est-ce une façon de saluer son petit ami ?

— Faux petit ami, réplique Natalie.

Comme elle ne m'invite pas à entrer, je me cale contre l'encadrement de la porte.

— Tu ne réponds plus à mes messages. Tu ne sais pas que la règle n°1 du code de conduite des petites amies est de répondre immédiatement à tous les appels et à tous les SMS ?

Je tends la main et lui effleure le bout du nez avec désinvolture.

Fronçant les sourcils, elle repousse ma main comme s'il s'agissait d'une mouche gênante.

— Et ça ne t'a pas mis la puce à l'oreille ? La plupart des gars comprendraient.

Je pose une main sur mon cœur et lui lance mon meilleur regard blessé.

— Aïe. Ça fait mal.

— J'en doute, dit-elle en passant lentement sa langue sur le devant de ses dents. Comment m'as-tu trouvée ?

Je souris et réponds tranquillement :

— Ce n'était pas si difficile que ça. Je peux être assez débrouillard quand il le faut.

Son visage se détend et elle croise les bras. Le coton de son T-shirt se tend, soulignant joliment la rondeur de ses seins. Je baisse momentanément les yeux.

Natalie s'éclaircit la gorge et mes yeux remontent sur les siens. Un léger rougissement envahit ses joues. Ses doigts s'agrippent à la porte qu'elle commence à refermer.

— Eh bien, c'était un plaisir de te voir. Merci d'être passé.

J'aplatis ma main contre le bois lorsqu'elle essaie de me claquer la porte au nez.

— Quoi ? Tu ne vas pas m'inviter à entrer alors que j'ai fait tout ce chemin pour te voir ?

— Non, répond-elle sans la moindre hésitation.

— Natalie ? Qui est à la porte ?

Une femme grande et mince, avec un carré foncé mi-long, sort de la cuisine, un torchon à la main. Un sourire effleure ses lèvres lorsqu'elle me voit traîner dans l'embrasure de la porte.

— Bonjour.

Son regard curieux oscille entre Natalie et moi. Compte tenu de la ressemblance frappante entre les deux femmes, je suppose qu'il s'agit de sa mère.

Devant le silence stoïque de Natalie, l'autre femme demande :

— Est-ce que c'est un de tes amis de l'école ?

— Non, rétorque Natalie.

Son visage se crispe et elle me regarde d'un mauvais œil.

Si j'étais plus doué pour lire les messages subliminaux, je parierais que Natalie veut que je dise que mon apparition inopinée sur le pas de sa porte est une erreur. Que je me suis trompé de maison, ou quelque chose de ce genre.

Est-ce que je vais laisser Natalie tranquille et inventer une excuse bidon avant de retourner à mon camion ?

Hors de question ! Cette situation est beaucoup trop tentante pour que je puisse y résister.

— En fait, je suis le petit ami, dis-je, offrant à la mère de Natalie mon sourire le plus charmant.

Non seulement les yeux de Natalie s'écarquillent à tel point qu'on dirait qu'ils vont lui tomber de la tête, mais elle bredouille une réponse inintelligible.

Passant devant ma petite amie à la bouche bée, je tends la main vers sa mère. Elle a l'air choquée par ce que je viens de lui révéler.

— Brody McKinnon. Enchanté, madame.

Naturellement, je fais étalage de mes bonnes manières.

— Karen, dit-elle, toujours aussi surprise. La mère de Natalie.

Elle fronce les sourcils.

— Brody McKinnon ? répète-t-elle, jetant un regard interrogateur à sa fille avant de croiser à nouveau le mien. Le même Brody McKinnon qui joue au hockey à Whitmore ?

Je lui décoche un sourire éclatant qui fait ressortir mes fossettes. En dehors de Natalie, je n'ai pas rencontré de femme qui ne devienne pas toute douce et mielleuse à leur vue. Il faut espérer que ce n'est pas un trait de famille. Je veux que cette femme m'apprécie.

— Oui, c'est moi.

Karen cligne plusieurs fois des yeux, comme si elle tentait de combler son retard.

— Et tu sors avec Natalie ? demande-t-elle, comme si c'était impossible.

Un rire m'échappe, et je passe un bras autour de Natalie, la serrant contre moi.

— Effectivement.

— C'est très étrange, car Natalie n'en a jamais parlé. Depuis combien de temps cela dure-t-il ?

Sa fille me fixe d'un œil meurtrier bien affûté, le genre à me faire flipper, et avoue, dents serrées :

— C'est plutôt récent.

À en croire le visage de ma *petite amie*, je vais payer cher le fait d'avoir vendu la mèche. Sachant cela, je n'arrive toujours pas à regretter ma décision d'être venu la chercher. Ce n'est pas comme si je ne l'avais pas avertie de ce qui se passerait si elle ne venait pas à cette fête. Elle ne peut donc s'en prendre qu'à elle-même.

Que puis-je dire ? Si tu joues avec le feu, tu te brûles. Et pourtant, je sais que c'est moi qui vais finir cramé.

Au lieu d'essayer d'apaiser les choses, je jette de l'huile sur le feu en ajoutant :

— Mais ça fait bien longtemps que ça couve. N'est-ce pas, ma chérie ?

Elle glisse son bras autour de moi et me pince. Heureusement pour moi, elle n'est pas l'une de ces filles aux griffes manucurées. Les siens ont toujours l'air rongés à vif. Dans le cas contraire, je serais déjà en train de saigner.

— Oh, je ne sais pas si c'est vrai, mon sucre d'orge, dit-elle en battant des cils, et ma poitrine tremble d'un rire mal dissimulé. Il me semblait t'avoir dit d'aller au diable la semaine dernière.

Elle me pince à nouveau et je grimace, tout en gardant mon sourire.

— Je suppose que c'est la beauté de l'amour. On perd toute notion du temps.

Natalie montre les dents en acquiesçant à ce commentaire mielleux.

J'ai presque oublié que Karen nous observait jusqu'à ce qu'elle murmure :

— D'accord.

Même si ça ressemblait davantage à *d'aaaaccord*.

Les yeux de Karen oscillent entre nous. Je ne saurais dire si elle y croit ou non. Si elle ressemble à sa fille, sans doute pas.

— Pourquoi ne pas inviter ton petit ami à entrer, Natalie ? J'aimerais apprendre à le connaître un peu mieux.

Ses yeux se posent sur moi. Je vois bien qu'elle m'évalue.

— As-tu déjà mangé, Brody ?

Je tapote mon ventre plat.

— Je peux toujours manger une deuxième fois.

J'ai pour principe de ne jamais refuser un repas fait maison. Ceux-ci sont peu nombreux et très rares. La tension disparaît des yeux sombres de Karen et elle sourit.

— J'ai préparé le plat préféré de Natalie ce soir. Du bœuf Stroganoff.

— Quelle coïncidence ! Il se trouve que c'est aussi l'un de mes préférés !

Je jette un regard adorateur à Natalie, que j'enlace toujours. Je suis surpris qu'elle ne m'ait pas encore piétiné le pied.

— Tu vois tout ce que nous avons en commun, muffin ? C'est comme si nous étions faits l'un pour l'autre.

— Tu parles ! grogne-t-elle tout bas pour ne pas que sa mère l'entende.

— Mais si ! dis-je d'un ton jovial.

Nous entrons ensemble dans la cuisine. Dans le dos de sa mère, Natalie me jette un regard noir et mime *je vais te tuer*. Elle passe un doigt en travers de son cou pour accentuer son propos.

Je souris devant ses pitreries. Elle est adorable quand elle est énervée comme ça. Luke a raison, je prends vraiment un plaisir pervers à l'agacer. C'est étrangement satisfaisant.

Sa mère s'affaire dans la cuisine, sortant des récipients du réfrigérateur, tandis que nous prenons tous les deux place autour de l'îlot de cuisine. Karen me prépare une assiette avec des nouilles et une bonne dose de sauce gorgée de viande qu'elle met au micro-ondes.

— Que puis-je te servir à boire, Brody ?

— De l'eau, ça ira. Merci, madame Davies.

Elle prend une bouteille en plastique dans le réfrigérateur et la place devant moi.

— Comme tu es le petit ami de ma fille, celui dont je n'ai jamais entendu parler, tu devrais sans doute m'appeler Karen, me dit-elle avant de se tourner vers Natalie. Ne crois pas un instant que nous n'en parlerons pas demain.

Natalie gémit et pose son front contre le granit de l'îlot. Lorsque le micro-ondes bippe, Karen en sort l'assiette, qu'elle dépose devant moi avec une fourchette.

— J'espère que tu aimeras.

— Merci. Et, ne vous inquiétez pas, je n'ai encore jamais goûté de plat maison que je n'aie pas apprécié.

Sans plus attendre, j'enfourne la première bouchée. Mes yeux se ferment tandis que je savoure les saveurs de l'ail, du vin rouge, de la crème fraîche et des champignons. Me servant de ma fourchette, je pointe mon assiette.

— C'est délicieux !

Karen se réjouit du compliment.

— Je suis ravie que tu aimes. Il y en a encore.

— C'est vraiment incroyable ! Je vais devoir rentrer à la maison avec Natalie plus souvent, dis-je avec un clin d'œil à ma fausse petite amie. Pas vrai, bébé ?

Je sens un léger grondement qui s'échappe de sa poitrine. Ça me fait sourire.

Karen se tient silencieusement de l'autre côté de l'îlot. Ses yeux continuent d'osciller entre Natalie et moi, comme si elle essayait de résoudre un puzzle dans sa tête. Je m'attends à ce qu'elle me pose d'autres questions sur notre relation, mais elle s'abstient.

Lorsque j'ai englouti la moitié de l'assiette, elle admet :

— Je suis un peu surprise, Natalie, que tu ne m'aies pas dit que tu voyais quelqu'un. Tu n'as pas eu de rendez-vous sérieux depuis…

— Nous savons tous depuis qui, répond vivement Natalie.

Je suppose que c'est de cet abruti connu sous le nom de Reed Collins qu'elles parlent. Honnêtement, je ne comprends pas comment il a pu avoir une fille comme Natalie à ses côtés et la tromper. Cela défie toute logique.

La douleur et la surprise se lisent sur le visage de Karen.

— Tu me dis toujours ce qui se passe.

— Oui, eh bien…

Natalie s'interrompt, l'air mal à l'aise.

Le remords me ronge la conscience pour l'avoir mise dans cette situation. J'avais l'intention de faire suer un peu Natalie. Je ne m'attendais pas à ce que sa mère en soit blessée. Maintenant, j'ai l'impression d'être un con.

Natalie soupire.

— La seule raison pour laquelle je n'en ai pas parlé, c'est parce cette relation est très récente.

Karen hausse les épaules, semblant accepter les paroles de sa fille pour ce qu'elles sont.

— D'accord, dit-elle, puis ses yeux se posent sur les miens. Je suis heureuse que tu sois passé ce soir et que nous ayons eu la chance de faire connaissance.

— Moi aussi, dis-je sincèrement. Et merci pour le dîner. C'était fantastique.

— Je devrais aller me préparer, annonce Karen, regardant sa fille en se mordillant la lèvre inférieure. Tu es sûre que tu ne veux pas que je reste à la maison ? Il n'est pas trop tard pour annuler.

Natalie secoue la tête.

— Ça va aller, Maman. Je vais louer un film et me détendre.

Les yeux de Karen s'illuminent.

— Peut-être que Brody peut rester et te tenir compagnie pendant mon absence.

Natalie semble décontenancée par l'idée.

— Non, je suis sûr qu'il a…

— J'en serais ravi, dis-je.

La situation n'aurait pas pu mieux tourner si j'avais planifié les choses moi-même.

— Merci de l'avoir suggéré.

En sortant de la cuisine, Karen me lance :

— Si tu as faim plus tard, il reste du Stroganoff dans le frigo. Je suis sûre que Natalie sera ravie de te préparer une autre assiette.

À en croire son regard noir, cette proposition ne la ravit absolument pas. Le commentaire qu'elle marmonne ne fait que confirmer mes soupçons.

— Pour info, si tu en veux une autre part, tu peux te préparer ton assiette. Contrairement aux conneries que tu viens de raconter à ma mère, je ne suis pas ta petite femme.

— Me faire ma propre assiette ? répété-je, feignant d'être vexé, et je grommelle. Quelle fausse petite amie tu fais.

— Avec l'accent sur la partie *fausse*. Ce qui, une fois de plus, pose la question de la raison de ta présence, dit-elle en haussant un sourcil. Chez moi.

Elle s'interrompt à nouveau.

— À me déranger, poursuit-elle, et comme je ne réponds pas, elle semble encore plus irritée. Alors, pourquoi es-tu ici, Brody ?

Je hausse les épaules.

Honnêtement, quand elle m'a laissé tomber, je me suis rendu compte que je n'avais pas envie d'être à cette fête sans elle. Bizarre, hein ? Me voici donc. Chez elle. Ceci étant dit, il est hors de question que je lui dise ça. Je sais exactement comment elle va réagir. Et elle rirait à gorge déployée avant de me jeter.

— Nous étions censés nous montrer, tu te souviens ? Et puis tu t'es volatilisée et tu n'as pas répondu à mes textos.

C'est ce qu'il y a de plus proche de la vérité.

Elle soupire.

— J'avais besoin d'une pause après la folie Brody McKinnon de cette semaine. Et je n'avais pas envie de faire la fête ce soir. Nulle part dans le contrat, il n'était indiqué que je devais être à ta disposition vingt-quatre heures sur vingt-quatre, sept jours sur sept.

— Vraiment ? Parce que je pensais que c'était assez implicite, dis-je en plaisantant.

— Je suis sûre que tu ne peux pas comprendre, parce que tu en as l'habitude, mais cette semaine a été bizarre pour moi. J'ai l'impression d'avoir vécu dans un aquarium, me dit-elle, puis elle me regarde. Je ne sais pas comment tu fais.

Je hausse les épaules.

— Au bout d'un moment, on s'y habitue.

Je vis sous les projecteurs depuis si longtemps que je n'y pense même pas. Ça ne me dérange pas que d'autres personnes me regardent et me montrent du doigt. Je n'hésite pas lorsque de parfaits inconnus viennent me voir pour me dire à quel point ils aiment me regarder ou lorsqu'ils me racontent leurs souvenirs de hockeyeurs. Et c'est à peine si je cligne des yeux quand quelqu'un me demande de signer quelque chose. Mais je mets une limite sur les parties du corps. Cela ne mène jamais à rien de bon.

D'accord, ce n'est pas forcément vrai. Je me souviens vaguement d'une partie à trois très amusante qui a commencé par une demande de ce type.

— Peut-être que je ne veux pas m'y habituer, murmure-t-elle. Peut-être que j'aime être discrète.

La plupart des filles apprécient le statut de célébrité qui accompagne le fait de sortir avec un athlète. Je ne devrais pas être surpris que Natalie ait un état d'esprit différent. Elle ne ressemble à aucune autre personne que j'ai rencontrée. Et plus j'en découvre sur elle, plus j'ai de raisons de l'apprécier.

— Eh bien, tu n'es plus discrète, bébé. Mieux vaut t'y habituer. Le temps de l'anonymat est révolu.

— Oui, soupire-t-elle, j'en suis déjà arrivée à cette conclusion.

L'air résigné, elle redresse les épaules et agite la main.

— Comme tu peux le constater, j'ai l'intention de me détendre pendant le week-end. Je serai de retour sur le campus dimanche soir, où je reprendrai mes fonctions de fausse petite amie. Mais d'ici là… dit-elle avant de s'interrompre, me fixant comme si elle attendait quelque chose.

Je hausse les sourcils. Si elle veut se débarrasser de moi, elle devra faire beaucoup mieux que cela.

— Pas de problème. Je suis prêt à me détendre et à regarder Netflix ou autre.

Elle ne semble pas très enthousiaste à l'idée de m'avoir pour elle seule.

— Je pensais que tu disais ça seulement pour ma mère. Du moins, c'était l'espoir auquel je m'accrochais.

— Non, je suis tout à toi. Toi, moi et un film. Peut-être du pop-corn. On peut traîner ensemble. Comme un vrai couple.

— Waouh… ! Ça a l'air tellement amusant, dit-elle d'un ton plat.

— Tu vois ? C'est ça l'esprit, lui dis-je, me retenant de sourire. Avec toi, je me sens spécial.

Natalie ouvre la bouche pour me balancer une réplique bien sentie quand Karen entre dans la cuisine, toute pomponnée. Elle a troqué son pantalon de yoga et son sweat-shirt contre une robe sexy et des bottes noires à hauteur de genou. Elle a aussi légèrement bouclé ses cheveux, et s'est un peu maquillée.

Cette femme est un canon. Natalie la regarde attentivement et fronce les sourcils.

— Tu es belle.

Elle dit cela comme si elle n'aimait pas trop ça et après tout ce qui s'est passé avec son père cette semaine, je comprends les réserves qu'elle a sur la vie sociale de ses parents.

Ils passent à autre chose, et elle n'est pas prête pour cela. Karen lisse sa robe d'une main nerveuse.

— Tu crois ? demande-t-elle en tournant sur elle-même. Ce n'est pas trop, si ?

Natalie soupire.

— Non, c'est parfait, répond-elle avec un sourire, et sa voix s'adoucit. Tu es très belle, Maman.

Hors de la vue, je tends la main par-dessus ses genoux et lui serre la main. Elle me jette un coup d'œil et je me demande si elle cherchera à se libérer. Elle n'en fait rien. Ses doigts restent enroulés dans les miens.

— Alors, où ce type t'emmène-t-il ? demande Natalie, qui a l'air d'un parent inquiet.

Je ne le dis pas, parce que je doute que mon observation soit appréciée. Et je ne suis pas encore prêt à ce qu'elle retire sa main de la mienne.

— Nous prenons chacun notre voiture, et nous nous retrouvons dans un bar en ville. Il y a un groupe qui joue.

— Ça a l'air amusant.

Là encore, son ton laisse entendre qu'elle ne veut pas qu'ils s'amusent *trop*.

Un sourire hésitant se dessine sur les lèvres de Karen.

— Je crois que ça le sera, Dit-elle. C'est notre troisième rendez-vous.

— Tu es déjà sortie deux fois avec ce type ? demande Natalie, haussant un sourcil. Apparemment, je n'étais pas la seule à garder des secrets.

Les joues de sa mère rosissent et elle détourne le regard.

— Je ne voulais rien dire tant que je n'étais pas sûre que cela mènerait quelque part.

L'excuse de Karen fait presque écho à ce que Natalie a dit à propos de notre relation.

— Et c'est le cas ?

Karen hausse les épaules.

— Nous verrons bien. C'est un type sympa, mais j'y vais doucement, dit-elle, jetant un coup d'œil à la fine montre en argent qui orne son poignet. Je devrais sans doute y aller.

Se tournant vers sa fille, elle soutient son regard.

— Je serai de retour dans quelques heures. Appelle si tu as besoin de quoi que ce soit, d'accord ?

Avant que Natalie ne réponde, je dis :

— Ne vous inquiétez pas, Mme D. Je vais tenir le fort jusqu'à ce que vous reveniez.

La tension à peine voilée qui la faisait vibrer se dissipe tandis qu'un éclat de rire s'échappe de ses lèvres.

— Merci, Brody... je crois.

Je la raccompagne à la porte en lui disant de bien s'amuser. Une fois que je l'ai refermée, je me tourne vers Natalie, qui m'a suivi dans l'entrée. Maintenant, je l'ai pour moi tout seul. C'est tellement mieux que d'être dans une fête surpeuplée avec une bande d'abrutis ivres.

— J'aime bien ta mère. Elle est cool.

Et assez sexy pour être une MILF, mais je garde cette partie pour moi.

Natalie pose ses mains sur ses hanches et arque un sourcil.

— Tu vas tenir le fort, hein ?

— Oui, dis-je, et avant qu'elle ne me jette à coups de pied aux fesses, je me frotte les mains. Réglons cette histoire de film.

Je retourne à la cuisine sous son regard écarquillé.

— Je crois que je suis prêt pour une deuxième assiette de ce Stroganoff, dis-je, et avec un sourire, je jette un regard innocent par-dessus mon épaule. Tu me prépares une assiette, ma petite femme ?

Je l'entends grogner et ne peux m'empêcher de rire.

CHAPITRE 19

NATALIE

Je jette un coup d'œil furtif à Brody alors que nous sommes assis sur le canapé du salon. Les lumières sont éteintes, et nous regardons un film. Il est assis tellement près que sa cuisse dure et musclée repose contre la mienne.

Ce qui ne devrait pas constituer une distraction, mais c'est le cas.

Si j'avais réfléchi stratégiquement, je lui aurais permis de choisir sa place en premier. J'aurais alors pu opter pour un autre endroit avec beaucoup d'espace entre nous. Malheureusement, je me suis installée et il s'est pratiquement assis sur moi.

Au lieu d'apprécier le film, je suis terriblement consciente du point de contact entre nous. Je crois que je n'ai jamais été aussi conscient de la présence d'une autre personne dans ma vie. Et je déteste ça. C'est la dernière chose que je veux ou dont j'ai besoin.

Surtout avec un gars comme Brody.

Ce serait comme chercher les ennuis et s'étonner d'en avoir.

J'ai fui le campus parce que j'avais besoin de prendre un peu de distance avec ce type. D'une manière ou d'une autre, mon plan s'est retourné contre moi, et maintenant je passe la soirée seule avec lui dans une pièce sombre. Cela n'a pas le moindre sens.

D'un autre côté, rien n'a de sens depuis que Brody a ouvert la bouche le week-end dernier et a dit à Reed, ainsi qu'à tout le monde, que nous étions ensemble. Depuis, ma vie a été bouleversée. Et je ne sais pas comment faire pour que tout redevienne comme avant. Comme ça devrait être. Je suis en train de me noyer, et il n'y a pas de sauveteur en vue.

Mon téléphone bippe, m'annonçant l'arrivée d'un message. Ravie de pouvoir me concentrer sur autre chose que Brody, je le prends et jette un coup d'œil à l'écran.

Pfff.

Difficile de croire qu'il y a une personne à qui je veux encore moins avoir affaire qu'au gars avec qui je suis.

Papa.

Il m'a envoyé quelques messages depuis que notre dîner a mal tourné. Je n'ai pas pris la peine de répondre. Qu'y a-t-il à dire ?

Félicitations !

Va te faire voir ?

J'ai un faible pour la seconde option. Mais pour l'instant, je ne dirai rien.

Brody jette un coup d'œil dans ma direction.

— Quelque chose d'intéressant ?

Je serre tellement les dents que j'ai l'impression que ma mâchoire va se briser. Je pose le téléphone sur le canapé à côté de moi, refusant de répondre à mon père.

— Non.

Il hausse un sourcil.

— Ton expression pincée me dit le contraire. Si je ne te connaissais pas, je croirais que tu es constipée. En temps normal, je suis le seul à pouvoir te faire ressembler à ça. Je suis un peu jaloux, me dit-il, se grattant le menton d'un air pensif. Tu n'es pas en train de me doubler avec un autre faux petit ami, n'est-ce pas ?

Ses commentaires ridicules dissolvent la tension qui montait en moi comme un geyser. Je ne veux pas l'encourager, mais les coins de mes lèvres se retroussent.

— Je m'en veux de te dire ça, mais tu n'es pas le seul capable de provoquer cette expression tendue chez moi.

— Hmm. Je suppose que je vais devoir améliorer mon jeu. Je croyais qu'il y avait quelque chose de spécial entre nous.

Je ne crois pas pouvoir supporter ça. Je pose ma main sur son avant-bras, qui, je me permets de l'ajouter, est aussi musclé que sa cuisse. *Waouh.* Y a-t-il une partie du corps de ce type qui ne soit pas aussi dure que l'acier ? Je manque de m'étouffer lorsque cette pensée me traverse l'esprit. Je ne veux surtout pas penser à ce genre de choses.

Nos regards se croisent et je retire ma main comme si j'avais été brûlée.

— Je ne crois pas que ce soit nécessaire.

Comme je ne dis plus rien, il me donne un coup d'épaule.

— De qui était ce texto ? demande-t-il, la voix plus dure, les yeux plissés. Ce n'était pas Reed, si ?

Je secoue la tête.

— C'était mon père.

Sa voix s'adoucit.

— As-tu parlé avec lui depuis le restaurant ?

— Non.

Il est plus facile de fixer la télévision que de croiser le regard inquisiteur de Brody. C'est bizarre d'avoir cette conversation avec lui. L'autre soir, il m'a surprise dans un moment de faiblesse après l'incident du restaurant. Mes défenses étaient abaissées. En temps normal, je ne partagerais pas des informations aussi personnelles avec quelqu'un que je connais à peine. Je ne parle même pas du divorce avec Zara, et c'est ma meilleure amie. C'est elle qui était présente pour recoller les morceaux quand mon père a réduit nos vies en miettes.

Mon ventre fourmille. J'espère que ma réponse en un mot suffira à couper court à toute autre question.

— Alors, que vas-tu faire ?

J'aurais dû le savoir. Brody n'est pas très réceptif aux codes sociaux. Il fait ce qu'il veut quand il veut.

Mal à l'aise avec la tournure que prend notre conversation, je remue à côté de lui. Après quelques instants de silence, mon regard revient sur le sien. L'intérêt sincère qui se lit dans ses yeux me surprend. Je n'ai pas l'habitude de ça de sa part. J'ai l'habitude qu'il me taquine sans pitié et que je lui réponde. J'ai l'habitude que nous soyons dans des camps opposés.

Ce type de comportement, même si je l'ai vu plus souvent ces derniers temps, me déstabilise. Je ne sais pas trop quoi en penser. Jamais je ne me serais attendue à ce qu'il me défende contre Reed. Ou à ce qu'il essaie de me réconforter en m'emmenant faire du patin à glace. Je ne sais pas si je suis prête pour un changement de cette ampleur dans notre relation. Ou à changer ma vision de lui. Je me suis fait une idée de Brody dès le premier jour de notre cours de commerce en première année, il y a trois ans, et depuis, rien n'a modifié mon opinion sur lui.

C'est un prétentieux, un coureur de jupons, un obsédé de l'attention qui passe le temps à Whitmore en attendant de passer à autre chose de plus grand et de meilleur. Mais le Brody que j'ai entrevu cette semaine n'est pas du tout comme ça.

Les mots m'échappent avant que je puisse les retenir.

— Je n'ai pas l'intention de faire quoi que ce soit. C'est lui qui est parti et qui nous a abandonnées. Et maintenant, il passe à autre chose, avec la femme qui a détruit leur mariage.

La fureur s'engouffre dans mes veines comme de la lave en fusion.

— Il ne te manque pas ?

Je pose ma tête contre le dossier du canapé pour contempler le plafond, parce que je ne veux pas continuer à le regarder dans les yeux. La conversation que nous avons est trop intense. Nous sommes à peine amis.

— Notre relation quand nous étions tous ensemble me manque.

Je repense aux vêtements de mon père au restaurant, lui qui essayait de se faire passer pour quelqu'un qu'il n'est pas. À la mode, cool et jeune.

— Ce type que j'ai vu il y a quelques jours, je ne le connais pas.

Celui qui a laissé tomber ma mère et s'est mis en couple avec quelqu'un qui n'est pas beaucoup plus âgé que moi.

— Peut-être que tu devrais lui dire ça. Dire ce que tu as sur le cœur, pour pouvoir aller de l'avant.

Je hausse les épaules, j'aurais voulu ne pas m'en soucier autant.

— Je ne vois pas ce que je pourrais dire de plus.

— Un peu de dialogue, c'est mieux que pas du tout, dit-il calmement.

— C'est compliqué, Brody.

Je tourne la tête pour que nos yeux se croisent. Un petit éclair d'énergie grésille dans l'air entre nous. Il acquiesce.

— C'est toujours le cas des familles.

— Oui. Ce qui craint, c'est que ce n'était pas le cas avant.

Il passe son bras autour de mes épaules et me rapproche, déposant un baiser sur le sommet de mon crâne. Mon corps se raidit. Tout comme la conversation que nous avons, il s'agit d'un territoire inconnu pour nous. Je ne sais pas trop quoi en penser ni comment réagir.

Brody ne dit plus rien sur mon père, ce qui est un soulagement. Il pose à nouveau les yeux sur le film à l'écran. Au lieu de me relâcher, il s'installe. Je suis collée contre les muscles durs de son corps. Ma tête n'a nulle part où aller ailleurs que contre son torse. L'odeur de frais et de propre de son après-rasage m'envahit les sens. Je ne peux m'empêcher de le respirer davantage.

Pourquoi faut-il qu'il sente si bon ?

Et pourquoi le fait qu'il me tienne dans ses bras est-il étonnamment... agréable ?

Peu à peu, mes muscles tendus se relâchent.

Comment puis-je me sentir aussi à l'aise avec Brody alors que nous avons toujours été en désaccord l'un avec l'autre ?

Je ne veux pas trop m'attarder sur cette pensée, alors je la repousse et me concentre sur le film. Avec ma tête nichée contre sa poitrine et mon corps pressé contre le sien, je me rends compte qu'il n'y a pas d'autre endroit où je voudrais être.

Brody se racle la gorge et dit :

— Ma mère est morte quand j'avais dix ans.

J'en ai le souffle coupé, le corps traversé d'une onde de choc. Je m'efforce de trouver les mots adéquats, mais il n'y en a pas. Il ne me reste plus qu'à lui servir des platitudes.

— Je suis désolée. Je ne savais pas.

En dehors des bribes que j'entends sur le campus et qui concernent généralement ses frasques sur et en dehors de la glace, je ne sais pas grand-chose de la vie privée de Brody. Certainement pas quelque chose d'aussi important.

Il hausse les épaules comme si ce n'était pas grand-chose, mais la tension de son corps indique le contraire.

— C'est arrivé il y a longtemps.

Treize ans, c'est beaucoup, mais pas assez pour effacer la douleur d'une telle épreuve. Je serais dévastée s'il arrivait quelque chose à ma mère.

— As-tu des frères et sœurs ?

Là encore, je n'en sais rien.

— J'ai une sœur de deux ans qui s'appelle Hailey.

Comme un kaléidoscope, l'image que j'ai de lui se modifie. Brody n'est plus l'abruti à une dimension, joueur de hockey, que je pensais qu'il était. C'est un homme qui a vécu une grande perte.

Je ne sais que dire, alors je garde le silence, et il poursuit.

— Mon père s'est remarié il y a quelques années. Sa femme s'appelle Amber, m'explique-t-il. En matière de belles-mères, elle est plutôt chouette. Je ne peux pas me plaindre.

C'est la première fois que j'ai droit à un véritable aperçu de Brody. J'ai l'impression qu'il ne laisse pas entrer beaucoup de monde. C'est quelque chose que je comprends. La plupart du temps, je ressens la même chose. Mais la différence, c'est que Brody est constamment entouré de gens, ses coéquipiers, des filles, des fans, qui veulent se rapprocher de lui à cause de ce qu'il est et de la direction que prend sa vie.

Oubliant le film, je me tourne complètement dans ses bras pour croiser son regard.

— Ton père et toi êtes proches ?

— Oui. Après la mort de ma mère, il n'y avait plus que nous deux. Il n'est sorti avec Amber que lorsque j'étais déjà parti de la maison, et que je faisais ma vie, alors ça ne m'a pas trop contrarié. Je le retrouve tous les dimanches matin à la patinoire et nous nous entraînons pendant deux heures. Ensuite, nous prenons un brunch à la maison avec Amber et Hailey. À cause de mon emploi du temps, c'est le seul moment que je peux passer avec eux. Mon père possède une agence de management sportif. Il a joué en NHL pendant dix ans. Lorsque sa carrière de hockeyeur a pris fin, il a décidé de représenter d'autres athlètes. Il a commencé avec quelques coéquipiers et s'est fait un nom. Aujourd'hui, il est propriétaire d'une société qui emploie environ vingt-cinq agents. Il supervise principalement le côté opérationnel de l'entreprise, mais il me représente.

— Waouh.

Je l'ignorais. Je ne savais rien de tout ça.

Après quelques instants de silence, il avoue :

— Mon père n'était pas très content quand il a appris pour toi.

La surprise m'envahit.

— Vraiment ? Pourquoi ?

Je ne vois pas quelle différence cela ferait. Brody est un homme de vingt-trois ans. Ce qu'il fait ne regarde que lui.

— Il veut s'assurer que je reste concentré sur l'école et le hockey. C'est ma dernière année avant de passer chez les pros. Il ne veut pas que je dérape.

Je pense à quelque chose.

— C'est à cause de lui que tu n'as jamais eu de petite amie ?

— Je suppose, répond-il en haussant les épaules. Mais ce n'est pas comme si j'avais déjà rencontré quelqu'un. Le hockey occupe une grande partie de ma vie. Je n'ai pas le temps de me consacrer à une relation pour le moment.

Ce qu'il dit est parfaitement logique. Mais tout de même... Il me paraît bizarre que son père s'implique à ce point dans la vie person-nelle de son fils.

— Je suppose que c'est une bonne chose que nous ne sortions pas vraiment ensemble, dis-je d'un ton léger.

Pour la première fois, je ne sais pas trop ce que j'en pense. Il y a tant de choses à propos de Brody que je découvre à peine.

— J'ai essayé de lui expliquer la situation, mais il n'a pas compris. Je lui ai dit que je ne faisais qu'aider une amie.

Je ricane.

— Une amie...

Il y a encore deux semaines, je n'aurais pas considéré Brody McKinnon comme mon ami.

Il rit.

— Quoi ? Nous sommes amis, non ?

— Je ne sais pas. Nous sommes plutôt... dis-je, me creusant la tête pour trouver le bon terme. Disons plutôt que tu es mon meilleur ennemi.

Mais même cela ne convient plus.

— Waouh ! s'exclame-t-il en haussant les sourcils. Je ne savais pas que tu ressentais cela pour moi. J'ai toujours cru que ce n'étaient que des plaisanteries entre nous.

Avec un air étonnamment sérieux, il plonge ses yeux dans les miens.

— Est-ce que ça a changé cette semaine ? Sommes-nous amis maintenant ou toujours ennemis ?

Déstabilisée par le changement de conversation, je hausse les épaules. Comment suis-je censée répondre à cette question ? Curieusement, notre relation a *effectivement* changé au cours de cette semaine. Je n'aurais pas cru cela possible. Brody est davantage que ce qu'il laisse paraître, et je mentirais si je n'admettais pas que j'ai envie de creuser plus loin. Pour soulever une à une les couches de Brody McKinnon.

Je commence à me demander si c'est quelqu'un que je pourrais vraiment apprécier.

En tant qu'ami. Rien de plus.

— Je suppose que nous entrons lentement sur le terrain de l'amitié, lui dis-je, mais quand ses lèvres se soulèvent, j'ajoute, juste pour qu'il ne se fasse pas d'idées, mais je me réserve le droit de changer d'avis à tout moment.

— Voilà qui me paraît juste.

Avant que je ne comprenne son intention, sa main effleure le côté de mon visage et vient bercer ma joue dans sa paume. J'en ai le souffle coupé. Je n'arrive plus à respirer. Je ne peux pas bouger. Je ne peux que le regarder, les yeux écarquillés, et j'attends ce qui va suivre.

— Je ne veux pas être ton ennemi, Natalie, admet-il calmement.

Il fouille mon regard attentivement, à la recherche de... je n'en ai aucune idée. Puis sa bouche glisse sur la mienne, m'effleurant tranquillement une fois, deux fois, trois fois. Ce geste me laisse sur ma faim. C'est comme s'il me taquinait.

Lorsqu'il pose enfin sa bouche sur la mienne, il ne me vient pas à l'esprit de ne pas ouvrir les lèvres pour lui. Ses gestes sont mesurés, comme si nous avions tout le temps devant nous.

Sa langue s'insinue dans ma bouche, se mêle à la mienne et joue avec elle. Il me goûte et m'explore au même rythme, sans se presser. Il me déplace dans ses bras pour changer d'angle. Ce baiser est tellement différent de celui que nous avons partagé devant tout le monde à la fête ! Il s'agissait plutôt d'une démonstration de propriété. Celui-ci est tout à fait différent. Il est plus tourné vers l'exploration et il semble vouloir prendre son temps et savourer ce qui se passe entre nous.

Ses doigts se glissent dans mes cheveux et me maintiennent en place. Le repousser est la dernière chose à laquelle je pense. Je n'ai jamais imaginé ce que cela ferait d'embrasser Brody. Bien sûr, j'ai entendu les rumeurs. On ne peut pas rester plus d'une semaine sur le campus sans être régalé de ses exploits sexuels.

Si je me fie à ce qu'il est en train de faire, alors les rumeurs sont vraies. Brody sait exactement ce qu'il fait. Ses baisers suffisent à faire fondre ma culotte.

Et je suis loin d'être fan de lui.

Même si je déteste l'admettre, les paroles horribles de Reed ont élu domicile dans ma tête. Elles ont blessé ma confiance. Au lieu de profiter du moment, je me demande si Brody aime m'embrasser. Si je fais ce qu'il faut. Est-ce que...

Je m'écarte, me dégageant de l'emprise de Brody. Mes doigts tremblent lorsque je les porte à mes lèvres. J'aspire une grande bouffée d'air et la relâche, en essayant de reprendre mes esprits. Il a un regard légèrement embrumé. J'imagine que j'ai le même.

— Tu veux que j'arrête ?

Je secoue la tête. *Non. Au contraire.*

Il ne me reste plus qu'à trouver le courage de lui dire ce que je veux.

CHAPITRE 20

NATALIE

Il me faut une seconde… ou peut-être cinq, pour creuser en moi et trouver le courage d'ouvrir la bouche.

Il y a une voix dans ma tête qui me crie de ne pas le faire. D'abandonner la mission. Une fois que j'aurai craché les mots, il sera impossible de les retirer. Pour le meilleur ou pour le pire, ils seront dits.

Ignorant mon instinct, je me racle la gorge.

— Ce que tu as dit l'autre jour au restaurant… Tu le pensais vraiment ?

Je le fixe d'un regard pénétrant, priant pour qu'il comprenne ce que je veux dire sans que j'aie à l'expliquer. Même si nous ne sommes que deux, c'est toujours gênant. Il est déjà assez difficile pour moi de me dévoiler et de lui demander de l'aide sans avoir l'air d'être totalement pathétique.

— Ce que j'ai dit ?

Il a l'air confus.

La chaleur me brûle les joues et je baisse le regard, évitant le contact visuel. Je déglutis, et je poursuis.

— À propos de mon manque d'expérience sexuelle.

Il se redresse un peu, et sa voix se tend.

— Tu veux faire l'amour ?

Je laisse échapper un rire nerveux.

— Non !

Je suis loin d'avoir atteint ce stade. Pour le moment.

Mais maintenant que j'ai eu un peu de temps pour repenser à notre conversation, je comprends le bien-fondé de sa suggestion de le laisser me donner des conseils en matière de chambre à coucher. Le baiser que nous venons de partager me prouve que s'il y a bien un type capable de m'apporter son aide, c'est Brody.

— Je pensais que tu pourrais… Je ne sais pas, marmonné-je, regrettant de ne pas avoir fermé ma grande bouche, pour que nous soyons toujours en train de nous embrasser.

C'était facile. Ça, en revanche, ça craint.

— Évaluer la situation, finis-je précipitamment.

Tuez-moi maintenant avant que je ne dise quelque chose d'autre qui rendrait la situation encore plus intenable. Je ne peux pas reprendre mes mots et prétendre ne les avoir jamais prononcés.

Ils sont là. À flotter entre nous, gênants.

C'est à Brody de prendre la décision. J'ai l'impression que mon ventre est devenu une succession de petits nœuds douloureux. Mon estomac s'agite. À tout instant, je peux être prise de nausée.

Ses doigts se glissent sous mon menton et font tourner mon visage jusqu'à ce que je croise son regard perçant. Je respire enfin, tremblante. Un côté de sa bouche se courbe, ce qui le rend encore plus sexy qu'il ne l'est déjà. Je comprends enfin ce dont parle la population féminine de Whitmore. C'est un sentiment puissant que d'avoir toute son attention concentrée sur moi.

Je le ressens jusqu'au creux de mon ventre.

— Donc, ce que je comprends, c'est que tu aimerais que ton serviteur te prodigue des conseils et des astuces d'ordre sexuel.

Et, d'un coup, le charme est rompu. Ce qui est pour le mieux. Vraiment. Je ne veux pas compliquer les choses entre nous. Je ne veux pas non plus ressentir quoi que ce soit qui pourrait me troubler vis-à-vis de l'homme qui me dévisage maintenant avec suffisance.

Me sentant à nouveau sur un pied d'égalité, je lève les yeux au ciel. J'aurais dû savoir que ça lui ferait plaisir.

— Des leçons, le corrigé-je, me sentant plus moi-même.

À mon grand soulagement.

— Des leçons, répète-t-il lentement, comme s'il goûtait chaque syllabe du mot.

Un sourire s'épanouit sur son visage, et une nouvelle vague de désir déferle sur moi.

— Oui, je pourrais absolument faire ça.

Avant que je ne puisse préciser les termes de notre arrangement, ses lèvres se posent à nouveau sur les miennes. Comme juste avant, il ne me faut pas grand-chose pour me perdre totalement dans cette caresse.

Brody s'éloigne suffisamment pour croiser mon regard.

— Leçon numéro un, murmure-t-il alors que ses yeux se posent sur ma bouche. Le baiser n'est pas qu'une question de lèvres.

Sans blague. Qui ne le sait pas ?

Avec une délicatesse inouïe, plus que je ne l'aurais cru possible, il pose ses lèvres sur la commissure des miennes. Un petit soupir m'échappe tandis qu'il dépose des baisers doux, semblables à des papillons, le long de ma mâchoire et dans mon cou. Lorsque j'essaie de glisser mes mains dans ses cheveux, il s'écarte et emprisonne mes poignets avec ses doigts.

Je le dévisage d'un regard interrogateur. Il étire mes bras au-dessus de ma tête et les pose contre les coussins du canapé.

— Ils restent là. Toi, tu te détends, et tu profites de ce que je fais.

Sa voix rauque me donne des frissons. Lorsque Brody fait glisser le bout de ses doigts sur mes bras, j'ai la chair de poule. Son regard sensuel me parcourt comme une caresse physique. La chaleur explose au creux de mon ventre et je remue sous son corps, avide de plus.

— Tu te rends compte à quel point tu es belle ?

Mon pouls s'emballe.

Rapidement, je me rappelle que ce qui se passe entre nous n'est pas réel. Il s'agit plutôt d'une expérience d'apprentissage. Quelque chose pour renforcer ma confiance en moi.

Même si Reed n'est pas le dernier gars avec qui j'ai été, ça fait un moment.

Je ne pense plus du tout à mon ex lorsqu'il attrape ma lèvre inférieure avec ses dents, la tire avant de la relâcher. Un frisson de plaisir me parcourt. C'est sexy. Avec sa langue, il fait le tour de ma bouche. Je l'ouvre pour lui et, sans que nos lèvres se touchent, nos langues se rencontrent dans une danse érotique. Ce qu'il fait est une torture exquise.

— Est-ce que ça t'excite ?

— Oui, gémis-je.

Comment pourrait-il en être autrement ?

— Bien. C'est important de savoir ce qui t'excite. Tu ne dois pas avoir peur de dire à ton partenaire ce que tu aimes ou que tu n'aimes pas.

Ses dents s'enfoncent doucement dans ma lèvre inférieure avant qu'il ne l'aspire dans sa bouche.

Quand il me relâche, je murmure :

— J'aime vraiment ça.

Le plaisir qui m'envahit est vertigineux.

— Moi aussi.

Il dépose d'autres baisers sur ma bouche et descend jusqu'à ma gorge. Son souffle chaud caresse ma chair, me réchauffe de l'intérieur ; je me sens en manque et fiévreuse. Je remue, j'ai envie de passer mes mains sur chacun de ses muscles saillants. Et ne vous y trompez pas, Brody est tout en muscles ciselés.

Je ne me souviens pas que les préliminaires aient jamais été aussi bons. Avec Reed, c'était toujours précipité, comme si nous courrions vers la ligne d'arrivée. Et les deux types qui l'ont suivi n'étaient pas différents. Personne n'a jamais pris le temps de m'explorer.

Et ça, je m'en rends compte maintenant, fait toute la différence.

La bouche de Brody s'approche de ma poitrine. Je porte un T-shirt à col échancré, qui lui permet d'accéder facilement à ma clavicule. Sa bouche plonge dans le creux entre mes seins, et en effleure la peau sensible.

Quand ses mains se posent sur eux, je suis presque en lévitation sur le canapé. Avec des doigts prudents, il masse la chair tendre jusqu'à ce que mes mamelons forment de petites pointes dures. Ses lèvres survolent l'une d'elles, son souffle chaud se pose sur moi. Abaissant sa bouche, il mord doucement mon mamelon à travers le tissu fin de mon T-shirt. Un plaisir teinté de douleur m'envahit.

— Brody, gémis-je en me cambrant pour me rapprocher.

— Tu aimes ça ?

— J'adore ça, avoué-je dans un soupir essoufflé.

Maintenant que j'y ai goûté, j'en redemande.

La sensation de sa bouche à travers mes vêtements est loin d'être suffisante pour me rassasier. Le désir et la volupté tourbillonnent en moi et s'installent au creux de mon ventre. Je gémis lorsqu'il empoigne l'ourlet de mon T-shirt et le remonte par-dessus mes seins, dévoilant le soutien-gorge imprimé guépard couleur sarcelle que je porte.

Il le fixe un long moment avant que son regard ne se pose sur le mien. La chaleur qui se dégage de son regard manque de me brûler vive.

— Voilà quelque chose d'inattendu ! grogne-t-il d'un air appréciateur.

Les coins de mes lèvres se retroussent.

— Heureuse que tu approuves.

— Oh, je fais plus qu'approuver.

Abaissant la tête, il frotte ses dents contre la soie qui recouvre mes seins.

Incapable de maîtriser la réaction de mon corps, je me tortille, cherchant plus de contact. Je veux sentir ses mains et sa bouche sur moi.

— Même si j'adore ce soutien-gorge, il doit disparaître.

Je suis entièrement d'accord.

Je ne me laisse pas le temps de réfléchir aux conséquences de mes actes. Si je le faisais, cela mettrait un terme brutal à cette expérience, et je ne suis pas prête à cela.

Ses doigts plongent dans les bonnets en dentelle et en extraient la chair tendre. Je frissonne lorsque l'air frais effleure mes seins nus. Brody passe ses pouces sur les pics durs. Abaissant la bouche, il enroule ses lèvres autour d'une pointe turgescente et l'aspire profondément.

La chaleur disparaît d'un mamelon pour s'abattre sur l'autre. Je sursaute lorsqu'il établit le contact. Même s'il m'a dit de ne pas le faire, je baisse les bras et glisse mes doigts dans son épaisse chevelure, le maintenant en place alors qu'il aspire ma chair. C'est comme s'il y avait un fil invisible reliant le mamelon dans sa bouche à mon ventre. Chaque pression de ses lèvres, chaque coup de sa langue veloutée sur la pointe raide, déclenche une avalanche de sensations en moi.

Au moment où je ne supporte plus la chaleur de sa bouche, Brody se détache et me regarde dans les yeux. J'imagine que les miens ont l'air tout aussi hébétés et enflammés que les siens.

— Je devrais…

— Oui ! m'écrié-je pratiquement.

Je veux qu'il aille plus loin. Je ne me suis jamais sentie aussi excitée. C'est une véritable révélation.

— Y aller, termine-t-il maladroitement.

Attendez une minute… quoi ?

Il cligne des yeux, mais reste silencieux.

— Tu t'en vas ? murmuré-je bêtement, incapable de croire que j'ai bien entendu.

Mais j'ai forcément bien entendu, parce qu'il s'éloigne déjà du canapé. Le poids de son corps, dont la sensation était si délicieuse il y a quelques instants, disparaît. Il recule comme s'il venait de découvrir que j'étais contagieuse. Déconcertée par son brusque changement d'attitude, je reste muette. Je suis toujours affalée sur les coussins du canapé. Mon T-shirt est coincé contre mon menton et mes seins ressemblent à deux œufs au plat servis sur un plateau.

Les yeux rivés sur eux, il se passe une main sur le visage.

— Oui. Il faut que j'y aille. Maintenant.

— Mais…

J'ignore totalement ce qu'il s'est passé pour qu'il agisse ainsi.

C'est le gars connu sur le campus pour ses aventures d'un soir. Celui qui a couché avec la moitié des filles de Whitmore. Le gars qui m'a dit lui-même qu'il n'avait jamais eu de petite amie et qu'il avait couché avec tellement de femmes qu'il ne les comptait plus.

Et c'est lui qui freine et s'en va ? Il a mieux à faire ? Oh, mon Dieu ! Je vais mourir d'embarras. Reprenant mes esprits, je glisse mon soutien-gorge sur mes seins et j'abaisse mon T-shirt avant de me lever. Brody me regarde en silence. Avant que je comprenne ce qu'il se passe, il me prend dans ses bras. Sa bouche s'écrase sur la mienne.

Contrairement aux baisers dont il m'a inondée tout à l'heure, celui-ci est exigeant. Insistant. Lorsque sa langue touche la jointure de mes lèvres, je m'ouvre à lui. Je suis peut-être confuse, mais je le désire toujours. Sa langue réclame ma bouche, danse avec la mienne. Il plaque mon corps contre le sien. Au moment où je pense qu'il a changé d'avis et qu'il va aller plus loin, il s'écarte brusquement et me tient à bout de bras.

— Je dois vraiment y aller.

Tout cela n'a aucun sens.

— Vraiment ?

— Oui.

Il semble résigné. Et je ne vais pas le supplier. Même si j'ai apprécié ce qu'il vient de se passer, je refuse de faire ça.

J'expire et tente de reprendre le contrôle de mes hormones en ébullition.

— D'accord.

— On se voit plus tard ?

J'acquiesce, toujours aussi confuse.

Brody passe son doigt sur le bout de mon nez.

— Et n'évite plus mes messages. Compris, ma petite femme ?

Au lieu de m'énerver, ce surnom me fait sourire. Il désamorce la tension sexuelle qui mijote dans l'air chargé entre nous.

— Compris.

Avec un dernier regard incertain, Brody se dirige vers la porte. Dès qu'elle se referme derrière lui, je me laisse tomber sur le canapé et enfouis mon visage dans mes mains.

Est-ce que cela vient d'arriver ?
Ai-je vraiment embrassé Brody McKinnon ?
Oui. Et plus étrange encore, j'ai hâte que cela se reproduise.

CHAPITRE 21

BRODY

Il s'en est fallu de peu.

Si je n'avais pas décampé, il n'y aurait pas eu de retour en arrière. Je ne pensais qu'à une chose : m'enfouir profondément dans le petit corps torride de Natalie.

Et ses seins...

Ils sont tellement plus spectaculaires que je ne m'étais autorisé à l'imaginer. Et n'allez pas croire un seul instant que je n'ai pas passé beaucoup de temps à fantasmer sur eux. Natalie Davies a toujours été la première fille de ma boîte à fantasmes. Ceci dit... ils ne leur rendaient pas justice.

Je me félicite d'avoir décidé de ralentir ma course. J'aurais pu facilement passer au niveau supérieur, mais je savais que Natalie n'était pas prête pour cela. J'aurais peut-être voulu rester et continuer à jouer avec son corps exquis, mais débrancher la prise était la meilleure chose à faire pour nous deux. Si je m'étais envoyé en l'air avec elle, elle l'aurait regretté le lendemain matin. Elle l'aurait sans doute regretté avant que je ne me retire complètement de son corps.

Je ne me fais pas d'illusions sur son aversion ou sa méfiance à mon égard. Elle aime peut-être ce que je lui fais ressentir, mais elle ne m'aime pas forcément. Il y a une énorme différence entre les deux, et j'en suis tout à fait conscient.

Si j'avais opté pour la satisfaction immédiate, je serais de retour à la case départ. En fait, je serais même loin derrière la case départ. J'ignore ce que je veux avec Natalie. Mais tant que je ne l'aurai pas compris, je ne ferai rien qui puisse remettre en cause tous les progrès que j'ai accomplis jusqu'à présent.

Ce qui veut dire que je dois garder mon sexe dans mon pantalon.

Le temps que je rentre chez moi, il est un peu plus de minuit. Je pensais que tout le monde serait dehors en train de faire la fête, et que j'aurais la maison pour moi tout seul.

Pas de chance.

Je me rajuste avant de franchir la porte. Je suis toujours dur. Sawyer est affalé sur le canapé avec deux filles qui font partie du décor permanent de la maison. Il en a une calée sous chaque bras. Cooper est installé sur le fauteuil inclinable avec une fille perchée sur les genoux.

Je ne sais pas ce qu'il y a avec ce fauteuil en cuir, mais quand Cooper pelote une fille, c'est là qu'on le trouve. À mon avis, mieux vaut ne pas éclairer cette chose à la lumière noire, je suis sûr qu'il est couvert de fluides corporels. Le simple fait d'y penser me donne la nausée.

Ce mec a une chambre privée à l'étage. Maintenant que j'y pense, je ne l'ai jamais vu emmener une fille là-haut. Nous savons tous qu'il se les envoie sur le fauteuil, ce qui est précisément la raison pour laquelle tout le monde se tient à l'écart.

Je suis heureux de constater que, pour la première fois depuis longtemps, tout le monde a tous ses vêtements. Pour l'instant, en tout cas. Je suis convaincu que ça changera à mesure que la nuit avancera. C'est toujours le cas.

— Où étais-tu parti ? demande Sawyer, dont les yeux se posent sur les miens. Je pensais que tu traînais avec nous ce soir.

Je hausse les épaules, car je n'ai pas envie de parler de Natalie. Ni Cooper ni Sawyer n'ont envie de se caser. Je ne suis même pas sûr que *moi* je veuille me caser. Mais je ne suis pas prêt à l'exclure non plus.

— J'ai dû m'occuper de certaines choses, dis-je nonchalamment, en espérant qu'il abandonne le sujet.

— Ah oui ? demande-t-il le regard trouble, haussant les sourcils. C'est comme ça qu'on appelle ça, de nos jours ? Parce que, dans ce cas, moi aussi je dois m'occuper d'un tas de trucs.

Il resserre ses bras autour des filles.

— N'est-ce pas, mesdames ?

Elles ricanent et je lève les yeux au ciel en allant dans la cuisine pour prendre une bière dans le frigo. Oui, j'en ai définitivement terminé avec ça. J'en ai assez des fêtes et des beuveries incessantes. Des gens qui se pointent à toute heure du jour et de la nuit comme si je dirigeais une foutue pension de famille.

Je grimace presque.

Eh merde… je n'ai pas quatre-vingts ans. Même si je fais très bien semblant.

L'an dernier, lorsque nous avons renouvelé le contrat de location, je n'ai pas vraiment réfléchi à la possibilité de vivre seul. Je regrette un peu de ne pas l'avoir fait.

— Que s'est-il passé à la fête des Kappas ? demandé-je pour changer de sujet. Ça a tourné en soirée de mecs pourrie. Alors on a décidé de revenir traîner un peu ici. Je crois que quelques autres gars pourraient se montrer.

La fille sur les genoux de Cooper retire son haut.

Ce n'était qu'une question de temps avant que cela ne se produise. Je suis impressionné qu'elle l'ait gardé aussi longtemps.

Je fais un signe de tête vers l'escalier.

— Je vais monter me coucher.

Sawyer me lance un regard surpris.

— Vraiment ? Il est encore tôt. Regarde, me dit-il en montrant les filles blotties contre lui. Tu en veux une ? Je n'ai pas besoin des deux.

Il sourit.

— En tout cas, pas pour l'instant.

Les paroles de Sawyer me laissent un goût amer quand le visage de Natalie surgit dans mon esprit. Je n'ai aucune envie de coucher avec une groupie du palet. Ce qui est triste, c'est qu'il y a encore deux ans, et même l'année dernière, je n'y aurais pas réfléchi à deux fois. Je me serais assis à côté de l'une d'entre elles, et elle aurait volontiers rampé sur mes genoux et fait tout ce que je voulais.

Mais les coups au hasard ne me conviennent plus, apparemment. En cours de route, ils ont perdu de leur attrait.

J'aurai vingt-quatre ans en mars. J'ai fait la fête comme un fou pendant les cinq dernières années. Et chez les juniors, c'était une période dingue. Je ne me souviens pas de la moitié des choses que j'ai faites. C'était la première fois que je goûtais vraiment à la liberté, et j'ai déraillé au début.

Quel homme ne le ferait pas ?

— Non, dis-je en haussant les épaules. La semaine a été longue. Je suis fatigué.

Sawyer secoue la tête.

— Depuis quand es-tu devenu aussi fragile ?

C'est du Sawyer tout craché quand il est ivre. Au lieu de le prendre personnellement et de commencer une dispute, je souris et je dis :

— Eh bien, je suppose que ce que les gens disent est vrai. On est ce que l'on mange.

Sur ce, je monte à l'étage, loin de la future orgie.

CHAPITRE 22

NATALIE

— *R*egarde qui j'ai trouvé sur le pas de notre porte, dit ma mère.

Un grand sourire illumine son visage et elle fait un grand geste façon *ta-daa* avec ses mains.

Mon regard se porte sur le type qui se tient derrière elle. Qui l'éclipse, en fait. Ma mère doit mesurer trente bons centimètres de moins que Brody. Ce qui me fait réaliser à quel point il est grand et massif. À vingt-trois ans, c'est maintenant un homme. Il n'a plus rien d'un garçon. Un picotement me traverse. Cela n'arrivait jamais quand je le voyais avant que nous ne commencions à faire semblant de sortir ensemble. En temps normal, je ne ressens que de l'agacement.

La fourchette de pancake que j'étais en train de porter à ma bouche s'arrête en plein vol lorsque je croise le regard de Brody à l'autre bout de la pièce. Ses cheveux, fraîchement lavés, sont coiffés à l'écart de son visage. Les pointes bouclent légèrement au-dessus du col de son sweat-shirt.

Je ne peux m'empêcher de remarquer que les hommes aux cheveux longs n'ont jamais été mon genre. Apparemment, ça a changé.

Merde. Merde. Merde.

La dernière chose que je veux, c'est être attirée par Brody. Ce serait désastreux. Tomber amoureuse d'un coureur de jupons ne se termine jamais bien pour la fille. Je ne fais pas exception à la règle.

À la lumière froide du jour, je m'en veux d'avoir permis que cela se produise. Je suis plus intelligente que ça. J'ai vécu une situation similaire l'année dernière avec Reed. Je n'aime pas faire de stéréotypes, mais je sais comment sont ces types. J'en ai été témoin pendant trois années consécutives. Un nombre incalculable de filles ont pleuré sur mon épaule à cause des joueurs de hockey des Wildcats qui les ont attirées dans leur lit... enfin, ce sont plutôt elles qui y ont plongé la tête la première, mais peu importe. Et ils les ont larguées dès qu'ils ont remonté la fermeture de leur pantalon.

Ils les prennent, puis les jettent.

Je dois me rappeler que ce que Brody et moi avons n'est rien d'autre qu'une relation fictive. Il n'y a rien de significatif entre nous. Il n'y a absolument aucun sentiment en jeu.

Vous voyez. Maintenant, je me sens mieux. Plus en contrôle.

Ma fourchette retombe dans mon assiette avec un tintement, et je fronce les sourcils.

— Qu'est-ce que tu fais ici ?

Ma réaction ne semble pas le perturber le moins du monde. En fait, il m'adresse un sourire rayonnant.

— Je me suis dit que tu aurais besoin qu'on te ramène sur le campus.

— C'est très gentil de ta part, Brody, dit ma mère. Tu as déjà pris ton petit déjeuner ? J'ai quelques pancakes supplémentaires, et du bacon, si tu as faim.

— Merci, ce serait génial. J'ai eu un entraînement tôt ce matin. Je n'ai pas eu le temps de manger autre chose qu'une barre protéinée.

Je réponds d'une voix irritée.

— Est-ce que vous ne faites pas normalement un brunch après l'entraînement avec ton père ?

Ma mère prend une assiette dans le placard, empile trois crêpes moelleuses, et met une tranche de bacon dans un récipient en céramique avant de les poser devant lui.

— Il avait une réunion, alors on a sauté le brunch, dit-il avec une pointe d'humour dans le regard. Je me suis dit que j'allais passer voir ce que tu faisais.

Il bat des cils et roucoule :

— En plus, mon ourson m'a manqué.

Je manque de m'étouffer devant ce surnom.

— Tu aurais peut-être dû appeler d'abord.

— Aurais-tu répondu ? demande-t-il d'une voix chantante.

Je serre les dents sans rien dire, parce que nous savons tous les deux que je serais passée en mode évitement après ce qu'il s'est passé vendredi soir. Maudit soit-il pour s'être pointé à l'improviste et m'avoir forcé la main. J'ai passé tout mon samedi à y réfléchir, ma réaction physique par rapport à Brody me laisse encore perplexe. S'il n'avait pas arrêté notre séance de baisers, je crois que je ne l'aurais pas fait. Sachant que je n'apprécie même pas ce type, c'est comme une gifle.

Il arbore un air supérieur.

— D'où mon arrivée à l'improviste sur le pas de ta porte.

— Le sirop est déjà sur la table, intervient ma mère d'une voix stridente.

Ses yeux se déplacent entre nous, comme si elle ne comprenait rien à notre interaction.

— Que dirais-tu d'un jus d'orange ?

Je suis soulagée quand Brody détourne son regard de moi pour le poser sur ma mère.

— Merci, madame D. J'en veux bien.

— Nous sommes ravies que tu aies pu te joindre à nous, lui dit ma mère, dont le regard interrogateur se pose sur moi, sourcils froncés. N'est-ce pas attentionné de la part de Brody de venir te chercher ?

Le message silencieux inscrit sur son visage est clair.

Sois gentille, Natalie Marie !

Je suis tentée de lever les yeux au ciel, mais je ne le fais pas. Ma mère ne sait pas ce qu'il se passe entre nous. Elle n'est pas la seule. Je n'en ai pas la moindre idée non plus.

— Oui, c'était très attentionné, puis, changeant de ton, je dis d'une voix exagérément douce, merci beaucoup de t'être présenté sur le pas de ma porte pour la deuxième fois sans prévenir. Tu arrives toujours au mauvais moment.

Il sourit en mangeant une bouchée de pancake.

— Je ferais n'importe quoi pour toi.

Ma mère secoue la tête.

— Tous les deux, vous avez une relation très étrange.

Les épaules de Brody tremblent d'un rire silencieux. C'est plus fort que moi, les coins de mes lèvres se retroussent. Ma mère a raison. Nous avons une relation étrange. Il adore me titiller, et j'aime le vanner en retour. Au centuple.

— C'est l'une des choses que j'aime chez votre fille, madame D. Sa langue acérée m'oblige à rester vigilant.

De confuse, l'expression de la mère devient pensive avant qu'elle ne demande avec précaution :

— Viens-tu d'un foyer où l'on te maltraite, Brody ?

Il manque de recracher la gorgée de jus d'orange qu'il est en train d'avaler. Il tousse et se frappe la poitrine avec son poing quand il avale de travers. En petite amie aimante que je suis, je lui tape sur le dos très fort jusqu'à ce qu'il ait les yeux embués de larmes.

Il s'étrangle en disant :

— Non, m'dame. Pourquoi ?

Ma mère hausse les épaules.

— Une intuition.

Je réponds, l'air de rien :

— Brody sait que je suis du genre *qui aime bien châtie bien*, dis-je avec une œillade vers lui. N'est-ce pas, mon chéri ?

Trop occupé à essayer de ne pas tousser, Brody hoche la tête énergiquement.

— Je ne peux pas dire le contraire, dit-il d'une voix enrouée.

Ma mère pince les lèvres et soupire.

— Je crois que le divorce t'a beaucoup affectée, Natalie. Tu devrais peut-être voir s'il y a des cours de yoga sur le campus. Je pense qu'un peu d'introspection te ferait du bien.

Avant que je puisse répondre, Brody reprend son souffle et change de sujet.

— Comment s'est passé votre rendez-vous hier soir, madame D ?

La question semble décontenancer ma mère. Je lui avais posé la même question ce matin, et elle l'avait balayée d'un revers de main, sans rien dire de plus que *c'était chouette*. Et parce qu'il est bizarre de parler de rencards avec ma mère, je n'ai pas insisté.

Mais je suis curieuse de savoir ce qu'elle va dire à Brody.

— Nous avons passé un bon moment et le groupe était génial.

Brody enfourne une autre énorme bouchée de pancake dans sa bouche avant de demander :

— Vous pensez que vous allez vous revoir ?

Je me redresse, intéressée par sa réponse.

Elle hésite et détourne le regard.

— Je crois que oui.

— Alors, quand allons-nous rencontrer l'heureux élu ? demande Brody en me faisant un clin d'œil. Peut-être qu'on pourrait faire un double rencard ? Ce serait amusant, non ?

Ma mère rit, mais semble mal à l'aise face à cette suggestion. Et je dois admettre que ce n'est pas quelque chose que j'ai vraiment envie de faire non plus.

— Oh, je ne pense pas que nous en soyons encore là. Mais peut-être, dit-elle.

Elle jette un regard appuyé sur la porte menant au couloir, comme si elle cherchait un moyen de s'enfuir.

— Je... je vais aller dans le bureau pour finir un truc pour le travail. Préviens-moi avant de partir, d'accord trésor ?

Avant que je ne puisse ouvrir la bouche, Brody intervient.

— Je ne manquerai pas de le faire, madame D.

Ma mère pince les lèvres pour essayer de ne pas sourire. Je pense qu'elle a déjà compris que c'est une erreur de l'encourager.

— Je parlais de ma fille. Mais j'ai été ravi de te voir aussi, Brody.

Il lui fait un petit clin d'œil.

Une fois qu'elle est partie, je fais une boule avec ma serviette et je la lui lance.

— Un double rencard, hein ?

Il ricane.

— Suis-je allé trop loin ?

— D'environ un kilomètre.

Il hausse les épaules.

— Ça m'a semblé être une bonne idée sur le coup. Je me suis dit que tu aurais besoin d'un peu de soutien pour rencontrer le type avec lequel ta mère commence à avoir une relation sérieuse.

Quelque chose dans mon ventre se crispe à l'idée qu'elle sorte avec un homme exclusivement. Depuis que mon père est parti, il n'y a que nous deux. Je ne sais pas si je suis prête à voir un inconnu débarquer et rompre l'équilibre que nous avons trouvé après tous ces mois.

— Davies ? fait Brody qui tend la main pour me toucher le bras. Ça va ?

Je m'oblige à sourire et à baisser la voix, parce que je ne veux pas que ma mère entende notre conversation.

— Oui. Je vais bien. C'est bizarre de voir ses parents avoir des rencards. C'est le premier gars avec qui elle sort. En tout cas, c'est le premier dont elle me parle. Ce n'est pas que je ne veuille pas qu'elle trouve quelqu'un, mais…

Je ne sais pas comment finir cette phrase sans passer pour une abrutie égoïste.

— On n'a pas forcément envie de voir débarquer un inconnu au milieu de sa vie, conclut-il pour moi.

Mon corps flanche lorsqu'il exprime mon inquiétude silencieuse. C'est un soulagement qu'il comprenne. Que je n'aie pas à justifier mes sentiments auprès de lui.

— Après tout ce qui s'est passé avec mon père, je ne suis pas prête pour ça. Je ne suis pas prête à ce que mes deux parents soient en couple. À introduire de nouvelles personnes dans ma vie.

Ses doigts effleurent les miens et s'enroulent autour d'eux.

— Il m'a fallu un peu de temps pour me faire à l'idée que mon père sortait à nouveau avec quelqu'un. Ça m'a fait mal de penser que quelqu'un pourrait venir et essayer de prendre la place de ma mère, mais, dit-il en haussant les épaules, je voulais qu'il soit heureux.

Il me serre la main.

— Ça deviendra plus facile. Je te le promets.

Pour la première fois depuis le divorce, j'ai l'impression que quelqu'un comprend ce que je vis. Le fait que ce soit le gars que j'ai détesté pendant trois ans rend la chose encore plus bizarre. Ou c'est une blague cosmique. Même si sa mère est décédée et que mes parents sont séparés, nous devons quand même faire face à des personnes étrangères dans nos vies.

— Je l'espère, murmuré-je.

Parce qu'en ce moment, c'est atroce.

— Accorde-toi juste un peu de temps. Laisse la poussière retomber.

Je hoche la tête.

Qui aurait pu penser que je recevrais des conseils de Brody ? J'en suis presque à me demander si nous ne sommes pas entrés dans un univers parallèle.

CHAPITRE 23

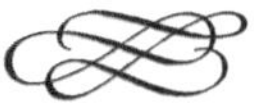

NATALIE

*B*rody et moi sommes installés au deuxième étage de la bibliothèque. Il y a des livres et des papiers éparpillés sur la table. Nous avons un examen vendredi dans notre cours de finance managériale, alors nous sommes venus à la bibliothèque pour étudier quand le temps le permettait. Ce qui, avec le programme de hockey de Brody, n'est pas une mince affaire.

Je n'avais jamais songé que la pratique d'un sport au niveau universitaire était comparable à un emploi à temps plein. Je n'aime pas l'admettre, mais le planning de Brody est exténuant. Je ne suis pas certaine que j'aimerais l'avoir. En général, il est debout à 5 heures, et ne se couche pas avant 23 heures. Ce soir, il semble particulièrement épuisé. Je me sens un peu coupable d'avoir présumé qu'il se la coulait douce à l'école. De toute évidence, ce n'est pas le cas.

Il y a autre chose que j'ai remarqué cette semaine.

Brody consulte des livres en gros caractères, ce qui me fait penser qu'il y a un truc qui cloche, mais je n'ai pas la moindre idée de ce que c'est.

Des problèmes de vue ?

Mais cela n'a pas de sens quand on sait qu'il est un joueur de hockey extraordinaire.

Parfois, je l'observe en douce. Alors que je suis capable de parcourir les pages d'un manuel en quelques minutes, Brody prend beaucoup plus de temps pour lire et assimiler chaque partie. Il surligne des passages ou des concepts importants et les tape sur son ordinateur portable. Tout le processus me semble fastidieux et lent.

Je commence à penser que Brody a des difficultés d'apprentissage. Il ne m'a rien dit, et j'ai trop peur de lui demander. Je ne veux pas l'offenser. Il y a quelques semaines, je ne me serais pas souciée de blesser Brody, mais un changement subtil s'est produit entre nous. D'une certaine manière, nous avons réussi à nouer une timide amitié, et je n'ai pas envie de la gâcher.

Au bout d'une heure environ, je sors des fiches de mon sac, et les fais glisser en silence sur la table.

Brody fixe la pile maintenue par un élastique. Quand ses yeux se posent sur les miens, il affiche une expression circonspecte.

— Qu'est-ce que c'est ?

Un élan inattendu de nervosité m'envahit.

— J'ai préparé des fiches pour que tu puisses étudier avec.

Il semble pris au dépourvu.

— Tu m'as fait des fiches ?

Ce n'est que maintenant que je me demande si je n'ai pas commis d'erreur. Malheureusement, il est trop tard pour les retirer de la table, et de faire comme si rien ne s'était passé. Je déglutis.

— Je me suis dit que ce serait plus facile d'étudier. De cette manière, tu as quelque chose de petit et de maniable que tu peux sortir quand tu as quelques minutes de temps libre, lui dis-je, car je ne veux pas qu'il pense que c'est un truc important. Même si tu ne passes que cinq minutes à les consulter plusieurs fois par jour, ça peut t'aider.

Je hausse les épaules. J'aurais voulu que ce ne soit pas aussi gênant.

— Parfois, Zara se fait des fiches. Ça l'aide à mémoriser.

Comme il reste silencieux, je répète d'une petite voix :

— Je me suis dit que ça pourrait aider.

Remuant sur ma chaise, je tends la main, prête à remettre les cartes dans mon sac. Alors que j'essaie de les attraper, il recouvre mes doigts avec les siens. Je fixe nos mains jointes.

Brody s'éclaircit la gorge.

— Merci.

— Ce n'est rien, dis-je rapidement, car je voudrais qu'on laisser tomber le sujet.

— Bien sûr que si.

Sa voix est grave, éraillée. Pleine d'émotion.

— J'apprécie.

J'aspire brusquement de l'air, et souffle fort. La question m'échappe avant que je puisse l'arrêter.

— Est-ce que tu as des soucis pour mémoriser ?

Le silence s'étire entre nous. J'ai l'impression qu'une éternité s'écoule avant qu'il dise :

— Je suis dyslexique. Pratiquement tout ce qui est scolaire me pose problème.

— Oh.

Une fois encore, Brody me stupéfie. J'ai passé trois ans en classe avec lui et il ne m'est jamais venu à l'esprit qu'il pouvait avoir des difficultés scolaires. Maintenant que j'y pense, les signes étaient là. Mais, pour une raison que j'ignore, j'ai toujours imaginé le pire à son propos.

— Je l'ignorais, dis-je bêtement.

Il hausse les épaules comme si ce n'était pas grave, mais je vois bien que ça l'est. Ça se voit à la raideur de ses épaules. À sa manière de refuser de soutenir mon regard plus d'une seconde ou deux. La tension qui se dégage de lui en lourdes vagues épaisses témoigne également du fait que j'ai déterré quelque chose de cruel et de douloureux.

Nos mains sont toujours jointes. Je déplace la mienne, pour que ce soit moi qui le tienne. Je veux lui apporter du réconfort, mais je ne sais pas comment et je me sens impuissante.

— Mes professeurs le savent et, pour la plupart, ils se montrent très compréhensifs. Ils me donnent des notes avant le cours pour que je puisse me concentrer sur l'exposé. Au lieu de passer des examens écrits, je peux parfois passer un oral. Je m'en sors mieux lorsque je n'ai pas à lire de longues sections et à répondre à des questions. Ça a toujours été un problème pour moi. Et j'achète aussi des livres écrits en gros caractères, car ils facilitent la lecture.

Je secoue la tête, étonnée. Je ne m'en serais jamais doutée.

— Écoute, dit-il d'une voix bourrue. Je suis confronté à ce problème depuis longtemps. J'ai trouvé des stratégies pour m'aider moi-même.

— Y a-t-il quelque chose que je puisse faire ?

Je me sens comme une idiote à cet instant.

— En fait, les cartes, c'est génial. J'ai une écriture assez brouillonne, alors ça va me faciliter la tâche.

— Je peux aussi te faire des cartes pour tes autres cours, dis-je rapidement. Ce n'est pas un souci.

Il acquiesce.

— Si tu m'interroges sur les sujets, ça m'aide aussi.

Les pièces du puzzle se mettent en place.

— C'est pour ça que tu ne voulais pas travailler avec un tuteur ?

Il affiche un air coupable avant de détourner son regard du mien.

— J'ai réussi à faire trois ans d'université tout seul. Mais là, nous n'avons fait qu'un mois dans le semestre, et je lutte déjà. J'ai plus de mal que par le passé.

J'ai l'impression que mon cœur est en train de s'ouvrir en grand. Je n'ai jamais rien ressenti de tel.

— Je t'aiderai autant que possible.

Les coins de ses lèvres se soulèvent.

— Merci. Et merci pour les cartes.

— Tu as parlé de réviser oralement. Est-ce qu'on peut faire autre chose ?

Il inspire.

— Si on peut discuter des concepts, surtout en finance, pour que je les comprenne mieux, ça m'aiderait beaucoup. J'ai du mal à mémoriser juste pour mémoriser. C'est plus simple pour moi si je comprends les idées.

— On peut faire ça.

Je note mentalement de faire quelques recherches sur la dyslexie.

Peut-être que si je comprends mieux les difficultés de Brody, je pourrai trouver d'autres moyens de le soutenir.

— J'apprécie ton aide, Davies, me dit-il, baissant les yeux en remuant sur sa chaise. Tu peux me faire une faveur ?

— Ce que tu veux.

Et, étrangement, je suis sincère. Je suis prête à faire tout ce qu'il me demande en ce moment.

Son regard couleur whisky transperce le mien.

— N'en parle à personne, d'accord ?

— C'est ce que tu crois ? Que je vais aller répandre la nouvelle dans toute l'école ? lui demandé-je, blessée qu'il ressente le besoin de me dire ça. Je ne te ferais jamais ça.

Une partie de sa tension s'évacue de ses épaules.

— Je suis désolé. Je sais que tu ne ferais pas ça. C'est juste que… dit-il avant de s'interrompre.

Il hausse les épaules, comme s'il était à court de mots. J'ai appris au fil des ans à rester sur mes gardes. Whitmore est le paradis des ragots. Je ne veux pas que cela se sache. Ça ne regarde que moi.

— Tu n'as aucune raison d'être gêné. Manifestement, tu as développé des stratégies qui te conviennent.

Il acquiesce.

— Oui. Mais j'ai toujours lutté à l'école. J'ai dû travailler comme un fou pour avoir des B, explique-t-il en inclinant la tête. Sais-tu à quel point ça craint de travailler si dur et de ne pas être récompensé ?

J'ai honte d'admettre que ce n'est pas le cas. L'école a toujours été facile pour moi. Je n'ai jamais eu à étudier beaucoup. J'ai la chance d'avoir une bonne mémoire.

— J'ai passé de nombreuses années à détester l'école, à détester les difficultés que je rencontrais, à détester le fait que tout le monde semblait assimiler les choses bien plus facilement que moi. Ils me regardaient lutter et croyaient que j'étais paresseux ou bête, ou que j'étais un fauteur de troubles parce que je me sentais frustré et que je m'emportais.

Ses paroles me brisent le cœur. D'autant plus que je suis coupable d'avoir pensé la même chose. Je n'ai jamais eu autant honte de moi qu'en ce moment.

— Je suis désolée, Brody. Cela a l'air terrible.

— Tu sais ce qui m'a sauvé ? demande-t-il, s'arrêtant un instant jusqu'à ce que je secoue la tête. Le hockey. Autant j'avais des difficultés en classe, autant j'avais un don sur la glace. Si je n'avais pas eu le hockey en grandissant, je ne suis pas sûr que j'aurais pu faire face à tout le reste.

— Si l'école était si difficile pour toi, pourquoi aller à l'université ? Pourquoi ne pas aller directement en NHL ?

— J'ai signé un contrat avec Milwaukee pendant ma dernière année de lycée. Ils voulaient que je joue en juniors. J'avais dix-huit ans et j'avais besoin de temps pour mûrir physiquement. C'est moi qui ai décidé d'aller à l'université. J'aurais pu devenir professionnel après ma deuxième année, mais ma mère tenait à ce que je décroche mon diplôme universitaire, et c'est donc ce que je fais. Je me suis orienté vers un diplôme de commerce, parce qu'après avoir terminé le hockey, je compte rejoindre mon père dans sa société de management.

J'ai l'impression que tout ce que j'ai toujours cru au sujet de Brody est faux. D'accord… peut-être pas *tout*, parce que c'est toujours un coureur de jupons. Mais l'importance qu'il accorde à l'école, alors même qu'il a manifestement des difficultés, est une preuve suffisante qu'il y a plus en Brody que ce que je me suis permis de croire.

Je me rends compte que j'ai été prompte à le juger sur les apparences. J'avais l'impression qu'il s'agissait d'un sportif arrogant qui se la coulait douce à l'université, et je l'ai donc classé dans cette catégorie sans y regarder de plus près.

Comme nos doigts sont liés, il tend son autre main et la glisse sous mon menton.

— Je ne te dis pas cela parce que je veux que tu me plaignes, dit-il en secouant la tête. La dernière chose dont je veux, c'est de ta pitié.

Je baisse les yeux.

— Ce n'est pas ça.

Après la soirée de vendredi, ce nouvel éclairage sur la personnalité de Brody ne fait qu'accentuer ma confusion.

— Alors qu'est-ce que c'est ?

Je hausse les épaules. Je me sens toujours comme une abrutie.

— J'ai toujours cru que tu étais ici pour passer le temps en attendant de rejoindre la NHL. Mais ce n'est pas du tout le cas.

— Ne t'en veux pas pour ça. Je préfère que les gens pensent ça, plutôt qu'ils découvrent que je suis dyslexique.

Je fronce les sourcils. Ce qu'il dit n'a pas de sens.

— Mais personne ne te jugerait pour ça.

— Ils l'ont déjà fait, dit-il d'une voix acerbe. Lorsque les gens découvrent que tu as un trouble de l'apprentissage, ils te traitent différemment. Ils n'attendent pas autant de toi. Ils présument que tu n'es pas aussi intelligent que les autres parce que ton cerveau fonctionne différemment. Ou que tu es abîmé, d'une certaine manière. Je n'ai pas besoin de ça.

— Mais tu viens de me le dire, murmuré-je.

Ses yeux me transpercent.

— Peut-être que je voulais que tu connaisses le vrai moi.

À ces mots, une grosse boule se forme dans ma gorge.

— Merci. Et je suis désolée de t'avoir mal jugé.

À ma grande surprise, il se lève et m'entraîne avec lui.

— Viens.

Il me faut un moment pour passer mentalement à autre chose.

— Qu'est-ce qu'on va faire ?

— Prendre une pause bien méritée au milieu de nos révisions.

Il ne lâche pas mes doigts et se faufile entre les rayonnages.

Je jette un coup d'œil à notre table. Tout est encore éparpillé sur le dessus.

— On va juste laisser nos affaires là ?

— Ne t'inquiète pas, tout ira bien.

Le deuxième étage de la bibliothèque est toujours calme, car la plupart des étudiants préfèrent étudier au premier ou au rez-de-chaussée. Je n'ai vu que quelques autres personnes depuis deux heures que nous sommes ici.

— Où allons-nous ? demandé-je.

— Tu verras, dit-il en me tirant derrière lui.

Nous prenons encore quelques virages avant que Brody ne s'arrête. J'ai le souffle coupé lorsqu'il me coince contre une haute bibliothèque remplie de thèses de doctorat.

— Qu'est-ce que tu fais ? m'exclamé-je, surprise.

Il sourit. Ses deux fossettes se creusent.

— Je pense qu'il est temps pour une nouvelle leçon.

— Une nouvelle leçon, répété-je comme une idiote. Qu'est-ce qu'il…

Oh.

Une *leçon*.

Mes yeux s'écarquillent et il rit doucement, d'un rire bas et rocailleux. Il touche quelque chose d'enfoui au plus profond de moi. Sa bouche s'approche dangereusement de la mienne. Mon cœur bat la chamade. Je le veux. Mes lèvres se séparent d'elles-mêmes. J'ai faim de sentir sa bouche s'écraser sur la mienne. Au lieu de faire ce que j'attends, il frotte le bout de son nez sur ma joue. La caresse est subtile.

Je laisse échapper une respiration tremblante.

Il mordille mon menton, et je fonds contre l'étagère sur laquelle je suis appuyée. Sa bouche parcourt le contour de ma mâchoire, taquinant ma chair jusqu'à ce que je gémisse de désir.

— Es-tu prête pour ta deuxième leçon ?

Mon Dieu ! Oui… Je brûle d'envie de découvrir ce qu'il veut me montrer. Ce qu'il veut me faire. Je n'ai jamais ressenti ça auparavant. Je me suis toujours contenue, mise en retrait. Personne ne m'a jamais fait perdre la tête ou m'oublier.

C'est ce que me fait Brody. Tout ce dont je suis consciente, c'est de lui. De ses mains. De sa bouche. La position de son corps qui s'aligne sur le mien.

— Oui, gémis-je.

Pas une seule fois il ne me vient à l'esprit de mettre un terme à ce que nous faisons. Nous sommes en train de nous faire des câlins dans un lieu public. N'importe qui peut tomber sur nous. Mais cette idée ne me vient même pas à l'esprit. La seule chose qui compte en ce moment, c'est la sensation de ses mains sur mon corps. Ses lèvres sur moi. Le plaisir qui s'épanouit au creux de mon ventre. Et plus bas.

Beaucoup plus bas.

— Bien. Parce que, depuis vendredi, je ne cesse de penser à te toucher à nouveau.

Sur ces mots, il me retourne face au rayonnage.

— Qu'est-ce que… haleté-je.

— Chut.

Mes protestations s'évanouissent lorsqu'il presse son corps dur contre mes fesses. Il saisit mes mains et les tend au-dessus de ma tête.

— Laisse-les là, me souffle-t-il à l'oreille.

— Ça te plaît vraiment, ce genre de choses, n'est-ce pas ? demandé-je d'une voix tremblante.

Il rit.

— J'aime l'idée de t'avoir à ma merci. Toutes ces années, tu as aiguisé tes griffes sur moi. Je déteste l'admettre, mais tout ce que ça a fait, c'est m'exciter. Maintenant, tu vas faire ce que je te dis. Compris ?

— Oui.

Ses doigts se promènent le long de mes bras et de mes flancs. Des frissons parcourent ma colonne vertébrale lorsqu'il saisit mes hanches et me plaque contre la partie inférieure de son corps. La sensation de son érection qui se presse contre moi me fait presque flancher les genoux. Ses mains glissent jusqu'au bouton de mon jean et sortent le disque de métal de son encoche.

— Brody…

Mes dents s'enfoncent dans ma lèvre inférieure. Même si j'ai envie qu'il me touche, on ne peut pas faire ça. Pas ici.

— Ne parle pas, murmure-t-il d'une voix brusque. Contente-toi de ressentir.

— Mais… dis-je d'une voix plus aiguë, paniquée.

— Je t'ai dit de te taire, Davies.

Mon cœur s'emballe lorsque ses doigts abaissent la fermeture Éclair. Écartant le tissu, il dessine des cercles indolents sur le bas de mon ventre. Je tourne mon visage pour que ma joue s'appuie sur le dos des livres. Mes paupières se ferment alors qu'il plonge ses doigts dans mon jean, effleurant le bord de ma culotte.

Même si je sais que c'est une erreur, il y a une partie de plus en plus importante de moi qui s'en moque. Quand Brody pose ses mains sur moi comme ça, toute pensée rationnelle disparaît.

— Que veux-tu que je fasse ?

Ses doigts se glissent sous l'élastique, mais ne descendent pas plus loin.

Même si je ne devrais pas, je gémis les mots.

— Touche-moi.

— Je te touche.

Sa voix est douce comme de la soie. Presque joueuse.

— Tu sais ce que je veux dire.

Je me tortille contre lui, essayant de faire glisser ses doigts à l'intérieur de ma culotte.

— Tu as raison, c'est vrai, murmure-t-il contre mon oreille. Je sais exactement ce que tu veux.

Sur ces mots, ses doigts se glissent sous l'élastique et caressent ma chair nue. Mes genoux fléchissent lorsqu'il glisse sur moi, caressant la jonction de mes lèvres inférieures. J'écarte les jambes, parce que je veux qu'il s'enfonce profondément en moi, mais il ne le fait pas. Il joue avec moi à la place. Quand je n'en peux plus, quand je sens que je vais hurler à cause de ce désir qui monte en moi, ses doigts glissent à travers mes replis et s'arrêtent sur mon clitoris, décrivant de lents cercles comme si nous avions tout le temps devant nous. C'est une torture exquise.

Je me mords la langue pour ne pas faire de bruit lorsqu'il enfonce un doigt épais en moi.

— Hmm, tu es tellement étroite, murmure-t-il.

Un deuxième doigt vient s'ajouter au premier. Il fait plusieurs allers-retours avant de les retirer de moi. Au moment où je pense qu'il va s'éloigner complètement, il les enfonce à nouveau. Je gémis tandis qu'il plonge ses doigts jusqu'à la garde. Son autre main remonte le long de mon corps jusqu'à ce qu'elle enveloppe mon sein. Il presse la peau douce et joue avec l'extrémité perlée.

D'autres terminaisons nerveuses s'éveillent à la vie. Un orgasme se dessine tandis qu'il trouve un rythme, caressant mon corps à l'intérieur et à l'extérieur. Je cambre mon bassin, je veux l'attirer plus profondément. Je veux que ces sensations intenses de plaisir se poursuivent à l'infini.

La main qui touchait mon sein descend le long de ma cage thoracique et plonge dans ma culotte, s'arrêtant à nouveau sur mon clitoris.

Un murmure de voix se fait entendre à travers l'épais brouillard de plaisir qui m'enveloppe. J'ouvre brusquement les yeux. Nous ne pouvons pas être découverts dans une position aussi compromettante.

— Détends-toi, souffle-t-il contre mon oreille. Ils ne savent pas que nous sommes ici.

Au lieu de me relâcher, il resserre sa prise. Ses doigts s'enfoncent en tandem, sans jamais cesser leur assaut sur ma chair.

— Il faut qu'on s'arrête, gémis-je alors que le plaisir m'envahit.

Même si je l'ai dit, je pense que je mourrais si Brody arrêtait ce qu'il faisait. D'un moment à l'autre, l'orgasme qui se développe va se propager dans tout mon corps.

Au lieu de répondre, l'intensité de ses caresses augmente jusqu'à devenir presque insupportable. Je me mords la lèvre pour étouffer le cri qui monte en moi.

Les voix s'amplifient. Se rapprochent.

Ils doivent être de l'autre côté de l'étagère. Si je n'avais pas perdu la tête, je le repousserais et je redresserais mes vêtements, mais je ne peux pas me résoudre à le faire. Je suis à deux doigts de jouir. Je suis incapable de me concentrer sur autre chose. Tout en moi se contracte.

— Jouis pour moi, bébé, me dit-il, puis il me mordille le cou et grogne, *maintenant.*

Il n'en faut pas plus pour me faire basculer. Ses lèvres s'emparent des miennes, avalant les gémissements qui en jaillissent, tandis qu'il enfonce ses doigts en moi et que l'autre main joue avec mon clitoris.

Il me faut un moment pour reprendre mes esprits. Pour que je me rende compte que je suis toujours plaquée contre les rayonnages, le grand corps de Brody contre le mien, ses mains continuant à me caresser le corps.

— Merde, c'était fantastique, murmure-t-il.

Sa respiration est aussi laborieuse que la mienne. Je tends l'oreille pour entendre les voix qui se trouvaient de l'autre côté de l'étagère, mais il n'y a rien. Ils sont manifestement partis ailleurs, loin de nous.

Je n'arrive pas à croire que nous venons de faire ça. Que j'ai laissé Brody me toucher dans la bibliothèque.

— Arrête de réfléchir, me dit-il en me mordillant l'oreille, tirant doucement sur le lobe. Savoure simplement ce que je t'ai fait ressentir.

Il a raison. Je ne veux pas gâcher ce moment avec des regrets. J'ai besoin de savourer ce qu'il y a entre nous pour ce que c'est.

Au lieu de m'écarter et de me sentir gênée par ce qu'il vient de se passer, je dis :

— Je pense que je vais apprécier tes leçons.

Il se détend contre moi et glousse.

— Tu m'étonnes !

CHAPITRE 24

NATALIE

— Tu as prévu quelque chose de spécial pour tes vingt-deux ans ? me demande Zara en tripotant le tissu d'une chemise qu'elle envisage d'acheter chez Olive + Ashley, l'un de nos magasins préférés.

Je hausse les épaules. Dans ma famille, les anniversaires ont toujours été des occasions spéciales. Comme j'étais fille unique, mes parents mettaient le paquet. Pour la première fois de ma vie, je n'ai pas hâte d'y être.

Normalement, le soir de mon anniversaire, mes parents et moi sortons dîner dans mon restaurant mexicain préféré, *La Fuente*. C'est une tradition depuis toujours. Pour des raisons évidentes, ce ne sera pas le cas cette année. Mon père m'a envoyé un texto il y a quelques jours pour me demander s'il pouvait m'inviter à déjeuner pour que nous puissions parler, mais j'ai poliment décliné l'offre.

Je suis toujours en colère après ce qu'il s'est passé il y a quelques semaines. Je n'ai aucune envie de les voir, lui ou sa fiancée. En ce qui me concerne, ils peuvent tous les deux aller en enfer.

— Je ne suis pas encore sûre, avoué-je à contrecœur. Je croyais que ma mère et moi irions au restaurant seules, mais elle m'a envoyé un message hier me disant qu'elle avait un rendez-vous auquel elle ne pouvait échapper.

Zara hausse les sourcils et ses traits elfiques se teintent de compassion.

— Oh, ça craint ! me dit-elle avant de prendre une longue chemise fluide de style bohème qu'elle regarde d'un œil critique. Et ton père ? As-tu parlé avec lui depuis l'incident ?

C'est ce que nous appelons désormais… *l'incident.*

Il s'agit plutôt de *l'incident au cours duquel j'ai pété les plombs.*

Je secoue la tête.

— Non, et je n'ai pas l'intention de le faire.

Lorsque vos parents se séparent, ces petites traditions que vous n'appréciiez pas dans votre enfance prennent tout leur sens. Elles vous donnent envie de vous y accrocher à deux mains et ne jamais lâcher. D'une certaine façon, un peu de normalité vous donne l'impression que votre vie ne vous a pas été complètement arrachée.

Voilà pourquoi l'annulation de ma mère à la dernière minute me blesse. À sa décharge, elle m'a demandé un milliard de fois si ça irait, et a proposé de réorganiser son emploi du temps. Bien sûr, j'ai refusé. Je vais avoir vingt-deux ans samedi, et je ne voulais pas me comporter comme un gros bébé. Même si je me sens un peu comme un gros bébé en ce moment.

Maintenant qu'elle est mère célibataire, et qu'elle dépend de ses propres revenus, si un rendez-vous se présente, elle doit le saisir. Elle débute dans ce métier et ne peut rien faire qui puisse mettre en péril sa carrière naissante.

Mais ça craint. Vraiment.

— Et Brody ?

Je lui lance un regard noir.

— Quoi, Brody ?

Zara lève les yeux au ciel.

— Lui as-tu dit que c'est ton anniversaire samedi ?

Pourquoi ferais-je une chose pareille ?

Je secoue la tête et me concentre sur le présentoir de hauts que je suis en train de passer en revue. Contrairement à Zara, je ne suis pas à la recherche de nouveautés.

— Bien sûr que non. Ce n'est pas comme si nous sortions vraiment ensemble.

— Vous avez passé énormément de temps ensemble ces derniers temps, me fait-elle remarquer nonchalamment.

Je plisse les yeux, et je la vois réprimer un sourire.

— Je t'en prie. Nous avons étudié à la bibliothèque.

Mes joues s'échauffent quand je songe à toutes ces fois où nous nous sommes faufilés derrière les rayonnages pour nous câliner. Je ne vois pas d'autre type que j'ai pris autant de plaisir à embrasser que Brody. Il a des lèvres fantastiques. Et ses mains…

Il faut vraiment que j'arrête de penser à ça. C'est dangereux.

— Bien sûr, dit Zara en ricanant. Brody est bien connu sur le campus pour ses prouesses académiques.

J'ouvre la bouche, prête à l'engueuler, mais je me rattrape au dernier moment. J'ai promis à Brody de ne parler à personne de ses problèmes de dyslexie. Et cela inclut Zara. Je suis presque déconcertée par la rapidité avec laquelle le besoin de le défendre monte en moi.

La relation dans laquelle nous sommes embarqués me perturbe. Je devrais me rendre service et y mettre un terme. Cela fait quelques semaines. Nous pourrions nous séparer tranquillement sans déclencher trop de remous. Personne ne le remarquerait.

L'idée de faire ça me fait des nœuds au ventre. Quand ai-je commencé à éprouver des sentiments pour lui ? C'est une révélation choquante.

De manière presque désinvolte, je dis :

— Brody se préoccupe de ses notes. Il prépare un diplôme de commerce. Après la NHL, il va rejoindre la société de management de son père.

Combien de personnes de mon âge ont préparé un projet sur dix ans ? En tout cas, je n'en ai pas, et je ne crois pas que Zara en ait un non plus.

Elle pose les yeux sur moi, surprise. Je me mords la langue, regrettant de ne pas avoir fermé ma grande bouche. Qu'est-ce que j'en ai à faire de ce que Zara pense de Brody ?

Ce n'est que récemment que j'ai réalisé que Brody n'était pas le type que j'ai toujours cru qu'il était. Et il n'est pas non plus celui que Zara croit. Ça me dérange qu'elle ne le voie pas tel qu'il est vraiment. Ce qui est ridicule. Il m'a fallu suffisamment de temps pour gratter sous la surface.

Il sourit lentement.

— Hmm. Vraiment ?

Je hausse les épaules et reporte mon attention sur un T-shirt que je n'ai aucune envie d'acheter, parce qu'il est plus facile de me concentrer là-dessus que de faire face à la curiosité grandissante dans les yeux de Zara.

Si j'étais maligne, je changerais de sujet avant qu'elle ne comprenne ce qu'il se passe vraiment. Que je suis en train de tomber amoureuse de ce type.

Malheureusement, mes lèvres commencent à bouger avant que mon cerveau n'ait le temps de débrancher la prise.

— Brody aurait pu directement partir pour la NHL après les juniors, mais il a choisi de venir ici et de travailler d'abord sur son diplôme. C'est important pour lui.

Je suis tentée de lui parler de la promesse que Brody a faite à sa mère avant qu'elle ne meure, mais je n'en fais rien. En dépit de ses allures de fêtard et de coureur de jupons, Brody s'est révélé infiniment plus profond que je ne l'imaginais. J'aimerais que d'autres personnes puissent voir ce côté de lui.

Mais ce n'est pas à moi de prendre cette décision. C'est à lui. Et je ne romprai jamais la promesse que je lui ai faite.

Zara plisse les yeux en me regardant.

— Je n'arrive pas à croire que tu me dises une chose pareille. Pendant trois ans, tu n'as fait que détester ce type.

Ses paroles me font grimacer. Elle a raison.

— Détester, c'est un mot très fort, murmuré-je. Je ne crois pas l'avoir jamais détesté.

Elle me regarde, l'air de dire *mais tu es dingue ou quoi ?* Je ne peux pas lui reprocher d'être perturbée par ma soudaine volte-face.

— Bien sûr que si ! En fait, je me souviens précisément que tu as dit que tu le détestais et que tu souhaitais que le pénis de Brody se flétrisse et tombe. C'était il y a un mois et demi.

D'accord. Très bien. Je l'ai dit. Je voulais que son pénis se ratatine et tombe.

Mais il est clair que ce n'est plus le cas. Je ne sais pas quoi faire face à ces sentiments étranges qui grandissent en moi. Je dois me rappeler de plus en plus souvent que nous jouons la comédie. C'est tout.

Comme je ne veux pas m'attarder sur le cas Brody, je change de sujet.

— Et si nous allions dîner samedi soir ? Peut-être aller voir un film ? On pourrait faire un truc tranquille.

Une expression de culpabilité apparaît sur son visage.

— Oh ! Je ne peux pas, dit-elle en se mordant la lèvre. Je suis désolée, Nat. Je croyais que tu serais avec ta mère pour ton anniversaire. J'ai déjà prévu quelque chose avec Luke. Ses parents viennent en ville pour une visite. Nous sortons dîner.

— Ce n'est pas grave, dis-je précipitamment, tentant de faire machine arrière. C'était juste une idée. Rien de bien méchant.

Au bout d'un moment, elle dit :

— Je vais annuler si tu veux et nous pourrons aller dîner et voir un film. Maintenant, je me sens très mal. Je ne veux pas que tu passes ton anniversaire seule.

Je secoue la tête.

— Il n'est pas question que tu annules avec Luke. Je suis heureuse que les choses se passent si bien pour vous deux.

J'étais nerveuse quand elle m'a dit pour la première fois qu'elle sortait avec lui. La plupart des joueurs de hockey sont des enfoirés. Mais pas tous. Luke fait clairement partie des gentils.

Zara sourit et son visage s'illumine lorsqu'elle me confie :

— Je lui ai dit que je l'aimais.

— Waouh ! m'exclamé-je, mettant de côté ma propre déception.

Vous deux, vous êtes formidables ensemble. Et, je dois l'avouer, je me suis trompée sur lui. Luke est un gars formidable. Rien à voir avec Reed.

Ce que je commence à comprendre, c'est que Luke n'est pas le seul joueur de hockey sur lequel je me suis trompé.

CHAPITRE 25

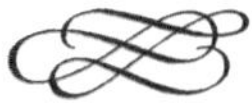

NATALIE

Je jette un coup d'œil à Brody alors que nous traversons le parking de *La Fuente*. Ce qui est bizarre, puisqu'il ne m'a même pas demandé où je voulais aller. Il s'est présenté à ma porte il y a trente minutes et m'a dit d'enlever mon pantalon de yoga et mon T-shirt parce qu'il m'invitait à sortir.

Je l'ai harcelé de questions pendant le trajet en voiture, mais il n'a pas voulu me dire qui avait vendu la mèche.

— C'était Zara, n'est-ce pas ? lui demandé-je pour la dixième fois.

J'aurais dû me douter qu'elle ferait quelque chose comme ça. Elle ne voulait pas que je sois triste le jour de mon anniversaire, à me gaver de glace au chocolat et au beurre de cacahuètes. Et c'étaient exactement mes projets pour ce soir.

Brody hausse les épaules, l'air cachottier.

— Tu ne le sauras jamais.

Qui d'autre cela aurait-il pu être ? Ma mère ? Ou, comme il aime à l'appeler, Mme D ? Je manque de ricaner.

— Je pense que nous savons tous les deux que c'était ma colocataire qui l'ouvre trop.

Il me fait un clin d'œil et je suis secrètement heureuse d'avoir évité de justesse la partie crème glacée de cette soirée. Comme cela aurait été déprimant !

— Pourquoi ne me l'as-tu pas dit toi-même ? me demande-t-il quand nous nous engageons dans l'allée.

Je hausse les épaules, je regarde droit devant moi et je mens.

— Ça ne me paraissait pas important.

Sa voix prend un tour taquin.

— Tu ne crois pas que c'est le genre de choses que j'ai besoin de savoir à propos de ma petite amie ?

— Fausse petite amie, corrigé-je parce que j'ai l'impression qu'il faut que je le fasse.

Pas forcément parce que je veux le souligner. Peut-être que j'essaie de me le mettre en tête. Qui sait ? C'est mon anniversaire, je ne vais pas y penser ce soir.

Brody tient la porte vitrée ouverte et nous nous dirigeons vers le comptoir des hôtesses situé à l'intérieur du restaurant.

— Bonjour ! J'ai une réservation au nom de McKinnon, dit-il en affichant son sourire caractéristique à la fille qui travaille au comptoir.

Ses yeux s'écarquillent, et il semble lui faire l'effet d'un grand verre de limonade par une chaude après-midi d'août. Pas une seule fois son regard ne s'écarte de lui. Je suis tentée de lever les yeux au ciel. Son effet sur le sexe opposé est hallucinant. Je n'ai jamais rien vu de tel.

Pas étonnant qu'il ait couché avec autant de femmes. Il lui suffit d'un regard dans leur direction, et d'afficher ses fossettes pour qu'elles soient malléables, prêtes à faire tout ce qu'il veut.

Heureusement, je n'ai jamais ressenti cela pour lui. Je serais dans le pétrin si je me souciais vraiment de ce type.

Elle se redresse en entendant son nom de famille. On pourrait presque voir l'ampoule s'allumer dans sa tête, même si, je ne vais pas mentir, elle semble de faible puissance. Ok, maintenant je deviens méchante.

— Oh, mon Dieu ! Tu es Brody McKinnon ! halète-t-elle. Tu joues en défense pour Whitmore !

Elle se penche sur son pupitre, comme si elle allait ramper pour l'atteindre.

— Je suis ta plus grande fan ! J'ai assisté à tous les matches à domicile la saison dernière, et à toutes les rencontres de pré-saison cet automne ! s'exclame-t-elle, portant la main à son cœur. Tu es vraiment incroyable !

Brody fait un petit pas en arrière, mais garde le sourire fermement en place.

— Merci. On apprécie toujours que nos fans viennent nous soutenir.

Son sourire grandit démesurément et elle sautille sur la pointe des pieds comme une enfant surexcitée.

— Pourrais-tu signer ce menu pour moi ? Ensuite, on pourra l'accrocher au mur, dit-elle, puis elle lui lance un regard sournois de dessous ses cils. Ou peut-être que je le ramènerai chez moi et que je l'accrocherai au mur de ma chambre.

Je hausse brusquement les sourcils. Je ne veux même pas penser à ce qu'elle fera en regardant ce menu. *Beurk.*

— Bien sûr, pas de problème, répond Brody, comme si ça ne le dérangeait pas.

Elle ouvre un tiroir et lui tend un Sharpie noir. L'hôtesse a l'air complètement stupéfaite lorsque Brody griffonne son nom sur le plastique.

— N'hésite pas à noter ton numéro, ajoute-t-elle d'une voix rauque.

Et il le fait. J'ai l'impression d'avoir reçu une gifle lorsqu'il griffonne quelque chose sur le dos. Je détourne le regard, et je lutte contre la douleur et la panique qui me submergent. Honnêtement, je n'ai pas le droit de ressentir ça en ce qui concerne Brody. Nous ne sommes pas ensemble. Ce n'est pas mon petit ami. Nous sommes amis. En quelque sorte.

Cela ne devrait pas me surprendre. L'hôtesse est mignonne. En fait, elle est plus sexy que mignonne. Elle a des cheveux corbeau et des yeux gris. Et des formes plantureuses. C'est *exactement* le genre de fille avec lequel je l'imaginais. Avec de gros seins, des vêtements moulants et une personnalité du genre surexcité.

Comme je ne veux pas être aux premières loges du flirt éhonté de cette fille, je recule d'un pas, loin d'eux. Maintenant, j'ai l'impression que c'était une erreur de laisser Brody me convaincre de sortir ce soir. J'ai juste envie de rentrer chez moi et de plonger la tête la première dans la boîte de glace qui se trouve dans mon congélateur. Le bonheur qui m'avait envahie pendant le trajet n'est plus qu'un lointain souvenir.

Je garde les yeux rivés sur lui, m'obligeant à observer leur interaction. S'il y a bien une chose capable de tuer l'attirance naissante que je ressens pour Brody, c'est de le voir flirter avec une fille juste sous mon nez.

L'hôtesse est toute joyeuse et souriante, puis elle jette un coup d'œil plus attentif au menu. Elle fronce les sourcils, confuse, avant de lever à nouveau les yeux.

— Oh, je parlais de ton autre num…

— Oui, dit Brody d'une voix plus dure.

La légèreté qui s'était glissée dans sa voix un peu plus tôt a maintenant disparu.

— Je sais ce que tu veux dire.

Il lui adresse un sourire tout juste poli, et passe un bras autour de moi.

— Nous sommes ici pour l'anniversaire de ma petite amie.

Pour la première fois depuis notre arrivée, elle pose les yeux sur moi. Ses joues rougissent lorsqu'elle percute enfin.

— Oh, bien sûr ! Laissez-moi vous conduire à votre table, propose-t-elle en prenant deux menus dans le support. Par ici.

Brody me jette un coup d'œil alors que nous la suivons dans le restaurant. *Désolé*, mime-t-il dans son dos.

Je hausse les épaules, faisant comme si cela ne me gênait pas le moins du monde. Mais c'est le cas. Mes tripes brûlent encore. Je peux lui mentir tant que je veux, mais je ne peux pas nier ce que je ressens pour lui.

Regarder les autres filles flirter avec Brody me rend dingue.

Quand cela a-t-il changé ? Pendant trois ans, j'ai regardé les filles s'extasier devant lui et je n'ai jamais ressenti ça.

Mon esprit s'emballe alors que nous traversons la salle principale. Quand j'étais plus jeune, c'était l'endroit où nous allions manger. Les plats sont délicieux et il y a toujours beaucoup de monde. Je ne suis donc pas surprise de voir toutes les tables occupées et les serveurs se hâter avec des plateaux de nourriture et de boissons.

Je déteste l'admettre, mais ce qu'il s'est passé il y a quelques minutes a mis en évidence ma relation avec Brody. Je ne vais pas m'attarder sur les conséquences pour l'instant. Je vais profiter du dîner. Mais plus tard, quand je serai seule, j'aurai besoin de réfléchir à ce qui se passe entre nous. Il est évident que des sentiments entrent en jeu. Et ça, je ne peux pas laisser faire.

Je pense qu'il est peut-être temps de faire machine arrière. Pour me protéger avant de tomber encore plus bas. Parce que c'est ainsi que les choses se passent.

Et coucher avec lui… Même si ça semblait une bonne idée au début, maintenant, je sais que ça ne peut que mener au désastre.

— Surprise ! s'exclame un chœur de voix, me tirant de mes pensées.

Je m'arrête brusquement, mes yeux s'écarquillent et font le tour de la table de la salle semi-privée où l'on nous a conduits.

Zara se précipite vers moi pour me serrer dans ses bras.

— Joyeux anniversaire ! crie-t-elle. Es-tu totalement surprise ?

Surprise est un euphémisme.

— Choquée, dis-je, tout en balayant du regard la table remplie de mes amis.

Luke m'adresse un immense sourire et me fait un signe de la main. Megan et Anna, qui vivent dans l'appartement voisin du mien, me saluent aussi. Ma mère, celle-là même qui m'a menti en disant qu'elle devait travailler ce soir, est assise près du bout de la table. Elle sourit jusqu'aux oreilles.

La salle a été décorée de ballons roses et noirs. Il y a un beau gâteau sur une petite table à côté. Un panneau où il est écrit *Joyeux anniversaire, Natalie* a été accroché au mur du fond.

Et je suis… sans voix.

Brody, qui a toujours son bras autour de ma taille, me conduit vers le bout de la table, à côté de ma mère. Des bols en verre remplis de mes bonbons préférés sont placés stratégiquement sur la longue table rectangulaire qui a été parsemée de confettis colorés.

Dès que je m'assieds sur la chaise, ma mère se penche et me prend dans ses bras.

— Joyeux anniversaire, mon bébé ! s'exclame-t-elle en me serrant fort. Je me suis sentie si mal de te mentir ! Tu me pardonnes ?

Je secoue la tête, j'essaie encore de comprendre ce qui se passe.

— Merci, dis-je en croisant son regard. C'est toi qui as organisé ça ?

Son sourire s'intensifie.

— Non. C'est Brody !

Elle adresse un sourire rayonnant à l'homme qui a pris place à côté de moi, en face d'elle.

Brody a planifié ça ? Pourquoi se donnerait-il tant de mal ?

Je tourne les yeux vers lui, surprise.

— C'est toi qui as fait ça ?

Il hausse les épaules, comme si ce n'était pas grand-chose.

— On m'a aidé pour tout planifier. Ta mère et Zara m'ont donné beaucoup d'idées.

Refusant de laisser Brody écarter les éloges, maman l'interrompt :

— C'était entièrement l'idée de Brody. Il voulait faire quelque chose de spécial pour toi. N'est-ce pas mignon ?

Son regard s'adoucit en se fixant sur lui. Ses yeux brillent d'admiration. Les réserves qu'elle aurait pu avoir sur le fait que je sorte avec un type comme Brody ont été balayées.

— C'est vraiment réussi, tu ne trouves pas ?

Mon esprit continue à tourner à plein régime. Jamais je ne me serais attendue à ça de sa part.

— Oui, c'est parfait.

Je fixe Brody, totalement confuse. Mais c'est plus que ça. Des sentiments que je commençais à peine à reconnaître et à étouffer remontent à la surface.

Mais je n'ai pas le temps d'y réfléchir plus avant, parce que la serveuse s'arrête à la table avec une tournée de shots de tequila. Même ma mère en prend un, ce que je trouve hilarant. Elle ne boit jamais rien de plus fort qu'un verre de vin de temps en temps le soir. Et pourtant, la voilà en train de boire ça comme si elle le faisait tous les samedis soir. Les chips et la salsa affluent, et le dîner est excellent. Je commande mon plat préféré, des enchiladas au fromage nageant dans une sauce mole rouge.

Ensuite, on m'oblige à porter un énorme sombrero qui engloutit ma tête pendant que les serveurs chantent *Joyeux anniversaire*. En temps normal, je me fondrais dans mon siège face à toute cette attention, mais je suis éméchée à cause des shots. Tout le monde rit et s'amuse.

Nous dévorons le gâteau et décidons de nous rendre dans un bar pour continuer la fête. Quand ma mère a annulé nos plans pour la soirée, j'ai cru que cet anniversaire serait nul. Mais ce n'est pas du tout le cas. Je passe un excellent moment. Je suis entourée des personnes que j'aime le plus. Ma mère et tous mes amis sont là pour m'aider à fêter l'événement.

Et puis il y a Brody…

Le type que j'ai passé toutes mes années d'universitaire à éviter. Celui-là même dont je croyais qu'il ne fréquentait Whitmore que pour passer le temps jusqu'à ce qu'il intègre la NHL, se jetant sur toutes les filles en cours de route.

Mais Brody s'est avéré être un homme complètement différent de ce que j'avais imaginé.

— Bon, ma chérie, me dit ma mère, je vais y aller. Il n'est pas question que j'aille dans un bar de la fac à mon âge.

Je suis ravie qu'elle ait été présente ce soir. Ce dîner a été très important pour moi. Encore une fois, je suis abasourdie que ce soit Brody qui ait tout organisé.

— Oh, allez, madame D, dit Brody d'un ton taquin. Vous devriez vous joindre à nous. Ce sera amusant.

Pas influencée du tout, ma mère secoue la tête.

— Non. Je rentre chez moi. Mais amusez-vous bien, les enfants, d'accord ? dit-elle avant de me serrer à nouveau dans ses bras. Je t'aime, Natalie. Et je suis très fière de toi.

Elle m'embrasse sur la joue et me chuchote à l'oreille :

— Je pense que, celui-là, il faut vraiment le garder. Brody est un garçon merveilleux. Le meilleur jusqu'à présent.

— Oh, que oui, dis-je, refoulant la vague d'émotions que ses mots déclenchent en moi.

— Il t'aime beaucoup, poursuit-elle. Je le vois.

Je cligne des yeux, incapable de trouver une réponse alors qu'une boule épaisse se forme dans ma gorge.

Ce n'est que maintenant que je regrette de ne pas lui avoir dit la vérité dès le début. Elle saurait alors que Brody ne peut pas avoir de sentiments pour moi parce que notre relation n'est qu'un leurre. Elle n'est pas réelle. Il ne m'aime pas. Et je ne l'aime pas.

— Prête à partir ? demande Brody, interrompant mes pensées troublées.

Je souris et réponds *oui*, tout en repoussant les émotions étranges qui me traversent. C'est mon anniversaire et je veux m'amuser. Avec Brody. J'aime passer du temps avec lui. Notre relation est facile et réciproque. Avec lui, je n'ai jamais eu envie d'être quelqu'un d'autre que moi-même.

Nous nous rendons tous dans un bar situé à quelques rues du campus. Le *Rowdy* est un petit bar de quartier où l'on sert des pichets de bière et des shots à bas prix. De temps en temps, ils montent en gamme en invitant un groupe local. Beaucoup de joueurs de hockey de l'école traînent ici, ce qui signifie qu'il y a une tonne de groupies du palet qui tournent autour d'eux à la recherche d'un gars à qui s'accrocher. Comme j'ai tout fait pour ne pas être l'une d'entre elles, ce n'est pas un endroit que je fréquente habituellement.

Nous arrivons à la porte, et Brody tape sur le poing du videur pendant qu'ils échangent quelques mots. Le gars ne me dit pas un mot, il se contente de regarder dans ma direction.

Il n'est que 21 heures, mais le bar est déjà bondé. Brody m'attrape par la main et me remorque à travers la foule, et les gens lui donnent des tapes dans le dos et lèvent le menton en guise de salut. De nombreuses filles lui sourient et le saluent en l'appelant par son nom. Il répond par un signe de la main, mais continue à avancer.

Par le passé, lorsque je voyais Brody à une fête, il était entouré d'une ribambelle de femmes. En général, il en a une sous chacun de ses bras musclés. Et jamais les mêmes. Elles me font l'effet de portes tournantes. Même sur le campus, il est entouré.

Et pourtant, depuis que nous sommes ensemble, je ne l'ai vu avec personne d'autre. Pour une raison que j'ignore, les filles gardent leurs distances. Il ne les encourage pas et ne flirte pas avec elles. Même avec l'hôtesse de tout à l'heure.

C'était uniquement elle. *La garce.*

Chaque fois que nous sommes ensemble, ma main est fermement serrée dans la sienne. C'est presque comme s'il avait peur que je m'en aille si on m'en donnait l'occasion. Je ne vais pas mentir, à l'origine, c'était le plan. Quand il ne me tient pas la main, son bras est négligemment passé autour de mes épaules, m'ancrant à lui. Pour un homme qui n'a jamais voulu de petite amie, il prend beaucoup de plaisir à avoir quelqu'un à ses côtés.

Brody nous prend à chacun une bière, et nous rejoignons la table avec tous les gens présents au restaurant, ainsi que quelques-uns de ses coéquipiers qui passent par là. Nous prenons encore quelques photos, et lorsque la chanson préférée de Zara démarre, elle se lève d'un bond et m'entraîne sur la piste de danse. Nous nous ménageons un petit espace au milieu du chaos et nous nous laissons aller. En temps normal, je ne suis pas une buveuse. Bien sûr, il m'arrive de boire une bière ou deux, mais généralement pas plus. Ce soir, c'est une exception. Je me sens légère et heureuse. Chaque fois que le refrain retentit, Zara et moi levons les mains en l'air et crions les paroles.

La chanson se prolonge par trois ou quatre autres. J'aperçois Brody de l'autre côté de la pièce. Il est plus grand et plus massif que la plupart des gars. Sans surprise, il y a une fille à côté de lui, qui ne le quitte pas du regard. Ses lèvres bougent, elle essaie d'engager la conversation, mais les yeux de Brody sont fermement rivés sur les miens.

Un sentiment de satisfaction me submerge, parce qu'il ne lui accorde pas la moindre attention. Zara se rapproche un peu plus.

— Que se passe-t-il entre vous deux ?

Je hausse les épaules. Mes yeux restent fixés sur Brody tandis que le rythme de mon cœur s'accélère.

— Je n'en ai aucune idée.

Je ne m'attendais pas à ce que notre arrangement se mue en quelque chose d'autre. Mais je crois que c'est ce qui est en train d'arriver.

— Vous couchez ensemble ?

Surprise par la question, je tourne les yeux vers elle, et je secoue la tête.

— Non. On n'a pas couché ensemble.

Non que je n'en aie pas envie. Seulement, je ne crois pas que ce soit une bonne idée. Cela ne ferait qu'embrouiller les choses entre nous.

Elle jette à nouveau un coup d'œil vers la table.

— Je n'ai jamais vu Brody épris d'une fille, dit-elle, et ses lèvres se retroussent. Je pense que tu as un amoureux transi entre les mains.

Mon regard glisse à contrecœur vers celui de Brody. Une petite décharge de plaisir me traverse lorsque je constate qu'il m'observe encore.

Prenant un ton diabolique, Zara propose :

— Rendons les garçons fous.

J'ai beau gémir, je souris. Je sais *exactement* ce qu'elle a en tête.

Sans attendre mon accord, Zara attrape ma main et danse autour de moi jusqu'à se plaquer contre mon dos. Elle saisit mon autre main et les tient toutes les deux au-dessus de ma tête. Lentement, elle fait glisser le bout de ses doigts le long de mes bras et de ma cage thoracique jusqu'à ce qu'ils se posent sur mes hanches.

Je jette un coup d'œil par-dessus mon épaule pour vérifier si l'attention de Brody est toujours braquée sur moi. Je ris presque en voyant ses yeux s'écarquiller et sa mâchoire se relâcher. Une réaction typiquement masculine. C'est ridicule de voir comment deux filles qui dansent, en posant leurs mains l'une sur l'autre, peuvent mettre la plupart des hommes à genoux.

Fermant les yeux, je balance les hanches et laisse le rythme de la musique m'envahir. Une fois les derniers accords estompés, Zara et moi nous séparons. Au lieu de retourner à la table, nous restons là pour quelques chansons supplémentaires jusqu'à ce que nous ayons tous les deux besoin d'un rafraîchissement, et nous rejoignons les autres. Sitôt que je suis à moins d'un mètre de Brody, il tend le bras et saisit mes doigts, me ramenant vers lui jusqu'à ce que je me retrouve plaquée contre son corps solide comme un roc.

— Toi, grogne-t-il dans mon oreille, tu es vraiment dans le pétrin.

Je ris et me recule, mettant un peu de distance entre nous. Je bats des cils.

— Je ne vois pas du tout de quoi tu parles.

La fièvre dans ses yeux suffirait à me brûler vive. Un feu s'embrase dans mon ventre.

— Attends que je t'aie pour moi seul, murmure-t-il d'une voix dure. Je te rendrai la monnaie de ta pièce.

— C'est une promesse ?

Rien que de penser à ses baisers, ma culotte est inondée de chaleur.

— Oh, que oui !

CHAPITRE 26

BRODY

J'entoure Natalie de mes bras dans un geste possessif. Après son petit numéro sur la piste de danse avec Zara, il est hors de question que je la laisse se promener seule dans ce bar. J'avais peut-être les yeux rivés sur elle pendant qu'elle dansait, mais j'étais plus que conscient de tous les autres enfoirés ivres qui salivaient devant les filles.

C'est la première fois de ma vie que je ressens de la jalousie. Je jure devant Dieu que si l'un de ces abrutis avait essayé de faire un geste, j'aurais pété un plomb sur eux.

Luke doit être du même avis, car Zara est assise sur ses genoux.

Quand je les ai vues toutes les deux là-bas… Je crois que je n'avais jamais rien vu d'aussi sexy de ma vie. Et, pour être bien clair, j'ai vu ma part de choses sexy sur la route, quand je voyageais pour le hockey.

Il n'y a rien que j'aurais plus envie de faire que de l'entraîner hors d'ici. Que vais-je faire quand il sera temps de mettre fin à cette mascarade ?

La possibilité que notre relation revienne au type d'interaction que nous avions auparavant me terrifie. J'aime ce que nous sommes en ce moment, ce qui se développe lentement entre nous. J'admets tout à fait avoir profité de la situation avec Reed. J'ai vu une occasion, et je l'ai saisie. On ne peut pas me reprocher de faire ce qu'il faut pour avoir ce que je veux.

Et je voulais Natalie. Ce n'est que maintenant que je me rends compte à quel point je veux la garder. Chaque fois que je vois cette fille, je retiens mon souffle, attendant qu'elle mette fin à cette fausse relation.

Je refuse que ça arrive. Il faut que je trouve rapidement une solution, sinon elle me laissera tomber et passera à autre chose sans même battre des cils. Natalie ne ressemble à aucune des filles que j'ai rencontrées. Elle m'intrigue au plus haut point. Elle me met au défi à chaque instant.

Et elle est terriblement intelligente. Que c'est sexy ! Elle se moque de toutes ces foutaises mondaines sans intérêt. Elle ne s'emballe pas comme la plupart des filles que je connais.

Je me penche et lui murmure à l'oreille :

— Tu es prête à partir d'ici ?

Je me fiche de savoir où nous allons, ou ce que nous faisons, mais j'ai fini de partager pour la soirée. Je veux Natalie pour moi tout seul.

Elle lève le nez et nos regards se croisent. Ses yeux sont brillants. Elle a l'air heureuse et détendue. La courbe de ses lèvres… Quelque chose d'indéfinissable me traverse, me frappe en plein dans le ventre, me coupe presque le souffle.

— Oui, allons-y.

M'a-t-elle déjà regardé comme ça ?

C'est addictif. Il n'y a pas grand-chose que je ne ferais pas pour qu'elle me regarde comme ça tous les jours.

Ces pensées qui me traversent l'esprit correspondent au moment précis où je me rends compte que je suis à fond sur cette fille. Reconnaître ces sentiments devrait me terrifier. Curieusement, ce n'est pas le cas. C'est une bonne sensation. Comme si quelque chose s'était mis en place.

Nous retournons à son appartement en silence. J'ignore comment m'y prendre pour conquérir Natalie. Pour la première fois de ma vie, je n'ai pas de plan de match en tête. Je navigue à vue. Et c'est vraiment effrayant.

Je tourne dans le parking de son immeuble, gare le camion et coupe le moteur. Elle se tourne vers moi.

— Tu veux monter ?

— Oui. Mais juste quelques minutes.

Vu ce que je ressens, ce n'est sans doute pas une bonne idée que je reste. J'ai trop envie de cette fille. Je ne me rappelle pas avoir eu plus envie de quelqu'un.

Quelques minutes plus tard, nous sommes dans son appartement. Elle accroche sa veste et pose son sac à main sur une petite table près de la porte.

— Tu veux boire quelque chose ? demande-t-elle en se dirigeant vers la cuisine où elle remplit un verre d'eau.

Elle en avale la moitié.

— Non, ça va.

Je ne pense pas avoir déjà vu Natalie boire plus d'un verre. Peut-être deux. Ce soir, elle a bu deux ou trois shots, et autant de verres. Elle n'est pas saoule, mais elle est carrément éméchée. Peut-être un peu plus que cela. Où que se trouve le point d'équilibre entre les deux, c'est là que Natalie est installée.

Je suis heureux d'avoir fait en sorte qu'elle ait un bel anniversaire. Surtout quand on sait que c'est le premier depuis le divorce de ses parents.

Je m'installe sur le canapé et je la regarde retirer ses talons et passer ses doigts dans ses longs cheveux. Ils retombent en vagues sombres autour de ses épaules. Ses yeux brillent et un sourire se dessine sur ses lèvres. Elle balance les hanches en avançant vers moi. Je suis hypnotisé par cette vue.

— Je me suis beaucoup amusée, me dit-elle tandis que, posant ses mains sur mes épaules, elle s'installe à califourchon sur mes genoux. Merci pour le dîner. Pour tout. Tu n'imagines pas ce que cela représente pour moi.

Nos visages sont à quelques centimètres l'un de l'autre. J'en ai le souffle coupé, bloqué dans mes poumons. Pour la première fois de ma vie, il faut que je pense à relâcher l'air de mon corps et à en aspirer à nouveau. C'est aussi effrayant qu'exaltant.

— Je t'en prie.

Elle se penche en avant et pose ses lèvres contre les miennes. Une décharge d'électricité me traverse à ce contact. J'ai envie de l'agripper à deux mains et ne plus jamais la relâcher, mais j'ignore si elle me veut de la même façon. J'ai peur qu'elle aime ce que je lui fais *ressentir*, mais qu'elle ne m'aime pas vraiment. Tout ce que je peux espérer, c'est que ce que j'éprouve n'est pas entièrement à sens unique, qu'elle ressent également l'alchimie, les sentiments et l'amitié grandissants.

Je suis conscient que c'est la première fois que Natalie est à l'origine d'un contact physique entre nous. Je dois faire appel à toute ma volonté pour ne pas plaquer son corps contre le mien. Pour ne pas passer avidement mes mains sur chaque centimètre d'elle.

Je ne fais rien. Je veux qu'elle décide du rythme, et qu'elle le maîtrise.

Ce baiser entre nous est réfléchi et mesuré. Elle prend son temps pour mordiller ma bouche. Elle suce la lèvre supérieure, puis l'inférieure. Dépose des baisers aux commissures. Ses bras s'enroulent autour de mon cou, m'attirant plus près.

Lorsque sa langue lèche la jointure de mes lèvres, je m'ouvre à elle. Ses doigts se faufilent dans mes cheveux, tirant sur les mèches. Il doit y avoir un fil invisible qui va de mes cheveux à mon sexe. Chaque fois qu'elle les tire, mon membre tressaille en réponse.

Sa langue caresse la mienne avant de l'attirer dans sa bouche. Je brûle d'envie de la retourner et de prendre ce que je veux, au point de ne plus penser qu'à ça.

Natalie se recule et fouille mon regard, les yeux brillants.

— Je veux coucher avec toi, Brody.

Ces mots qui tombent de ses lèvres me raidissent davantage. Si j'étais dur avant, je suis comme de l'acier maintenant.

Ses mains sont toujours dans mes cheveux. Je les sens tirer sur mon cuir chevelu.

— Je ne pense pas que ce soit une bonne idée, gémis-je, incapable de croire que je suis en train de la repousser.

Elle fronce les sourcils.

— Pourquoi ?

— Parce que tu as trop bu, lui dis-je en lui caressant la joue. Je ne veux pas que tu aies des regrets demain matin.

Compte tenu de ce que je ressens, je crois que je ne pourrais pas le gérer. Elle fait la moue, et c'est la chose la plus adorable qui soit. Qu'est-ce que cette fille me fait ?

— Est-ce que tu veux au moins passer la nuit ici ?

Dormir dans un lit à ses côtés, mais résister d'une manière ou d'une autre à la tentation de son corps ? J'ignore si je suis assez fort pour ça. J'ai passé de nombreuses années à assouvir mes pulsions en me gavant de femmes et d'alcool. J'ai pris tout le plaisir que je voulais.

— S'il te plaît.

— D'accord, dis-je en dépit de mon instinct. Je vais rester.

Même si c'est une mauvaise idée, je ne peux pas lui refuser ce qu'elle veut.

— Mais nous n'allons pas coucher ensemble, répété-je d'un ton ferme.

Jamais je n'aurais imaginé qu'un jour ces mots sortiraient de ma bouche.

L'air satisfaite, elle descend de mes genoux et me tend la main. Je glisse mes doigts dans les siens et elle me tire pour m'aider à me lever, avant de m'entraîner jusqu'à sa chambre.

Un grand lit avec une couette turquoise occupe la majeure partie de la pièce. Une table de nuit à miroir se trouve à côté et une commode assortie est accolée au mur le plus éloigné. Il y a une photo encadrée de Natalie et de ses parents sur le chevet. Elle est enfant sur le cliché.

Dans cette pièce, tout est soigné, et plus féminin que je ne l'aurais imaginé. Est-il possible que sous la carapace de bonbon dur de Natalie se cache un fourrage au nougat tendre ?

C'est un concept intéressant.

Je saisis la photo dans le cadre d'argent. C'est la première fois que je vois son père. Lorsque j'ai rencontré Karen, je me suis dit que Natalie lui ressemblait beaucoup, mais maintenant, je vois qu'elle tient aussi beaucoup de son père. Ils ont tous les deux les mêmes cheveux et les mêmes yeux foncés. Elle est un mélange parfait des deux.

— Ton père a-t-il appelé pour te souhaiter un bon anniversaire ? lui demandé-je par curiosité.

Son sourire indolent disparaît et un nuage passe sur ses yeux.

— Je n'ai pas répondu à son appel, alors il m'a envoyé un texto.

— Est-ce que tu vas lui parler bientôt ? Essayer d'arranger les choses ?

Je sais qu'elle était énervée après la soirée au restaurant. Ce que je ressens pour Natalie n'est pas seulement physique. Je veux qu'elle s'ouvre et me laisse entrer.

Ce qui est une autre première pour moi. Je n'ai jamais fait l'effort de connaître une fille. Je n'étais en quête que de sexe. Les femmes étaient interchangeables. Il m'est arrivé plus d'une fois d'être plongé jusqu'à la garde dans une fille et de ne pas pouvoir me souvenir de son nom.

Je n'en suis pas fier. Mais ce qui se passe avec Natalie est différent. C'est à des années-lumière des aventures d'un soir anonymes où je ne fais que m'envoyer en l'air et me soulager.

Natalie hausse les épaules.

— Je n'en ai pas l'intention.

Elle attrape l'ourlet de son pull. D'un geste rapide, elle le fait passer par-dessus sa tête et le jette par terre, et se tient devant moi dans un soutien-gorge noir soyeux sur lequel sont imprimées des cerises blanches. Ma bouche s'assèche alors que je la contemple avec avidité.

Ce soutien-gorge… Il est parfaitement possible que ma langue soit sortie de ma bouche et que je sois en train de baver.

Me creusant la tête, j'essaie de reprendre le fil de notre conversation. Ah oui… son père.

— Peut-être que tu devrais lui donner une autre chance d'arranger les choses.

Plus je la fixe, plus j'ai du mal à me concentrer sur la discussion que je nous impose.

Ses doigts se posent sur la ceinture de son jean avant de faire glisser le disque métallique de son emplacement, et de faire descendre le tissu le long de ses hanches et de ses cuisses. Elle se penche à la taille et ses longs cheveux ondulés tombent comme un rideau autour d'elle tandis qu'elle retire son jean et ses chaussettes.

J'ai envie de passer mes doigts dans ces mèches douces et de les rassembler dans mes mains. Cela ne me demande pas beaucoup d'efforts pour me représenter Natalie à genoux, ses lèvres pulpeuses enroulées autour de mon sexe épais.

Lorsqu'elle se redresse, dévoilant une minuscule petite culotte assortie au soutien-gorge, je halète.

Bordel ! Je savais que ce n'était pas une bonne idée et j'avais raison.

Elle fait glisser les fines bretelles noires de ses épaules et demande :

— Tu veux vraiment continuer à parler de mon père ?

Hmm…

— Non, murmuré-je.

— Bien.

Elle tend la main et dégrafe le soutien-gorge. Le tissu glisse le long de ses bras et se dégage de sa poitrine avant de tomber par terre.

— Parce que c'est la dernière chose à laquelle je veux penser en ce moment. Surtout après avoir passé une soirée aussi fantastique.

Mes yeux sont rivés sur ses seins absolument parfaits. Ils sont fermes et saillants, avec de minuscules mamelons roses. Mes doigts me démangent de jouer avec.

Elle glisse les doigts sous l'élastique de sa culotte et commence à la faire glisser sur ses hanches.

— Laisse-la ! crié-je, brisant le silence.

Ses yeux s'écarquillent et ses doigts se figent.

— Quoi ?

J'ai l'impression que mon cœur va exploser dans ma poitrine.

— Garde-la, lui dis-je en serrant les dents.

Elle penche la tête, sourcils froncés, confuse.

— Tu ne veux pas que je retire ma culotte ?

Je plonge les mains dans les poches arrière de mon jean et secoue la tête.

— Non.

Bordel, non ! J'ai déjà du mal à garder mon sang-froid.

Si elle ôte le mince morceau de tissu qui protège sa douce intimité, c'en est fini de moi. À cet instant, j'ai les meilleures intentions du monde. Mais si elle la retire… tous les paris sont ouverts. Je ne pourrai pas lui résister.

Cette fille est ma kryptonite. Elle l'a toujours été. Je ne m'en étais jamais rendu compte jusqu'à présent. Natalie hausse les épaules et se tourne vers le lit. Mes yeux se posent sur ses fesses à peine couvertes. Je dois me retenir de gémir.

Je fais passer mon T-shirt par-dessus ma tête et le jette par terre avant de retirer mon jean à toute vitesse. Alors que je ne porte rien d'autre qu'un caleçon noir, les yeux de Natalie se promènent avec avidité sur toute la longueur de mon corps et je sens mon sexe durcir au point de me faire mal.

— Tu n'enlèves pas ton caleçon ? demande-t-elle.

Il va rester, quoi qu'il arrive.

— Non.

C'est bien plus sûr.

Une fois que nous nous sommes glissés entre les draps, j'attire Natalie dans mes bras. Elle pose sa tête sur ma poitrine. Ses seins sont écrasés contre moi. J'écarte les cheveux de son visage et nos jambes s'emmêlent.

Même si j'ai l'impression que le bout de mon sexe va exploser, un étrange sentiment de satisfaction m'envahit. C'est la première fois que nous sommes allongés ensemble dans un lit, mais je sais déjà que c'est une sensation dont je ne me lasserai jamais.

Natalie ferme les yeux et soupire, comme si elle était aussi heureuse que moi.

— Ce soir, ça signifiait beaucoup pour moi. Merci.

Je passe mes doigts dans ses cheveux.

— Je t'en prie.

Je n'ai jamais tenu assez à quelqu'un d'autre au point de vouloir le rendre heureux. Le regard que Natalie a posé sur moi ce soir, avec cette lumière qui brillait dans ses yeux… j'en veux encore.

Je veux qu'elle me regarde toujours comme ça.

Il ne me reste plus qu'à trouver un moyen d'y parvenir.

Cela devrait être assez facile, n'est-ce pas ?

CHAPITRE 27

NATALIE

La première chose dont je me rends compte en reprenant conscience, c'est que je ne suis pas seule. Je suis plaquée contre un corps chaud. Les yeux fermés, je fais glisser mes doigts sur une poitrine musclée et des abdominaux bien dessinés. J'ouvre un œil. Il est encore tôt. Le soleil commence tout juste à s'étirer sur l'horizon oriental.

Brody et moi sommes tellement liés que je ne sais pas où il commence et où je finis. Ma tête repose contre sa poitrine, qui se soulève et s'abaisse à un rythme apaisant. Il pourrait facilement m'endormir si je me laissais faire. Mais au lieu de ça, je lève la tête et j'aperçois sa mâchoire couverte d'une barbe naissante. Une décharge me traverse et explose au creux de mon ventre.

Un coup d'œil. Je n'ai besoin que d'un coup d'œil pour que le désir et la luxure se propagent dans mon organisme.

Il ne cesse de me surprendre. J'ai toujours pris Brody pour un coureur de jupons, et pourtant, je me suis offerte sur un plateau d'argent hier soir, et il a refusé de poser la main sur moi. Il ne m'a pas laissé retirer ma culotte. Il n'a rien fait d'autre que de me tenir dans ses bras toute la nuit.

Et je n'ai jamais aussi bien dormi. J'ai l'impression d'avoir passé ces dernières années à me protéger. À construire des murs et garder les gens à l'écart. Reed a peut-être froissé mon ego, mais il ne m'a pas brisé le cœur. Après la soirée d'hier, et le dîner d'anniversaire surprise que Brody a organisés… je crois que je suis en train de tomber amoureuse de lui. Mon cœur se serre quand cette pensée me traverse l'esprit.

Comment est-ce possible ?

Je me redresse et le regarde plus attentivement. C'est vraiment la première fois que j'ai l'occasion de le contempler tout mon soûl. S'il me surprenait à le regarder comme ça, je n'aurais pas fini d'en entendre parler. Brody a un ego démesuré. Je suis surprise qu'il puisse tenir debout avec.

Non pas que je n'avais pas conscience que Brody était beau avant, car il faudrait être aveugle pour ne pas remarquer à quel point il est canon, mais il l'est encore plus que ce que je me permettais d'admettre. Une tignasse de cheveux de couleur fauve striés d'or effleure ses larges épaules. De lourds sourcils se découpent sur un front fort. Et des cils épais se détachent sur des pommettes ciselées qui flanquent un nez long et droit et des lèvres pleines et agréables à embrasser.

Et ces fossettes…

Ne me lancez pas sur ce sujet ! Elles ne sont pas en vue pour le moment, mais chaque fois qu'il sourit, ma culotte fond.

Je commence à soupçonner que toute cette aversion que je nourrissais à son égard n'était en fait que du désir et de la convoitise déguisés en répulsion. Je m'étais convaincue que Brody n'était rien d'autre qu'un sportif imbécile qui se contentait d'aller à l'université, de s'envoyer en l'air avec la population féminine de Whitmore tout en contribuant à ramener trois championnats nationaux à la maison.

Je n'ai jamais pris la peine de gratter sous la surface. Et maintenant que je l'ai fait, je me rends compte que Brody est bien plus que ce que je m'étais permis de croire.

Plus choquant encore, j'aime l'homme que je découvre. Je cligne des yeux lorsque cette pensée résonne dans mon cerveau. Que dois-je faire ?

Ce n'est pas comme si c'était une vraie relation. Brody m'a rendu service en me protégeant de Reed et de la laideur qu'il m'a fait subir. Un jour ou l'autre, cette mascarade prendra fin et nous partirons chacun de notre côté. Notre relation redeviendra ce qu'elle était avant que cela ne commence.

Est-ce que c'est ce que je veux ? Je… je ne sais pas. Je ne suis plus sûre de rien. Mais s'il y a une chose que je sais, c'est que je le désire.

Je fixe ma main posée sur les crêtes dures de ses abdominaux. Il m'a touchée. Plusieurs fois, en fait… *Bonjour la bibliothèque.* Mais je n'ai pas osé faire de même. Je me suis retenue. Mais c'est fini.

N'est-il pas temps que j'explore son corps aussi minutieusement qu'il a exploré le mien ?

Mon ventre tremble d'impatience.

Je glisse ma main plus bas, sous l'élastique de son boxer. Mon cœur s'emballe lorsque je passe mes doigts sur son sexe brûlant. Il est déjà dur. Apparemment, la rumeur est vraie : cet homme est vraiment bien doté. Saisissant son membre épais, je fais lentement glisser ma paume sur sa chair.

Brody se cambre contre moi. Un gémissement s'échappe de ses lèvres et ses yeux s'ouvrent brusquement, plongeant dans les miens.

CHAPITRE 28

BRODY

*J*e fais le rêve le plus torride de tous les temps. C'est l'étoffe dont sont faits les rêves humides. Natalie empoigne mon membre, me caressant lentement. Mes bourses se contractent en réaction.

Seulement… ce n'est pas un rêve. Elle est vraiment en train de me caresser.

J'ouvre les yeux et cille furieusement, essayant de me concentrer. La première chose que je vois, c'est Natalie penchée sur moi. Les couvertures sont écartées, et sa main est dans mon caleçon.

— Bonjour, me dit-elle, les lèvres ourlées d'un sourire innocent. Bien dormi ?

Son ton est tellement nonchalant… Comme si nous étions en train de tailler une bavette et que sa main n'était pas enroulée autour de mon sexe pour la première fois, me rendant incroyablement dur.

Je cligne des yeux plusieurs fois, me demandant si je ne suis pas encore en train de rêver. Si c'est le cas, c'est le meilleur rêve que j'ai fait depuis longtemps. Incapable de résister, je caresse son sein chaud. Son mamelon se dresse dans ma main… Qu'est-ce que j'aime ses mamelons !

Non, ce n'est clairement pas un rêve.

Elle se penche et colle sa bouche contre la mienne. Je pince sa lèvre inférieure avec mes dents et je tire. Si elle continue à me toucher comme ça, je vais exploser. Ça ne m'est pas arrivé depuis le lycée. En seconde, pour être exact. Avant que je ne m'envoie en l'air régulièrement. Je ne parle même pas de l'humiliation que cela a représenté.

De ma main libre, je couvre la sienne, arrêtant ses mouvements.

Elle fronce les sourcils.

— Tu n'aimes pas ça ?

— J'aime trop ça, grogné-je.

Son front se détend tandis qu'elle penche la tête sur le côté.

— Et pourquoi cela pose-t-il un problème ?

— Parce que je n'ai pas quatorze ans et que je ne veux pas jouir dans tes draps.

Qu'est-ce que cette fille essaie de faire ? Me tuer ?

Ses lèvres se soulèvent en un sourire sournois tandis qu'elle retire sa main. Avec soulagement, j'expire une grande bouffée d'air. Même si j'aime qu'elle me touche et ne vous y trompez pas, j'adore ça, je ne plaisantais pas. Elle va me faire jouir dans tous les sens et ça, je n'en ai pas besoin.

Avant que je ne réalise ce qu'il se passe, elle se débarrasse de sa culotte et se glisse sur moi.

Mon regard se pose sur son sexe nu, niché contre mon érection. Même à travers le tissu fin de mon caleçon, sa chaleur irradie contre moi. J'essaie de rester immobile, mais c'est impossible. Au bout de quelques instants, mes hanches se mettent à bouger et je me frotte à sa douceur. Je suis subjugué par la façon dont son sexe glisse sur le coton noir. Après quelques nouvelles rotations, ses lèvres intimes scintillent d'excitation, imprégnant mon caleçon.

Je n'ai qu'une envie, c'est m'enfoncer profondément dans sa chaleur soyeuse et m'y enfouir jusqu'à la garde.

Mes mains agrippent ses hanches pour la bloquer. J'arrête mes mouvements et je la regarde, assise à califourchon sur moi, nue telle une déesse. Ses lèvres sont entrouvertes, ses pupilles sont dilatées et ses cheveux noirs s'enroulent en vagues autour de ses épaules. Ses seins sont des globes doux et fermes surmontés de mamelons sombres que j'ai envie d'aspirer dans ma bouche. Elle a un buste étroit, un ventre plat et des lèvres intimes somptueuses et pulpeuses dans lesquelles je donnerais un rein pour m'enfoncer.

Elle me rend fou.

— Qu'est-ce que tu fais ? grondé-je d'une voix rauque.

Des semaines de désir refoulé se déversent sur mon corps excité. J'ai du mal à contenir ma lubricité. Elle me pousse au-delà de mes limites. À tout moment, je vais craquer et je perdrai tout contrôle.

Ses lèvres se courbent en un léger rictus. Cette fille est incroyable. Et son rictus...

— Avec toute ton expérience, dit-elle, j'aurais cru que c'était évident.

Le gémissement qui s'échappe de mes lèvres se mue en un rire profond. Je ne peux plus supporter cette douce torture.

Mais quand même...

J'essaie d'y aller doucement. J'essaie de faire ce qu'il faut en ce qui la concerne. Nous n'avons pas besoin de nous précipiter. Pour une fois dans ma vie, il n'est pas question de courir jusqu'à la ligne d'arrivée avant de passer à la conquête suivante. Ce qu'il se passe ici signifie quelque chose. Natalie signifie quelque chose. Je veux qu'elle s'en rende compte.

— J'essaie d'être un bon gars, et tu rends cela impossible. Je ne veux pas que tu regrettes ce que nous ferons ensemble.

Elle se penche et embrasse mes lèvres.

— Je ne le regretterai pas, murmure-t-elle. Je te le promets.

Je serre les dents et fléchis les hanches, glissant contre elle. Je suis à deux doigts d'atteindre le point de non-retour. Si Natalie changeait d'avis et décidait de tout arrêter maintenant, je sortirais du lit, j'enfilerais mes vêtements et je me précipiterais chez moi pour prendre une douche glacée de trente minutes. Parce que c'est exactement le temps qu'il faudrait pour faire dégonfler cette érection.

Mais ce n'est pas ce qu'elle dit. En fait, elle continue à me donner le feu vert. C'est moi qui freine. Ce qui n'est pas habituel chez moi.

Hier soir, elle avait trop bu. Il était hors de question que je profite de la situation, même si elle était plus que tentante lorsqu'elle se tenait là dans toute sa foutue splendeur.

Mais ce matin, c'est différent.

C'est elle qui est à l'origine de cette relation sexuelle.

— Brody ? soupire-t-elle, la voix empreinte de désir. S'il te plaît.

Aurais-je cru un jour entendre Natalie Davies implorer mes faveurs en dehors de mes fantasmes ?

Non. Certainement pas dans cette vie.

Je cède.

— D'accord.

Je soulève les hanches et repousse à la hâte mon caleçon le long de mes jambes jusqu'à ce que je puisse l'envoyer valser d'un coup de pied. Je gémis lorsqu'elle plaque sa chaleur moite contre moi. Mes yeux sont rivés sur l'endroit où nos corps sont reliés. Enfonçant mes doigts dans sa chair, je déplace le bas de son corps pour la faire glisser contre mon érection. Son sexe est un véritable nirvana.

— C'est tellement bon !

Je ne suis même pas encore en elle, et je suis sur le point de perdre la tête. Ce qui est ridicule. Je devrais être gêné, mais je ne le suis pas.

J'ai passé les derniers mois à ne rien ressentir en matière de sexe. C'était à prendre ou à laisser. J'ai regardé des femmes nues sans ressentir la moindre excitation. Mes colocataires se tapent autant de filles qu'ils le peuvent. Il fut un temps où j'étais dans la même situation. Je n'étais jamais rassasié.

Mais quelque part en cours de route, ça a changé. Et le sexe est devenu banal. Ça, ça n'a rien à voir. Comment vais-je pouvoir me passer de cette fille ?

Natalie rejette la tête en arrière et un faible gémissement s'échappe de ses lèvres alors que je fléchis à nouveau les hanches. Lenteur et contrôle sont les maîtres mots. Je veux qu'elle soit autant en manque et excitée que moi. Est-ce que c'est même envisageable ? J'en doute.

— Brody, gémit-elle. Je te veux en moi.

Même si mon cerveau est embrouillé par le plaisir, je sais que nous ne pouvons rien faire de plus sans protection. Je ne mettrais aucun d'entre nous dans cette situation.

— Est-ce que tu as un préservatif ?

Il y en a un dans mon portefeuille. Je pourrais le prendre si nécessaire, mais l'idée de déplacer son petit corps délectable est désagréable. Avec une impressionnante flexibilité, compétence que je vais sans doute explorer dans un avenir proche, Natalie se penche en avant et ouvre un tiroir de sa table de chevet.

Elle sort un emballage en aluminium et le déchire. Avec ses dents. Merde... c'est torride !

Je me demande s'il y a quelque chose qu'elle pourrait faire que je ne trouverais pas excitant.

Je déglutis lorsqu'elle jette l'emballage sur la table.

— Tu veux que je le fasse ?

Une lueur s'allume dans ses yeux.

— Non.

S'asseyant, elle fait lentement rouler le latex sur le bout de mon membre. Soyons honnêtes, les préservatifs ne sont pas sexy. Mais regarder Natalie en dérouler un sur moi, c'est plus que torride. Je plante mes yeux dans les siens. Elle affiche un air de grande concentration. Ses dents mordillent sa lèvre inférieure comme si elle cherchait à bien faire les choses. Lorsqu'elle se met à genoux, je gémis de perdre ma chaleur pendant qu'elle fait glisser le latex sur moi.

D'une main, elle saisit la base de mon membre et l'aligne contre son intimité. Mes yeux sont concentrés sur le spectacle érotique. Toujours au-dessus de moi, elle caresse ses lèvres intimes avec le bout de mon sexe.

Incapable de supporter un instant de plus cette exquise torture, je cambre le bassin, submergé du désir de m'enfouir profondément en elle.

Je lève les yeux. Ses dents mordent encore sa lèvre inférieure et ses paupières sont fermées. Elle a les joues rosies. Assise à califourchon sur moi, Natalie me coupe le souffle.

Lorsqu'elle glisse ses lèvres intimes autour de mon érection, je suis sur le point d'exploser. Il faut que je serre les dents pour lutter contre la douleur qui irradie de mon bas-ventre. Elle gémit et s'assied complètement.

Fermant les yeux, je m'immerge dans son corps. Elle est si chaude et étroite que j'ai l'impression qu'elle étrangle mon membre. Merde… je crois que je n'ai jamais rien ressenti de tel auparavant. J'ai l'impression d'être au paradis.

Mes doigts s'enfoncent dans ses hanches tandis que je la fais glisser le long de mon sexe.

— Merde ! Tu es merveilleuse.

Natalie soupire en guise d'acquiescement.

— Je ne vais pas tenir longtemps, grogné-je pour l'avertir.

— Moi non plus.

Je remonte le bassin et elle trouve son rythme, et nous bougeons à l'unisson. Tout dans ce moment me semble juste. Je voudrais que cela dure toujours, mais j'aurai de la chance si je peux tenir soixante secondes de plus.

Elle se cambre contre moi, sa tête bascule en arrière. Lorsque ses muscles internes se contractent, je perds pied et nous jouissons tous les deux en même temps.

Elle crie mon nom et je scande le sien fébrilement tandis qu'un orgasme traverse mon corps. Je le ressens de la tête à la pointe des pieds.

Lorsque le dernier petit spasme se dissipe, elle s'effondre mollement contre ma poitrine. Sa respiration rauque est semblable à la mienne. Je l'entoure de mes bras et la maintiens contre moi pour qu'elle ne puisse pas s'échapper. Ensuite, je ferme les yeux et je savoure. Même si je me suis ramolli, je suis toujours profondément enfoui dans son corps.

Dans un étrange moment de lucidité, je me rends compte que c'est exactement là qu'est ma place.

Là.

Avec Natalie.

Et que je sois damné si je la laisse m'échapper.

CHAPITRE 29

BRODY

J'e percute un attaquant, lui vole le palet et fonce vers le filet. Mes patins s'enfoncent dans la glace quand je franchis la ligne bleue, le déplaçant sans heurt avec la lame de ma crosse. Les deux défenseurs contre lesquels je dirige mon jeu me foncent dessus, tentant de me barrer la route. J'abaisse mon épaule, frappant l'un des deux et faisant tomber l'autre. Une fois devant le filet, je me redresse et je tire, en visant le coin supérieur gauche. Jack, notre gardien de but, glisse et attrape le disque en caoutchouc dans son gant avant de tomber à genoux.

Je fais demi-tour quand il remarque avec un sourire en coin :

— Juste pour info, ma grand-mère envoie des coups plus durs que ça, dit-il avant de marquer une pause. Et elle est morte.

Je souris et je retourne de mon côté de la glace.

Je n'ai peut-être pas réussi mon tir, mais j'ai l'impression d'être au sommet du monde.

Je mentirais si je disais que je n'ai pas eu une vie agréable jusqu'à présent. Parce que c'est le cas. Bien sûr, j'ai eu des moments difficiles. À qui ce n'est pas arrivé ? Perdre ma mère a bouleversé mon univers. Rien n'a plus été pareil après ça. Et la plupart du temps, l'école, ça craignait vraiment. Même après avoir appris que j'étais dyslexique, les choses n'ont pas été plus faciles. J'ai travaillé avec des tuteurs et des enseignants spécialisés, mais pour l'essentiel, j'ai dû me débrouiller seul. Il n'y avait pas de pilule magique pour y remédier.

Le hockey a toujours été là pour contrebalancer les mauvaises périodes. Lorsque ma mère est morte, j'ai passé des heures sur la glace ou dans l'allée à frapper des palets au filet. Quand j'avais des soucis à l'école, je pouvais les oublier à l'entraînement. Je me défoulais de mon agressivité sur les équipes contre lesquelles nous jouions. Je travaillais jusqu'à m'effondrer dans mon lit chaque jour, trop épuisé pour songer aux problèmes qui menaçaient de m'engloutir.

Et les filles… Je n'étais jamais à court. En fait, elles venaient bien trop facilement. Il n'y avait pas de contestation. Si je voulais me taper une fille, tout ce que j'avais à faire, c'était d'agiter un doigt. Je n'avais que l'embarras du choix.

Le plus beau jour de ma vie a été celui où j'ai signé un contrat avec les Milwaukee Mavericks. Je ne pense pas que mon père ait jamais été aussi fier de moi. La seule ombre au tableau, c'était que ma mère n'avait pas vécu assez longtemps pour me voir arriver chez les pros.

Les deux années que j'ai passé à jouer en juniors ont été fantastiques. Je me suis donné à fond sur la glace et j'ai joué plus dur en dehors. Comme je n'avais pas à me soucier de l'école, je pouvais consacrer toute mon énergie à élever mon niveau de jeu.

Jouer à Whitmore pour le coach Lang a été la cerise sur le gâteau. J'ai noué des amitiés qui dureront toute ma vie. Mes coéquipiers sont comme une famille. Peu importe ce qui arrivera, ils seront toujours mes frères. Au printemps, j'aurai tenu la promesse faite à ma mère, et j'obtiendrai mon diplôme avant de rejoindre la NHL.

Donc, oui, j'ai eu une chouette vie. D'accord… mieux que chouette. Elle a été vraiment géniale. Je vis un rêve. Et ce n'est que le début.

Ceci étant dit, qui aurait pu deviner qu'il manquait quelque chose ?

Certainement pas moi. Mais c'était le cas.

Avant l'arrivée de Natalie dans ma vie, jamais je ne m'en serais rendu compte non plus. J'ignore comment elle fait, mais elle rend tout meilleur. C'est la première fille qui ait jamais compté pour moi.

L'idée de pouvoir la perdre, de perdre ce sentiment, me terrorise. À présent, le défi consiste à convaincre Natalie que ce que nous avons est réel. Que je suis digne qu'elle tente sa chance avec moi. J'ai un peu de temps pour trouver comment faire. Mais pas beaucoup. Je me sens possessif. Il faut que j'enferme cette fille. Je veux avoir la certitude que Natalie est à moi. Je pourrai alors me détendre et profiter de la saison qui débutera dans quelques semaines.

Quelqu'un me heurte l'épaule, me faisant perdre l'équilibre et me tirant de mes pensées. Je ne tombe pas, mais il s'en faut de peu.

Première règle du hockey : ne pas patiner tête baissée, sinon, on se retrouve à terre en moins de deux. Et si je ne pesais pas cent kilos, c'est exactement là que j'aurais fini.

— Regarde où tu vas, McKinnon.

Je me réveille, plissant les yeux vers ce foutu Reed Collins, qui s'est arrêté à quelques mètres de moi.

Ma mâchoire se crispe. C'est une réaction naturelle. Je ne supporte pas ce type.

Il me casse les pieds depuis le premier jour, et ça ne s'est jamais arrangé. Au début, je pensais que ça finirait par s'arranger et qu'il faudrait du temps pour qu'on trouve un terrain d'entente. Mais ça fait trois ans, et ce n'est toujours pas le cas. Je suis sûr que le fait que le coach m'ait nommé capitaine l'année dernière n'a fait que renforcer son animosité à mon égard.

Eh bien, tant pis pour lui. Il n'a qu'à trouver un moyen de se comporter en homme et d'encaisser.

Je me redresse et lève le menton. Si Reed a l'idiotie de croire qu'il peut m'intimider, il se plante.

— C'est quoi, ton problème ?

Il affiche une grimace mauvaise et se rapproche, envahissant mon espace.

— C'est toi qui n'as pas fait attention, pas moi.

Je frappe son torse avec mes gants pour le faire reculer. Je n'ai pas peur de me battre. Mais je dois dire que de toutes les équipes dans lesquelles j'ai joué, Reed est le premier coéquipier avec lequel j'ai eu un conflit ouvert. Ce n'est pas la première fois que nous nous retrouvons dans cette situation, et ce ne sera pas la dernière.

Comme je ne dis rien, il continue à parler. Je le jure, c'est la seule chose pour laquelle il est doué.

— T'es obnubilé par une certaine gonzesse.

Je secoue la tête. Ce type n'est qu'une ordure.

— Si tu le dis, Collins.

Ce n'est ni le moment ni le lieu pour commencer à me battre avec lui. Si Reed veut qu'on ait une conversation, je serai plus qu'heureux de le faire en dehors de la glace. Là où le coach ne pourra pas me voir lui botter méchamment les fesses. Parce que c'est exactement ce qu'il va arriver s'il continue à l'ouvrir à tort et à travers.

Lorsque j'essaie de le contourner, il glisse et me bloque le passage.

— Tu ne peux pas penser à Natalie ! Cette fille est comme une étoile de mer au pieu. Je me suis ennuyé à mourir.

Je serre la mâchoire si fort que j'ai l'impression qu'elle va se briser. Je recourbe mes doigts dans mes gants, tentant d'apaiser la rage qui enfle en moi. Je suis à deux doigts de lui balancer un coup de poing. Et à en juger par son expression, il le sait. Cette petite ordure essaie simplement de m'énerver. Je le vois dans ses yeux.

— Ferme ta foutue bouche, Collins, grogné-je. Tu ne sais pas de quoi tu parles.

Son rictus se mue en un sourire, alors qu'il raille :

— Souviens-toi que cette fille m'appartenait d'abord. Rends-nous service à tous et apprends-lui quoi faire avec sa jolie petite bouche. Je veux bien m'accommoder d'un mauvais coup si une fille est capable de faire une bonne pipe. Peut-être que quand tu en auras fini avec elle, je tenterai à nouveau. Elle ne peut pas être pire qu'avant.

Il hausse les épaules comme si nous étions juste en train de discuter. Comme s'il s'agissait d'une conversation normale.

— Tu sais comment sont les vierges. Ça prend du temps pour entrer. Je n'ai pas eu la patience.

Et d'un coup, ma colère s'embrase comme un foutu baril de poudre. Toute pensée rationnelle disparaît. Je ne réfléchis pas à ce que je fais. Ni aux conséquences de mes actes. Je jette mes gants sur la glace et m'élance. Je lui assène deux solides coups de poing au visage.

Je vais porter le troisième lorsque quelqu'un s'interpose et m'éloigne de lui.

Reed se touche le nez et regarde le sang qui couvre ses doigts. Je fulmine, luttant contre l'emprise qu'ils m'ont imposée. Je n'ai qu'une envie, le frapper à nouveau.

— Calme-toi, McKinnon, grogne Luke dans mon oreille.

— Qu'est-ce qui ne va pas chez toi ? demande Sawyer de l'autre côté.

L'entraîneur siffle : un coup, court et vif. Tout le monde se fige. Mes oreilles sont remplies du bruit de ma respiration laborieuse.

— Merde, marmonne Luke. T'as vraiment mis les pieds dans le plat cette fois-ci. J'espère que ça en valait la peine.

Je jette un regard à Reed, remarquant les traces de sang sous son nez et sur son maillot d'entraînement.

— Ça en valait la peine.

— Ramène tes fesses ici, McKinnon ! hurle le coach, dont la voix résonne sur les murs de l'arena.

— Qu'est-ce que Collins t'a dit ? demande Luke.

Il me connaît suffisamment pour savoir que si je m'en suis pris à Reed, ce n'est pas sans raison.

Je secoue la tête. Je ne veux même pas répéter. *Merde !* J'aurais dû partir en patinant au lieu de rester là et d'écouter les conneries qui sortaient de l'égout qui lui tient lieu de bouche. J'ai fait une erreur tactique, et maintenant je vais payer le prix fort.

Je me dégage de l'emprise de Luke et Sawyer et ramasse mes gants avant de patiner jusqu'aux bancs où les coachs sont regroupés. Je jette un coup d'œil à l'entraîneur de la ligne défensive et je vois la déception dans ses yeux.

— Sors de ma glace, McKinnon. Tu en as fini pour aujourd'hui, aboie le coach.

La tête baissée, je ne dis pas un mot. Je me contente de m'en aller.

CHAPITRE 30

NATALIE

On frappe à la porte de l'appartement. Me levant du canapé où j'étudiais, je me précipite et l'ouvre. Je suis surprise de trouver Brody de l'autre côté. En général, il envoie un message avant de se présenter.

Une décharge me traverse lorsque je le dévore des yeux. Je ne peux pas m'en empêcher. Tout est différent entre nous maintenant que nous avons couché ensemble.

Il a l'air tout simplement délicieux. Je peux dire honnêtement que je n'ai jamais pensé qu'un jour je me mettrais à désirer Brody. Et me voilà en train de le faire.

Ses cheveux sont mouillés et brillants comme s'il sortait directement de l'entraînement. Mes doigts me démangent de plonger dans ses longues mèches. Mes yeux se posent sur sa bouche. Oh... ces lèvres... Je n'ai jamais rencontré un homme qui sache utiliser ses lèvres comme il le fait. Elles appellent au péché.

Ce n'est qu'à ce moment-là que je remarque à quel point sa mâchoire est contractée. Comme s'il était énervé par quelque chose. La plupart du temps, Brody rit et plaisante. Ses lèvres affichent un sourire perpétuel. Parfois, c'est plutôt un rictus, Et ça me mettait sur les nerfs. Aujourd'hui, ça me donne des frissons dans le ventre.

Cette fois, pas de sourire en vue.

Il y a de la malice au fond de ses yeux couleur whisky normalement. À moins qu'ils ne soient emplis d'une chaleur brûlante. Mais je ne vois aucune de ces émotions. Là, je lis une colère à peine contenue dans son regard.

Un sentiment de malaise me tenaille le ventre.

— Qu'est-ce qui ne va pas ?

J'ouvre grand la porte pour le laisser passer. Zara n'est pas à la maison, nous avons donc l'endroit pour nous seuls.

Je sens son corps vibrer d'une nervosité refoulée alors qu'il passe devant moi pour aller dans le salon. Je ferme la porte et le suis en silence. Il reste un instant devant la fenêtre qui donne sur la rue avant de se passer la main sur le visage.

— Je suis désolé de débarquer comme ça.

Ses épaules sont voûtées. Il a un air fermé. Qui me dit que je dois garder mes distances.

— C'est bon.

Sans trop savoir quoi faire, je reste figée sur place. Quelque chose se prépare, mais je ne sais pas exactement quoi. Inconsciemment, je retiens ma respiration et j'attends.

— J'ai été renvoyé de l'entraînement aujourd'hui, murmure-t-il.

— Quoi ?

Je m'attendais à entendre beaucoup de choses, mais pas celle-là. Je suis choquée, mes yeux s'écarquillent. Le hockey représente tout pour Brody. Je n'ose imaginer ce qu'il a pu se passer pour qu'il atteigne le point de rupture.

Ses yeux se fixent sur les miens avant qu'il ne détourne le regard.

En expirant, il dit :

— J'ai donné un coup de poing.

La confusion règne dans ma tête.

— Pourquoi tu as fait ça ?

Ce genre de comportement ne ressemble pas au Brody que j'ai appris à connaître au cours du dernier mois. L'opinion que j'avais de lui a changé du tout au tout.

Son regard se voile.

— Ce n'est pas important.

Ah. Il n'y a qu'une seule personne qui puisse causer ce genre de ravages.

Les lèvres pincées, je pose la question :

— Est-ce que Reed a quelque chose à voir avec ça ?

Le haussement d'épaules de Brody est une réponse suffisante.

Pourquoi Reed tient-il tant à me causer des problèmes ?

J'ai besoin de comprendre ce qu'il s'est passé et j'essaie d'obtenir des réponses.

— Qu'a-t-il dit ?

Brody affiche une expression têtue. Il réduit la distance qui nous sépare en quatre grandes enjambées, et plonge une main dans mes cheveux. Son pouce passe doucement sur ma joue. Je suis tentée de fermer les yeux et de me laisser aller contre sa main, mais je m'abstiens.

— Rien qui vaille la peine d'être répété, dit-il d'un ton mordant.

Mes épaules s'affaissent. Ce qu'il s'est passé entre eux est de ma faute. Et je déteste ça.

— Je suis désolée.

Il s'adoucit. Je n'avais pas remarqué à quel point il se tenait raide jusqu'à ce que tout son corps se relâche. Sa main toujours dans mes cheveux, il m'attire contre lui. Une fois que ses bras m'entourent dans un geste protecteur, il dépose un baiser sur le sommet de mon crâne.

— Tu n'as aucune raison d'être désolée, murmure-t-il. Ce type est un abruti.

Je pose ma tête contre sa poitrine et je ferme les yeux.

— Je ne veux pas causer de problèmes entre vous deux.

Il éclate d'un rire teinté d'exaspération.

— Collins et moi avons toujours eu des problèmes. Ça a démarré bien avant que tu n'entres en scène.

— Tu as de gros problèmes avec ton entraîneur ?

Cette idée me rend malade.

— Il m'a engueulé, mais ça va. Je ne veux pas que tu t'inquiètes. Ça n'en vaut pas la peine.

Il dessine de petits cercles dans mon dos comme si c'était moi qui avais besoin d'être consolée, ce qui est ridicule. Ses bras se resserrent autour de moi et je me réfugie dans leur force réconfortante.

— Rends-moi service et reste loin de Reed, d'accord ? me demande Brody.

Je penche la tête jusqu'à ce que je croise son regard où se lit son inquiétude.

— Je ne veux rien avoir à faire avec lui.

— Bien, répond-il, se détendant à nouveau. Continue comme ça.

Il nous emmène vers le canapé. Il s'assied au milieu et je me pose sur ses genoux. Mes bras sont toujours enroulés autour de lui. J'ai juste envie de serrer Brody contre moi. Je veux être le baume qui apaise son âme.

Il inspire brusquement puis expire tranquillement.

— Il faut qu'on parle.

Et c'est là que mon monde va basculer.

Il va mettre un terme à tout ça. Je le sens. Et après ce qui s'est passé à l'entraînement aujourd'hui, je ne peux pas lui reprocher de vouloir mettre un peu de distance entre nous. Cette mascarade a assez duré. La dernière chose dont Brody a besoin avant le début de la saison, c'est d'être sur la liste noire de son coach ou d'avoir des différends avec un autre joueur.

Si je n'avais pas fait l'autruche, je m'y serais attendue plus tôt.

J'acquiesce et me prépare à l'inévitable.

Attendez une minute...

Qu'est-ce que j'attends ?

C'est à cet instant que je décide de débrancher la prise moi-même.

CHAPITRE 31

BRODY

— *J*e comprends, dit-elle brusquement.

— Tu comprends quoi ?

Qu'est-ce qu'il y a à comprendre ? Nous n'avons pas encore entamé cette conversation.

Je fronce les sourcils et fixe Natalie du regard. Mes yeux se posent sur ses lèvres.

Je suis tenté de passer mes doigts autour de son cou et d'approcher sa bouche de la mienne. Dès qu'elle a ouvert la porte, j'ai eu envie de la prendre dans mes bras et l'embrasser. J'ai fait preuve d'une grande retenue en n'obéissant pas à mon instinct.

Malheureusement, cette conversation doit avoir lieu. Et ça doit se faire maintenant. Surtout après ce que cet enfoiré a dit sur la glace. Chaque fois que j'y repense, mon sang bout. J'ai besoin de savoir où Natalie et moi en sommes. Je ne veux plus ignorer mes sentiments.

Elle détache son regard du mien et dit avec raideur :

— Il faut que ça s'arrête.

Même si je suis assis sur le canapé et qu'elle est sur mes genoux, je recule. De quoi parle-t-elle ? Ce n'est pas ainsi que j'imaginais le déroulement de cette conversation.

Pas du tout.

Je hausse tellement les sourcils qu'ils manquent de se heurter au plafond.

— Tu veux arrêter ? lui demandé-je, mais sans lui laisser le temps de répondre. Ce truc entre nous ?

Eh bien, *merde*. Ce n'est pas bon.

Ses dents blanches et pointues s'enfoncent dans sa lèvre inférieure et elle acquiesce d'un signe de tête.

— Il est sans doute temps, tu ne crois pas ?

Elle évite le contact visuel, elle regarde partout, sauf vers moi. J'ignore totalement ce qu'il se passe dans sa tête.

Las, je pose mes doigts sous son menton. Je fais tourner son visage jusqu'à ce qu'elle n'ait d'autre choix que de croiser à nouveau mon regard.

— Qu'est-ce que tu racontes, Davies ?

Je n'avais pas l'intention de parler sèchement, mais c'est ce que j'ai fait.

— Quand nous nous sommes mis ensemble, nous avions convenu que cette relation durerait seulement quelques semaines. Qu'une fois que toute cette histoire avec Reed se serait tassée, nous nous séparerions.

Elle me regarde, comme si elle voulait que je confirme.

— Je sais ce que nous avons dit, murmuré-je, agacé par la tournure des événements.

Je me suis lancé dans cet arrangement en sachant pertinemment que j'aurais du mal à la convaincre d'avoir une relation avec moi, mais tout de même… je ne m'attendais pas à ce que Natalie me laisse tomber comme on abandonne une mauvaise habitude. Je gardais l'espoir que les choses avaient changé entre nous.

J'ai peut-être eu tort de penser qu'elle ressentait la même chose que moi.

Elle hausse les épaules.

— Eh bien, ça fait un mois. On devrait sans doute passer à autre chose, dit-elle, avec une drôle de lueur dans les yeux. N'est-ce pas ?

Là, ça commence à m'énerver. Non, c'est faux. Je suis déjà en colère.

— C'est ce que tu veux ?

Elle garde le silence et hausse les épaules.

J'enroule ma main autour de sa nuque et je rapproche son visage du mien jusqu'à ce que nos fronts se touchent.

— C'est ce que tu veux, Natalie ? répété-je.

Esquivant la question, elle la retourne contre moi.

— N'est-ce pas ce que toi, tu veux ?

J'inspire profondément. L'un d'entre nous doit faire le premier pas, et j'ai comme l'impression que ce sera moi.

— Non, pas du tout.

— Non ? répète-t-elle, l'air choquée.

Je secoue la tête.

— Je sais que tout ça a commencé comme une fausse relation, mais ce n'est plus ça. En tout cas, pas pour moi. Mes sentiments pour toi sont réels. Et je ne veux pas jeter ça aux oubliettes.

— Vraiment ?

— Vraiment, confirmé-je.

Quitte à me planter, autant que ce soit en beauté.

Ses lèvres se courbent doucement.

— Je n'en ai pas envie non plus.

— Merde… merci ! dis-je, submergé d'une vague de soulagement.

Ses épaules tremblent un instant avant qu'elle ne reprenne son sérieux.

— Es-tu sûr que c'est ce que tu veux, Brody ?

— Je n'ai jamais été aussi certain de quoi que ce soit dans ma vie, dis-je en toute honnêteté. Je t'aime beaucoup. Je veux avoir la chance d'explorer ce truc entre nous.

Elle affiche un sourire rayonnant, juste avant de se pencher et de frôler mes lèvres des siennes.

— C'est ce que je veux aussi.

Je resserre mes bras autour d'elle, l'attirant tout contre moi.

Je ne laisserai jamais cette fille partir.

CHAPITRE 32

NATALIE

— Es-tu sûr que c'est une bonne idée ? lui demandé-je, nerveuse.

Je passe une main sur ma jupe pour la centième fois depuis que Brody est venu me chercher ce matin. Nous nous rendons chez son père pour le brunch du dimanche. C'est la première fois que je rencontre sa famille.

D'un moment à l'autre, je vais vomir. Je ne suis pas prête pour ça.

Brody me serre la main et me jette un œil depuis le siège conducteur, affichant un sourire rassurant. Il me frappe en plein cœur à chaque fois. Avant, je grinçais des dents quand je le voyais. Aujourd'hui, mon ventre se serre, et le désir jaillit en moi.

C'est étonnant de voir à quel point les choses peuvent changer en l'espace d'un petit mois.

— Je te l'ai dit, tout va bien se passer, dit-il pour essayer de me réconforter.

Ce que j'apprécie bien sûr, mais qui ne sert pas à grand-chose. J'ai beaucoup entendu parler du père de Brody. Il m'a l'air… *autoritaire*. Brody m'a expliqué au début qu'il n'était pas heureux que nous soyons ensemble et, à ce moment-là, nous ne l'étions même pas vraiment. Je ne vois pas comment les choses auraient pu changer à cet égard.

Si j'avais l'occasion de ne pas participer à ce brunch, je le ferais sans hésiter. J'ignore à quoi je pensais quand j'ai donné mon accord. Oh, c'est vrai. J'étais aux anges que Brody veuille me présenter sa famille. Qu'il soit sérieux à notre sujet. Comment aurais-je pu refuser ?

Mais tout de même…

J'exprime ma peur la plus profonde.

— Ton père ne veut pas que tu sortes avec quelqu'un. Il veut que tu te concentres sur l'école et le hockey.

Pas nécessairement dans cet ordre.

Une ombre traverse le beau visage de Brody.

— Je ne suis pas inquiet, répond-il.

Il hausse les épaules, et l'ombre qui obscurcissait ses traits disparaît, si bien que je me demande si elle était là au départ.

— Il s'en remettra.

Je ne dis pas un mot de plus ; je mordille ma lèvre inférieure et regarde le paysage par la vitre du camion. Nous sommes à une vingtaine de minutes de l'école quand nous tournons dans un quartier résidentiel huppé et nous arrêtons devant un petit bâtiment en briques qui barre l'entrée d'une résidence fermée. Brody abaisse sa vitre et salue le garde assis à l'intérieur. Puis nous nous remettons en route, roulant lentement dans une rue où des maisons à plusieurs millions de dollars trônent au milieu d'immenses parcelles de terrain. Mes yeux s'écarquillent à mesure que je découvre les maisons les unes après les autres. Il s'agit d'immenses structures en pierre et en brique, avec des pelouses parfaitement entretenues, des arbres bien taillés et des parterres de fleurs. Quelques-uns ont de petits étangs avec des jets d'eau à l'avant.

Ce ne sont pas des maisons. Ce sont carrément des palais. De nouveaux papillons prennent vie au creux de mon ventre.

Bien sûr, je savais que Brody avait grandi dans une famille aisée. Son père était joueur de hockey professionnel et dirige aujourd'hui sa propre entreprise. Mais jamais je n'aurais imaginé une telle richesse.

C'est un peu accablant. Non, c'est carrément écrasant.

Je m'éclaircis la gorge et tente de ne pas laisser transparaître ma crainte et ma nervosité.

— C'est ici que tu as grandi ?

Il me lance un regard inquiet.

— Je sais que ça a l'air intimidant, mais tu n'as pas à t'inquiéter. Mon père a grandi dans la pauvreté, il jouait au hockey sur un étang dans le Minnesota. Il ne juge pas les gens en fonction de ce qu'ils ont, mais seulement en fonction de leur travail.

Nous parcourons le quartier jusqu'à l'extrémité la plus éloignée, en bordure de forêt. Les propriétés sont plus espacées, chacune s'étendant sur plusieurs hectares de terrain vallonné. La toute dernière demeure ressemble à un château de conte de fées avec des tourelles s'élevant en spirales vers le ciel. Brody s'engage dans une allée formée de carrés de béton bordés de gazon vert vif, disposés en diagonale.

Il se gare devant l'imposante maison de pierres et nous sortons du camion. Le temps que je referme la portière côté passager, Brody a déjà fait le tour du capot et se trouve à côté de moi. Il doit sentir mon anxiété, car il me prend dans ses bras et me serre contre lui. J'inspire une grande bouffée d'air et la relâche lentement.

— Tout ira bien, murmure-t-il. Je te le promets.

Je hoche la tête contre sa poitrine. J'ai juste envie de rester comme ça pour toujours.

— Prête ? me demande-t-il.

Plus que jamais.

Il s'écarte de moi et me prend la main.

— Tu es importante pour moi. Je veux que tu les rencontres.

Ses paroles font fondre mon cœur et me donnent le courage d'entrer dans la fosse aux lions. Comment pourrais-je lui refuser quoi que ce soit alors qu'il me dit des choses aussi gentilles ?

— D'accord, dis-je en hochant fermement la tête.

Main dans la main, nous gravissons les larges marches de pierre menant à la porte d'entrée. Brody ne prend pas la peine de frapper, il tourne la poignée et entre. Nous pénétrons dans un immense vestibule sur trois niveaux, surplombé d'un gigantesque lustre de cristal. Les sols sont en marbre blanc et il y a un magnifique escalier incurvé avec une rampe en fer forgé qui semble tout droit sortie d'un film.

— Papa ? crie Brody. Amber ?

Sa voix résonne dans l'immense entrée.

On entend le claquement de talons dans le couloir avant qu'une magnifique blonde au sourire chaleureux ne nous accueille.

— Bonjour, Brody, le salue-t-elle avant de poser ses yeux verts sur moi. Et tu dois être Natalie. Nous sommes ravis que tu aies pu te joindre à nous !

Son attitude amicale me met immédiatement à l'aise. Peut-être que ce ne sera pas si terrible, après tout. Je me sens idiote de m'être tellement monté la tête et de m'être fait du mauvais sang. La première impression que j'ai de la belle-mère de Brody, c'est qu'elle est très gentille.

— Ton père est dans son bureau, en conférence téléphonique. Il aura bientôt fini, dit-elle avant de faire un signe de tête vers l'arrière de la maison. Pourquoi ne pas aller dans la véranda et commencer avant que tout ne refroidisse ? Je suis sûr que ça ne le dérangera pas.

Amber tourne les talons et nous la suivons. Je jette un coup d'œil à Brody, qui me tient toujours la main. Il m'adresse un clin d'œil, et mime *Je te l'avais bien dit*.

Je hoche la tête. Il avait raison. J'ai réagi de manière excessive.

Nous passons de l'entrée à un long couloir qui mène à un salon familial doté d'un plafond cathédrale. Une cheminée massive en pierres occupe un mur entier. Nous traversons le salon pour nous rendre dans la cuisine. Tout est en marbre blanc, avec des appareils en acier inoxydable et des lustres. Trois vases en verre remplis de citrons sont placés stratégiquement sur l'îlot massif.

Ma mère passerait une journée inoubliable à se promener dans cet endroit. Même avant de se lancer dans l'immobilier, elle me traînait dans les journées portes ouvertes et trouvait des idées de décoration pour notre propre maison.

Brody me tire par la main et je me rends compte que je me suis arrêtée pour mieux observer les lieux. Nous traversons la cuisine et pénétrons dans une autre pièce où les fenêtres courent du sol au plafond et où des portes-fenêtres donnent sur un vaste jardin avec piscine et plantations.

La table est placée au centre. Brody tire une chaise pour moi et s'assied à mes côtés. Amber s'est montrée très courtoise, papotant tout le temps, mais malgré tout... je ne me sens pas dans mon élément. Ça m'embête de le reconnaître, mais c'est un soulagement que le père de Brody soit occupé pour l'instant. J'ai besoin de quelques instants pour prendre mes marques. Il est important que je lui fasse bonne impression. En dehors de son père et de sa belle-mère, Brody n'a pas d'autre famille.

Amber s'active autour de la table, s'assurant que tout a été mis en place avant de s'asseoir en face de nous. Difficile de ne pas remarquer combien ses traits sont chaleureux et aimables.

— Brody a dit que vous vous connaissiez depuis la première année.

J'acquiesce, reconnaissante qu'elle ouvre le dialogue et qu'elle essaie de me mettre à l'aise.

— Oui, nous nous sommes rencontrés dans un cours de commerce au premier semestre.

J'ai la gorge sèche et irritée, alors je prends mon verre de jus d'orange dont je bois une grande gorgée.

— Nous nous sommes détestés dès le premier regard, dit Brody presque sur le ton de la conversation. Il m'a fallu trois longues années pour qu'elle m'apprécie.

Je manque de recracher mon jus, mais je parviens à l'avaler. Et je commence à tousser et bafouiller. *Oh, mon Dieu !* Je n'arrive pas à croire qu'il ait dit ça à sa belle-mère ! Je m'efforce de faire bonne impression pour que sa famille m'apprécie, et il vient de tout gâcher.

— Brody ! sifflé-je.

Il éclate de rire, les yeux pleins de malice, comme très souvent.

— C'est la vérité, n'est-ce pas ? Je raconte juste un peu l'histoire à Amber.

Je secoue furieusement la tête et jette un coup d'œil à sa belle-mère. J'ai presque peur de ce que je vais voir.

— Non... commencé-je, hésitante, cherchant comment me défiler. Ce n'était pas exactement comme ça...

J'espère vraiment que Brody va savourer son brunch, parce que ce sera son dernier repas.

Amber sourit.

— Je pense que tu seras parfaite pour mon beau-fils, Natalie.

Alors que nous commençons à faire circuler les plats de pain perdu, d'œufs, de fruits, de bacon et de pommes de terre rissolées, un homme qui ressemble énormément à Brody entre dans la pièce. Il s'arrête quand son regard croise le mien et je me lève de ma chaise, lui tendant la main pour qu'il la serre.

Contrairement à sa femme, son sourire est plus réservé. Poli, mais pas trop amical.

— C'est un plaisir de vous rencontrer, Natalie. Je m'appelle John. Désolé de ne pas avoir pu vous accueillir à votre arrivée.

— Ce n'est pas un problème. Et c'est un plaisir de vous rencontrer aussi, dis-je, la gorge serrée. Merci beaucoup de m'avoir invitée à bruncher avec votre famille.

L'atmosphère détendue qui régnait jusque-là change et devient étouffante. Il n'a rien dit ou fait qui puisse me mettre mal à l'aise. Et pourtant, je le suis.

John s'avance vers le bout de la table où il s'assied. Amber lui passe quelques plats et plateaux pour qu'il remplisse son assiette.

— J'espère que tout est à votre goût, me dit-il.

Je jette un coup d'œil à la belle-mère de Brody.

— Tout est délicieux.

Amber sourit au compliment.

— Je t'en prie, sers-toi autant que tu veux.

Toute la tension qui avait quitté mon corps revient en force. Le père de Brody est un homme impressionnant. Il est aussi grand et massif que son fils, mais ses cheveux sont foncés, tandis que ceux de Brody sont dorés.

Et contrairement à mon petit ami, il n'a pas l'air joueur. C'est un homme d'affaires. Il pique sa nourriture avec sa fourchette et mâche méthodiquement. Lorsque nos regards se croisent à travers la table, je baisse rapidement le mien vers mon assiette. Il m'observe et m'évalue.

Je ne sais pas trop quoi penser de lui. Et j'ignore totalement ce qu'il pense de moi. Si je devais me prononcer, je dirais qu'il n'est pas emballé. Il ne fait rien de particulier, C'est juste une impression que j'ai.

Qui pourrait être erronée.

— Brody nous a dit que vous terminiez vos études à Whitmore au printemps, dit John.

Reconnaissante pour cette bouée de sauvetage qu'il me tend, je m'y accroche à deux mains.

— Oui, je passerai un diplôme en finances privées. J'essaie de décider si je dois m'inscrire tout de suite dans une école supérieure ou si je dois m'arrêter quelques années pour travailler.

C'est d'un ton bourru qu'il dit :

— L'expérience de la vie réelle est toujours bénéfique. On peut apprendre toute la théorie que l'on veut en classe, mais au bout du compte, il faut savoir appliquer tout ce que l'on nous a enseigné dans le monde réel. J'emploie plus de quarante personnes, et jamais je n'embaucherais quelqu'un qui n'a pas au moins un peu d'expérience.

Je hoche la tête.

— C'est aussi ce que dit ma mère. Elle pense que je devrais travailler pendant un certain temps et m'inscrire ensuite à l'école supérieure.

— Je sais qu'il est encore tôt, mais avez-vous commencé à chercher un emploi ? Avez-vous une idée de ce que vous cherchez ?

— L'été dernier, j'ai effectué un stage dans une société de financement aux particuliers. Ils m'ont proposé de m'embaucher une fois que j'aurai obtenu mon diplôme.

Il acquiesce.

— Mettre le pied dans la porte, c'est souvent la partie la plus difficile. Est-ce que vous travailliez dans la région ?

Ma nervosité s'intensifie avec chaque question qu'il me pose.

— Oui, j'ai eu la chance de trouver dans le coin grâce à l'école, et je vivais chez moi pendant l'été. J'ai toujours l'intention de poser ma candidature auprès d'autres entreprises, mais c'est toujours bon de savoir que j'ai quelque chose sous la main si rien d'autre ne se présente. Et ce qu'il y a de bien avec l'entreprise dans laquelle j'ai fait mon stage, c'est qu'elle possède des bureaux dans tout le pays. Je pourrai donc soit avoir un poste ici, soit être transférée ailleurs.

Le silence retombe alors que John pique un morceau de melon avec sa fourchette et le porte à sa bouche. Ses yeux restent rivés sur moi, à tel point que je suis mal à l'aise. Je lutte pour ne pas remuer sur ma chaise. J'ai l'impression qu'il ne veut pas que je sois avec son fils.

— Comme Brody, on dirait que vous avez tout prévu.

Détournant son regard, il pose les yeux sur son fils. Et m'ignore désormais.

— Il faut qu'on organise un autre week-end à Milwaukee et qu'on étudie de plus près les solutions de logement pour l'année prochaine. Je me suis dit que nous pourrions aller visiter d'autres appartements près du bord du lac. Je te transmettrai les annonces que Dana m'a envoyées, lui dit-il, sortant son téléphone pour jeter un coup d'œil à son agenda. On doit faire ça rapidement. Nous n'aurons plus le temps une fois la saison commencée.

Brody hoche la tête tout en continuant à vider son assiette bien remplie. Je suis toujours étonnée de voir la quantité de nourriture qu'il peut ingurgiter.

— Dès que je retournerai à la maison, je regarderai mon emploi du temps pour l'école et le hockey, et je te dis ça.

John lui jette un coup d'œil et ajoute :

— Je veux que ce soit fait d'ici la fin de la semaine.

Son ton ne souffre aucune discussion. Je suis à bout de nerfs, mais Brody semble imperturbable.

— D'accord.

J'ai l'impression que pour John, c'est comme il veut ou rien.

Amber raconte à la table des anecdotes au sujet d'Hailey et du petit diable qu'elle est en train de devenir alors qu'elle entre de plein fouet dans le *terrible two*. Brody glisse sa main autour de la mienne sous la table. Lorsque je lui jette un coup d'œil furtif, il me fait un clin d'œil et me sourit. J'ignore pourquoi ce simple geste arrive à dissoudre la tension qui monte en moi, mais c'est le cas.

Un gémissement retentit dans le silence de la véranda et me fait sursauter.

— Il semble que notre petit rayon de soleil soit réveillé de sa sieste, annonce Amber qui se lève rapidement et me regarde. Si tu as fini de manger, Natalie, tu peux venir avec moi à l'étage. Hailey aime jouer dans sa chambre pendant dix ou quinze minutes avant de descendre.

— Merci, ça me plairait beaucoup.

J'essaie de ne pas montrer mon soulagement de manière trop ostensible. Je ne veux pas offenser le père de Brody, mais je suis reconnaissante de pouvoir échapper à sa présence intimidante. Même s'il ne nous a pas particulièrement fixés du regard, je sens qu'il nous observe attentivement. Et cela ne lui a pas échappé que Brody me tenait la main sous la table.

J'adresse un petit sourire à ce dernier, et je suis Amber dans la véranda. Je n'avais pas réalisé à quel point l'atmosphère de la pièce était devenue étouffante jusqu'à ce que je la quitte.

— Nous serons de retour dans un quart d'heure, dit Amber.

— Prends ton temps, répond John.

Jetant un coup d'œil par-dessus mon épaule, je croise le regard de Brody et lui envoie un petit baiser. Il me sourit en retour.

Je suis heureuse qu'il m'ait amenée ici, mais je serai tout aussi ravie quand nous partirons.

CHAPITRE 33

BRODY

Alors qu'Amber et Natalie montent l'escalier qui mène au deuxième étage, mon père s'éclaircit la gorge et dit :

— C'est une fille charmante.

Mon estomac se révolte, et je manque de rire.

— Mais ?

Parce qu'il y a forcément un *mais*.

Il soupire et pose sa fourchette sur son assiette.

— *Maaaais*, dit-il en étirant le mot, tu as déjà assez de choses à faire sans te préoccuper d'une fille. C'est ta dernière saison avant de passer chez les professionnels. Tu dois te concentrer sur le hockey et l'école, pas sur le meilleur moyen de te glisser sous la jupe d'une jolie fille.

C'était peut-être naïf de ma part, mais j'avais espéré qu'une fois que mon père aurait rencontré Natalie, il comprendrait qu'elle n'est pas qu'une simple groupie avec laquelle j'ai passé mon samedi soir. Natalie est différente. Elle est intelligente, magnifique, étonnante. Elle sait ce qu'elle désire. Et pour une raison étrange, elle me veut.

Malheureusement, je constate aujourd'hui que j'ai fait une erreur. Mon père n'a aucune envie de connaître la fille dont je suis amoureux. Il s'inquiète qu'elle se mette en travers de son chemin.

Agacé par sa manière d'entamer la conversation, je lui dis :

— Natalie n'est pas une distraction. Au contraire, elle m'aide dans les cours où j'ai des difficultés, lui dis-je, remuant sur ma chaise avant de lui expliquer. Je lui ai parlé de la dyslexie. Elle fait des copies des notes qu'elle prend en cours…

— Tes professeurs le font déjà, non ? demande-t-il, pas impressionné.

— Oui, mais les siennes sont plus détaillées. Elle m'a fait des fiches pour que je puisse étudier et a recherché d'autres méthodes qui pourraient m'aider.

A-t-il la moindre idée de ce que cela signifie pour moi ?

Je n'ai pas l'habitude de discuter de mes difficultés d'apprentissage avec qui que ce soit. Je le cache comme un vilain petit secret. Natalie est la première personne avec laquelle je me suis montré complètement ouvert. Ni Sawyer, ni Luke, ni Cooper ne sont au courant, et ce sont mes amis les plus proches.

Il ignore ce que je lui dis et rejette mes paroles d'un revers de main.

— Tu peux engager des tuteurs ou des tutrices pour ça. Tu peux même te les envoyer si ça te chante, assène-t-il d'une voix plus dure. Ce que tu ne dois pas faire, c'est t'attacher sentimentalement à l'une d'elles.

Il secoue la tête comme si j'étais un enfant qui refuse d'entendre raison.

— Ce n'est pas le moment. Il y a trop de choses en jeu pour risquer de tout gâcher.

Je froisse ma serviette en papier jusqu'à ce qu'elle ne forme plus qu'une boule serrée.

Papa et moi ne nous disputons que rarement. Après la mort de maman et avant l'arrivée d'Amber, il n'y avait que nous deux. Sa vie tournait autour de moi. Je sais qu'il défend mes intérêts, mais je veux quand même qu'il donne une vraie chance à Natalie. Je veux qu'il voie comme elle fait du bien à ma vie.

Je m'adosse à ma chaise.

— Écoute, je ne l'avais pas prévu, mais c'est arrivé. Natalie est importante pour moi. Je ne la laisserai pas partir. Je peux tout gérer, ce ne sera pas un problème.

Changeant de tactique, il annonce :

— J'ai discuté avec Lang l'autre jour.

Oh, merde. Je sais ce qu'il va se passer. Mon père a toujours eu deux longueurs d'avance sur moi.

Comme je reste silencieux, il poursuit.

— Tu t'es battu à l'entraînement avec Reed Collins ?

Ma mâchoire se contracte.

— Oui.

Il penche la tête, et je vois la colère monter dans ses yeux.

— Corrige-moi si je me trompe, mais c'est le même type que tu as frappé à une fête il y a environ un mois, n'est-ce pas ?

Je m'affaisse sur ma chaise. Puisqu'il semble déjà être au courant de tout, il est inutile d'essayer de le dissimuler.

— Oui, c'est lui.

— Pourquoi ?

Je hausse un sourcil.

— Pourquoi je l'ai frappé ?

Mon père se penche en avant, posant les coudes sur la table.

— Ce que je voudrais savoir, c'est si Natalie a joué un rôle dans ta décision de le frapper.

Merde.

Je hausse les épaules.

— Est-ce que c'est important ? Reed n'est qu'un sale con. Je serais bien incapable de te dire combien de fois j'ai eu envie de le frapper.

— Mais tu ne l'as pas fait, si ? demande-t-il avant de pointer le doigt sur moi. Tu as réussi à te contenir et à canaliser l'énergie ailleurs.

Je serre les dents.

— Je pense que nous savons tous les deux pour qui c'est important. Et je crois aussi que si tu l'as frappé, c'est à cause de cette fille.

Acculé, je réplique :

— Et si c'est le cas ? Reed et moi n'avons jamais réussi à nous entendre, et ça ne changera jamais.

— Peut-être pas. Mais tu n'as jamais eu d'altercation physique avec lui avant qu'elle n'entre dans ta vie.

Je secoue la tête et répète obstinément :

— Reed n'est qu'un pauvre con…

— C'est peut-être vrai, mais c'est ton coéquipier. Et on ne se bat pas avec ses coéquipiers, parce que ces conneries se répercutent toujours sur la glace. Tu essaies de remporter un championnat national cette saison. En quoi cette animosité entre vous contribue-t-elle à atteindre cet objectif ?

J'expire doucement, et tente de maîtriser mes sentiments.

— Natalie n'a rien à voir avec Reed Collins.

— Lang te trouve différent. Il est inquiet. Tu n'es pas aussi brillant que l'année dernière.

Choqué par ce qu'il vient de me dire, je retombe sur ma chaise.

— Il n'y a aucune raison de s'inquiéter

— Je ne vais pas polémiquer sur ce sujet. Natalie semble être une fille bien, mais elle doit partir.

Je le fixe du regard tandis que ses paroles résonnent dans ma tête.

— Quand tu auras déménagé à Milwaukee, tu auras tout le temps que tu voudras pour nouer des relations. Il te reste sept mois et demi à Whitmore, ensuite tu passeras à autre chose. Et au vu de ce qu'elle a dit, elle fera pareil. Ça ne sert à rien de gâcher ton énergie pour quelque chose qui n'a que peu de chances de marcher. Pas quand tu pourrais t'en servir pour te concentrer sur ta carrière.

Je ne veux plus entendre un mot, et je me lève brusquement. La chaise racle le marbre et manque de basculer en arrière.

— Je tiens à Natalie. C'est la première fille qui ait jamais compté pour moi. Je ne vais pas rompre avec elle.

Tout dans cette conversation me met hors de moi. Tout ce que je voulais, c'était que mon père donne sa chance à Natalie, et il refuse. Eh bien, qu'il aille au diable.

Mon père se lève à son tour pour que nous soyons au même niveau.

— Il faut que tu te calmes et que tu réfléchisses à ce que j'ai dit, m'intime-t-il, baissant la voix dans un effort pour paraître raisonnable. Je ne pense qu'à tes intérêts, Brody. Je veux que toutes ces années de travail acharné portent leurs fruits.

Puis il ajoute d'un ton plus doux :

— Ta mère serait très fière de tout ce que tu as accompli. C'est important que tu termines ta dernière année en beauté. Je veux que tu deviennes un élément incontournable sur la glace. Ce n'est pas le moment de relâcher tes efforts. Il tend le bras pour poser une main sur mon épaule.

J'ai envie de le repousser, mais je n'en fais rien.

— Réfléchis à ce que j'ai dit. Je ne veux pas te voir faire une erreur que tu finiras par regretter pour le reste de ta vie.

— Ça n'arrivera pas, répliqué-je, sortant de la véranda.

Au moment où j'arrive dans le hall d'entrée, j'entends la voix de Natalie. Je m'arrête en la voyant descendre l'escalier. Nos regards se croisent. Elle sourit, l'air beaucoup plus détendue que lorsque nous sommes arrivés à la maison. Il faudra que j'envoie un message à Amber plus tard pour la remercier de l'avoir mise à l'aise. Elle ne sait pas à quel point je lui en suis reconnaissant.

Je n'avais pas mesuré à quel point Natalie comptait pour moi jusqu'à ce que mon père me dise qu'elle devait partir. Je ne vais pas rompre avec elle. Si l'entraîneur pense que mon jeu est moins bon, cela signifie simplement que je dois travailler plus dur. Je peux gérer le hockey, l'école et ma relation avec Natalie.

Je n'ai pas le goût de sourire, mais je me force.

— Prête à partir ?

— Oui, répond Natalie, posant les yeux sur moi.

Son regard s'aiguise comme si elle se rendait compte que quelque chose ne va pas. La dernière chose que je désire, c'est qu'elle apprenne la teneur de ma conversation avec mon père. Cela ne ferait que la bouleverser. Et ça, il en est hors de question.

Quand j'ai lancé l'invitation pour le brunch, je savais qu'elle était nerveuse. Sa mère est facile à vivre et décontractée, tout le contraire de mon père. Il est menaçant. Il a passé des années à peaufiner ce personnage sur la glace, puis en salle de conférence, en l'utilisant à son avantage. Il ne s'est pas montré impoli avec Natalie, mais j'ai senti son malaise comme si c'était moi.

À ce stade, je regrette de l'avoir amenée à la maison pour le rencontrer.

Je ne commettrai plus cette erreur.

— Oh, vous partez déjà ?

Amber semble vraiment déçue de nous voir partir. Hailey s'agit dans ses bras. Quand je souris à ma petite sœur, une partie de ma colère se dissipe.

— Oui, nous avons tous les deux du boulot à terminer avant lundi.

Natalie s'approche de moi et je glisse sa main dans la mienne.

Nos regards se croisent et se fixent, une communication silencieuse s'établit entre nous. Je n'ai jamais vécu cela avec quelqu'un d'autre. Je serre ses doigts.

Mon père nous rejoint dans l'entrée. Il se tourne vers Natalie, et je me crispe, craignant à moitié qu'il ne lui dise quelque chose lui-même. Qu'il essaie de discuter avec elle, vu que je refuse de l'écouter.

Quand il va pour lui serrer la main, Natalie s'exécute.

— J'ai été ravi de vous rencontrer, Natalie, dit-il. C'était très agréable de faire votre connaissance.

— Merci de m'avoir invitée, répond-elle.

— Bonne chance dans votre recherche d'emploi. Nous vous souhaitons le meilleur.

— Merci.

Quand mon père croise à nouveau mon regard, il se contente de hocher légèrement la tête.

— Tiens-moi au courant pour ton emploi du temps.

— Je t'enverrai un texto, dis-je avec raideur.

Je suis furieux qu'à vingt-trois ans, il pense pouvoir m'ordonner de me débarrasser de quelqu'un que je veux dans ma vie. Espérons qu'il comprenne que ça n'arrivera pas. Natalie est là, et elle restera. Que ça lui plaise ou non.

CHAPITRE 34

BRODY

*L*a semaine suivante passe très vite, presque en un clin d'œil. Il y a des examens à réviser et des devoirs à finir de taper. Je passe autant de temps enfermé au deuxième étage de la bibliothèque avec Natalie qu'à me démener à la patinoire. Je veille à tout donner sur la glace à chaque entraînement.

Contrairement à ce que pense mon père, il est important pour moi de terminer cette année en force. J'ai parfaitement conscience de ce qui est en jeu. Je n'ai pas perdu de vue mes objectifs et ce que je dois faire pour les atteindre. La seule différence, c'est que maintenant, Natalie fait partie de ces plans.

Reed et moi n'avons pas eu d'autres accrochages. Je ne cherche pas à m'attirer ses foudres, mais je ne me cache pas non plus dans un coin en espérant éviter cet enfoiré. S'il a besoin d'une autre raclée pour mieux comprendre où est sa place dans la hiérarchie, je serai plus qu'heureux de la lui donner.

Qu'il aille se faire voir.

Je ne veux plus user mes neurones à penser à Reed Collins.

Alors, à la place, je vais me concentrer sur Natalie. Je lui consacre le plus de temps possible, mais c'est loin de suffire à satisfaire ce besoin croissant que j'ai d'elle.

Nous n'en avons pas discuté, mais je me retrouve chez elle tous les soirs. Je sais qu'elle n'a pas envie de venir à la maison du hockey. Et je ne peux pas lui en vouloir. La plupart du temps, je n'ai pas envie d'être là non plus. Tous les soirs, c'est la fête, avec des gens évanouis sur le canapé et des canettes de bière éparpillées sur les tables. J'en ai fini avec ça. Cooper et Sawyer m'ont dit que j'étais un faible, mais Luke me comprend. La moitié du temps, il se traîne hors de la chambre de Zara à 5 heures du matin pour s'entraîner comme moi.

J'aimerais que mon père comprenne que Natalie a tout changé pour moi. Nous avons discuté quelques fois au téléphone, et le voyage à Milwaukee est planifié, mais il n'a pas remis le sujet de Natalie sur le tapis. Nous évitons tous deux la question.

J'espère qu'en lui laissant un peu de temps, et si je n'insiste pas, il verra par lui-même que je ne vais pas tout gâcher parce que je sors avec quelqu'un. C'est ce qui est prévu. Cette histoire avec Natalie m'a complètement pris par surprise, et maintenant qu'elle est dans ma vie, je ne peux pas imaginer la vivre sans elle.

Je tourne la tête et la fixe. Merde, elle est magnifique. Sérieusement, à m'en couper le souffle. Ses longs cheveux soyeux sont étalés en éventail sur la taie d'oreiller ivoire. Ses lèvres sont pleines et pulpeuses, faites pour être embrassées. Je suis tenté de me pencher et de les mordre.

Parfois, je n'arrive pas à croire qu'elle veuille être avec moi. Natalie pourrait avoir tous les hommes qu'elle veut. Elle est intelligente et magnifique. Et sa bouche…

Qu'est-ce que j'aime sa bouche insolente !

Elle a toujours eu le don de m'exciter. En repensant à tout ce qu'on se faisait subir, je pense que ce n'étaient que des préliminaires pour en arriver là.

Je roule vers elle et presse doucement mes lèvres contre les siennes, car j'ai envie de la réveiller avec un baiser. Est-ce que c'est un peu ringard ?

Et comment ! Mais je m'en fiche. Je suis ce genre de type maintenant, il faut faire avec.

Je dépose de doux baisers papillons sur son visage jusqu'à ce que ses paupières s'ouvrent et qu'elle se concentre sur moi. Un sourire se dessine sur son visage.

— Bonjour, dit-elle, d'une voix grave et rauque.

— Bonjour, murmuré-je en retour.

Je m'amuse à coincer sa lèvre inférieure entre mes dents et à la tirer jusqu'à ce qu'elle glousse.

Mes mains glissent sur ses seins nus et j'en saisis le poids tiède dans mes paumes. Un ronronnement monte du fond de sa gorge tandis qu'elle se cambre contre l'emprise que j'exerce sur elle. Que j'aime sa manière de réagir !

— Prends un préservatif, gémis-je. J'ai besoin d'être en toi.

La voir bouger sous mes doigts me déclenche une érection massive.

Elle jette un coup d'œil à l'horloge sur le chevet.

— Nous n'avons pas le temps. Tu dois partir à l'entraînement dans cinq minutes.

Je secoue la tête, prenant une décision.

— Je n'y vais pas ce matin.

J'ai l'intention de passer les prochaines heures à lui faire l'amour. Elle fronce les sourcils.

— Brody, je ne veux pas que tu aies d'autres problèmes avec ton coach.

J'embrasse un coin de sa bouche, puis l'autre.

— Ne t'inquiète pas pour ça. Je n'aurai pas d'ennuis.

D'accord, peut-être que le coach sera furieux, mais je m'en fous pour l'instant. J'ai des problèmes plus urgents à régler.

Sa main vient caresser le côté de ma joue.

— Je ne vais nulle part. Va à l'entraînement. Je serai là à ton retour.

Je grogne. *Merde !* Je ne veux pas la quitter, mais elle a sans doute raison. Il faut que je me magne d'aller à la patinoire.

— Tu promets de ne pas bouger ?

Un sourire endormi ourle ses lèvres.

— Je te le promets. Je suis toute à toi. Maintenant, vas-y.

Elle fait un geste de la main pour me congédier, et se blottit dans les couvertures. Elle a l'air tellement sexy, décoiffée et toute chaude.

— Fiche le camp. Je ne veux pas que tu sois en retard, fait-elle, et son sourire devient séducteur. Et quand tu reviendras, tu verras que ça en valait la peine, je m'en assurerai.

Je hausse les sourcils devant cette proposition et je rejette l'édredon pour sortir du lit à toute allure. Natalie éclate de rire.

La pointant du doigt, je plisse les yeux.

— Si tu bouges de là, tu auras de gros ennuis.

— Je ne bougerai pas d'un poil, dit-elle.

Je me penche et pose mes lèvres contre les siennes. Elle passe ses bras autour de mon cou et ouvre la bouche quand je lèche le bord de ses lèvres. Nos langues jouent ensemble un instant avant que je ne me retire à contrecœur.

— Souviens-toi, murmuré-je. Tu m'as fait des promesses, et je vais t'obliger à les tenir.

Sur ce, je dépose un autre baiser sur ses lèvres et j'enfile mes vêtements à une vitesse record.

Au moment où je vais franchir la porte, elle dit :

— Brody…

Je jette un coup d'œil par-dessus mon épaule, et Natalie repousse les couvertures, dévoilant son corps nu. Ses jambes s'ouvrent et s'écartent. Sa main descend de sa poitrine, puis glisse de son ventre jusqu'à son pubis, où ses doigts s'attardent.

Et d'un coup, je suis dur comme la pierre.

Je déglutis. Mon regard est rivé sur son sexe magnifique, doux et velouté.

Ses doigts descendent, suivant doucement le contour de ses lèvres écartées avant de caresser son clitoris en décrivant de petits cercles indolents. Elle cambre le dos et ferme les yeux.

Je gémis :

— Tu me tues, Davies.

Elle est tellement belle, je ne peux pas la quitter des yeux.

— C'est un petit aperçu de ce qui t'attend à ton arrivée, dit-elle avec un petit sourire. On n'a qu'à dire que c'est de la motivation.

— La seule chose que tu as réussi à faire, c'est me rendre dur comme l'acier.

Elle rit.

— Eh bien, au moins, personne ne s'en prendra à toi quand les gens verront cette chose.

Je plisse les yeux.

— Tu es un petit démon, tu le sais ?

— On se voit dans deux heures, mon sucre d'orge, chantonne-t-elle gaiement.

Sur ces mots, elle rabat les couvertures sur son corps et s'y enfouit. Oh ! Comme je l'aim… Choqué, je rattrape les mots juste avant qu'ils n'explosent dans ma tête.

Mais, vous savez quoi ?

Je crois bien que c'est le cas.

CHAPITRE 35

NATALIE

Je suis censée retrouver Brody à la bibliothèque dans vingt minutes, et je suis en retard. J'attrape mon sac sur la table et je sors en trombe de mon appartement quand je me heurte à un corps dur. Je recule d'un pas tandis que de grandes mains se tendent pour attraper mes bras, me stabilisant avant que je ne tombe à la renverse.

J'écarquille les yeux lorsqu'ils se posent sur l'homme qui me retient. John McKinnon est la dernière personne que je m'attendais à trouver sur le pas de ma porte. Une fois mon équilibre retrouvé, je m'éloigne rapidement de lui.

Il incline sa tête sombre.

— Bonjour, Natalie.

— Bonjour, monsieur McKinnon, dis-je, déglutissant pour ravaler ma nervosité. Est-ce que vous cherchez Brody ?

J'espère que c'est le cas, que sa présence ne signifie rien d'autre.

Je m'apprête à lui expliquer qu'il n'est pas là, quand John me dit :

— Non, en fait, je suis venu vous parler. Auriez-vous quelques minutes pour que nous discutions ?

Je me balance d'un pied sur l'autre, intimidée par lui.

— J'étais en route pour retrouver quelqu'un, dis-je évasivement.

La dernière chose dont j'ai envie, c'est d'avoir une conversation en tête à tête avec lui. Je sais déjà que je ne vais pas aimer le sujet de discussion.

Il arbore un sourire qui n'arrive pas jusqu'à ses yeux.

— Je suis sûr que mon fils comprendra si vous avez quelques minutes de retard.

Comme je ne bouge pas de la porte, il hausse un sourcil. On dirait que mon comportement l'amuse.

— Puis-je entrer ?

Je jette un coup d'œil derrière moi et me ronge la lèvre inférieure. Zara est en cours, et je suis ici toute seule.

— Natalie, insiste-t-il, impatient. Il est important que je vous parle de Brody. Accordez-moi dix minutes de votre temps ; ensuite, je m'en irai.

Je hoche la tête et m'écarte pour le laisser passer. Il entre et s'installe sur le canapé. Je le suis avec raideur jusqu'au salon, mais je reste debout. Je garde une distance d'environ trois mètres entre nous. Si je dois me précipiter vers la porte, je devrais pouvoir y arriver.

C'est ridicule. Il s'agit du père de Brody, pas d'un voyou dans une ruelle sombre. Et pourtant… Je me sens tout aussi vulnérable et mal à l'aise.

Il montre du doigt le fauteuil en face du canapé.

— Ne seriez-vous pas plus à l'aise assise ?

Je secoue la tête. Rien ne pourrait rendre plus confortable cette visite impromptue.

— Si cela ne vous dérange pas, je préférerais que vous me disiez simplement pourquoi vous êtes ici.

Il hoche la tête, une pointe de respect dans le regard.

— Je peux comprendre.

Il se penche en avant et pose les coudes sur les genoux. Il me fixe d'un regard pénétrant juste assez longtemps pour que je remue.

— Je pense que vous et moi avons le même objectif en tête.

— Et lequel est-ce ? lui demandé-je, fronçant les sourcils devant son étrange choix de mots.

Son regard est implacable.

— Voir Brody atteindre son plein potentiel.

Confuse, je réponds :

— Bien sûr, c'est ce que je veux. Brody est un joueur de hockey talentueux.

Je n'y connais peut-être pas grand-chose à ce sport, mais je sais qu'il est considéré comme l'un des meilleurs joueurs universitaires du pays. Il a passé sa vie à préparer son entrée en NHL.

— Il ira loin, dis-je avec conviction.

Les yeux de John s'adoucissent.

— Oui, effectivement. Mais il doit rester concentré. Il s'agit de sa dernière saison universitaire avant d'intégrer la NHL. Avez-vous une idée de la force et de la condition physique qu'il faut pour jouer à un niveau professionnel ? C'est brutal. Et c'est un sport aussi mental que physique.

Je secoue la tête.

— Monsieur McKinnon, je ne comprends pas pourquoi vous me dites ça.

Il soupire et croise les mains devant lui. Il les contemple un instant avant de croiser à nouveau mon regard.

— Natalie, vous m'avez l'air d'être une jeune femme intelligente. Il n'est pas difficile de comprendre ce que mon fils voit en vous. Mais...

La raison pour laquelle il s'est présenté à l'improviste à mon appartement m'apparaît avant qu'il n'ait le temps de terminer sa phrase.

— Je suis une distraction, murmuré-je, mon cœur battant à tout rompre.

— Je suis désolé de l'affirmer de manière aussi catégorique, mais oui, vous en êtes une, répond-il avant de faire une pause. Ai-je raison de supposer que Brody et vous, vous êtes rapprochés ?

— Oui, admets-je d'une voix faible.

En un peu plus d'un mois, Brody a pris énormément d'importance pour moi. Plus que je n'aurais pu l'imaginer.

— Et il s'est montré franc avec vous au sujet de ses difficultés.

— Si vous parlez de la dyslexie, oui, il m'en a parlé.

— J'ai vu mon fils lutter toute sa vie. J'ai engagé les meilleurs tuteurs, et ça n'a pas fait la moindre différence. Il n'y a pas de solution miracle pour soulager la douleur. Avez-vous la moindre idée de ce que c'est, en tant que parent, de voir son enfant lutter pour obtenir des C et des B ?

— Non, dis-je doucement. Je ne sais pas.

Ses lèvres se tordent dans un pli amer alors qu'il dit :

— J'espère que vous ne le saurez jamais. Il n'y a rien de plus pénible que de rester là, impuissant, à regarder son enfant se battre pour accomplir quelque chose que d'autres peuvent faire sans le moindre effort.

Une boule épaisse remonte dans ma gorge parce que je n'ose imaginer ce que c'était, non seulement pour Brody, mais aussi pour son père. J'ai besoin de m'asseoir ; je me laisse tomber dans le fauteuil.

— Brody doit jouer cette saison et continuer à élever son niveau de jeu. L'année prochaine, quelles que soient ses qualités, sera une période de transition. Il doit rester mentalement engagé.

— Il est engagé, murmuré-je.

John s'adosse au canapé et hausse les sourcils.

— Ah oui ?

— Bien sûr.

— Et pourtant, il s'est battu deux fois depuis que vous êtes apparue dans sa vie. L'une d'entre elles a eu lieu à l'entraînement, où il a été expulsé de la glace.

Je me replie, enroulant mes bras autour de ma taille. Chaque mot qui sort de sa bouche me fait l'effet d'une fléchette empoisonnée. Je ne sais pas trop quoi dire, car la même culpabilité me tenaille aujourd'hui que lorsque Brody m'a parlé pour la première fois de la bagarre avec Reed. C'est de ma faute.

— Je crains que les dirigeants de Milwaukee ne se mettent en tête que Brody n'a pas l'esprit d'équipe. Même s'il a un contrat, ils peuvent toujours le libérer s'ils estiment qu'il ne convient pas à leur organisation. Ou le laisser sur le banc de touche pour la saison, et il ne verrait la glace qu'une ou deux minutes par match.

Mon ventre se tord à cette idée. Brody aime tellement le hockey que ne pas pratiquer le tuerait.

— Vous me semblez avoir ses intérêts à cœur, me dit John. Je ne crois pas que vous voudriez voir arriver une telle chose.

— Bien sûr que non. Je ne ferais jamais rien qui puisse nuire à Brody.

— Je vois ça, Natalie, répond-il en se penchant en avant. Je ne suis pas en train de dire que tout cela est de votre faute. C'est Brody qui a pris la décision de se battre avec Reed Collins. Mais c'est bien là le problème : il ne prend pas les bonnes décisions en pensant à son avenir.

Comme je ne dis rien, il continue.

— Je pense que nous savons tous les deux ce qu'il convient de faire, n'est-ce pas ?

J'enfouis ma tête dans mes mains.

— Je… Je ne suis pas sûre… dis-je, la voix empreinte de tristesse.

Je tiens tellement à Brody. Comment pourrais-je le laisser partir ?

Quand John se lève, j'espère qu'il va s'en aller de l'appartement sans ajouter un mot. Les larmes me brûlent les yeux. Mais au lieu de partir, il franchit la distance qui nous sépare. Comme je ne lève pas les yeux, il pose une main sur mon épaule.

— Si vous tenez vraiment à mon fils, vous ferez ce qu'il y a de mieux pour lui, dit-il, serrant mon épaule jusqu'à ce que je croise son regard. J'espère que cette conversation restera entre nous.

Prise de nausée, j'acquiesce.

Soudain, sa main ne me serre plus l'épaule, et il n'est plus là. La porte se referme doucement derrière lui.

J'ignore combien de temps je reste assise dans le fauteuil pendant que les paroles de M. McKinnon tournent dans ma tête. Ce n'est que lorsqu'un texto de Brody apparaît sur l'écran de mon téléphone que je me souviens que j'étais censée le retrouver à la bibliothèque.

CHAPITRE 36

NATALIE

Je trouve Brody au deuxième étage, dans le coin qui est devenu le nôtre. Ses livres sont étalés devant lui, et il consulte une autre série de fiches que j'ai préparées pour lui. Chaque chapitre est codé par couleur et j'ai veillé à utiliser une écriture en gros caractères pour qu'il puisse facilement décoder les mots.

Tout ce que j'essaie de faire, c'est l'aider. Mais à en croire le père de Brody, je suis un boulet. Je suis encore secouée par cette conversation. Me laissant tomber sur le siège en face de lui, je détourne le regard et pose mon sac sur la table.

— Je croyais qu'on se retrouvait à 16 heures ? s'enquiert Brody, l'air légèrement soucieux.

— Je suis désolée. J'ai eu un empêchement, dis-je évasivement.

J'ai beau me concentrer pour sortir mes livres et mon ordinateur, je sens son regard sur moi, comme s'il attendait une explication. Mais je ne peux pas lui en offrir une sincère. Je ne peux pas lui dire que son père vient de me rendre visite. Qu'il veut que je mette un terme à notre relation.

Je n'ai pensé qu'à ça en venant. Si je révèle à Brody que son père est passé pour une conversation privée, cela ne fera que créer des problèmes entre eux. Comment pourrais-je faire ça ? Brody n'a pas d'autre famille. Il n'y a toujours eu que lui et son père. Je ne peux pas, en toute conscience, faire quoi que ce soit qui puisse compromettre cette relation. Peu importe à quel point je tiens à lui.

M. McKinnon veut ce qu'il y a de mieux pour son fils. C'est ce que je veux aussi. La différence, c'est qu'il ne me voit pas comme le meilleur pour Brody.

Et ça fait mal.

La dernière chose que je veux, c'est être un frein pour lui.

— Nat ? demande Brody, me sortant de mes pensées.

Il doit sentir que quelque chose ne va pas, parce qu'il ne m'a pas appelée Davies comme il le fait d'habitude. Ça suffit à me faire monter les larmes aux yeux. Une fois que j'ai réussi à maîtriser mes émotions, je lève le regard. L'inquiétude assombrit ses yeux dorés.

J'affiche un mince sourire qui, je l'espère, le rassurera.

— Euh, Stacy, ma boss lors de mon stage de l'été dernier, m'a appelée, et elle veut savoir quels sont mes projets après l'obtention de mon diplôme.

— Oh ?

L'air intéressé, il se redresse. Je hoche la tête.

— Nous avons discuté une quinzaine de minutes. Désolée.

Il tend la main pour attraper mes doigts. Je contemple nos mains jointes, et je réalise à quel point il est affectueux. Nous nous tenons la main chaque fois que l'occasion se présente. Brody passe souvent son bras autour de mes épaules lorsque nous nous promenons sur le campus et il me prend dans ses bras lorsque nous faisons la queue.

— C'est génial ! Qu'est-ce que tu lui as dit ?

Il a l'air sincèrement heureux pour moi.

— Je lui ai dit que j'étais intéressée, expliqué-je, puis je m'éclaircis la gorge et m'oblige à poursuivre mon mensonge. Et que j'aimerais la rencontrer pour parler plus longuement de cette opportunité.

Son regard se fait plus perçant.

— Tu m'as dit qu'ils avaient des bureaux dans tout le pays, n'est-ce pas ?

Je détourne le regard.

— Oui, il me semble qu'ils ont des bureaux dans toutes les grandes villes.

J'ai parlé avec Stacy, mais je suis loin d'avoir pris une décision. C'est la première excuse qui m'est venue à l'esprit.

— C'est bon à savoir, me dit-il avec un petit clin d'œil. Voilà qui pourrait s'avérer utile plus tard.

Le sous-entendu derrière ses mots me serre la gorge. Il faut que je change de sujet avant que cette conversation n'aille plus loin. Jusqu'à ce que je décide quoi faire, je ne parlerai pas de la visite de son père.

— Tu as passé en revue les fiches que je t'ai données ?

— Je les sors dès que j'en ai l'occasion.

— Tu veux que je t'interroge ?

— Bien sûr.

Nous passons l'heure suivante à étudier les fiches. L'examen à venir couvre un large éventail de sujets et certains concepts sont délicats. Je lui ai donné les éléments il y a plus d'une semaine, pour qu'il ait le temps d'étudier au lieu d'essayer de tout faire au dernier moment.

S'adossant à sa chaise, Brody lève les bras au-dessus de sa tête et s'étire. Le T-shirt graphique qu'il porte remonte sur son ventre, dévoilant une bande alléchante d'abdominaux tendus. Mes yeux sont attirés par la peau dorée par le soleil.

— Je crois que nous aurions tous les deux besoin d'une petite pause, dit-il en refermant son manuel.

Mes yeux se tournent vers lui. Un sourire sexy retrousse ses lèvres. Manifestement, il m'a surprise en train de contempler son corps parfaitement ciselé. Avant que je puisse répondre, il attrape mes doigts et me fait contourner la table, jusqu'à ce que je tombe sur ses genoux. Brody m'entoure de ses bras et pose sa bouche sur la mienne.

Incapable de résister, surtout après la conversation brutale avec son père, je l'ouvre immédiatement et sa langue se glisse dans ma bouche puis caresse la mienne. Il pose les mains sur les côtés de mon visage pour me maintenir en place.

Après quelques minutes de baisers à perdre haleine, je m'écarte.

Je pourrais passer le reste de la soirée à embrasser Brody, mais il faut que je me concentre sur ma tâche. Il est important qu'il réussisse ce test. Tellement de choses en dépendent. S'il se plante ou qu'il obtient ne serait-ce qu'un D, sa moyenne baissera encore et il finira sur le banc.

— Nous devrions sans doute nous remettre à étudier, lui dis-je.

— Pas encore, grogne-t-il. Je ne t'ai pas vue de la journée. Tu m'as manqué.

Ses mots me serrent le cœur.

— D'accord, me résigné-je. Mais seulement quelques minutes de plus. Nous devons nous assurer que tu cartonnes à cet examen.

Il soupire.

— Ça n'arrivera pas. Je serai aux anges si je réussis à obtenir un B.

— Si nous travaillons un peu plus dur, tu peux le faire. Je sais que tu peux le faire.

— C'est toi que je préfère étudier, murmure-t-il juste avant que ses lèvres se posent dans mon cou.

Dès que sa bouche me frôle, mes paupières se ferment. Il me mordille la gorge avant de sortir sa langue pour apaiser la zone.

— J'ai tellement envie de t'avoir pour moi seul, grogne-t-il alors que ses mains plongent sous mon T-shirt, se concentrant sur mes seins.

Je gémis tandis qu'il caresse la chair tendre et taquine mes mamelons.

— Brody, tu dois te concentrer, balbutié-je, à peine capable de prononcer les mots.

— Crois-moi, ma chérie, je suis concentré.

Les paroles de son père résonnent dans ma tête, me glaçant le sang. C'est exactement ce dont parlait John. Au lieu de réviser pour un examen important, Brody préférerait me câliner.

Je ne ferais jamais rien pour le blesser intentionnellement, mais je ne peux pas m'empêcher de me demander si c'est ce qu'il se passe. Ne suis-je rien d'autre qu'une distraction qui détourne son attention de ce qui est vraiment important ? Suis-je en train de compromettre son avenir ?

Je retire ses mains de sous mon T-shirt et descends de ses genoux. Mon corps tremble quand je m'affaisse sur la chaise en face de lui.

— Tu dois étudier, répété-je. Tu dois réussir cet examen. C'est important.

Je lis l'agacement sur son visage.

— Détends-toi, Davies. Tu n'as pas besoin de me rappeler que c'est important. Je le sais. Mon père me le rabâche suffisamment. Je n'ai pas besoin de l'entendre de ta bouche aussi.

Je grimace. Ses paroles me font l'effet d'une gifle.

Incapable de croiser son regard, je fixe sans le voir le livre ouvert devant moi.

— Je suis désolée, murmuré-je. Je veux juste que tu réussisses. C'est tout.

Il soupire. Ses doigts glissent sur la table pour se mêler aux miens. Il les porte à ses lèvres et dépose un baiser sur mes articulations.

— Non, c'est moi qui suis désolé. Je ne voulais pas m'emporter contre toi. Je sais que tu essaies simplement d'aider, et je t'en suis reconnaissant. Je subis beaucoup de pression en ce moment.

Je lui jette un coup d'œil.

— Je sais.

J'ai l'impression que mon cœur est sur le point de se fendre en deux. Son père a peut-être raison. Je me trouve peut-être en travers de son chemin.

CHAPITRE 37

BRODY

’attrape les doigts de Natalie tandis que nous quittons le campus et que nous nous dirigeons vers mon camion garé à proximité, dans un parking près de Campbell Hall.

— Tu as faim ? lui demandé-je. Tu veux qu’on aille chercher quelque chose à manger ?

J’ai toujours faim. Entre les deux entraînements par jour sur la glace, et les séances de musculation à la salle de sport, je brûle des calories. Je ne mange peut-être pas autant que Michael Phelps lorsqu’il s’entraîne, mais je n’en suis pas loin non plus.

Comme elle ne répond pas, je lui jette un coup d’œil et je serre ses doigts.

— Natalie ?

Elle semble perdue dans son propre monde ces derniers temps. Je n’arrive pas à me défaire du sentiment qu’il y a quelque chose qui lui pèse et dont elle ne me parle pas.

Dès que je prononce son nom, elle se redresse brusquement.

— Désolée, dit-elle avec un petit sourire d’excuse qui fait à peine bouger ses lèvres. Je ne faisais pas attention.

— Tu veux aller déjeuner ? lui proposé-je à nouveau, regardant mon téléphone. Nous avons le temps d’aller à *La Fuente*.

— Oh ! répond-elle en secouant la tête. Je n'ai pas vraiment faim. Mais on peut y aller si tu veux.

Je sais à quel point elle aime cet endroit, alors je suis un peu étonné qu'elle ne se réjouisse pas à l'idée d'y aller. Je hausse les épaules.

— Non, je mangerai un truc chez toi. Ce n'est pas grave.

— D'accord.

Elle me sourit encore, mais d'un air distrait, comme si elle n'était pas complètement là avec moi, et je déteste ça.

Une fois arrivés au camion, j'ouvre la portière côté passager et elle se glisse à l'intérieur. Je me hâte de faire le tour. Pendant que je démarre le moteur et que je sors du parking, je jette un coup d'œil à Natalie. Elle regarde le paysage par la vitre. Elle a beau détourner le visage, je vois la tristesse dans ses yeux.

— Hé, dis-je et je glisse sa main dans la mienne.

J'aime la toucher. Je suis accro à ce contact permanent et à ce lien entre nous.

— Qu'est-ce qu'il se passe ?

Je pose la question parce qu'il est évident que quelque chose la tracasse.

Elle contemple nos mains jointes pendant un moment avant de lever les yeux vers les miens.

— C'est juste que j'ai beaucoup de choses à penser avec les cours.

J'acquiesce, comprenant la pression qu'elle subit. Je la ressens moi aussi. La dernière année est stressante, et je sais que Natalie n'est pas encore sûre de l'endroit où elle finira ou de l'entreprise pour laquelle elle travaillera.

— Est-ce que tu veux en parler ?

Elle hausse les épaules et dit :

— Pas vraiment. Ça ne servirait à rien.

Sa réponse étrange me fait froncer les sourcils. Je me gare devant son immeuble et coupe le moteur. Même si c'est la dernière chose que je souhaite, je demande :

— As-tu besoin d'un peu de temps pour toi ? Est-ce que cela t'aiderait ?

Peut-être que je l'étouffe. Toutes ces histoires de relations sont nouvelles pour moi. J'essaie de trouver le bon équilibre au fur et à mesure.

Natalie n'est pas une de ces filles collantes qui s'accrochent à vous pour ne plus jamais vous lâcher. Cela fait partie de ces trucs que j'aime chez elle. La dernière chose que je souhaite, c'est qu'elle ait l'impression que je fais la même chose. Mais, si j'avais mon mot à dire, je serais avec elle tout le temps. Quand nous sommes ensemble, j'ai l'impression de pouvoir enfin respirer. Comme si je pouvais être moi-même. Elle est l'une des rares personnes à me voir tel que je suis.

Je ne veux pas perdre cela. Donc, si elle a besoin que je m'éloigne un peu, je le ferai. Je n'en ai peut-être pas envie, mais je le ferai quand même.

Natalie secoue la tête, et je libère le souffle que je retenais à l'intérieur de mes poumons.

Merci, putain.

Je ne veux pas la quitter. Le temps que nous passons ensemble est précieux.

Quelques minutes plus tard, elle ouvre la porte de son appartement. Comme le silence nous accueille, je suppose que Zara est en cours ou qu'elle est sortie avec Luke. Aujourd'hui, ces deux-là vivent comme des siamois. Mais je ne vais pas vanner Luke à ce sujet, parce que je ressens la même chose.

Natalie pose son sac sur la table de la cuisine. Je ne sais pas trop comment la jouer. Dois-je insister pour qu'elle me donne plus d'informations, ou laisser tomber et faire comme si tout était normal ?

Je n'ai pas le temps de prendre une décision qu'elle m'entoure de ses bras et me serre fort. Je l'étreins aussi, et elle resserre encore son emprise. C'est le genre de câlin que l'on fait à l'aéroport à quelqu'un qui quitte le continent pour un an.

Je repousse cette impression bizarre qui me gagne et je me mets à rire.

— Hé, qu'est-ce qu'il se passe ?

Elle bascule la tête en arrière et me sourit. Mais là encore, je vois bien qu'il y a quelque chose qui cloche. Comme si son sourire était teinté de tristesse. Je ne sais pas trop quoi en penser. S'il y a un souci, j'aimerais qu'elle m'en parle. Je préfère de loin m'attaquer à un problème de front plutôt que d'être pris au dépourvu par la suite.

Au lieu de répondre, elle se dégage de mon étreinte et m'entraîne vers la chambre. Ses yeux restent rivés sur les miens quand elle me pousse sur le lit et tire mon T-shirt. Elle le jette par terre, puis s'attaque aux boutons de mon pantalon.

Même si j'aime la tournure que cela prend, je pose ma main sur ses doigts, arrêtant leur mouvement frénétique.

— Natalie ?

Elle lève les yeux.

— Qu'est-ce qu'il se passe ? demandé-je.

Je me creuse la tête en quête de réponses, puisqu'elle ne semble pas vouloir m'en donner.

— Il s'est passé quelque chose avec ton père ?

Je m'accroche à la moindre piste. Il faut qu'elle m'aide.

Elle secoue la tête.

— Tout va bien. Je veux juste être avec toi.

Je n'achète pas son histoire. Mon instinct me dit qu'il se passe quelque chose, mais j'ignore quoi. Et ça commence à me rendre dingue.

Elle ouvre le bouton et fait glisser la fermeture Éclair jusqu'à ce qu'elle puisse passer sa main à l'intérieur de mon boxer.

D'accord… Si elle essaie de me distraire pour que je ne pose plus de questions, elle se débrouille très bien. Dès qu'elle enroule ses doigts autour de moi, je gémis et m'abaisse sur le lit, m'appuyant sur mes coudes pour lui donner un meilleur accès.

Elle me caresse, faisant glisser sa main de haut en bas. Il ne me faut pas grand-chose pour réagir. *Bon sang !* Il suffit que Natalie me regarde pour me rendre dur. L'alchimie entre nous est indéniable, mais il y a tellement plus entre nous.

Je laisse échapper une respiration sifflante lorsqu'elle me prend dans sa bouche. Sa langue tourbillonne autour du bout de mon érection avant de m'attirer plus loin. J'ai envie de m'allonger et d'en profiter, mais je m'oblige à garder les yeux ouverts. Il n'y a rien de plus torride que de voir Natalie à genoux, les lèvres entourant mon sexe, m'aspirant dans le havre chaud de sa bouche.

Merde. Je ne vais pas tenir longtemps.

Ce qui est difficile à encaisser, parce que je voudrais que ce moment dure pour *tou-jours*. En réalité, je me contenterais même de cinq minutes de plus de ce paradis, mais ça n'arrivera pas.

Deux, ce serait déjà bien. Elle étrangle mon sexe et fait glisser ses doigts de haut en bas au même rythme que sa bouche. Quand son autre main s'approche de mes bourses et joue avec, je sais que je suis sur le point d'exploser.

Je n'ai jamais joui dans la bouche de Natalie. Je suis parfaitement conscient que certaines filles n'aiment pas ça. Et je n'ai jamais voulu qu'elle pense que c'était une chose que j'attendais d'elle.

— Natalie, gémis-je en essayant de l'éloigner de moi. Je vais jouir !

Elle ouvre des yeux remplis de désir et laisse sortir mon membre de sa bouche. À nouveau, je laisse échapper une respiration sifflante lorsque l'air frais de la pièce frôle ma chair sensible.

— Je te veux dans ma bouche, murmure-t-elle.

Et elle revient sur moi, m'aspirant plus loin encore. *Meeeeeeeeeerde.*

Je me redresse et glisse mes doigts dans les longues mèches de ses cheveux et je la regarde monter et descendre sur mon membre. Lorsqu'elle remonte, elle lèche la fente avant de me prendre à nouveau entièrement dans sa bouche. Plus elle m'attire en elle, plus j'ai du mal à garder le contrôle.

La main qui caresse mes bourses se resserre, et son regard se fixe sur le mien. Un orgasme monte, et je fais doucement bouger mes hanches.

Et je jouis.

Longuement, et fort.

Je n'arrive pas à détacher mes yeux de Natalie qui continue de me sucer. Jouir dans sa bouche… Je ne crois pas avoir jamais vu quelque chose de plus sexy. Mon orgasme me donne l'impression de durer des jours. Pas une seule fois elle ne faiblit. Même lorsque je m'écroule sur mes coudes, elle est toujours là, drainant jusqu'à la dernière goutte de mon sexe qui se ramollit.

Incapable de tenir un instant de plus, je l'attrape par les bras et la hisse contre moi alors que je m'allonge sur le lit. Je la serre dans mes bras : je ne veux plus jamais la lâcher.

— Merde, bébé, c'était bon.

Elle sourit et je l'embrasse, introduisant ma langue dans sa bouche avant de la faire basculer. Oh, comme j'aime la sensation de son corps sous le mien !

— Ce n'est que justice que je te rende la pareille, non ? grogné-je.

Elle rit.

— Je l'espère sincèrement.

Je me redresse et lui arrache pratiquement ses vêtements jusqu'à ce qu'elle soit nue. Alors je m'assieds et admire la beauté de Natalie, c'est plus fort que moi. Elle est d'une absolue perfection.

Sous le coup de toute cette satisfaction post-orgasmique qui coule dans mes veines, je suis tenté de lui dire ce que je ressens, mais j'ai peur qu'elle ne soit pas prête à l'entendre. Il est peut-être trop tôt. Je ne veux pas l'effrayer. Au lieu d'exprimer les mots qui bouillonnent sous la surface, je lui montre avec mes mains et ma bouche, pour qu'elle se sente vénérée.

Je descends le long de son corps et embrasse ses seins, sa cage thoracique et son ventre. Puis je remonte pour aspirer un mamelon dans ma bouche. Lorsqu'elle se cambre et s'agite sous moi, je change de côté et je suce avidement l'autre bourgeon tendu. Elle gémit et plonge ses doigts dans mes cheveux, faisant courir ses ongles sur mon cuir chevelu. Le mélange de plaisir et de douleur est agréable.

Tout ce que nous faisons est fantastique.

Ça semble juste. Comme si j'avais enfin trouvé la personne qui me donne l'impression d'être entier. Celle qui me voit tel que je suis et qui m'accepte, défauts compris.

— Brody…

Sa manière de gémir est comme une musique pour mes oreilles.

Je libère de ma bouche sa pointe dure comme du diamant et je dépose un baiser à l'endroit où se trouve son cœur, entre ses seins, avant de lécher une piste brûlante jusqu'à son bassin. Une fois encore, je dépose des baisers doux et tendres sur l'intérieur de ses cuisses et le bas de son ventre.

— Brody, s'il te plaît…, gémit-elle encore.

Natalie écarte les cuisses en signe d'invitation. Je me retiens de plonger directement dans sa douce intimité. J'en ai envie. Oh, que oui, j'en ai envie ! Mais je veux la rendre aussi dingue qu'elle me rend fou. Je veux qu'elle comprenne que je suis le seul à pouvoir lui faire ressentir ça. Je veux qu'elle soit aussi accro à moi que je le suis à elle.

Est-ce même possible ? Je l'ignore. Mais je vais tout de même essayer.

Me glissant dans cet espace qu'elle m'offre, je saisis une longue jambe mince et lui mordille doucement le mollet avant de faire pleuvoir des baisers sur sa cuisse. Puis je fais de même avec l'autre jambe, et remonte au V de son bas-ventre. Je mordille son mont de Vénus, et elle se pousse contre moi. Ma langue parcourt son intimité avant de décrire des cercles indolents autour de son clitoris.

Elle gémit lorsque je m'éloigne, me déplaçant plutôt vers la peau délicate de l'intérieur de ses cuisses. Ma langue danse le long de ses lèvres extérieures, qui ont gonflé sous l'effet de l'excitation. Je me retire et je contemple son sexe.

Il est vraiment magnifique. Rose, doux et crémeux. Je pourrais me perdre dans la chaleur soyeuse de son corps.

— Brody, je t'en prie… Arrête de m'allumer, supplie Natalie avec une moue.

— Je n'arrêterai jamais de t'allumer, bébé, marmonné-je en levant les yeux vers elle.

Puis je lui fais lentement l'amour avec mes lèvres et ma langue, la précipitant sans relâche vers l'orgasme jusqu'à ce qu'elle crie mon nom inlassablement.

C'est la meilleure sensation au monde.

CHAPITRE 38

BRODY

Il se passe quelque chose avec Natalie.

Elle agit bizarrement depuis quelques jours, et quand je lui demande ce qui ne va pas, elle sourit et me dit que tout va bien. Mais ce n'est pas le cas. Loin de là.

Comment puis-je résoudre le problème si elle ne veut même pas admettre qu'il y en a un ?

Quelle est la logique dans tout ça ? Quoi ? Elle croit que je lis dans les pensées ?

Eh bien non, ce n'est pas le cas. C'est ma toute première relation. J'ignore ce que je fais. Je suis comme un aveugle qui trébuche dans l'obscurité…

Certes, cela n'a sans doute pas de sens, mais vous voyez ce que je veux dire.

Désespéré, je m'adresse à la seule personne susceptible de m'offrir un conseil à peu près valable. Il est certain que je ne peux pas demander à Sawyer ou à Cooper. Ces deux-là sont les personnes à contacter si vous avez des questions concernant les règles en matière d'orgie.

Parce que, oui, apparemment, ça existe.

Je frappe à la porte de Luke avant de l'ouvrir.

— Hé, tu as une minute ?

Il est en train de passer un T-shirt sur sa tête, comme s'il venait de sortir de la douche.

— Bien sûr, qu'est-ce qui se passe ?

Maintenant que je suis là, je ne sais pas trop comment aborder cette conversation sans avoir l'air d'un vrai crétin. Me balançant d'un pied sur l'autre, je me gratte le menton ; je gagne du temps.

Est-ce qu'il est trop tard pour faire marche arrière et prétendre que ça n'est jamais arrivé ?

Merde. C'est vraiment gênant. Je n'avais pas prévu de me sentir aussi ridicule en demandant à un ami de me donner des conseils en matière de relations amoureuses. Ce n'est pas comme si j'avais une tonne d'amis qui savent ce qu'ils font quand il s'agit du sexe opposé.

D'accord, je reformule. J'ai une tonne d'amis qui savent ce qu'ils font quand il s'agit des femmes. Mais peu d'entre eux savent s'y prendre en matière de petites amies.

Soyons honnêtes, mes amis les plus proches sont des joueurs de hockey. Et la plupart de ces hommes n'ont pas de relations monogames. Ils préfèrent de loin jouer sur le terrain et s'envoyer en l'air quand l'envie leur en prend.

Je suis passé par là. C'est tout à fait compréhensible.

Mais je n'en suis plus à ce stade. Et je ne veux pas tout gâcher avec Natalie. Je l'aime beaucoup trop pour cela. Donc, je suppose que si ça veut dire que je dois rester là à me sentir comme un parfait abruti, alors c'est ce que je vais faire.

Luke est le seul homme que je connaisse qui a déjà eu plusieurs relations amoureuses. C'est donc à lui qu'il faut que je m'adresse pour obtenir des conseils. Non ?

Très franchement, je n'ai pas beaucoup le choix.

C'est soit Luke, soit Jack Schiff, notre gardien et je crois que Jack est un peu occupé. Malheureusement, cela semble être une exigence pour être un gardien de but convenable. Qui d'autre serait assez dingue pour se tenir là et se faire bombarder de palets par des gars qui ont une frappe de cent cinquante kilomètres à l'heure ?

Exactement.

En plus, sa petite amie est tout aussi folle que lui. Ils sont ensemble depuis deux ans. Mais les flics sont également venus les voir à deux reprises pour des problèmes domestiques, car lorsque cette fille s'énerve, elle pète carrément les plombs.

Luke est une valeur sûre.

— Hum… marmonné-je.

Alors que je reste là, sans rien dire, Luke penche la tête et me regarde avec un intérêt croissant.

— Qu'est-ce qu'il se passe ?

Je secoue la tête et passe mes doigts dans mes cheveux. C'est tellement plus difficile que je le pensais de cracher les mots.

Il rit.

— Brody ?

— Tu es la seule personne à qui je peux parler de ça, d'accord ? lui dis-je en baissant la voix et en fermant la porte. Et je ne veux pas que tu me saoules avec ça après, d'accord ?

D'un air légèrement déconcerté, mais toujours très amusé, il répond :

— Euh, d'accord.

— C'est à propos de Natalie.

— Merde ! s'exclame-t-il, et son amusement s'estompe. Tu as déjà tout foutu en l'air ? Parce qu'il y a un pari sur le fait que ça ne durera pas plus de six semaines.

— Je n'ai rien fait. Enfin, je ne crois pas. C'est bien ça le problème. Je ne sais pas si j'ai fait quelque chose ou non, lui expliqué-je.

Je me redresse et me renfrogne.

— Attends une minute… un pari ?

Je fronce les sourcils et plisse les yeux.

— Qu'est-ce que tu as parié ?

Il a l'air penaud.

— Trois semaines. J'ai déjà perdu mon fric.

Je lève les yeux au ciel.

— Sérieusement, mec ?

Il hausse les épaules.

— Qu'est-ce que tu veux que je te dise ? Tu as toujours été du genre à te taper des coups d'un soir. Tu n'avais pas une sorte de règle pour ne pas coucher plus de deux fois avec la même fille ?

C'était trois fois en six mois. Mais bon… je vois où il veut en venir.

— Pourrions-nous, s'il te plaît, rester concentrés ? lancé-je d'un ton sec.

— Bien sûr, répond-il avec un haussement d'épaules. Qu'est-ce qu'il se passe avec Natalie ?

Je secoue la tête et me passe les doigts dans les cheveux pour la deuxième fois.

— Je ne sais pas. Elle agit bizarrement. Chaque fois que je lui demande ce qu'il en est, elle me balaie d'un revers de main et me dit que tout va bien. Mais quelque chose ne va pas. Tu comprends ?

Je scrute son visage, j'essaie de comprendre.

Luke prend place derrière son bureau et fait pivoter la chaise vers moi, tandis que je m'installe sur le lit en face de lui.

— Peut-être qu'il n'y a vraiment rien qui cloche avec elle.

Il se penche en avant, les coudes sur les genoux.

— Peut-être que tu imagines des trucs qui n'existent pas.

À ce stade, tout est possible. Mais mon instinct me dit qu'il se passe quelque chose.

— Je ne sais pas. Elle semble plus distante ces derniers temps. Parfois, je la surprends en train de me fixer et elle a ce regard… J'attends qu'elle lâche une bombe, mais elle ne l'a pas fait.

Et ça me tue. Chaque fois que cela se produit, je retiens mon souffle et j'attends.

Nous gardons tous les deux le silence un moment avant qu'il suggère :

— Pourquoi ne pas l'inviter à dîner… Ou mieux encore, tu lui cuisines un truc sympa, dit-il en me montrant du doigt. Ça montre que tu fais des efforts, et les filles adorent ça. Tu sors une bouteille de vin, et vous pouvez parler.

Hmm. Ce n'est pas une mauvaise idée.

Je veux que Natalie comprenne que même si j'ai été un joueur dans le passé, ce n'est plus le cas aujourd'hui. Elle peut me faire confiance.

Je veux que ça marche entre nous. J'ai envie de quelque chose sur le long terme.

Je crois que Luke tient quelque chose.

Je hoche la tête.

— Très bien, je vais faire ça.

— Dis-moi quand, et je veillerai à ce que Zara et moi libérions l'appartement. Vous aurez l'endroit pour vous seuls.

J'acquiesce et je tends le poing pour qu'il tape dedans.

— Merci, mec. J'apprécie.

— Quand tu veux, dit Luke. Natalie a été bénéfique pour toi. Ne fous pas tout en l'air.

Je hoche la tête. Il a raison. Natalie a été bénéfique pour moi. Et la dernière chose que je veux, c'est tout gâcher et la perdre.

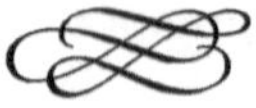

CHAPITRE 39

BRODY

Je verse deux verres de vin et j'allume la bougie au milieu de la table dans la salle à manger. Près de la flamme vacillante se trouve un bouquet de fleurs sauvages que j'ai acheté à l'épicerie pendant que je faisais mes courses pour le dîner, et que j'ai mis dans un vase.

D'un œil critique, j'observe le décor. Je veux que tout soit parfait. Romantique, mais pas trop ringard. Malheureusement, je n'ai pas le temps de m'occuper de la table, car le minuteur des pâtes qui sont en train de bouillir sur la cuisinière sonne.

Croyez-le ou non, je n'avais jamais fait de spaghettis auparavant. Il a fallu que je lise les instructions. Ensuite, pour être sûr de ne pas tout gâcher, j'ai vérifié sur YouTube. Ça semblait assez simple, et j'irais même jusqu'à dire que c'était une recette que même un nul pouvait réussir. Sauf que je ne veux pas me porter la poisse.

À l'aide d'une fourchette, j'extrais une pâte pour vérifier la cuisson.

— Merde ! marmonné-je en me brûlant les doigts juste avant de jeter la pâte dans ma bouche, la mâchant rapidement.

Je vérifie la sauce.

Elle est bonne.

Même si elle sort d'un pot. Donc... ce serait dur de me rater, ce qui en fait le dîner idéal pour un novice comme moi. Il me faut encore les petites roulettes comme sur un vélo. C'est un dîner qui montre que j'ai fait des efforts, mais rien qui pourrait finir par ressembler à une briquette de charbon.

Ou pousser les pompiers à entrer en défonçant la porte.

Je mets le pain à l'ail au four pendant cinq minutes et verse un sachet de salade dans un bol.

Pour la cinquantième fois, je balaie la table du regard pour faire le point. Elle est chouette. Je ne veux pas m'auto-congratuler trop tôt, mais je déchire pour cette histoire de dîner.

Natalie va être super impressionnée par mes talents culinaires. Et vous savez quoi ? Je m'impressionne beaucoup moi-même.

Au moment où je sors le pain du four, j'entends une clé glisser dans la serrure et la porte de l'appartement s'ouvre. Mon cœur s'emballe subitement. Je n'arrive pas à croire que je suis aussi nerveux. Il faut que cette soirée se déroule sans accroc. Le but est que Natalie comprenne à quel point elle est importante pour moi.

Si tout se passe comme prévu, je pourrai même lâcher la bombe A. Je manque de secouer la tête en imaginant ça. À cet instant, je m'abasourdis moi-même.

Natalie arrive, et elle s'arrête brusquement en me voyant debout dans la cuisine.

— Qu'est-ce qu'il se passe ? murmure-t-elle, l'air abasourdie.

J'énonce l'évidence en pointant du doigt les casseroles qui encombrent le plan de travail.

— J'ai préparé à dîner pour toi, lui annoncé-je, avant de corriger, enfin, pour nous.

Elle balaie lentement la cuisine du regard avant de poser les yeux sur la table. Elle inspire brusquement et porte les doigts à sa bouche.

— La bougie, ce n'est pas *too much*, si ? lui demandé-je nerveusement, regrettant de n'avoir pas fait de choix entre les fleurs et la bougie.

C'est peut-être exagéré.

Elle secoue la tête.

— Non, c'est parfait. Absolument parfait.

Mon corps tout entier se relaxe, et je me rends compte à quel point je m'étais tendu dans l'attente de sa réaction.

— Bien. Je veux que tout soit parfait pour toi.

Ses yeux se posent à nouveau sur les miens.

— Je n'arrive pas à croire que tu as fait tout ça.

Comme elle n'a pas bougé, je comble la distance qui nous sépare et fais glisser sa besace de son épaule, la laissant tomber sur le sol. Puis je l'enveloppe dans mes bras. Les siens se glissent autour de moi et me serrent si fort que j'ai l'impression qu'elle va m'empêcher de respirer. Mais j'adore ça. J'adore le fait qu'elle s'accroche à ce point.

Je dépose un petit baiser au sommet de sa tête.

— Je voulais faire quelque chose de spécial pour toi.

— Merci.

Je m'écarte pour pouvoir la regarder dans les yeux. Elle cille pour en chasser l'humidité en me regardant fixement. Un éclat particulier habite son regard. C'est du bonheur. Mais quelque chose d'autre, sur lequel je n'arrive pas à mettre le doigt, s'y cache aussi. Ça m'a tracassé toute la semaine.

Je l'ignore et je dis :

— J'espère que tu as faim.

— Je meurs de faim. Je n'ai pas eu le temps de déjeuner parce qu'il y avait trop de monde, m'informe Natalie.

Haussant les sourcils, je la taquine :

— Quoi ? Tu n'as pas eu le temps de manger des frites ? Comment est-ce possible ?

Elle sourit, et ce qui hantait son expression disparaît.

— C'était une séance marathon d'étude à la bibliothèque.

Je hoche la tête en pensant à la première fois où nous avons étudié ensemble au second étage. D'accord, je ne pense sans doute pas autant à la partie révisions qu'à ce qui s'est passé pendant la pause.

Je me débarrasse de cette image.

— Et si tu t'asseyais pendant que j'apporte nos assiettes ?

— D'accord.

Elle s'assied, prend son verre de vin et en boit une petite gorgée. Je pose devant elle une assiette de pâtes et du pain à l'ail. Il y a un bol pour la salade sur le côté.

Même si je sais que Natalie est surprise et heureuse du dîner que j'ai préparé, je sens encore quelque chose d'anormal dans son comportement. Craint-elle que je ne sois pas sérieux à son égard ?

Elle n'a pas besoin d'avoir peur. Je n'ai jamais pris un tel engagement et elle le sait. Si je n'avais pas envie d'être avec elle, de poursuivre notre relation, je romprais.

Je veux Natalie.

Je comprends qu'être avec moi, c'est beaucoup à gérer. Elle se fiche de l'attention qu'elle reçoit pour l'unique raison qu'elle est ma petite amie. Elle aime se balader sur le campus dans l'anonymat. Elle déteste les groupies qui traînent toujours dans les parages, mais je n'ai absolument rien fait pour encourager leur comportement. Je garde les filles à bonne distance parce que je ne veux pas qu'elle ait l'impression d'avoir quelque chose à craindre. Je ne suis pas Reed Collins. Jamais je ne la tromperai, ou lui ferai du mal comme lui l'a fait.

Tout ce qui compte, c'est que nous soyons heureux ensemble. Le reste n'est que littérature. Nous allons faire en sorte que ça fonctionne entre nous.

Lorsque nous avons terminé de manger, Natalie se lève de son siège pour débarrasser la table.

— Assieds-toi, je m'en occuperai plus tard. Je m'occupe de tout ce soir, y compris du service, lui expliqué-je.

Quand elle commence à protester, je lui montre son verre de vin à moitié rempli.

— Savoure ta boisson. Je reviens tout de suite.

J'attrape nos deux assiettes et la salade et dépose le tout dans l'évier. J'ai acheté un gâteau au chocolat raffiné au magasin. Il était hors de question que je tente de préparer un dessert. Je suis bien conscient de mes limites.

Les pâtes étaient largement suffisantes pour une soirée. Et je considère comme une victoire le résultat plus que correct. Je m'assieds et remplis son verre de vin.

— C'était vraiment chouette, dit-elle.

Je souris.

— Je suis content que tu aies apprécié.

— Personne n'a jamais préparé de dîner pour moi, alors merci, ajoute-t-elle doucement.

Je saisis ses doigts. Nous y sommes. Ça passe, ou ça casse.

— Je sais que nous ne sommes pas ensemble depuis longtemps, mais je veux que tu saches que je tiens vraiment à toi, lui dis-je, serrant sa main pour souligner mes paroles. Je veux que ça marche entre nous. Je pense à long terme.

J'ai le ventre tordu par le stress. J'ai le même sentiment qu'avant de m'engager sur la glace pour la première fois lors d'un match de championnat. Quand je suis tellement excité que je suis à deux doigts de vomir.

— L'année prochaine, je serai à Milwaukee, et je veux que tu y sois avec moi.

Une fois que je l'ai dit, j'expire. Le soulagement m'envahit. Je m'attends à ce qu'elle dise quelque chose, mais elle reste muette. Elle se contente de me fixer de l'autre côté de la table.

Ne sachant pas quoi faire, je déclare :

— Je t'aime, Natalie.

Le cœur serré, j'attends qu'elle réponde à ces trois petits mots. Chaque seconde qui s'écoule lentement est une véritable agonie.

CHAPITRE 40

NATALIE

Je t'aime.

Ces mots ricochent dans mon cerveau comme une balle. J'ai l'impression que les pâtes que je viens de manger vont faire une réapparition inattendue. Je pose une main à plat sur mon ventre pour tenter d'empêcher que cela ne se produise.

Comment suis-je censée répondre ?

Je sais ce que j'ai envie de dire.

Je voudrais me lever et lui avouer que je l'aime aussi, mais je ne peux pas faire ça. Les paroles de John McKinnon me trottent dans la tête depuis quelques jours, et cela me fait mal de le dire, mais je crois qu'il pourrait bien avoir raison.

Brody ferait mieux de se concentrer sur le hockey et de terminer sa dernière année avant d'aller à Milwaukee. Il n'a pas besoin de cette distraction qu'est devenue notre relation.

Même si j'ai l'impression que mon cœur est en train de se déchirer en lambeaux, je dis prudemment :

— Brody, je tiens beaucoup à toi.

Son corps s'immobilise totalement, et il cligne des yeux, comme s'il n'avait pas bien entendu, avant de répéter à voix basse :

— Tu tiens à moi ?

— Oui, dis-je en hochant la tête.

Tout à coup, je sens comme un poids sur ma poitrine, et je n'arrive plus à respirer. Aspirer de l'air est douloureux.

— Beaucoup.

Je retire mes doigts de sous les siens et les pose sur mes genoux. Je le fixe toujours du regard.

— Mais cette relation évolue très vite.

Je déglutis et je balance tout le reste. Si je ne le fais pas maintenant, j'ignore si je pourrai le faire à un autre moment.

— Je ne suis pas prête pour ça.

— Tu n'es pas prête pour… *ça* ? répète-t-il, les yeux écarquillés. *Pour nous ?* Pour une relation ?

Sa voix grimpe à chaque question qu'il m'envoie.

J'ai envie d'enfouir mon visage dans mes mains et de pleurer. Mais je ne peux pas faire ça. Il faut que j'en finisse. À son insu, Brody vient de me fournir l'excuse parfaite pour tout arrêter.

— Je n'avais pas réalisé que tu pensais à long terme, affirmé-je en secouant la tête. J'ignore ce qu'il se passera l'année prochaine. Je ne sais pas où je serai. Je pourrais être ici ou n'importe où ailleurs dans le pays. Je dois aller là où je peux trouver un emploi. Et comme tu vas à Milwaukee…

Je laisse mes mots s'envoler comme si l'issue était évidente.

— Même si je suis à Milwaukee et que tu es ailleurs, nous pouvons toujours faire en sorte que ça fonctionne.

Je hausse les épaules.

— Les relations à distance, c'est difficile. La plupart ne survivent pas aux six premiers mois. Pourquoi se donner la peine de s'exposer à l'échec ?

Il retire ses mains de la table et croise les bras, le visage marqué par la douleur.

— Je croyais que nous étions sur la même longueur d'onde, murmure-t-il.

— Je suis désolée. Je ne suis tout simplement pas prête à prendre ce genre d'engagement. Il se passe tellement de choses en ce moment. Il y a tellement d'inconnues.

Il inspire brusquement, puis expire lentement avant de hocher la tête.

— D'accord. On peut ralentir un peu les choses. Je ne m'étais pas rendu compte que j'allais si vite.

Je baisse les yeux sur la table. Je dois faire une rupture nette. Et je ne peux pas contempler l'angoisse qui emplit ses yeux lorsque je prononce les mots. Je ne peux pas. La douleur qui m'envahit déjà est atroce. D'un moment à l'autre, je vais m'effondrer sur le sol et lui dire la vérité.

— Je pense qu'il vaut mieux qu'on fasse une pause. Ça ne sert à rien qu'on s'implique si tu pars à Milwaukee à la fin de l'année, lui dis-je, m'obligeant à le regarder dans les yeux. Nous savons tous les deux qu'une fois en NHL, de nombreuses femmes se jetteront sur toi. Est-ce que tu pourras vraiment résister à cette tentation ?

Je laisse passer quelques secondes, et j'ajoute :

— Est-ce que tu en auras même envie ?

Brody est bouche bée. Il donne l'impression que je viens de le gifler.

— Tu es sérieuse, là ? murmure-t-il. C'est ce que tu penses de moi ?

Je penche la tête.

— Allez, tu as passé toute ta vie à t'envoyer en l'air à tout va. Tu n'es même pas capable de me dire avec combien de femmes tu as couché.

Il secoue la tête.

— Je n'arrive pas à croire que tu me jettes ça à la figure. J'essayais d'être honnête avec toi, me dit-il, et je vois ses yeux couleur whisky s'emplir de douleur.

— Et j'essaie de faire pareil.

Il tend la main par-dessus la table. Le désespoir se lit sur chacun des traits de son visage.

— Qu'est-ce qui t'arrive, Natalie ? D'où ça vient, tout ça ?

Mes larmes sont si près de couler qu'elles me brûlent les yeux. J'ignore combien de temps encore je pourrai contenir mes émotions. Je hausse les épaules.

— J'y ai beaucoup réfléchi ces derniers temps, et je ne pense pas qu'une relation puisse fonctionner entre nous à long terme. Je ne veux pas qu'on perde notre temps, toi ou moi.

L'air bouleversé, il se recule à nouveau.

— Eh bien, j'apprécie ton honnêteté.

— Je suis désolée. Vraiment. Tu es un homme merveilleux. J'espère que tu le sais.

Il ricane en se levant.

— Bien sûr. Je suis un type fantastique. Mais pas pour toi, c'est ça ?

— Ce n'est pas ce que j'ai dit, murmuré-je, désespérée.

— Tu n'avais pas besoin de le faire.

La panique m'envahit et je me lève d'un bond de ma chaise. Même si je sais que je fais ce qu'il y a de mieux pour Brody, ce n'est pas facile. Je ne veux surtout pas lui faire de mal, mais cela semble être la seule solution.

— Brody, attends…

— Je vais m'en aller, dit-il en récupérant sa veste qu'il enfile. Je te verrai plus tard, d'accord ?

J'acquiesce lamentablement. Il n'y a rien à ajouter.

Il claque la porte, et les larmes que je retenais s'écoulent.

— Je t'aime aussi, murmuré-je dans le silence, sachant qu'il ne se rendra jamais compte de ce que je ressens vraiment pour lui.

Pour pouvoir briser son cœur, il a fallu que je brise le mien.

CHAPITRE 41

BRODY

— **P**rends une autre bière, Bro, dit Sawyer. Ça aidera à atténuer la douleur.

Il me lance une canette de Miller Lite. Affalé sur le canapé, je l'attrape d'une main. Puis je l'ouvre et en bois une longue gorgée. Je suis incapable d'imaginer que quoi que ce soit puisse atténuer la douleur qui m'envahit, mais je ne dis pas cela parce que je me sens déjà comme le pire idiot du monde.

Cette soirée s'est avérée être un échec cuisant. J'ai avoué à Natalie que je l'aimais, et elle, en retour, m'a dit qu'elle voulait ralentir notre relation jusqu'à la rendre inexistante.

C'est presque risible. Sauf que je pourrais en pleurer.

Je pensais vraiment qu'il y avait quelque chose de spécial entre Natalie et moi. Comment ai-je pu me tromper à ce point ? Ça n'a aucun sens. J'ai beau me creuser la tête, rien n'y fait.

Tout ce que je sais, c'est que je vais tordre le cou à Luke quand je le verrai. Tout est de sa faute.

Prépare-lui un dîner, a-t-il dit.

Ensuite, vous pourrez parler, a-t-il dit.

Qu'est-ce que j'en ai tiré, à part un coup de pied au cul ?

Je suis tellement perdu dans ma détresse qu'il me faut un moment pour réaliser que des ongles brillants, couleur fuchsia, se promènent paresseusement sur mon bras.

— Hé, Brody, me dit une voix à l'oreille. Ça fait un moment que je ne t'ai pas vu.

Je jette un coup d'œil à la blonde dont le T-shirt moulant épouse toutes les courbes. Je plisse les yeux, essayant de me souvenir de son nom. C'est l'une de ces filles qui traînent toujours à la maison. Je lui adresse un sourire crispé, en essayant de ne pas me souvenir de la raison de ce geste.

— J'ai été très occupé.

Elle fait claquer sa langue, et pose sur moi un regard appréciateur.

— Où est ta copine ?

— Je n'en ai pas.

C'est peut-être là que je me suis trompé. J'ai toujours vécu ma vie selon des règles strictes. C'était la première fois que je m'autorisais à les briser. Et maintenant, regardez-moi. Je suis une loque. Tout ça parce qu'une fille m'a largué.

Plus jamais, juré-je en silence. *Rien* ne vaut une telle souffrance.

Sans invitation, Blondie s'installe sur mes genoux et passe la paume de ses mains sur mon torse.

— C'est dommage, ronronne-t-elle, bien que rien dans sa voix ne suggère qu'elle pense que c'est dommage. Je peux peut-être t'aider à ne plus penser à elle.

Je porte la bière à mes lèvres et en bois une autre gorgée. Ce que propose cette fille ne m'intéresse pas.

Au moment où j'ouvre la bouche pour le lui dire, j'entends :

— Qu'est-ce que tu crois être en train de faire, McKinnon ?

Je tourne les yeux en direction de la voix qui a hurlé la question. *Zara*.

Luke se tient derrière elle. À y regarder de plus près, on dirait qu'il la retient. Il fronce les sourcils en me fixant d'un regard noir. Il a l'audace de me regarder comme ça ? Ah ! Je vais lui dire ma façon de penser. Il va regretter de m'avoir donné ce sage conseil.

Enfoiré.

La fille sur mes genoux sourit timidement et fait un petit signe de la main à Zara. Luke resserre son étreinte sur sa petite amie qui grogne et fait un pas en avant, tentant de se défaire de son emprise. J'ai l'impression que si Zara met la main sur la fille, l'enfer va se déchaîner.

— Si tu n'éloignes pas ton derrière maigrichon de lui, je vais t'arracher toutes tes extensions une à une ! hurle Zara.

Passant ses bras autour de mon cou et me collant ses seins au visage, Blondie se penche vers Zara et ricane :

— Essaie toujours, espèce de garce.

Zara se débat pour essayer de se libérer des bras de Luke, tout en balançant un chapelet d'injures à faire pâlir un marin. Elle n'ira nulle part, mais ça ne l'empêche pas d'essayer.

— Je jure devant Dieu, Amanda, que lorsque je te mettrai la main dessus, tu regretteras d'avoir ne serait-ce que posé un œil sur lui !

Amanda. C'est vrai. Blondie avec la voix de gamine.

Mais ce soir, pas de voix de gamine en vue. On dirait plutôt une chatte en colère.

— Tu devrais y aller, lui dis-je.

La vérité, c'est que je n'avais aucunement l'intention d'accepter l'offre que je lis dans ses grands yeux verts. Il n'y a qu'une seule fille qui m'intéresse, et elle m'a botté le cul il y a une heure.

Amanda fait la moue. Mais ça ne me fait absolument rien. Nada.

— Tu es sûr ?

Ignorant Zara, qui continue de jurer et de se débattre à cinq mètres de l'endroit où nous sommes assis, Amanda passe ses doigts sur moi.

— Oui, j'en suis sûr.

Me taper cette fille n'apaiserait en rien la douleur cuisante infligée par Natalie. Et même, je me sentirais encore plus mal demain matin.

— Très bien, soupire Amanda.

Prenant tout son temps, elle tortille ses fesses contre mon bas-ventre avant de se lever et de s'étirer comme si elle avait tout le temps. Elle fait ressortir ses seins et adresse un sourire sexy à Luke.

— Quand tu en auras marre de la fée Clochette psychopathe, tu sais où me trouver.

Oh, non, elle n'a pas fait ça…

Je lutte pour ne pas sourire. La rage brûle dans les yeux de Zara qui cherche une fois de plus à se jeter sur Amanda.

— Je te jure, espèce de sale garce, si tu t'approches de lui, je te démonte !

Serrant les dents, Luke étreint Zara plus fermement contre son corps et lui murmure quelque chose à l'oreille. Le feu dans ses yeux s'éteint lentement tandis qu'il embrasse le côté de son visage.

Une fois qu'Amanda est partie, Luke demande, avec une pointe d'humour dans la voix :

— Puis-je te faire confiance pour faire les bons choix ou dois-je te garder dans mes bras pour l'instant ?

Zara marmonne quelque chose où il est question de *botter le cul de cette fille*. Ce dont je ne doute pas, car Zara est une dure à cuire. Je crois que, sur ce point, Luke a trouvé la fille idéale.

Il rit et l'embrasse à nouveau avant de relâcher son étreinte.

— Détends-toi, bébé. Tout va bien. Tu n'as pas à t'inquiéter.

Au moment où Zara se détend contre lui, un sourire sur les lèvres, ses yeux se posent sur moi et elle affiche de nouveau son air renfrogné.

— Qu'est-ce que tu faisais avec Amanda ? Sérieusement ? Il y a trois heures, je t'ai laissé entrer dans mon appartement pour préparer un dîner à Natalie et maintenant tu es là, dit-elle en montrant du pouce la direction dans laquelle Amanda s'est éloignée, en train de batifoler avec cette garce ?

Une partie de moi n'a pas envie de parler de ce qu'il s'est passé avec Natalie. C'est encore trop frais. Mais si je ne le leur dis pas, je passe pour le méchant. L'abruti qui se tape tout le monde. Et vous savez quoi ? Ce n'est pas ce que je suis.

— Ça n'a pas marché, dis-je sèchement. Natalie m'a jeté.

— Impossible, réplique-t-elle, l'air choquée. Tu mens.

— Je ne mens pas.

Je soupire, et tout en moi s'effondre.

L'air aussi confus que moi, Zara croise les bras sous ses seins.

— Comment as-tu réussi à tout foirer ? Parce qu'elle t'aimait vraiment beaucoup.

Je ricane.

— Je lui ai préparé à dîner et je lui ai dit que je l'aimais. Alors… dis-moi, toi, comment j'ai réussi à tout faire foirer ?

C'est presque comique de voir leurs yeux s'écarquiller.

— Sans blague ? souffle-t-elle.

Embarrassé par ce que je viens d'avouer à mes amis, je porte la bière à mes lèvres et en bois une gorgée, essayant ainsi d'effacer l'humiliation. Ça ne marche pas.

— Mec… dit Luke, mal à l'aise, se balançant d'un pied sur l'autre. Ça craint.

— Ouais… c'est un gros euphémisme, murmuré-je.

— Mais ça n'a aucun sens ! dit Zara qui fronce les sourcils en secouant la tête. Natalie t'aime beaucoup. Je le sais. Honnêtement, toutes ces années que vous avez passées à vous tourner autour semblaient être une sorte de rituel d'accouplement bizarre. Ce qui m'a surprise, ce n'est pas que vous vous soyez finalement mis ensemble, c'est que ça ait pris autant de temps.

Je hausse les épaules. J'ai pensé la même chose. À part la partie du rituel d'accouplement bizarre.

— Natalie m'a largué, Zara, répété-je à voix basse. Je ne sais pas quoi te dire d'autre. Elle m'a dit qu'elle n'était pas prête à se lancer dans une histoire sérieuse.

Ce n'est que maintenant que je réalise que son comportement étrange de la semaine dernière était parfaitement logique. Je savais que quelque chose ne tournait pas rond chez elle.

Malheureusement, je ne savais pas à quel point j'avais raison.

CHAPITRE 42

NATALIE

— Tu as décidé de rompre avec lui ? me demande Zara en se laissant tomber sur la chaise de bureau de ma chambre.

Elle me fixe d'une manière troublante qui ferait craquer une femme moins avertie.

— Juste comme ça ?

Elle claque des doigts pour accentuer ses paroles. Elle n'a pas besoin de le faire. J'ai saisi. Elle est fâchée contre moi. Mon amie ne comprend pas pourquoi je ferais quelque chose d'aussi extrême.

Je triture nerveusement l'ourlet de ma chemise et je regarde ailleurs, évitant à tout prix le contact visuel. Zara me connaît depuis le CM1. Je crains que si elle cherche assez longtemps, assez fort, elle se rende compte que je mens. Il faut que je mette un terme à cet interrogatoire avant qu'il ne devienne incontrôlable.

— Oui.

Fronçant les sourcils, elle secoue la tête.

— Pourquoi faire une chose pareille ?

Zara veut des réponses, et j'ai le sentiment qu'elle n'aura de cesse de les trouver. Elle est d'une ténacité exaspérante.

Je m'oblige à la regarder dans les yeux, et je lui répète ce que j'ai dit à Brody hier soir.

— Parce que c'est mieux comme ça. Il part pour Milwaukee après avoir obtenu son diplôme. Il aura beaucoup à faire pour s'acclimater à la NHL et voyager pendant la saison. Et, il faut bien l'admettre, les relations à distance fonctionnent rarement. Je ne vois pas l'utilité de s'attacher ou de retarder l'inévitable.

La plupart des gens seraient d'accord avec tout ce que je viens de dire. Ce sont des obstacles légitimes à toute relation naissante. Mais je sais que Zara n'y croit pas.

Cela se confirme lorsqu'elle dit :

— Moi je dis : *conneries*.

— Quoi ?

Je me redresse un peu sur le lit et coince mes doigts entre mes genoux pour les immobiliser.

— Tu m'as bien entendue. Je dis : *conneries*. Nous sommes amies depuis douze ans, et je sais quand tu essaies de m'embobiner. Tu as un tic qui te trahit, me dit-elle en inclinant la tête. Tu le savais ? Chaque fois que tu essaies d'éviter une situation, tu détournes le regard et tu commences à triturer des trucs.

Elle agite un doigt dans ma direction.

— Et c'est exactement ce que tu es en train de faire en ce moment, affirme-t-elle en croisant les bras. Alors, épargne-moi tes conneries. Je veux savoir ce qu'il se passe vraiment.

Je me mords la lèvre et secoue la tête.

— Je ne peux pas te le dire, murmuré-je. En parler ne changera rien. J'aimerais qu'il en soit autrement.

Se levant de sa chaise, Zara franchit la distance qui nous sépare et s'assied sur le lit à côté de moi. Sa voix s'adoucit.

— Pourquoi ?

Je secoue la tête et regarde mes doigts emmêlés. Je ricane. Elle a raison à propos de ce tic. Je la regarde et une nouvelle vague de détermination m'envahit. J'essaie de faire ce qu'il faut pour Brody. Au final, c'est tout ce qui compte.

— Il n'y a pas lieu de revenir là-dessus, Zar. C'est ainsi que les choses doivent se passer.

— Explique-moi pourquoi il devrait en être ainsi, parce que je ne comprends pas, me dit-elle, et devant mon silence, elle poursuit. J'ai vu à ta fête d'anniversaire que tu tombais amoureuse de lui. Que s'est-il passé entre-temps ?

J'ai basculé lorsque Brody a organisé mon dîner d'anniversaire. Cette nuit-là a tout changé pour moi. Pour nous. J'aimerais qu'elle abandonne le sujet et laisse tomber, mais je sais que cela n'arrivera pas. J'expire et je dis :

— Il y a quelques jours, le père de Brody est passé à l'appartement pour discuter un peu.

Elle écarquille les yeux.

— Eh bien, je ne l'ai pas vue venir celle-là !

Je laisse échapper un petit rire sans joie, alors que la tristesse m'envahit. Je suis en train de m'y noyer.

— Ouais, moi non plus.

— Je suppose que Brody n'est pas au courant ?

— Non, et je ne peux pas lui dire non plus. Cela ne ferait que créer des problèmes entre eux, et je ne veux pas de ça.

— Qu'a-t-il dit ?

Je tente de garder mes doigts immobiles, mais je n'y parviens pas. Ils continuent à se tordre sur mes genoux.

— Il m'a dit que Brody devait se concentrer sur la fin de ses études et sur sa carrière en NHL. Que j'étais une distraction qu'il ne pouvait pas se permettre en ce moment.

Je jette un coup d'œil à Zara. Elle est bouche bée.

— Il a évoqué les bagarres avec Reed, et son exclusion de l'entraînement.

Je lis la colère dans ses yeux quand elle referme enfin la bouche.

— Et naturellement, c'est ta faute ?

Je hausse les épaules et m'oblige à prendre une respiration avant d'admettre :

— Oui, je pense que c'est sûrement le cas. Au moins en partie.

Je me remémore la bibliothèque et les pauses de travail torrides que nous prenions, ou quand il voulait manquer l'entraînement pour pouvoir me faire l'amour à la place. Sans moi, aucune de ces situations ne se serait produite.

Elle se renfrogne, irritée.

— Est-ce que tu viens d'endosser la responsabilité de ça ? s'exclame-t-elle.

Au lieu de s'en prendre au père de Brody, sa colère est dirigée contre moi.

— Arrête tes conneries, Nat. Brody est un grand garçon, capable de prendre ses propres décisions. S'il choisit de faire quelque chose, que ce soit en bien ou en mal, c'est sa responsabilité. Pas la tienne, me dit-elle, la voix pleine de dégoût. Son père n'avait pas le droit de te mettre tout ça sur le dos.

Une partie de moi est d'accord avec ce qu'elle dit. Brody a vingt-trois ans, il est capable de prendre ses propres décisions et d'en assumer les conséquences. Mais si ma présence dans sa vie le pousse à faire de mauvais choix, n'est-ce pas dans son intérêt que je me retire ?

— Brody a déjà subi assez de pertes, Zara.

Je ne peux pas entrer dans les détails avec elle parce que ce n'est pas à moi de les partager.

— Cette saison est très importante. Je ne veux pas qu'il gâche quoi que ce soit avec Milwaukee.

Elle fait le lien, et sa voix se teinte de mépris.

— Son père t'a dit de le larguer, n'est-ce pas ?

Ce n'est pas vraiment une question. Nous savons toutes les deux que c'était là que la conversation devait inévitablement mener.

— Il t'a donné l'impression que tout était de ta faute, et t'a dit d'aller te faire voir.

Zara semble prête à exploser.

— Oui, admets-je à contrecœur.

Même si se confier à Zara ne change rien à la situation, c'est bon de pouvoir en parler. Sautant du lit, mon amie se met à faire les cent pas dans la chambre. Elle a l'air aussi bouleversée que moi.

— Quelle ordure ! Je n'arrive pas à croire qu'il t'ait demandé de faire ça ! s'exclame-t-elle, et lorsqu'elle se tourne vers moi, son regard est dur. Brody ignore ce qu'il s'est passé entre vous deux. Il croit que tu ne tiens pas à lui.

J'enfouis mon visage dans mes mains en repensant aux expressions de douleur et de confusion qui ont traversé son visage lorsque je lui ai dit que nous allions trop vite et que je ne cherchais pas quelque chose de sérieux. Le laisser partir a été l'une des choses les plus difficiles que j'aie jamais eues à faire.

— Je t'en prie, Zar. Ne me fais pas me sentir plus mal que je ne le suis déjà.

— Mais c'est vrai, m'accuse-t-elle. Tu as brisé le cœur de ce pauvre gars.

Elle s'interrompt un moment.

— Brody mérite de connaître la vérité. À propos de tout.

— Ce n'est pas juste, murmuré-je d'une voix brisée. Tu ne vois pas que j'essaie seulement de faire ce qui est le mieux pour lui ?

— N'as-tu jamais envisagé, dit-elle d'une voix prudente, que tu pourrais être ce qu'il y a de mieux pour lui ?

Je la fixe du regard en silence, alors que ses mots s'infiltrent à travers mon cerveau.

CHAPITRE 43

NATALIE

Je coince ma lèvre inférieure entre mes dents tout en traversant le campus à toute allure. Pour des raisons évidentes, je redoute mon cours de finance de 10 heures. Je n'ai pas croisé Brody depuis qu'il est parti de mon appartement il y a quelques jours. Après un peu plus d'un mois ensemble, son absence dans ma vie a laissé un immense vide qui me semble impossible à combler.

Alors que le cours est sur le point de commencer, je me glisse dans la salle et m'assieds au dernier rang. Je sors mon matériel et jette un coup d'œil autour de moi, à la recherche de Brody. Maintenant que nous ne sommes plus ensemble, je m'attends à ce que tout redevienne comme avant. Ce qui signifie que Kimmie devrait être à côté de lui en train de bavarder.

Mes yeux se posent sur elle, mais il n'est pas là.

Il me faut encore quelques minutes pour me rendre compte que Brody n'est nulle part dans le petit amphithéâtre. Mais il doit forcément venir, non ? C'est l'un des cours où il est limite. Au bout d'un quart d'heure, il devient évident qu'il ne viendra pas du tout.

Ma crainte se mue en inquiétude. Ce n'est pas le genre de Brody de sécher les cours. Je ne m'en étais peut-être pas rendu compte avant, mais les notes de Brody comptent beaucoup pour lui. Il s'est très bien débrouillé lors du dernier test en finances et a pu augmenter sa note à un B⁻, ce qui lui permet de respirer un peu. Nous avons rompu, et il ne veut peut-être pas me voir, mais j'ai du mal à croire qu'il prendrait le risque de se retrouver sur le banc de touche.

Dès que le Dr Miller nous laisse partir, je franchis la porte à la hâte et sors du bâtiment. Je sors mon téléphone de mon sac et le regarde, me demandant si je devrais l'appeler pour voir si tout va bien. Mais j'imagine que Brody n'a aucune envie d'entendre parler de moi. Pour quelque raison que ce soit. Alors, à contrecœur, je range mon téléphone dans ma poche, et je continue à avancer.

Les paroles de Zara me trottent dans la tête depuis notre discussion. Ai-je pris la bonne décision en laissant partir Brody ? Aurais-je dû lui parler de la visite de son père ?

Je n'en sais rien.

Ça n'en a peut-être pas l'air, mais ce que j'ai fait partait d'une bonne intention. Je ne veux que le meilleur pour Brody. Si quelqu'un mérite le succès, c'est bien lui. Je ne veux surtout pas me mettre en travers de son chemin.

Alors que je passe devant l'association des élèves, tentant de décider de la marche à suivre, mes yeux tombent sur un visage familier. Sa présence est tellement inattendue et déplacée sur un campus que je m'immobilise. Je cligne des yeux, me demandant à moitié si je n'ai pas des hallucinations. Nos regards se croisent lorsque mon père se lève du banc sur lequel il est assis, et me fait un timide signe de la main en guise de salut.

Je remonte mon sac plus haut sur mon épaule, et je m'oblige à franchir la distance qui nous sépare. Je n'ai pas parlé avec lui depuis l'incident du restaurant avec sa fiancée.

Je ne comprends pas ce qu'il fait ici.

— Bonjour, Nat, dit-il lorsque je m'arrête à quelques mètres de lui.

— Salut.

Je remue d'un pied sur l'autre, mal à l'aise, cherchant un moyen de combler le silence qui s'étire maintenant entre nous. Je déteste qu'on en soit arrivés là.

— As-tu un peu de temps pour qu'on parle ? demande-t-il, une note d'espoir dans la voix.

J'ai envie de lui mentir, de dire que je suis en route pour un cours… mais je n'y arrive pas. J'ai beau être en colère, il est là. Il fait des efforts. Puis-je vraiment balayer ça d'un revers de main ?

Peut-être qu'il est nécessaire de mettre les choses à plat. Nous avons tous les deux eu le temps de nous calmer. Je déteste le fait que nous ne nous parlions pas. Avant la séparation, nous étions proches. Le fossé béant qui nous sépare est douloureux.

Je hoche la tête.

— J'ai un peu de temps.

Il sourit, soulagé. Je vois une partie de sa tension s'estomper, et ses épaules se détendent :

— Bien. Est-ce que tu veux aller ailleurs ou t'asseoir ici et parler ? demande-t-il en pointant le banc où il était assis. On fait au plus simple pour toi.

Je jette un coup d'œil autour de moi. Des tonnes de gens passent devant nous pour se rendre en cours, ou s'arrêtent pour déjeuner. C'est le dernier endroit où j'ai envie d'avoir une conversation à cœur ouvert avec mon père. Je crois que nous avons besoin d'un peu plus d'intimité que cet endroit nous offre.

J'indique la direction dans laquelle je me précipitais.

— Il y a des tables près de Hamlin Hall, à la limite du campus, où nous pourrons parler, dis-je avec un petit haussement d'épaules. C'est plus intime.

— D'accord, ça me paraît bien, approuve mon père.

Nous marchons ensemble en silence. Il n'y a pas deux façons de le dire : ça craint. Notre relation n'est plus simple et fluide comme avant. Au lieu de cela, elle est tendue et étouffante.

Nous arrivons à Hamlin Hall, qui dispose d'un grand nombre de tables éparpillées sur la pelouse où les étudiants peuvent déjeuner ou étudier. J'en choisis une à l'écart des gens, pose mon sac sur le plateau métallique et je m'assieds. Mon père se glisse en face de moi. Il s'agite quelques minutes avant de poser ses coudes sur la table et de croiser les doigts. Il les regarde fixement, comme s'il prenait son courage à deux mains.

Si je n'étais pas aussi nerveuse, je sourirais. Apparemment, je ne suis pas la seule à avoir un tic qui me trahit.

— Tout d'abord, je tiens à m'excuser pour ce qui s'est passé au restaurant, me dit mon père, me regardant droit dans les yeux. Avec le recul, je me rends compte qu'inviter Bridgette à prendre le dessert avec nous sans t'en parler était la pire façon de procéder. Il ne m'est pas venu à l'esprit que tu pourrais avoir l'impression d'avoir été prise au piège, et j'en suis désolé.

Je secoue la tête et demande :

— Comment imaginais-tu la situation ?

Je veux dire, pensait-il sérieusement que sa fiancée briseuse de ménage s'assiérait avec nous et que toute ma colère et ma tristesse disparaîtraient ? Ou que je m'en remettrais comme par magie ?

Il ouvre la bouche, puis la referme sans rien dire. Il tapote avec les doigts sur le plateau métallique de la table.

— Je ne sais pas, murmure-t-il enfin. Mais pas comme ça.

Je me penche vers lui alors que la colère et la douleur montent en moi. Depuis qu'il est parti, ces sentiments sont des compagnons permanents. Ils sont épuisants. Au lieu de m'énerver, je prends une grande inspiration pour me calmer, et je la relâche lentement.

— Je comprends que tu sois passé à autre chose, Papa, mais ce n'est pas le cas pour moi. Je suis encore en train de digérer le fait que toi et maman ne vous remettiez pas ensemble, commencé-je, puis je déglutis et balance le reste. Ma famille a explosé, et tu continues ta vie comme si de rien n'était.

— Je suis désolé, Nat.

Sa main glisse lentement par-dessus la table, et il prend mes doigts dans les siens. Comme je ne les retire pas, il les serre fort.

— Tu es la dernière personne à qui je voudrais faire du mal. Tu es tout pour moi.

On aurait pu penser qu'après dix mois, la douleur de leur séparation ne serait plus aussi vive, mais elle l'est. Je ne veux pas me montrer émotive, mais j'ai du mal à retenir mes larmes.

Même si je sais que cela n'arrivera pas, je ne peux m'empêcher de dire avec nostalgie :

— J'aimerais qu'il y ait un moyen pour toi et maman d'arranger les choses.

De nouveau, il serre mes doigts. Son regard se fait brillant et plein d'émotion. C'est dur à regarder. Et pourtant, ça fait du bien. C'est un peu comme arracher un pansement.

— J'aimerais qu'il en soit ainsi, moi aussi. La décision de partir n'a pas été facile à prendre. J'ai passé des années à y réfléchir, Nat. *Des années*, insiste-t-il.

Son regard scrute le mien.

— C'était bien avant que Bridgette n'entre en scène, avoue-t-il, et ses épaules s'affaissent sous le poids de ses paroles. J'aurais dû m'en aller plus tôt. Mais tu vivais encore à la maison, et j'espérais peut-être que ta mère et moi pourrions résoudre nos problèmes.

Tout dans ce moment est brutal et douloureux. Même si j'apprécie sa franchise, c'est difficile à entendre. Difficile à digérer et à accepter. Je détourne le regard, ne sachant que répondre.

— Je comprends bien que cette année a été compliquée pour toi, et si je pouvais revenir en arrière et changer ça, je le ferais. Je déteste que mes décisions t'aient fait souffrir.

Papa déglutit, sa voix se brise sous le coup de l'émotion.

— Ça me manque de passer du temps avec toi et d'apprendre tout ce qui se passe dans ta vie. Je passe à côté de tellement de choses en ce moment. Je veux que nous soyons à nouveau proches.

— C'est ce que je veux aussi, murmuré-je.

Même si je suis toujours en colère contre lui, la présence de mon père dans ma vie m'a manqué.

— Je sais que ma relation avec Bridgette est un sujet sensible pour toi. Mais j'ai bon espoir qu'avec le temps, nous pourrons arriver à nous entendre tous les trois.

Même si je n'imagine pas ça arriver un jour, je garde ces pensées pour moi. Il est ici, et il essaie d'arranger notre relation. Je sens que je dois au moins faire la moitié du chemin avec lui et être ouverte à l'idée. Peu importe à quel point elle est douloureuse.

— J'ai dit à Bridgette qu'il fallait ralentir les choses, dit mon père, me prenant par surprise.

Mes yeux se remplissent de larmes à l'idée qu'il puisse faire ça. Que mon père fasse passer mes sentiments avant les siens.

— Et comment l'a-t-elle pris ?

Est-ce horrible de ma part d'espérer qu'elle ait piqué une crise et qu'elle lui ait dit d'aller se faire voir ailleurs ? Sans doute, mais je m'en fiche.

— Elle a compris. Elle ne veut pas entraver notre relation, répond-il avec un petit sourire. Je crois qu'elle était juste un peu trop impatiente de te rencontrer.

Puis il secoue la tête, et admet :

— J'aurais dû y mettre un frein, mais je ne l'ai pas fait. C'est ma faute.

Même si cela me fait mal de l'admettre, même à moi-même, cette femme n'est peut-être *pas si mauvaise* que ça. Je me réserve toutefois le droit de reporter mon jugement à une date ultérieure.

— Je veux que nous passions du temps ensemble, dit mon père.

Même si c'est puéril et que je n'en suis pas fière, je demande :

— Seul ?

Il sourit, puis soupire.

— Oui, seul. Jusqu'à ce que tu sois prête, je ne mentionnerai pas Bridgette, d'accord ?

Il jette un coup d'œil à nos mains entrelacées et poursuit.

— Mais tu dois comprendre que je l'aime, Nat. À un moment donné, je vais l'épouser. Si tu n'es pas prête pour ça, nous attendrons, me dit-il, me jetant un regard dur. Pour l'instant.

Je préférerais qu'il revienne à la maison et qu'il arrange les choses avec ma mère, mais j'ai bien compris, ça n'arrivera pas.

Je hoche la tête.

— D'accord.

— Bien, dit-il en jetant un coup d'œil à sa montre. Tu es sûre que je ne peux pas t'inviter à déjeuner ? J'ai un peu de temps avant de retourner au bureau.

Pour la première fois depuis que j'ai croisé mon père, je me rappelle mes inquiétudes concernant Brody qui ne s'est pas présenté en cours. Je secoue la tête.

— Non, je suis désolée. J'ai un problème à régler, lui dis-je.

Je me lève du banc et récupère mon sac.

Puis je lui demande :

— Comment savais-tu où me trouver ?

Le campus de Whitmore est vaste et étendu. Essayer de retrouver quelqu'un ici peut s'apparenter à une partie de *Où est Charlie*.

— Ton ami Brody m'a dit où je pouvais te trouver.

Je me fige.

— Brody ?

— Oui, il est venu me voir à mon bureau. Je dois admettre que j'ai été surpris au début, mais il m'a aidé à comprendre à quel point tu as été durement touchée par tout ça, m'explique mon père en s'éclaircissant la gorge. J'ai honte de dire que je n'avais pas réalisé à quel point le divorce t'avait affectée. Je croyais que, parce que tu étais plus âgée, ce serait plus facile à gérer pour toi. Mais ce n'est pas le cas, n'est-ce pas ?

Je secoue la tête. Quel que soit votre âge, lorsque votre famille se sépare, ça fait mal. Mais ce n'est pas ce qui m'intéresse pour le moment. Mes genoux flanchent, et je retombe sur le banc.

— Brody est venu te voir ?

Je n'arrive pas à croire qu'il ait fait ça.

Il acquiesce.

— Oui, il est venu.

— Quand ?

J'ai du mal à prononcer le mot. Mon cœur s'emballe follement dans ma poitrine.

— Hier, me dit mon père. Nous avons discuté une trentaine de minutes.

Brody est passé le lendemain de notre rupture ? Ça n'a aucun sens. Mais pourquoi ferait-il une chose pareille ? Les larmes me montent aux yeux. Même si j'essayais, je n'arriverais pas à les empêcher de couler.

— Nat ? Qu'est-ce qui ne va pas ? me demande mon père, inquiet.

Je secoue la tête et essuie mes joues d'un revers de la main.

— Rien.

— Ce jeune homme tient vraiment à toi, me dit-il. Est-ce que c'est ton petit ami ?

Il m'observe attentivement depuis l'autre côté de la table. Je suis sûre qu'il essaie de comprendre ce qu'il se passe.

— Non, murmuré-je. Ce n'est pas mon petit ami.

Prononcer ces mots, c'est comme recevoir un coup de couteau dans le cœur. La douleur irradie dans toutes les parties de mon corps. Pour la deuxième fois, je me lève brusquement du banc et récupère mon sac.

— Je dois y aller, Papa. Je suis désolée.

Il se lève en même temps que moi, le visage marqué par l'inquiétude et la confusion.

— Tu es sûre que ça va ?

Mon esprit est tellement focalisé sur Brody que j'ai du mal à comprendre ce qu'il dit.

— Ça va aller, lui dis-je.

Je ne suis qu'à quelques pas de lui quand je fais volte-face et lance :

— Est-ce que je pourrais emprunter ta voiture ?

— Bien sûr.

Il n'hésite même pas, sort les clés de sa poche et me les lance.

Je les attrape au vol et commence à marcher à reculons.

— Comment vas-tu repartir au travail ?

— Je vais prendre un Uber.

Je lui souris.

— Sais-tu comment faire ?

— Je vais le découvrir, me dit-il en haussant les épaules. Ça ne doit pas être si compliqué que ça.

Je lui souris.

— Merci, Papa.

Il pointe la rue du doigt.

— Je suis garé un peu plus haut sur Denison. Maintenant, file. Je te verrai quand tu me déposeras la voiture. Peut-être qu'alors tu pourras m'expliquer ce qu'il se passe.

— Je le ferai !

Sur ces mots que je crie par-dessus mon épaule, je me mets à courir.

J'espère seulement que lorsque je retrouverai Brody, il m'écoutera et me laissera une chance de m'expliquer. Il est peut-être trop tard pour que nous nous remettions ensemble, mais il doit savoir que mes sentiments sont bien plus profonds que je ne le laisse paraître.

CHAPITRE 44

NATALIE

Je gare la Honda Accord de mon père et coupe le moteur. J'ai des papillons dans le ventre, à tel point que j'en ai la nausée. Sur le chemin, j'ai répété tout ce que je voulais dire. J'ai tout prévu dans ma tête. Mais maintenant, assise dans la voiture devant la maison de Brody, je suis incapable de me rappeler un seul mot.

J'ai peur qu'il ne me laisse pas l'occasion de m'expliquer. Et je ne peux pas vraiment lui en vouloir pour ça. Même maintenant, deux jours plus tard, l'expression de douleur qui est apparue sur son visage lorsque je lui ai dit que je n'avais pas le même genre de sentiments pour lui me fait mal au cœur.

Venir ici, c'est prendre un risque énorme. C'est une erreur. Mais...

Je ne peux pas *ne pas* dire à Brody ce que je ressens. Je ne peux pas le laisser croire que je ne tiens pas à lui, parce que c'est le cas. Tellement que mon cœur me fait mal.

Je ferme les yeux et inspire profondément avant de souffler lentement.

Très bien. Je peux le faire. Je peux...

Quelqu'un frappe fort à la vitre côté conducteur.

Mes yeux s'ouvrent et j'étouffe le cri qui monte dans ma gorge. Je lève une main et la pose sur ma poitrine. Mon regard se tourne vers le type à côté de la voiture. Il me fixe du regard, sourcils froncés.

— Natalie ? Qu'est-ce que tu fais ici ? demande-t-il.

Je déglutis et baisse la vitre.

— Salut, dis-je, tellement nerveuse que je peux à peine parler. Je suis venue parler à Brody.

Luke se redresse de toute sa hauteur et croise les bras. Son regard se durcit. Luke et moi avons toujours eu une relation amicale. Mais là, il me regarde comme si j'étais un insecte écrasé sur son pare-brise. J'ai l'impression que, si c'était dans sa nature, il me dirait d'aller me faire voir.

— Ce n'est pas vraiment une bonne idée, dit-il.

— Pourquoi ?

J'ai déjà l'impression que je vais perdre mes moyens. Ses paroles ne font qu'accentuer mon malheur.

— Parce que Brody a beaucoup de choses à gérer en ce moment.

Le dégoût qui emplit sa voix est palpable. Je grimace.

— Il n'a pas besoin que tu viennes lui embrouiller la tête. Tu as déjà fait du bon boulot dans ce domaine.

Je reste bouche bée. La culpabilité et l'angoisse se bousculent dans mes veines. Je proteste faiblement.

— Je n'ai pas…

— Si, tu l'as fait, m'interrompt-il froidement. Que tu t'en rendes compte ou non. Tu l'as fait.

Je déglutis, et j'essaie de m'expliquer.

— Mais…

Il ne veut rien entendre, secoue la tête et s'écarte du véhicule.

— Brody est à Milwaukee, il cherche un logement pour l'année prochaine. Il ne sera pas de retour avant dimanche soir. La meilleure chose que tu puisses faire pour lui, c'est de le laisser tranquille et de passer à autre chose.

Tout en moi s'effondre.

Je croyais que le pire des scénarios possibles était de faire part de mes sentiments à Brody et qu'il me dise d'aller me faire voir. Mais ça… ne pas pouvoir exprimer mes sentiments, c'est bien pire. Il faut qu'il sache que notre relation n'était pas à sens unique comme je l'ai poussé à le croire.

Oubliant Luke, je pose ma tête contre le volant et réprime les larmes qui me brûlent les yeux.

Que vais-je faire ? Ce que je dois lui dire doit être exprimé en personne, pas au téléphone.

— Natalie ?

Je tourne la tête sur le côté jusqu'à croiser le regard de Luke. Il a maintenant les doigts sur le cadre de la portière, et son visage inquiet remplit la vitre.

— Je dois lui parler, dis-je, un sanglot dans la gorge. Je dois lui expliquer ce qu'il s'est passé.

— Il t'aimait vraiment beaucoup, me dit Luke à contrecœur. Je n'ai jamais vu Brody aussi accro à une fille. Et toi…

Il s'interrompt. Je ferme les yeux, comme si cela pouvait bloquer la douleur. Ça ne fonctionne pas. J'en suis littéralement imprégnée.

— Je sais, murmuré-je. Je sais ce que j'ai fait. Je n'ai jamais voulu le faire souffrir.

— Mais tu l'as fait.

Je ne peux pas le nier.

— Je pensais faire le bon choix en le laissant partir.

Soudain, Luke se fait curieux.

— Crois-tu toujours que c'était la bonne chose à faire ?

— Non.

— Tu es l'une des rares personnes auxquelles Brody s'est ouvert et avec qui il a partagé sa vie. J'espère que tu t'en rends compte.

Un autre coup de poignard me transperce le cœur. Luke et Zara vont parfaitement bien ensemble. Ni l'un ni l'autre ne retient ses coups.

— Bien sûr que oui.

Comme si je ne me sentais pas déjà comme une merde, ses mots sans fard ne font qu'empirer les choses.

Luke soupire et se redresse.

— Brody et son père logent au Park Hotel à Milwaukee.

Quand je le regarde, il hausse les épaules et arque un sourcil.

— Maintenant, tu sais où il se trouve. Je suppose que c'est à toi de jouer maintenant.

Je relève la tête, acquiesce et démarre le moteur.

CHAPITRE 45

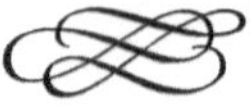

BRODY

— Tu penses quoi du dernier appartement que nous avons visité ? demande mon père, portant son verre de scotch à ses lèvres pour en boire une bonne rasade. Plutôt sympa, non ?

Nous avons pris l'avion tard hier soir et nous avons rencontré l'entraîneur défensif des Mavericks ce matin pour le petit déjeuner. Mon père et lui ont joué ensemble à Chicago avant que papa ne soit transféré à Détroit. Ensuite, nous avons passé le reste de la journée avec Dana, l'agent immobilier qui nous fait visiter Milwaukee. Nous sommes rentrés à l'hôtel il y a environ une heure et nous nous sommes arrêtés au bar pour prendre un verre.

Je hoche la tête, mais je ne prête pas vraiment attention à ce qu'il dit.

Je croyais que ce voyage à Milwaukee m'aiderait à oublier Natalie. Que je pourrais me concentrer sur l'avenir et mettre un peu de distance entre nous. Je n'ai fait que bouder. Je l'ai aperçue hier sur le campus, et mes jambes ont failli flancher. Je n'avais qu'une envie, la prendre dans mes bras, et…

Je me pince l'arête du nez. Quoi ? Qu'allais-je faire ? Lui faire entendre raison ? Exiger qu'elle reconnaisse ses sentiments pour moi ?

Non, je ne pouvais faire ni l'un ni l'autre.

Tant que je n'aurai pas accepté le fait que ses sentiments pour moi ne sont pas aussi profonds que ceux que j'éprouve pour elle, je devrai me tenir à l'écart. Et prendre le large me semblait le meilleur moyen d'y parvenir.

Mais cela n'a fait qu'enfoncer le clou en me faisant comprendre qu'une fois mon diplôme obtenu au printemps, je passerai à autre chose. Je ne verrai plus Natalie. Je ne la croiserai pas sur le campus. Ni à une fête. Ni en cours. Ce chapitre de ma vie sera terminé.

Il faut que quelqu'un m'explique comment je suis censé m'éloigner d'elle. De la seule femme qui me donne l'impression d'être vivant.

— Brody.

Je sors de mes pensées et reviens au présent.

— Oui ?

Mon père me regarde par-dessus le bord de son verre, puis prend une autre gorgée.

— Il faut que tu te bouges et que tu te concentres sur ce qui est important.

Je romps le contact visuel et fixe sans rien voir la paroi vitrée qui donne sur la rue animée.

Le temps a été gris et pluvieux pendant la majeure partie de la journée, et cela correspond parfaitement à mon état d'esprit.

— C'est ce que je fais, Papa.

Il lève un sourcil.

— Voilà exactement pourquoi je ne voulais pas que tu t'impliques avec quelqu'un à ce stade. Tu n'as pas besoin qu'une fille te retourne la tête.

Agacé par ses paroles, je passe les doigts dans mes cheveux et lui lance sèchement :

— Est-ce qu'on pourrait éviter de faire ça maintenant ?

Mon père est la dernière personne avec laquelle je veux parler de Natalie.

— Tu es mieux sans elle, Brody. J'ai déjà essayé de te le dire, mais tu n'as pas voulu m'écouter, me dit-il, pointant un doigt dans ma direction. Il faut que ça reste léger. Pas de relations.

Il me faut un moment pour que ses paroles s'imprègnent dans mon esprit. Je me renfrogne.

— De quoi parles-tu ?

Après notre discussion au brunch où il m'a dit de laisser tomber Natalie, j'ai fait tout mon possible pour ne plus parler d'elle. Et je ne lui ai absolument rien dit de notre rupture, parce que je ne voulais pas entendre encore une fois le sermon sur le thème *je te l'avais dit.*

J'en ai autant envie que de me faire arracher une dent.

— Cette fille a rompu avec toi, n'est-ce pas ? C'est pour ça que tu es de mauvaise humeur ? demande-t-il, reposant le verre de scotch sur un sous-verre. Écoute, la meilleure façon d'oublier une femme, c'est de s'en faire une autre. Sors ce soir, et amuse-toi un peu. Tu es dans la ville idéale pour ça.

Ses paroles font grimper ma colère en flèche.

— Comment sais-tu que Natalie m'a largué ?

Il parcourt le bar du regard avant de poser à nouveau les yeux sur moi, puis il hausse les épaules.

— Je ne sais pas. Tu as dû m'en parler l'autre jour.

Je secoue la tête, mais je garde les yeux rivés sur lui. Il ment.

— Non, je ne te l'ai pas dit.

Il s'adosse à son siège, mettant de la distance entre nous.

— Bien sûr que si.

Je me penche en avant et pose mes avant-bras sur la table en verre. Ma voix se fait plus dure.

— *Non, je n'ai rien dit.* Après ce qu'il s'est passé au brunch, il était hors de question que je te dise quoi que ce soit à son sujet.

— Si tu ne l'as pas mentionné, comment le saurais-je ?

Il y a quelque chose qu'il ne me dit pas. Je le sens.

— Je ne sais pas, marmonné-je.

Mais une idée est en train de germer dans mon cerveau. Une chose dont je ne veux pas croire qu'elle ait pu se produire. Je repense aux jours qui ont précédé la rupture, à la sensation étrange que quelque chose ne tournait pas rond entre Natalie et moi, sans pouvoir mettre le doigt sur ce qu'il se passait. La dernière fois que nous avons fait l'amour, il y avait une intensité étrange sous-jacente. Natalie exsudait le désespoir en vagues épaisses et lourdes. Ensuite, elle s'était enroulée autour de moi, comme si elle ne pouvait pas supporter l'idée de me laisser partir. Sur le moment, je n'y avais pas vraiment réfléchi. Je n'avais pas compris, parce que je planais très haut.

Rétrospectivement, son comportement est logique. Toutes les pièces du puzzle s'emboîtent désormais parfaitement.

Je plisse les yeux.

— Qu'as-tu dit à Natalie ?

Mon père arbore une expression agacée.

— De quoi parles-tu ?

— Tu as parlé à Natalie, n'est-ce pas ?

Alors que je porte l'accusation, j'ai la conviction que c'est la vérité. Je ne suis qu'un pauvre idiot. Pourquoi ne l'ai-je pas vu plus tôt ?

Il fulmine avant de me jeter un regard noir et de pointer un doigt sur moi.

— Je t'ai dit de ne pas t'engager avec qui que ce soit ! Je t'ai dit que ça ne ferait que te distraire, et tu as refusé d'écouter, m'assène-t-il.

Il secoue la tête et grogne :

— Se battre avec un coéquipier et se faire virer de l'entraînement, avoir l'air d'une merde sur la glace… Cette fille devait disparaître, et j'ai réglé le problème avant qu'elle ne puisse te faire perdre quoi que ce soit d'autre.

Sans me soucier des clients qui nous entourent, j'abats mon poing sur la table alors que la rage me transperce le ventre.

— Tu n'avais aucun droit de t'immiscer dans ma relation !

Plusieurs personnes présentes se retournent sur leurs sièges et restent bouche bée. Mais j'ai dépassé le stade où j'en ai quelque chose à faire. Qu'ils regardent.

— J'avais tous les droits ! tonne mon père. Tu n'écoutais pas !

— J'ai vingt-trois ans, merde ! Je suis tout à fait capable de prendre mes propres décisions. Tu n'aurais jamais dû t'impliquer dans ma relation avec Natalie. Ça n'avait rien à voir avec toi.

Il écarte les bras.

— Qu'est-ce que j'aurais dû faire ? Rester les bras croisés et te regarder foutre en l'air tout ce pour quoi nous avons travaillé pendant des années ? demande-t-il, secouant la tête. Il était hors de question que je fasse ça. Cette fille t'a mis la tête à l'envers. Il fallait que quelqu'un intervienne et te sauve de toi-même.

Bordel de merde !

— Natalie est la meilleure chose qui me soit jamais arrivée, grogné-je. Et tu as tout gâché.

Ma chaise racle le sol lorsque je me lève. Je ne peux pas rester assis ici un instant de plus à écouter les conneries qu'il raconte.

— Rassieds-toi, Brody, m'ordonne mon père à travers ses dents serrées. Nous n'avons pas fini de parler.

Un muscle se crispe dans ma mâchoire alors que j'essaie de contrôler la rage qui s'empare de mon corps. Mon père et moi avons toujours été sur la même longueur d'onde. Après la mort de maman, il n'y avait plus que nous deux. Mais cette fois, il est allé trop loin, et je ne suis pas certain de pouvoir le lui pardonner.

— Nous avons terminé.

Il se lève pour se mettre à mon niveau.

— Assieds-toi, ordonne-t-il sèchement. Et discutons-en en adultes. Puisque tu me répètes que tu as vingt-trois ans et que tu peux gérer ta propre vie, commence à agir comme tel.

Je relève le menton.

— Bien sûr, asseyons-nous et discutons de la façon dont tu as agi dans mon dos et mis fin à ma relation.

Il lève les yeux au ciel.

— Tu ne crois pas que tu es un peu mélodramatique ? Ce que vous aviez n'était rien de plus qu'une aventure. Tu as laissé ton cœur s'impliquer, et il a été meurtri. D'ici quelques jours, tu passeras à autre chose. Fin de l'histoire.

Je serre les poings et fais un pas vers lui.

— C'était plus que ça, et tu le sais très bien.

Il hausse un sourcil.

— Vraiment ?

Il tend la main et la pose sur mon épaule, où elle pèse lourdement. Je voudrais m'écarter, mais je n'y arrive pas.

— Je ne l'ai pas forcée à faire quoi que ce soit. J'ai remis la décision entre ses mains, et elle a choisi de rompre avec toi. C'était la bonne décision à prendre et elle l'a compris.

Mon cœur se serre parce qu'il y a une part de vérité dans ses paroles. Natalie aurait pu me dire ce que mon père voulait qu'elle fasse, mais elle a choisi de ne pas le faire. Elle me l'a caché et m'a brisé le cœur.

— C'est mieux comme ça, Brody, dit-il tranquillement. Plus tard, cela n'aurait fait que causer plus de peine.

La fureur explose en moi et je repousse sa main d'un coup sec.

— Va te faire voir, Papa.

Ses yeux s'écarquillent lorsque je passe devant lui.

— Où vas-tu ?

— Je fais mes valises et je prends un vol pour rentrer.

Il faut que je voie Natalie et que je sache où elle en est. La vérité, c'est que je l'aime, mais je ne comprends pas comment elle a pu s'éloigner de moi. Si la situation était inversée, je n'aurais jamais pu faire la même chose. Rien ni personne n'aurait pu m'obliger à lui tourner le dos.

CHAPITRE 46

NATALIE

Lorsque le taxi s'arrête sur le trottoir devant le *Park Hotel*, je jette une liasse de billets au chauffeur et lui dis de garder la monnaie. Cela faisait-il réellement six heures que je revenais à toute vitesse de la maison du hockey et que je cherchais des vols pour Milwaukee sur mon ordinateur portable ? Avant de changer d'avis, j'ai appuyé sur *acheter* et imprimé le billet d'avion. Ensuite, j'ai attrapé un sac de voyage, y ai jeté des vêtements, et une brosse à dents, puis j'ai appelé un taxi pour me rendre à l'aéroport. Trois heures plus tard, je décollais à destination de Milwaukee.

Si j'avais cru être nerveuse en me rendant chez Brody plus tôt, ce n'était rien comparé à ce que j'ai ressenti pendant les deux heures de vol vers le nord. J'ai à peine eu le temps de concocter un plan dans ma tête que l'hôtesse nous a demandé de nous attacher et de nous préparer à l'atterrissage. Comme je n'avais pas de bagage à récupérer, j'ai traversé l'aéroport en courant et j'ai trouvé un taxi.

Et maintenant, me voici. À haleter comme une folle.

Replaçant mon sac sur mon épaule, je franchis les portes vitrées tournantes et me dirige vers le luxueux bureau d'enregistrement situé à l'autre bout du hall.

Une femme vêtue d'un tailleur gris et parfaitement maquillée me sourit.

— Bienvenue au Milwaukee Park Hotel. Souhaitez-vous vous enregistrer chez nous ce soir ?

J'inspire brusquement, dans l'espoir de calmer mes nerfs qui s'emballent. Maintenant que je suis ici, je tremble de partout.

— Non. L'un de mes amis séjourne ici et j'espérais que vous pourriez me dire dans quelle chambre il se trouve.

Je termine la phrase sur une note d'espoir. Je n'hésiterai pas à supplier et à implorer, s'il le faut.

Si elle refuse de me donner l'information, je suis foutue. Que vais-je faire ? Camper dans le hall d'entrée en espérant que Brody passe à un moment ou à un autre ? Je balaie l'endroit du regard, j'en prends plein les yeux. C'est un endroit plutôt chic. Ils me mettront probablement à la porte dans les quinze minutes.

Affichant une expression compatissante, elle secoue la tête.

— Oh, je suis désolée. Je ne peux pas faire cela. Il est contraire à la politique de l'hôtel de révéler des informations sur les clients.

Mon moral s'effondre.

— Est-il possible de laisser un message ?

— Absolument, mais je ne peux rien faire de plus, ajoute-t-elle d'un ton ferme, comme si j'allais argumenter.

— D'accord.

Je soupire et fouille dans mon sac à main pour trouver un stylo et une feuille de papier. Évidemment, je trouve tout et n'importe quoi, mais pas ça. Me sentant idiote, je jette un coup d'œil à la femme derrière le comptoir.

— Je suis désolée. Pourrais-je vous demander une feuille de papier et un stylo ?

— Certainement.

Au moment où elle passe la main sous le long comptoir lustré, une voix grave lui dit :

— Ce ne sera pas nécessaire, Abigail. Je vais m'en occuper.

Des crampes au ventre, je me retourne et découvre le père de Brody à quelques mètres de moi. C'est la personne que j'espérais éviter et la première que je croise.

Oh, comme j'ai de la chance !

— Bien sûr, monsieur McKinnon, dit Abigail. N'hésitez pas à me faire savoir si je peux vous aider en quoi que ce soit.

— Je n'y manquerai pas, répond-il sans jamais me quitter des yeux. Natalie, quelle surprise !

Et pas une bonne, à en juger par son expression stoïque.

Je me redresse de toute ma hauteur, mais je mesure toujours quinze bons centimètres de moins que lui. J'ai laissé cet homme m'intimider une fois, et il est hors de question que ça se reproduise.

— Je suis ici pour voir Brody, annoncé-je d'une voix ferme.

Il tourne les yeux vers Abigail, occupée à renseigner un autre client.

— Peut-être pourrions-nous avoir cette conversation ailleurs ?

Il n'attend pas ma réponse et s'en va, me forçant à le suivre à contrecœur alors qu'il prend place dans l'un des groupes de fauteuils et de canapés disséminés dans l'immense hall d'entrée.

Il s'installe sur un canapé, et je choisis l'un des fauteuils qui le flanquent. Mal à l'aise, je m'assieds tout au bord.

— Écoutez, monsieur McKinnon, je sais que vous ne m'aimez pas.

J'ignore si ce que je vais dire fera la moindre différence, mais je dois essayer. Il avait déjà une opinion bien arrêtée avant même de me rencontrer.

— Mais j'aime votre fils.

Il se penche en avant et pose ses coudes sur ses genoux, nouant lâchement ses mains devant lui.

— Je comprends que vous ayez des sentiments pour Brody, vraiment. Mais je sais ce qui est le mieux pour lui. J'ai été à sa place. Je sais ce qu'il doit faire pour réussir : rester concentré pour finir son diplôme et se préparer pour la NHL.

Je m'humecte les lèvres.

— Je n'ai pas l'intention de me mettre en travers de son chemin.

— Natalie, vous êtes jeune, me dit-il d'un ton apaisant, comme si j'étais une enfant. Vous tomberez plusieurs fois amoureuse avant de trouver l'homme idéal. Vous avez quoi ? Vingt-et-un ou vingt-deux ans ?

— Vingt-deux, murmuré-je.

Un sourire condescendant effleure ses lèvres et il secoue la tête.

— Vous ne pouvez pas savoir ce que vous voulez de la vie, ou avec qui vous voulez la passer, me dit-il, laissant ses paroles s'imprégner dans mon esprit. Et mon fils non plus. Vous êtes la première fille avec qui il s'implique. Combien de temps croyez-vous que cela va durer ? Deux mois ? Quatre ? Peut-être six, avec un peu de chance ?

Au moment où j'ouvre la bouche pour répondre, une voix grave m'interrompt :

— Je ne sais pas combien de temps cela va durer, mais c'est à Natalie et à moi de le découvrir. Pas à toi.

Je me lève d'un bond et tourne sur moi-même. Aussitôt, nos regards se croisent. Tout en moi se contracte. Cela ne fait que quelques jours que je ne l'ai pas vu, mais j'ai l'impression que ça fait une éternité. Je meurs d'envie de me jeter dans ses bras, mais je ne bouge pas.

Je ne peux pas. Pas encore. Pas avant que nous n'ayons tout réglé entre nous.

— Brody, murmuré-je.

J'ai une énorme boule dans la gorge, je n'arrive plus à respirer.

Ses yeux dorés intenses se posent sur moi avant de se planter dans les miens.

— Qu'est-ce que tu fais ici ? demande-t-il doucement.

— Il fallait que je te parle.

Il y a tant d'émotions refoulées qui bouillonnent sous la surface de mes mots. J'ai dû mal à les contenir. Je suis à deux doigts de lui avouer mes sentiments. D'implorer le pardon de Brody.

Il lève un sourcil.

— Et ça ne pouvait pas attendre mon retour ?

Je secoue la tête.

— Non.

C'est en silence que mes yeux supplient les siens. Je veux juste qu'il me donne une chance de m'expliquer. De faire les choses bien.

Brody se tourne vers son père. C'est alors que je remarque le sac qu'il porte en bandoulière.

— Je peux gérer le reste du week-end moi-même, lui dit-il d'une voix froide et dure. Je n'aurai pas besoin de ton aide.

John blêmit et se lève rapidement.

— Brody…

— Je suis sérieux, rétorque-t-il. Je me débrouille à partir de maintenant. Je n'ai pas besoin que tu me tiennes la main ou que tu décides ce qui est le mieux pour moi. Je suis tout à fait capable de prendre ces décisions moi-même.

John semble sur le point de vouloir argumenter, mais au dernier moment, il se contente de hocher brièvement la tête.

— Si c'est ce que tu veux.

— C'est ce que je veux, confirme Brody.

— Alors je vais changer mon vol et repartir ce soir. Garde le rendez-vous de demain matin avec Dana, et dis-moi si tu prends une décision.

Brody roule les épaules et détend sa mâchoire.

— Merci, dit-il d'un ton bourru.

John détourne le regard un instant avant de le reposer sur son fils. Quand il reprend la parole, c'est d'une voix empreinte d'émotion.

— J'essayais seulement de faire ce que je croyais être juste. C'est tout.

— J'ai essayé de te dire ce qui était le mieux pour moi et tu n'as pas voulu l'entendre. Je ne serai plus ignoré. Je suis las que tu prennes toutes les décisions et que tu ignores celles avec lesquelles tu n'es pas d'accord.

À en juger par son air dépité, je ne crois pas que John McKinnon soit habitué à ce que son fils prenne le contrôle de sa vie. J'ai l'impression qu'il aura du mal à se mettre en retrait et à accorder à Brody le répit dont il a si désespérément besoin.

John enfonce ses mains dans les poches de son pantalon noir et hausse les épaules.

— Très bien, je me mets en retrait.

Brody laisse échapper le souffle qu'il retenait.

— Merci.

— Je vais monter passer quelques coups de fil. Ensuite, je ne serai plus dans tes pattes.

— Je t'appelle quand je rentre.

John acquiesce.

— Ça me va.

M'ignorant, son père s'éloigne et se dirige vers les ascenseurs en verre. Une fois que nous sommes seuls, Brody me scrute attentivement. Je suis tellement nerveuse que mon corps vibre. J'ignore comment cette conversation va se dérouler et cela me terrifie.

L'homme qui se tient devant moi est tout pour moi, et je l'ai repoussé au lieu de le garder près de moi comme j'aurais dû le faire.

Je lui montre les sièges.

— Est-ce qu'on peut s'asseoir et parler ?

— Bien sûr.

Ses yeux couleur whisky restent fixés sur les miens alors qu'il se laisse tomber sur le fauteuil à côté de moi.

J'aspire une grande bouffée d'air, ne sachant par où commencer. J'ai fait tout ce voyage pour lui dire ce que je ressens et les mots que je dois prononcer restent bloqués dans ma gorge. Mes yeux se remplissent de larmes que je chasse en clignant des yeux. Brody se penche vers moi, me soulève du fauteuil et me pose sur ses genoux. Surprise par son geste, je le regarde avec des yeux écarquillés.

Il sourit légèrement, et ses bras se glissent autour de moi, me serrant contre lui. Il parle d'une voix grave, comme toujours, et elle fait vibrer quelque chose au plus profond de moi.

— Merde, Davies ! Tu es en train de me tuer ! Balance juste ces foutus mots et mets fin à nos souffrances à tous les deux !

La forte tension qui m'étouffait se dissout.

Croyez-le ou non, je me mets à rire. Des larmes roulent sur mes joues. Je les essuie d'un revers de la main.

— Je suis désolée, mais je ne vois pas de quoi tu parles.

Il sourit et secoue la tête. Mon cœur fait un salto dans ma poitrine. Aurais-je pu croire qu'il me regarderait à nouveau comme ça ?

Je n'en suis pas sûre. J'avais tellement peur de le perdre.

Avant que je puisse ouvrir la bouche et dire quoi que ce soit, ses doigts s'attaquent à mes côtes. J'éclate de rire si fort que les gens se retournent et jettent un coup d'œil dans notre direction. Mais je me fiche de cette attention non désirée. Je ne m'intéresse qu'à l'homme qui me tient dans ses bras.

— Dis les mots, Davies. Ou alors, nous pouvons rester assis ici toute la nuit, et je te chatouillerai jusqu'à ce que tu fasses dans ton pantalon.

Il en est capable. Mais ce n'est pas pour ça que je vais prononcer les mots. Je vais lui dire tout ce que je ressens, parce que c'est la vérité, et qu'il a besoin de l'entendre. Il doit savoir à quel point je tiens à lui.

— Je t'aime, Brody, dis-je entre deux respirations haletantes. Je t'aime tellement !

Ses yeux deviennent doux, et il cesse de bouger les doigts. Je passe mes bras autour de son cou et je le rapproche pour pouvoir déposer un baiser sur ses lèvres.

— Je t'aime aussi, me dit-il, posant son front contre le mien sans jamais quitter mon regard. Tu es tout pour moi. Tu t'en rends compte, n'est-ce pas ?

— Oui.

Comment pourrait-il en être autrement ? Même avant qu'il ne me le dise le soir où il m'a fait la surprise d'un dîner, il me l'a montré de cent façons différentes chaque jour. Ça me tue de lui avoir causé ne serait-ce qu'une seconde de souffrance.

— Je suis vraiment désolée de t'avoir fait du mal, dis-je, sincère. Je croyais que te laisser partir était la meilleure chose pour toi.

Une ombre passe sur ses yeux.

— Je sais ce que mon père a fait. Je suis navré qu'il t'ait mise dans cette position.

J'expire, soulagée que tout soit dit.

— J'aurais dû te le dire tout de suite. Mais… je craignais que ça ne cause des problèmes entre vous deux. Il est tout ce que tu as.

— Ne t'inquiète pas pour mon père. Notre relation est solide. Il doit juste apprendre à se mettre en retrait, c'est tout. Ça ira pour nous, me dit-il avant de poursuivre, plus sérieux. Promets-moi de ne plus jamais me cacher quoi que ce soit. S'il y a quelque chose dont nous devons parler, on s'assied, et on règle le problème. Ces deux derniers jours sans toi…

Il secoue la tête et grimace.

— Ils m'ont tué. Je ne veux pas revivre cela. Promets-le-moi.

— Je te le promets, Brody, affirmé-je, baissant le regard. Je suis sincèrement désolée.

— La seule chose qui compte, c'est que tu sois ici, dans mes bras, là où est ta place.

Je soupire et pose ma tête contre son torse puissant. Il a tout à fait raison. C'est exactement là qu'est ma place. Avec lui. Toujours.

— Bien. Maintenant que nous avons réglé ce problème, nous pouvons passer à l'ordre du jour suivant. Il me fait tourner dans ses bras et se lève.

Je fronce les sourcils. De quoi parle-t-il ?

— Nous avons des affaires à régler ?

— Bien sûr que oui, confirme-t-il.

Me tenant fermement dans ses bras, il se dirige d'un pas décidé vers les ascenseurs.

— Tu vas devoir te faire pardonner ces deux derniers jours.

Refrénant un sourire, je hausse un sourcil à la place.

— Oh, vraiment ?

Dans ses yeux, la chaleur prend vie. Mon ventre tremble en réaction. J'ignore comment il fait. Il me suffit d'un regard de sa part pour que ma culotte fonde.

— Oui. Et tu vas commencer par faire ce petit tourbillon avec ta langue que j'aime tant.

Je me blottis contre lui, plus comblée que jamais.

— Je croyais que tu aimais quand je…

Je me penche vers lui et je lui murmure la suite à l'oreille. Il gémit.

— Merde, bébé… tu sais que j'aime ça aussi.

— Oh, que oui ! dis-je, affichant un regard suffisant. Je suppose que c'est une bonne chose pour toi que j'aie enfin appris quoi faire avec ma bouche.

Il jure vertement à mi-voix, et je ris en le voyant appuyer une demi-douzaine de fois sur le bouton de l'ascenseur.

CHAPITRE 47

BRODY

— Qu'en pensez-vous pour l'instant ? demande Dana qui se dirige vers la rangée de fenêtres allant du sol au plafond qui s'étendent sur tout un mur. Magnifique, n'est-ce pas ?

Je balaie du regard l'appartement qu'elle nous montre. Il a tout ce que je recherche : de hauts plafonds, des pièces spacieuses et une cuisine de qualité professionnelle. Sans aucun meuble pour combler le vide, il ressemble à un océan de parquet ciré qui s'étend à perte de vue. J'entremêle mes doigts avec ceux de Natalie, et nous nous dirigeons vers les fenêtres qui donnent sur le lac Michigan.

La vue est stupéfiante. Je pourrai aisément m'y habituer. Natalie a le souffle coupé lorsque ses yeux se posent sur l'eau d'un bleu profond.

Hier, lorsque mon père et moi étions en train de visiter des biens, Dana a flirté sans vergogne avec moi. À plusieurs reprises, ses doigts s'étaient attardés un peu trop longtemps sur mon bras ou elle s'était tenue un peu trop près, ses seins frôlant mon biceps. Vers la fin de l'après-midi, elle m'avait proposé de nous retrouver autour d'un verre pour discuter des biens que nous avions visités. Bien sûr, cela aurait pu démarrer de manière assez innocente au bar de l'hôtel, mais je ne doute pas qu'elle aurait suggéré de poursuivre la conversation dans ma suite.

Aujourd'hui, comme Natalie est à mes côtés, elle est strictement professionnelle.

— Et les équipements du Remington sont extraordinaires, poursuit Dana. Deux places de parking dans un garage chauffé, un concierge en service vingt-quatre heures sur vingt-quatre, sept jours sur sept, un service de nettoyage à sec, un service de voitures, ainsi qu'un service d'entretien ménager pour un prix très raisonnable.

Son regard oscille entre Natalie et moi, essayant d'évaluer notre intérêt.

— C'est l'un des bâtiments les plus luxueux et les plus recherchés de la ville

— C'est magnifique, murmure Natalie, le regard toujours fixé sur les vagues qui roulent à l'intérieur des terres.

Comme je ne dis rien, Dana s'éclaircit la gorge.

— Je vais descendre dans le lobby et demander au manager s'il serait possible qu'il offre un service de ménage gratuit pendant un an. Prenez quelques minutes pour jeter un coup d'œil, et je vous retrouve en bas quand vous aurez terminé.

Je lui adresse un sourire poli.

— D'accord. Merci, Dana.

Je suis ravi qu'elle nous laisse un peu d'espace pour parler en privé. Je voudrais connaître l'avis de Natalie sur cet endroit.

Une fois que Dana est partie et que le calme s'installe autour de nous, je m'avance derrière la femme que j'aime, glisse mes bras autour de sa taille et l'attire contre moi, pour qu'il n'y ait plus d'espace entre nous. *Plus jamais*, me dis-je.

Plus jamais je ne permettrai qu'il y ait de la distance entre nous.

— Qu'est-ce que tu en penses ? murmuré-je à son oreille. Plutôt incroyable, non ?

— Je l'adore, dit-elle, tournant son visage pour que nos yeux se croisent.

Je croyais qu'elle serait plus enthousiaste à l'idée de m'aider à trouver un logement, mais elle est restée silencieuse tout l'après-midi.

— Mais ce que je pense n'a pas d'importance. Ce qui compte, c'est que tu l'aimes, me dit-elle.

Même si elle détourne le regard, j'entrevois la tristesse dans ses yeux.

— C'est toi qui vas vivre ici.

Je la rapproche encore et murmure :

— En fait, j'espérais que nous pourrions vivre ici ensemble.

Ses yeux s'écarquillent et se fixent sur les miens.

— Quoi ? croasse-t-elle, l'air surpris.

Hier, Natalie m'a dit qu'elle m'aimait. Je l'aime aussi.

Je n'ai peut-être pas prononcé les mots lorsque je m'en suis rendu compte pour la première fois, mais mes sentiments sont là depuis un moment et se renforcent de jour en jour. Après ce que nous avons vécu, je n'ai pas l'intention de la laisser repartir. J'ignore peut-être de quoi sera fait exactement mon avenir, mais quoi qu'il arrive, je veux Natalie à mes côtés. De ça, je suis certain.

Comme elle ne répond rien et qu'elle continue à me fixer du regard, mon cœur s'emballe douloureusement dans ma poitrine.

Merde… J'ai peut-être dit ça trop tôt. J'aurais peut-être dû la jouer cool, et nous accorder un peu plus de temps pour vivre notre vie de couple avant de parler de ces plans qui mijotaient au fond de mon esprit.

Ma peau est parcourue de frissons alors que je laisse libre cours à mes émotions.

— Écoute, je sais que ça ne fait pas longtemps que nous sommes ensemble, et peut-être que j'abuse, mais je veux un avenir avec toi, Natalie. Quand je déménagerai ici au printemps, je veux que tu viennes avec moi.

— Tu en es sûr ?

Elle fouille mon regard, comme si elle pensait y trouver les réponses qu'elle cherche. Je prends sa joue dans la paume de ma main.

— Bébé, je ne pourrais pas être plus certain de quoi que ce soit. Tu es la femme qu'il me faut.

Elle se tourne et passe ses bras autour de mon cou. Ses seins se plaquent contre mon torse.

— C'est ce que je veux aussi.

Je souris : je suis le type le plus chanceux du monde.

— Ç'a toujours été toi, Davies. Même quand tu me haïssais, c'était toi.

— Je ne t'ai jamais détesté, murmure-t-elle avec un sourire qui tremble aux commissures des lèvres.

Je hausse un sourcil devant un mensonge aussi flagrant.

— Bien sûr que si, et nous le savons tous les deux.

— D'accord, c'est peut-être vrai, dit-elle alors que son sourire s'estompe et qu'elle redevient sérieuse. Mais c'était avant que j'apprenne à connaître l'homme que tu es vraiment. Celui dont je suis tombée amoureuse. Tu es tellement plus que je l'avais réalisé, et maintenant… Maintenant je ne peux pas imaginer une vie sans toi.

— Tu n'auras jamais à le faire, lui promets-je solennellement.

Comme je ne peux pas m'en empêcher, je penche la tête et je passe mes lèvres sur les siennes. Aussitôt, elle ouvre la bouche, comme si elle était avide de ce que je suis le seul à pouvoir lui donner.

Toujours… Elle est toujours si avide. Et j'adore ça.

Je m'écarte juste assez pour lui demander :

— Alors… ça t'intéresserait de baptiser cet endroit avant que nous fassions une offre ?

Elle éclate de rire, comme si je plaisantais.

— Brody…

— Je suis tout à fait sérieux, Davies, affirmé-je.

M'éloignant d'elle, je l'entraîne dans la chambre principale, laquelle, si je me souviens bien, dispose d'un tapis en peluche dont nous pouvons tirer avantage.

— Allons faire de cet endroit le nôtre.

ÉPILOGUE

BRODY

*eux ans plus tard...*

La porte de l'appartement s'ouvre et ma femme entre.

Oui, c'est exact.

Ma femme.

Nous sommes mariés depuis deux mois. Oh, vous pouvez être sûrs que j'ai tout organisé. Dès que j'ai terminé ma première saison avec les Milwaukee Mavericks, nous nous sommes mariés et avons passé une lune de miel de deux semaines à Bora-Bora. L'endroit où nous avons séjourné était très isolé, ce qui est une manière polie de dire que nous avons passé beaucoup de temps nus sur la plage.

Oh, comme ça me manque de voir ma femme batifoler dans l'eau sans porter rien de plus qu'un chapeau de soleil ! Quoi qu'il arrive, nous retournerons sur cette île chaque année pendant deux semaines si j'ai mon mot à dire.

Comme je suis en lice pour le prix du mari de l'année, le dîner est déjà servi, et il attend sur la terrasse que Natalie arrive. C'est quelque chose de simple, une salade et des spaghettis. Pendant l'intersaison, j'aime m'essayer à de nouvelles recettes, même si je ne me fais pas d'illusions sur mon niveau en cuisine. Ceci dit, si l'on se fie au nombre de fellations auxquelles j'ai eu droit ces derniers temps, je dirais que mes efforts culinaires sont très appréciés. Et comme je suis un type malin, je continuerai à préparer un dîner pour ma femme après sa longue journée de travail.

Maintenant, aimerais-je qu'elle ne travaille pas, et que nous puissions passer plus de temps ensemble, de préférence nus et au lit ? Oui, bien sûr. Mais Natalie souhaite faire carrière dans le financement aux particuliers. Et tout ce que je veux, c'est que ma femme soit heureuse. Cette relation fonctionne parce que nous nous soutenons mutuellement. Cela ne changera jamais.

— Hé, bébé, dis-je alors qu'elle me rejoint dans le salon. Le dîner et un verre de vin t'attendent déjà sur la terrasse.

Natalie me lance un sourire reconnaissant et retire ses talons avant de défaire l'élastique de ses cheveux pour que ses mèches brillantes tombent en un épais rideau autour de ses épaules.

Une vague de désir me traverse alors que je la regarde. Mais il y a plus que ça. Bien plus que ce à quoi j'aurais pu m'attendre lorsque je l'ai aperçue pour la première fois dans un amphithéâtre bondé.

Comment ai-je pu avoir autant de chance ?

Je l'ignore, mais je vais m'y accrocher à deux mains, et ne jamais la lâcher.

— T'ai-je dit dernièrement à quel point je t'aime ?

— Non, dis-je en pointant mes lèvres du doigt. Donne-moi du sucre, mon sucre d'orge.

Elle sourit et s'approche, enroule ses bras autour de mon cou et rapproche mon visage du sien.

— Je t'aime, murmure-t-elle d'une voix rauque avant de poser sa bouche contre la mienne.

Je l'ouvre aussitôt, et sa langue se glisse à l'intérieur. Cette simple caresse me donne une érection. Maintenant, la dernière chose que j'aie en tête, c'est le dîner. J'ai envie de soulever Natalie dans mes bras et de la porter jusqu'à la chambre. À mon avis, les spaghettis seront parfaits réchauffés dans une heure ou deux. Et si ce n'est pas le cas, nous commanderons un plat à emporter.

On l'a déjà fait.

— Je t'aime aussi, grogné-je.

Incapable d'attendre un instant de plus, mes doigts s'attaquent aux boutons de sa chemise. Elle est terriblement sexy dans ce chemisier blanc soyeux et sa jupe crayon moulante qui lui arrive juste au-dessus du genou. Sans oublier les talons noirs.

La Natalie professionnelle est carrément torride.

Comme je lui arrache ses vêtements tous les soirs, je sais exactement ce que je vais trouver sous sa tenue de travail : des bas noirs qui montent jusqu'aux cuisses et des sous-vêtements sexy. J'ai hâte de voir quel ensemble soutien-gorge et culotte assortis elle a choisi ce matin.

L'image de Natalie debout au milieu de notre salon, sous le soleil de fin d'après-midi, ne portant rien d'autre que ses sous-vêtements, ses bas et ses talons, suffit à me donner une érection d'enfer.

Peu importe le nombre de fois où je la prends, ce n'est jamais assez. Ma dépendance ne fait que croître. Heureusement, elle est aussi accro que moi.

Cette histoire entre nous a peut-être commencé comme une sorte de liaison sans intérêt, mais elle s'est révélée être la plus importante de ma vie.

Après lui avoir ôté son chemisier, je dégrafe sa jupe et la fais descendre le long de ses hanches étroites jusqu'à ce qu'elle se tienne devant moi exactement comme je l'avais imaginée.

Cette fille est un rêve moite devenu réalité. Et elle est à moi. Elle sera toujours à moi.

Je gémis et tombe à genoux, la regardant avec adoration.

— Bébé, tu es tellement sexy !

Natalie sourit. Ses mains caressent mes joues, et ses ongles grattent la barbe naissante sur mon menton. Je m'attends à ce qu'elle me dise quelque chose du genre *emmène-moi au lit ou prends-moi juste ici, mon étalon.*

Mais elle n'en fait rien. Au lieu de cela, elle dit :

— J'ai parlé avec Amber aujourd'hui.

Je cligne des yeux.

— Hein ?

Si je ne mets pas rapidement un terme à cette conversation, mon érection va dégonfler en moins de temps qu'il n'en faut pour dire *belle-mère.*

— Elle est de nouveau enceinte, annonce Natalie, qui continue à me caresser le visage du bout des doigts.

Je gémis. Je commence déjà à ramollir.

— Vraiment ? grogné-je, espérant que tout ne soit pas perdu. Sommes-nous vraiment obligés de discuter de ça maintenant, alors que tu es exactement là où je veux que tu sois ?

Il faut qu'elle m'aide. J'ai passé la journée au-dessus du fourneau chaud pour lui préparer son dîner... D'accord, pas vraiment. Mais je mérite tout de même une récompense pour mes efforts.

Ses épaules tremblent d'un rire silencieux.

— Je me suis dit que tu voudrais savoir que tu vas avoir un frère ou une autre sœur.

Je secoue la tête, essayant de me débarrasser de l'image de la façon dont ce bébé s'est retrouvé dans le ventre de ma belle-mère. J'en frémis presque.

— Nous avons des choses plus urgentes à faire en ce moment, si tu vois que je veux dire, lui dis-je, certain que c'est le cas. Je crois que tu aurais pu attendre une heure ou deux pour annoncer la bonne nouvelle, grommelé-je.

Me penchant en avant, je dépose un baiser sur son sexe couvert de dentelle.

Elle glisse ses doigts dans mes cheveux. Qu'est-ce que j'aime quand elle fait ça !

— Je me suis dit aussi que tu aimerais savoir qu'ils ne seront pas les seuls à avoir un bébé dans sept mois.

Attendez... Quoi ?

Je m'immobilise, et je lève le regard vers ses yeux brillants.

— Je suis enceinte, murmure-t-elle avec un sourire grandissant.

— Comment est-ce arrivé ?

La question sort de ma bouche avant que je puisse l'arrêter. Natalie fronce les sourcils.

— Dois-je vraiment t'expliquer ça, Brody ? Je veux dire, je peux, mais je pensais…

Elle hausse les épaules.

— Non, dis-je en riant.

Ça, c'est ma chérie, qui joue toujours au plus malin. Je ne voudrais pas qu'elle soit autrement. C'est la femme dont je suis tombé éperdument amoureux.

— Je voulais dire, comment est-ce arrivé puisqu'on se protégeait ?

Elle secoue la tête et se mordille la lèvre inférieure. Pour la première fois au cours de cette conversation, l'incertitude se lit dans ses yeux sombres.

— J'ai oublié de prendre ma pilule plusieurs fois quand nous étions en vacances, dit-elle d'une voix plus grave, et son bonheur s'estompe. Tu es fâché ? Je sais que nous avons parlé d'attendre quelques années avant de fonder une famille.

Toujours à genoux, j'enroule mes bras autour de ses hanches et la tire vers moi jusqu'à ce que je puisse poser ma tête contre son ventre. Comment se fait-il que je n'aie pas vu cela avant ? Natalie a toujours eu un ventre parfaitement plat. Il est maintenant légèrement bombé. Personne n'aurait pu le remarquer, mais je la vois nue tous les soirs et je n'y ai pas pensé.

— Tu te moques de moi ? Bon sang, je suis ravi !

Et je le suis vraiment. Je tourne mon visage pour croiser à nouveau son regard. Pour qu'elle puisse lire dans mes yeux que c'est la vérité.

— Vraiment ? murmure-t-elle, l'air encore incertain.

Je déteste lui avoir volé ne serait-ce qu'un instant de sa joie.

— Bien sûr que je le suis. Je t'aime. Et j'adore le fait que nous ayons créé ce bébé pendant notre lune de miel. Cela rend l'événement encore plus spécial.

Je dépose un baiser sur son ventre et me lève. D'un geste souple, je soulève Natalie dans mes bras et la porte jusqu'au lit. Elle m'adresse un sourire rayonnant, et il y a tant d'amour dans son regard que j'ai l'impression d'être l'homme le plus chanceux de la planète.

Oui, nous allons certainement commander des plats à emporter dans environ deux heures.

Trois, si j'ai mon mot à dire.

Maintenant, si vous voulez bien nous excuser, bande de fouineurs, je vais faire lentement l'amour à ma superbe femme. Et peut-être que, juste pour rire, je lui demanderai d'expliquer comment on fait les bébés. Parce que l'idée de toutes les démonstrations qu'elle devra faire m'excite au plus haut point.

Fin

Merci beaucoup d'avoir lu Aime-moi, déteste-moi !

Envie de lire l'histoire de Juliette et Ryder ?
Achetez tout de suite Ma liste d'envies !

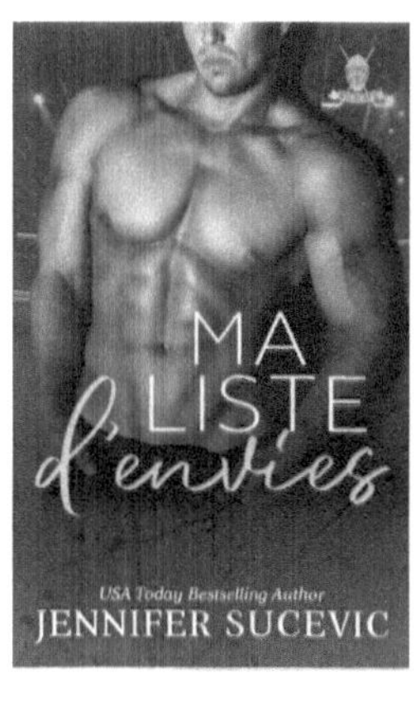

Tout commence par une liste d'envies et un roman d'amour…

J'ai toujours connu Ryder McAdams. Nous sommes voisins et nos familles sont très liées. C'est

aussi l'ami et le coéquipier de mon frère cadet, Maverick.

Mais Ryder et moi ?

Nous n'avons jamais été proches. D'ailleurs, j'ai toujours eu la nette impression qu'il ne m'appréciait

pas beaucoup. Il fait son possible pour m'ignorer.

Et le pire ?

C'est cette électricité qui fait crépiter l'atmosphère chaque fois que nos regards se croisent. Je la

ressens dans tout mon corps, jusqu'au bout des doigts et des orteils. Celui qui a dit qu'on ne

contrôlait pas ses attirances avait bien raison, malheureusement.

J'ai fait de mon mieux pour ne pas y prêter attention.

Nous sommes à la fac de Western depuis trois ans déjà, et nos interactions se limitent au strict

nécessaire. Il passe son temps à faire la fête et à s'éclater avec son fan-club de jolies filles. Moi, je

passe la majeure partie de ma vie universitaire à la bibliothèque pour pouvoir m'inscrire dans la fac

de médecine de mon choix.

Mais une nuit d'ivresse change tout, quand Ryder me ramène chez moi et découvre la liste que j'ai

écrite avant ma première année, avec tout ce que je rêvais de faire à la fac.

Vous savez combien de ces choses j'ai réalisées depuis ?

Aucune. Zéro. Rien du tout.

Pour une raison étrange, Ryder décide de prendre les choses en main et de m'aider à tout faire

avant la remise de diplômes.

Tout irait bien s'il n'y avait pas des idées torrides sur ce papier…

Et notamment la recherche du plaisir…

Achetez tout de suite Ma liste d'envies !

Tournez la page pour lire un extrait de Ma liste d'envies…

MA LISTE D'ENVIES

uliette

— J'AI VRAIMENT PASSÉ un bon moment ce soir, dit Aaron.

Il me perce du regard avec une intensité qui me donne envie de battre précipitamment en retraite.

Je me force plutôt à sourire.

— Oui, moi aussi.

Ce n'est pas tout à fait un mensonge. J'ai passé un bon moment. Mais ce n'était guère plus que... *bon*. Comme lorsqu'on étudie ensemble à la bibliothèque ou que l'on boit un café à Roasted Bean avant les cours.

Il détourne les yeux et fourre les deux mains dans les poches de son pantalon clair repassé à la perfection.

— J'espère qu'on pourra le refaire.

Il marque un temps d'arrêt avant de reprendre la parole.

— Très bientôt.

Il m'adresse un long regard expressif qui me met presque mal à l'aise.

Mouais… Je ne suis pas certaine que ça arrive dans un futur proche.

Aaron est sympa.

Vraiment sympa.

Super-hyper-sympa.

Seulement, il n'y a aucune étincelle entre nous.

Je recherche cette petite étincelle mystérieuse que tu ressens au fond de ton ventre quand tu es près de la personne ou que tu l'aperçois parmi la foule. C'est le genre d'énergie irrépressible qui grésille dans l'atmosphère, qui la charge en particules jusqu'à ce que remplir tes poumons d'air semble impossible.

Malheureusement, Aaron et moi ne générons pas ce genre d'alchimie.

Il n'y a qu'une seule personne…

Non.

J'inspire profondément et claque la portière de la voiture pour cesser d'y penser.

Ce que je ressens pour ce garçon n'est pas de l'attirance.

C'est de l'irritation.

De la contrariété.

De l'exaspération.

Faites-moi confiance. Si j'avais le temps, je rédigerais une liste tout entière dans le même champ lexical.

Je me reconnecte soudain au monde qui m'entoure et me rends compte qu'Aaron attend patiemment une réponse.

Ah, oui ? Il veut qu'on remette le couvert.

Quand j'ouvre la bouche pour l'éconduire poliment, les mots restent coincés dans ma gorge. Je n'ai vraiment pas envie de lui faire croire des choses, mais en même temps, je ne souhaite pas le blesser. Ce dont j'ai besoin est de trouver l'équilibre parfait. Ce semestre, on a plusieurs cours de prépa médecine en commun. Si je suis malade et que je ne peux pas assister au cours, c'est Aaron qui me permet de rester à flot et qui s'assure que j'ai toutes les notes.

Elles sont généralement codées par couleur et organisées par ordre d'importance.

Si ce soir m'a enseigné une leçon, c'est que je devrais éviter de sortir avec des mecs que je croise au quotidien.

Comme le dirait Carina, ma coloc, « no zob in job ».

Elle a raison.

Il avance de quelques centimètres dans ma direction.

— Si tu es d'accord, j'aimerais qu'on fasse progresser cette relation. Tu me plais, Juliette.

Il m'adresse un bref regard avant que ses yeux d'un brun commun ne se braquent à nouveau sur moi avec un mélange de chaleur et d'intensité.

— Pardonne-moi cette audace, mais je crois qu'on formerait le couple idéal. On a les mêmes aspirations. On a tous les deux envie de poursuivre nos études de médecine et de devenir docteurs. Je n'ai jamais trouvé quelqu'un qui s'inscrit aussi bien dans mon plan quinquennal et décennal. C'est presque comme si on était faits l'un pour l'autre.

Mes yeux s'écarquillent alors qu'un borborygme m'échappe.

Cette audace ?

Son plan quinquennal et décennal ?

On est sortis ensemble précisément trois fois et les probabilités pour qu'il y ait une quatrième occasion sont quasiment nulles.

Ma langue vient humecter mes lèvres desséchées. Je dois lui dire que ceci – quoi qu'il pense que ce soit – ne se produira jamais.

— Aaron…

Il tend l'oreille et se rapproche.

— Oui ?

Ce mot contient tant d'espoirs et d'attentes !

Argh !

Pourquoi cela doit-il être aussi difficile ?

Le problème est que c'est *vraiment* un garçon bien. Et il a absolument raison : on a beaucoup de choses en commun. Voilà pourquoi je m'étais persuadée de lui accorder une deuxième chance.

Puis une troisième.

Dans cette fac, il y a beaucoup de connards qui veulent seulement coucher avec une meuf avant de passer à la suivante. Parfois au cours d'une même soirée. Ils n'ont pas de plan quinquennal ou décennal qui implique une fille en particulier. Ils n'ont même pas de plan qui implique la même fille pendant vingt-quatre heures.

Alors, quand tu tombes sur un mec qui a la mentalité opposée, tu dois prendre le temps de creuser en profondeur et de vraiment le connaître avant de le relâcher dans la nature pour que quelqu'un d'autre mette le grappin dessus.

— J'ai passé un bon moment, moi aussi, dis-je prudemment.

— Ravi de l'entendre.

Ses épaules étriquées se détendent et il exsude le soulagement.

Aaron a un corps nerveux. Ses membres sont longs et minces, un peu comme un coureur. Tout le contraire de certains des joueurs de foot ou de hockey qui se pavanent sur le campus en montrant leurs muscles comme s'ils étaient le cadeau de dieu à l'humanité.

Arg ! J'ai l'impression qu'il y en a partout.

Quand je croise son regard sincère, je fournis un dernier effort désespéré pour me convaincre qu'il est exactement le genre de garçons qui m'attire.

Au plus profond de moi, dans un endroit dont je refuse d'admettre l'existence, je sais que c'est un mensonge.

Carina me dirait aussi que les pires mensonges sont ceux qu'on se raconte à soi-même.

Il faut vraiment qu'elle reste hors de ma tête.

Aaron retire les mains des profondeurs de ses poches avant de les lever vers mon visage. Leur léger tremblement est immanquable. Je me force à demeurer parfaitement immobile et à ne pas esquiver son contact au dernier moment. Et si ça ne vous dit pas tout ce que vous avez besoin de savoir à propos de cette situation, je ne vois pas quoi rajouter.

Il ferme à demi les paupières.

— Je vais t'embrasser, Juliette, marmonne-t-il d'une voix épaisse. J'espère que ça ne te dérange pas.

C'est officiel, il vient de plomber l'ambiance.

D'accord, il n'y en avait déjà guère, mais quand même.

Contrairement aux siens, mes yeux restent grand ouverts alors qu'il se rapproche de moi au ralenti. Réprimant un mouvement de recul, je me prépare à l'impact.

J'ai peut-être tort.

Peut-être qu'Aaron va me surprendre et qu'il embrasse phénoménalement bien. Je me perdrais magiquement dans son étreinte alors que le temps et l'espace cesseraient d'exister.

C'est avec hésitation que ses lèvres se posent sur les miennes. Elles sont sèches et ont la consistance du papier. J'ai l'impression qu'une tante ou un oncle éloigné me fait la bise.

Tout en moi se désespère quand je constate que finalement, je vais être obligée de l'éconduire gentiment, parce que c'est hors de question que je le refasse.

Je donnerais même de l'argent pour ne jamais avoir à le refaire.

Je plaque les paumes contre la poitrine d'Aaron afin de le repousser quand quelqu'un s'éclaircit la gorge. Aaron fait un bond en arrière comme s'il venait de se coller le doigt dans une prise électrique.

Mon regard se tourne vers le mec grand et musclé qui s'est arrêté à côté de nous.

Ryder McAdams.

Mon ventre fait un étrange petit soubresaut que je réprime immédiatement.

Ses yeux bleu foncé m'épinglent pendant un moment qui paraît s'étirer, me coupant le souffle, avant de se poser sur Aaron. Ce n'est que lorsque je suis libérée de son regard pénétrant que l'air emprisonné dans mes poumons s'échappe et que je me rends compte que cinq autres joueurs de hockey gigantesques sont pressés dans le couloir, devant la porte de mon appartement.

Ford Hamilton, Wolf Westerville, Colby McNichols, Riggs Stranton et Hayes Van Doren - tous en dernière année - sont dans l'équipe de hockey des Western Wildcats. Où qu'ils aillent, les fans féminines les suivent. Je jette un regard autour de moi et réalise alors qu'ils sont seuls. C'est étrange de les croiser sans un troupeau dans leur sillage.

Les poules auraient-elles des dents ?

Colby m'adresse un sourire décontracté alors qu'il accroche mon regard.

— Hé, McKinnon. Je vois que quelqu'un a un rencard torride.

Comme Ryder, il est blond et d'une beauté extraordinaire.

Ses fossettes sont mortelles pour toutes les femmes des environs qui ont une étincelle de vie.

Moi y comprise.

La chaleur s'empare de mes joues jusqu'à ce que j'aie l'impression qu'elles ont pris feu. Je n'ai pas besoin que ce hockeyeur craquant aille tout répéter à mon frangin.

Je n'ai pas besoin qu'il me fasse subir un interrogatoire.

Vraiment pas, merci bien.

Peu importe que je sois son aînée de quinze mois. Maverick prend ses responsabilités de frère protecteur au sérieux. Papa le lui a fourré dans le crâne quand il a intégré Western une année après moi.

Avant que je puisse lui décocher une réponse, ils descendent le couloir vers l'appartement voisin tout en roulant des mécaniques et en plaisantant. C'est là que Ford habite avec Wolf et Madden, alors que Ryder et cinq autres coéquipiers ont une chambre à quelques pâtés de maisons du campus. À la fac, on l'appelle « la maison du hockey ». Ça fait trente ans que la résidence est occupée exclusivement par les hockeyeurs de Western. Ce sont les locataires qui sélectionnent les coéquipiers qui vivront l'année suivante.

C'est une tradition.

C'est la lose.

Heureusement, mon frère habite dans cette maison hors campus. C'est le seul junior qui a été invité à le faire et c'est entièrement dû à Ryder. Ils sont très proches depuis l'école primaire. Je ne me pense sérieusement pas capable de l'avoir eu dans le même bâtiment. Il fourre déjà suffisamment le nez dans mes affaires.

Je ressens des fourmillements soudains quand je me rends compte que Ryder n'a pas suivi ses amis dans le couloir. Son regard est toujours braqué sur Aaron qui semble à deux doigts de se faire pipi dessus.

Je peux le comprendre.

Ryder McAdams sait se montrer intimidant.

Particulièrement lorsqu'il vous fusille du regard.

Ce qu'il est actuellement en train de faire.

Pauvre Aaron ! Par comparaison, il a l'air d'un lycéen efflanqué et sous-développé.

La gêne s'installe.

Mon rencard s'éclaircit la gorge avant de marmonner :

— Je… Je devrais probablement y aller.

Il y a une pause alors qu'il s'incline à nouveau vers moi. Il n'a parcouru que quelques centimètres quand Ryder croise ses bras musclés devant son torse puissant. Aaron s'immobilise et son visage devient blafard.

— Hmm…

Son rire aigu exprime une certaine nervosité.

— Et si on se prenait plutôt dans les bras ?

Quand Ryder plisse les yeux, Aaron déglutit, les muscles de sa gorge se contractant dans le mouvement. Dans le silence du vestibule, le son est assourdissant.

Il tend enfin la main, referme sa paume moite autour de la mienne et la secoue énergiquement à trois reprises avant de la lâcher brusquement. Je n'ai même pas le temps de lui dire au revoir alors qu'il a déjà fait volte-face et se jette vers l'ascenseur comme si les chiens de l'enfer étaient sur ses talons.

Il appuie vigoureusement sur le bouton à plusieurs reprises en nous regardant prudemment par-dessus son épaule. Quand la sonnette retentit, annonçant l'arrivée de la cabine, il se précipite à l'intérieur avant que les portes soient entièrement ouvertes, disparaissant complètement.

Une fois que la cabine en métal se referme, j'adresse un regard noir à Ryder.

— Pourquoi as-tu fait ça ?

Il arque un sourcil épais. Ça suffit à me faire grincer des dents.

— Faire quoi ? Je n'ai pas dit un seul mot.

Touché. Cela étant…

Je lui en veux de m'avoir pourri mon rencard. Il n'avait absolument aucune raison de le faire.

— Tu as fait exprès de rester planté là et de le mettre mal à l'aise.

Pourquoi est-ce que je lui cherche la bagarre ?

Ce n'est pas comme si j'avais eu envie d'embrasser Aaron. Je devrais peut-être même remercier Ryder pour son interruption bienvenue.

Je réprime un ricanement, parce que ça n'arrivera jamais. Impossible !

— Et comment m'y suis-je pris ? En restant là à attendre patiemment que tu fasses les présentations ?

Il me regarde dans les yeux puis incline la tête et gratte ses quelques poils de barbe.

— C'est plutôt bizarre.

Je montre les dents avant de me détourner brusquement et de fouiller dans mon sac à la recherche de ma clé. Dès que mes doigts se referment sur le métal froid, je la retire et l'enfonce dans la serrure avec plus de force qu'il est nécessaire. La porte vibre sur ses gonds alors que je rentre dans l'appartement, me tourne pour regarder Ryder une dernière fois et la claque rapidement à grand bruit.

Achetez tout de suite Ma liste d'envies !

LE COUREUR DU CAMPUS

DEMI

— Bon, très bien tout le monde, je pense vous avoir transmis suffisamment d'informations pour ce matin. Je vois que vos cerveaux sont à deux doigts de l'explosion. Gardez bien en tête que le devoir d'aujourd'hui doit être envoyé par mail avant minuit. Tous les devoirs remis en retard verront leur note divisée par deux.

Un chœur de grognements suivit cette annonce.

Les lèvres du professeur Peters se tordirent d'amusement. Ce n'était un secret pour personne qu'il se moquait que les étudiants échouent ou réussissent le cours. Les statistiques faisaient partie des matières obligatoires pour tous les diplômes en sciences de la santé. Si vous ne compreniez pas sa matière et ne preniez pas de cours de soutien, alors vous étiez fichu et condamné à redoubler. Encore et encore. Et le professeur P. était le seul enseignant à enseigner cette matière spécifique.

J'avais entendu dire que des étudiants avaient dû redoubler son cours trois ou quatre fois pour obtenir la moyenne et le valider. Ce qui devait prendre beaucoup d'énergie. Heureusement, j'avais toujours eu un bon niveau en mathématiques, et j'avais également suivi des cours de statistiques au lycée. Pour l'instant, nous n'avions commencé que depuis quelques semaines et je ne trouvais pas ce cours compliqué. J'avais un A.

Au moment où le professeur Peter nous libéra de son cours, j'avais déjà rangé mes affaires et j'étais prête à m'enfuir de la salle. Je devais fuir la présence de Rowan, que j'avais beaucoup trop ressentie durant tout le cours.

Ce qui n'était pas logique, puisqu'un groupe de filles dans sa classe se battaient en permanence pour attirer son attention. S'il cherchait à s'envoyer en l'air, il avait bien d'autres options que moi à explorer. Mais au lieu de cela, il les ignorait pour s'asseoir à côté de moi à chaque fois.

C'était exaspérant.

Sans dire un mot, je passai mon sac sur mon épaule et me faufilai devant lui. Alors que je traversai l'allée, un soupir de soulagement s'échappa de mes poumons et je descendis deux par deux les marches couvertes de moquette. Quelques personnes me saluèrent alors que je traversai la porte à double battant avant de me retrouver dans le couloir qui était déjà noir de monde. Plus je parvenais à m'éloigner de Rowan, plus vite je retrouvais mon équilibre. Rowan Michaels avait la fâcheuse habitude de tout gâcher à chaque fois. Et je refusais d'en examiner la raison.

Ce type était vraiment agaçant.

Sujet clos.

À mi-chemin dans le couloir, la tension dans mes épaules se dénoua. À partir de cet instant, le reste de la journée devrait bien se dérouler. Dès que cette pensée me traversa l'esprit, un bras musclé se posa sur mes épaules, et je fus plaquée contre un corps ferme. Une odeur fraîche, mélange de notes ensoleillées et marines, m'indiqua tout de suite qui me tenait fermement contre lui. Cette odeur ne pouvait appartenir qu'à Rowan Michaels.

Punaise.

Punaise.

Punaise.

Ce type allait vraiment finir par me tuer. Comme il l'avait si bien dit une heure plus tôt, j'aurais dû savoir qu'il ne me laisserait pas m'échapper aussi facilement.

— Hé, tu es partie avant même que je te demande si tu voulais que je passe te prendre avant le dîner.

Une boule d'effroi se déploya dans mon ventre sans que je ne sache vraiment pourquoi. Ce n'était pas comme si nous sortions ensemble. Et nous n'étions certainement pas amis. Enfin, pas vraiment. Je pouvais à peine le supporter. Alors pourquoi craignais-je de lui annoncer que Justin allait se joindre à notre trio de ce soir ?

Je grimaçai. Ça semblait tout simplement mal.

Je me suçotai et me mordillai la lèvre inférieure. Rowan allait bien finir par le savoir, alors qu'est-ce que ça changerait de lui dire tout de suite ? Je savais déjà que la légère variante au plan habituel ne le ravirait pas.

— Ce n'est pas la peine, lui répondis-je en déglutissant tout en me préparant à sa réaction. Justin va venir me chercher.

Un silence gênant s'abattit sur nous alors qu'il digérait la nouvelle. Tout se passa exactement comme je m'y attendais.

Une catastrophe.

— Attends une minute, dit-il alors que son sourire disparaissait de son visage pour laisser place à une grimace. Tu as invité *Justin* à dîner ?

— Oui, marmonnai-je en refusant de lui avouer que, maintenant, je regrettais mon invitation.

— Pourquoi tu as fait ça ?

Bonne question. C'était clairement une erreur de jugement de ma part, mais je ne l'admettrais pas face à Rowan.

— Il n'a pas encore rencontré papa.

L'idée de cette rencontre me donna la nausée. Mon père avait tendance à être surprotecteur, la raison exacte pour laquelle je ne lui présentais pas la plupart de mes petits copains.

Maintenant, je me posais des questions.

Non, je regrettais complètement.

Malheureusement, la machine était déjà en route et il était trop tard pour annuler nos plans.

— Donc… ce *truc* entre vous est plutôt sérieux ?

Il semblait vraiment attristé par cette situation.

Je restai silencieuse, réticente à lui avouer la vérité. Ça ne le regardait pas de savoir avec qui je sortais. Tout comme ça ne me regardait pas de savoir avec qui il couchait. Au cours de ces trois années passées à Western, je n'avais jamais entendu parler d'une relation sérieuse entre Rowan et une fille. Mais j'avais entendu beaucoup de rumeurs concernant ses conquêtes sexuelles. Tous les lundis matin, une nouvelle histoire salace faisait le tour du campus.

Cette pensée me donnait autant la nausée que l'idée de présenter Justin à papa. Même un peu plus.

En proie au vif besoin de m'éloigner de Rowan, je haussai les épaules dans l'espoir d'en déloger son bras. Sans succès. Au contraire, il renforça sa prise. La plupart des filles auraient été ravies de cette attention. Elles se seraient blotties contre sa poitrine musclée et puissante. Pour être honnête, je dus me battre contre le désir naturel de mon corps de faire exactement la même chose.

Il tourna son visage et la chaleur de son souffle caressa la peau délicate ourlant mon oreille. Je dus résister aux frissons qui menaçaient de courir le long de mon dos.

— Tu n'as pas répondu à la question.

— Je crois bien que si.

Ce qui était un mensonge, mais comme il ne pouvait pas prouver l'inverse, je m'y accrochai comme si ma vie en dépendait. Ou plutôt ma santé mentale.

— Hmm. Tu n'as pas vraiment l'air convaincue, dit-il en resserrant son étreinte. Tu veux réessayer ?

Je me tournai vers lui sans me rendre compte de la proximité entre nous. On se perdait facilement dans les différentes teintes de bleus qui dansaient dans ses iris.

Rowan avait des yeux magnifiques.

C'était l'une des premières choses qui avait attiré mon attention chez lui. Ils étaient si clairvoyants ! Comme s'il voyait tout ce qui se passait autour de lui et qu'il était impossible de se cacher. La lucidité de son observation faisait trembler mes entrailles. Je refusais qu'il perçoive les sentiments que je gardais enfouis en moi. Je ne voulais pas qu'il réalise quel effet il me faisait. Ni la volonté que je devais déployer pour restreindre cette attraction magnétique qui m'attirait vers lui.

Une fois arrivé devant les portes vitrées qui menaient au grand air, Rowan les poussa et nous descendîmes le petit escalier en pierre. Après seulement quatre pas, une horde de filles se jetèrent sur lui. Je profitai de la foule se formant autour de lui pour me glisser sous son bras et me précipiter sur le chemin qui traversait le campus.

— Demi, lança sa voix profonde par-dessus le brouhaha.

Incapable de m'arrêter, je me retournai vers lui jusqu'à ce que nos regards se croisent. Une vague de jalousie incontrôlée me rongea de l'intérieur alors que les groupies le tripotaient tel un morceau de viande fraîche balancée dans une cage de lionnes affamées. C'était à la fois exaspérant et gênant de savoir qu'il était le seul capable de faire battre mon cœur à cette allure. Il y avait des dizaines de milliers de personnes sur ce campus. Il devait bien y avoir au moins un autre garçon capable de provoquer ce genre de réaction chez moi.

Il fallait simplement le trouver. Et pourtant je ne pouvais m'empê-cher de penser à ce quarterback blond.

— À ce soir.

Je déglutis.

Pourquoi cette phrase sonnait-elle plus comme une menace qu'autre chose ?

Sans prendre la peine de répondre, je me forçai à détourner le regard avant de m'enfuir comme si les chiens des enfers étaient à mes trousses. Je ne fus capable de retrouver mon équilibre qu'au bâtiment suivant. La seule solution pour affronter le reste de la journée serait de chasser toutes les pensées de Rowan de ma tête.

Malheureusement, c'était plus facile à dire qu'à faire.

Le Coureur du campus

À PROPOS DE L'AUTEUR

Jennifer Sucevic est une auteure de best-sellers au classement de *USA Today* qui a publié dix-neuf romans « New Adult » et « Mature Young Adult ». Son œuvre a été traduite en allemand, en néerlandais et en italien. Jen est titulaire d'une licence en histoire et d'une maîtrise en psychologie de l'éducation, de l'Université du Wisconsin-Milwaukee. Elle a commencé sa carrière en tant que conseillère d'orientation dans un collège, un métier qu'elle a adoré. Elle vit dans le Midwest avec son mari, ses quatre enfants et une ménagerie d'animaux. Si vous souhaitez recevoir des informations régulières concernant les nouvelles parutions, abonnez-vous à sa newsletter - Inscrire à ma newsletter
Ou contactez Jen par e-mail, sur son site web ou sa page Facebook.
sucevicjennifer@gmail.com
Envie de rejoindre son groupe de lecteurs ? C'est possible ici -)
J Sucevic's Book Boyfriends | Facebook
Liens vers ses réseaux sociaux
https://www.tiktok.com/@jennifersucevicauthor
www.jennifersucevic.com